诊疗椅上的谎言

LYING ON THE COUCH: A NOVEL

[美] 欧文·亚隆 著
（Irvin D. Yalom）

鲁宓 译

机械工业出版社

CHINA MACHINE PRESS

图书在版编目（CIP）数据

诊疗椅上的谎言 /（美）欧文·亚隆（Irvin D. Yalom）著；鲁宓译 . —北京：机械工业出版社，2017.1（2024.3 重印）
书名原文：Lying on the Couch: A Novel

ISBN 978-7-111-55535-3

I. 诊… II. ① 欧… ② 鲁… III. 长篇小说 – 美国 – 现代 IV. I712.45

中国版本图书馆 CIP 数据核字（2016）第 282762 号

北京市版权局著作权合同登记 图字：01-2012-1015 号。

诊疗椅上的谎言

出版发行：机械工业出版社（北京市西城区百万庄大街 22 号 邮政编码：100037）
责任编辑：董凤凤
责任校对：董纪丽
印　　刷：涿州市京南印刷厂
版　　次：2024 年 3 月第 1 版第 18 次印刷
开　　本：147mm×210mm 1/32
印　　张：12.75
书　　号：ISBN 978-7-111-55535-3
定　　价：79.00 元

客服电话：（010）88361066 68326294

欧内斯特·拉许 前途似锦的心理医生，是马歇尔·施特莱德的心理辅导生。

西摩·特罗特 心理治疗界元老，晚年因治疗失当遭到道德委员会的起诉。

贾斯廷·阿斯特丽德 因为婚姻关系问题在欧内斯特·拉许医生处长期治疗的来访者。

卡萝·阿斯特丽德 贾斯廷·阿斯特丽德的妻子，后化名卡萝琳·利弗曼向欧内斯特·拉许医生进行咨询。

马歇尔·施特莱德 资深心理医生，欧内斯特·拉许的心理督导导师，两人在治疗观点上存在分歧。

赛斯·潘德 资深精神分析训练师，旧金山精神分析学会创始会员之一，后被学会审查。

谢利 职业赌徒，为挽回婚姻，与马歇尔·施特莱德进行了"召回心理治疗"。

彼得·马康度 一位特别的来访者，精明且充满神秘色彩，身份及行踪令人捉摸不定。

目　录

住在瑞士的墨西哥商人……

术！毫无疑问，她的客户施特莱德医生就是……

欧文·亚隆博士是斯坦福大学俄裔美国精神科医生，存在主义心理治疗师，团体心理治疗师。亚隆博士不仅是一位资深的临床工作者，而且也是一位高产的心理小说的作家。如《当尼采哭泣》《叔本华的治疗》《日益亲近》《直视骄阳》《妈妈及生命的意义》《爱情刽子手》等。他的作品对人性的犀利剖析，对人际关系的精辟解读深受读者好评，我本人也非常喜欢，每每读之，都有一种心灵被触动的震撼。

学习心理咨询与治疗有三部分重要内容：理论、实践以及伦理，这成为胜任咨询师和治疗师不可或缺的素质。如果说《团体心理治疗理论与实践》是一本理论教材，《叔本华的治疗》是团体治疗的写实之作，那么《诊疗椅上的谎言》就是伦理之作。

《诊疗椅上的谎言》开篇便提到了著名心理治疗师西摩·特罗特在工作中秉承放下一切的技巧，只是将患者当成一个人来对待的原则，在 70 岁时，为了帮助患者贝拉，不惜冒险而被吊销执照，结束了职业生涯，由此引发了对于心理治疗的争论：心理咨询的设置与工作中强烈的情感冲击，这一争论也是心理治疗中伦理的关注点。心理治疗是一项按部就班、一成不变的规则性的治疗程序，还是有血有肉、有情有感的工作？如果心理治疗是有血有肉、有情有感，真正将患者当成人来帮助的工作，那么，治疗师如何面对患者强烈的情感表达，又将如何面对自己内心强烈的情感反应呢？治疗师甚至有时候面临我不入地狱谁入地狱的致命诱惑，仿佛只有跳下悬崖，才能救出患者，这是对心理治疗伦理的极大冲击与挑战。患者极强烈的求助需求，会是治疗师的致命诱惑，如何守住自己的专业伦理底线，而不陷入患者的投射性认同中，是所有治疗师都要面对的现实难题和伦理议题。只有越过这道坎，才能成为真正优秀、称职的咨询师或治疗师。

书中特罗特和欧内斯特的案例都提到了咨询师面临的、来自患者的强烈的性吸引，不管是患者对咨询师的移情、咨询师对患者的反移情，还是作为正常的男性与女性之间的彼此吸引，这些在咨询室中都可能萌发且日渐明显，甚至会演变为特罗特所感到的，如果不和患者在一起就会毁掉患者的所有进步。书中关于性的描述非常深刻地呈现出咨询师在设置与情感之间的挣扎，在咨询师的角色中如何以一个人来工作，在强烈的情感冲击下，如何坚守咨询的设置，守不住，如坠悬崖，自此与心理咨询无缘；守住，将成为优秀的咨询师。

心理咨询的伦理关注近年来越来越受到重视。2007年，中国心理学会临床与咨询专业人员与机构注册系统成立之初，就制定了"临床与咨询心理学工作伦理守则"，目的是让心理咨询师、来访者、社会大众了解心理咨询与心理治疗工作的专业伦理的核心概念、专业责任、保证和提升专业服务的水准，保障来访者和心理咨询师的权益，增进大众的心理健康、幸福和安宁。目前在我国心理咨询与心理治疗的专业伦理方面还有大量的工作需要做，我想本书对于这项工作的开展一定有积极的意义。

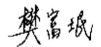

清华大学心理系教授、博士生导师

中国心理学会临床与咨询心理学分会前任会长

中国心理卫生协会团体心理辅导与治疗专业委员会主任委员

推荐序二　诚实、自觉与自制　◎申荷永

《诊疗椅上的谎言》是欧文·亚隆于1997年出版的一部小说。其英文原名为：*Lying on the Couch：A Novel*，可直译为《诊疗椅上的谎言：一部小说》。

既然是一部小说，一部充满幽默和喜剧色彩的小说，就要用欣赏小说的心情和态度来阅读《诊疗椅上的谎言》。

书中主角欧内斯特与卡萝的关系，是这部小说的主要线索，也是所有心理治疗中都必然要触及的核心：医患关系以及咨询的专业界限。只是，亚隆先生用其作家的手法，甚至是调侃的方式，将这种本来严肃而敏感的医患关系戏剧化，使其扑朔迷离，令人感到喜忧参半，犹如生动的小品和话剧。

书中呈现的是一种幽默，一种近似寓言的幽默。因为，在小说跌宕起伏的情节中，时时回荡心理治疗的弦外之音，似乎是要揭示心理治疗之中的心理治疗，以及心理治疗之外的心理治疗的意义。

于是，这部小说，可以说是一部精彩的悬念小说，由于出自心理治疗师欧文·亚隆先生之手，充满了专业的思想和临床心理学的智慧，从这个意义上说，它又不仅仅是一部小说。

欧文·亚隆已在领会了心理治疗的本质与奥妙，撷取了当代诸多心理治疗大师的精华，并将存在主义治疗与精神分析融会贯通后，自成一家之言。许多艰涩的心理治疗乃至精神分析概念，在书中变得通俗易懂，或者有了小说化的生动表达。弗洛伊德和荣格在文中比比皆是，霍妮、费伦齐也随处可见；移情和反移情、抗拒与防御、治疗与访谈的技巧，皆信手拈来。若是读者，尤其是专业读者，细心品味，耐心琢磨，必将会有诸多专业的收获。

我最初阅读欧文·亚隆先生的这部小说是在 2000 年，那时我正在旧金山荣格心理分析学院。还记得当时书中所熟悉的场景对我的吸引，从斯坦福大学到旧金山，书店、咖啡馆、莫瑞纳海湾和金门大桥；之所以被吸引，当然也因为作者能将本来严肃的分析与治疗赋予小说的幽默文笔。我对本书的第一感觉并非是"诊疗椅上的谎言"，而是更为直接的"躺在诊疗椅上"。因为，该书的英文原名：*Lying on the Couch：A Novel*，其中 Lying，尤其是 Lying on the couch，本来也具有"躺"或"躺下"的意思。英文的"谎言"——lie，作为动词，主要是"躺"，甚至是"存在"和"内含"；作为名词，则有"谎言""状态"和"栖息处"等语义。

同时，我仍然记得，尽管是以读小说的态度和速度读完了本书，掩卷而思，其中却有诸多"新意"涌现，感觉这是一种新的尝试，一种对心理治疗甚至是心理学的新的表达。英文的"Novel"（小说），本来也具有新颖和新奇的内涵。

纵观整部小说，看似有来访者的谎言和诱惑、治疗师的自负与自大，但实际上，在其背后所衬托出来的主题，则是诚实和真情、自觉与自制。我相信这也是欧文·亚隆先生的本义，因为，他为书中主角所起的名字是"欧内斯特·拉许"（Ernest Lash）。

那么，英文的 Ernest Lash 又有什么含义呢？

Ernest，源自古代英语的 Earnest，本义为"认真"和"真诚"，在古语中也包含了"宣誓"的含义。其发音为：ear-nest，是"耳"（ear）和"巢""（鸟）窝"（nest）的组合，似乎也有"六十而耳顺"之圣聪的意境。于是，"欧内斯特"便是"认真"与"真诚"。

那么欧文·亚隆先生给予欧内斯特的"姓"——"Lash"，又寓意如何呢？

其作为名词是"睫毛"，作为动词是"绑紧"和"扎牢"。实际上，亚隆先生为欧内斯特选用的"Lash"。取自荷马史诗《奥德赛》中的典故——"被捆绑的尤利塞斯"（Ulysses is lashed），为了能够抵御海妖的摄魂曲，抵御海妖的诱惑，尤利塞斯用绳子将自己捆绑在船的桅杆上，这样他才能够回家。

"回家"便是治愈，所有的心理治疗莫不如此。于是，这也正如欧内斯特在其心理治疗的过程中，需要的一种自制和自我约束，包括心理治疗的设置和界限，来面对"卡萝"的诱惑与挑战。同样，书中的三位心理治疗长老，也正是遗忘或者丢失了这种"自我约束"，率意打破了界线和设置，进而付出了惨重的代价。

"Ernest"的认真、诚实，在心理治疗的过程中与来访者坦诚相见，而同时需要"Lash"的自觉、自制、自我觉察与自我约束，这便是《诊疗椅上的谎言》的内涵与主题。

唯此，才能扬帆于心灵世界的海洋。

从事心理治疗，甚至是心理分析，犹如撑一叶小舟于大海之上。认真与诚实的态度、自觉与自我约束的能力，便是保障。唯此，你才能面临风浪；唯此，你才能应付暗礁；唯此，你才能不怕险滩，甚至是海妖的诱惑。

这不仅是治疗师的庇佑，也是来访者的福音。

若是有一天，你也能躺在诊疗椅上做分析，或者躺在椅子上读书，那么，你能从《诊疗椅上的谎言》中，读出真情和诚实，读出自觉与自制吗？真诚、自制、发挥自己的天赋，正是古希腊"认识你自己"箴言的心理分析内涵，也犹如"正心诚意"之心理分析与中国文化的基本原理，自觉与自制也包含自知。正如老子所言："知人者智，自知者明。胜人者有力，自胜者强。"

申荷永

心理分析师（IAAP/ISST）

心理分析教授（CUM/SCNU/Fudan）

广东东方心理分析研究院、华人心理分析联合会（CFAP）

临床与诊疗椅上的真诚

译者序 ◎鲁宓

埃里克森（E. Erikson）曾说："临床是指在中世纪，若确定病人回天乏术时，需召唤神甫至病床前，因其灵魂需要有人指导如何与造物主单独接触。"到现代，精神官能症者其人格核心已有障碍，无法单独面对心死的孤寂绝望，会经验到麻痹的孤单，这种孤立和解体的经验就是神经质的焦虑，这也是心理医生在欧美颇受尊敬的原因。

要培养出一位能为神经质的焦虑者滋养心中生机的心理医生，其耗时耗力的难度当然不亚于培养神职人员。寇克斯（M. Cox）认为每一次心理治疗，都是人类困境（包含危险状态及公开地哭泣）的叙述，在肃静的困局中鼓励个案做认知—情感的揭露。因此，需要在双方（心理医生与个案）的心中建立一个弹性扩展的参考架构，才有可能揭露个案的内心世界。个案的内心世界存在的混乱，其实是一种恐怖的平衡状态。在治疗中如何促成揭露而不失衡，就需要严肃地注意他所说的、如何说、在何处说、何时说、不能说的，还有他将说的。

因此，心理治疗的训练要靠适当的理论架构、自我了解和娴熟的治疗策略。此外，最重要的就是如何透过"时间""深度""双向性"在双方心中建构出一个弹性扩展的参考架构。

1. 时间：准时开始和结束、如何渐进、挖掘素材的时机（反社会人格障碍者开始转视自己的内在时，是最脆弱敏感的时机）。

2. 深度（有三层渐进）：第一层是谈琐事（但让个案不觉得不被重视）；第二层是中性的个人事件；第三层是具情绪的个人事件。靠倾听与弹性的参考架构才能由外而内进行。

3. 双向性：若心理医生能面对自己所有的黑暗面，在真诚及弹性的参考架构中只需少量的自我揭露，就可带来个案最大的揭露。

当然相对的就是要减少不好的架构。

1. 危险的时间安排：超时、缩时、时机不对。

2. 不好的深度处理：过于小心、为了治疗师自己的目的。

3. 不好的双向性：过度你来我往（都在揭露）、双向性不够。

以上的训练说起来容易，做起来难。假如你闭起眼睛想一想如何治疗一个家庭暴力的加害人，如何能不过早地探究，而能欢迎其来共享心理空间。治疗师并非真的原谅其过错，但如果治疗师能将案主看成他们共通的攻击成分的替代代表，则案主较容易揭露被压抑很久的素材。在临床上，对这些案主最好的治疗气氛就是分享的治疗空间：我们正在痛苦地再现他的暴力，而治疗师站在他那一边协助揭露。这样的关系就是典型的移情与反移情作用，如希洛拉

（Siirala）广义定义的第一型移情作用是个人被加诸社区或家庭问题；第二型移情作用是社区透过治疗师来倾听，使这个问题成为双方的共同责任；第三型移情作用是案主或社区开始适当分享责任。经过以上的探讨，相信可初步说明心理治疗及训练的神圣与艰难度。所幸有不少专家深入浅出地写过隽永浅显的短文或引人入胜的教材，才能使入门者甚或一般大众皆能一窥其中奥秘，亚隆就是其中一位。

亚隆是团体心理治疗的大师级人物，他所提出的团体疗效因子及高低功能团体的模式在美国西海岸地区相当有影响力，在中国台湾地区大部分的精神医院也都普遍采用，但是他仍然相当谦虚。因此，他以小说体裁写出《诊疗椅上的谎言》这本书，颇透露出其人本主义人性化的一面。他一向认为治疗师的主要任务职责是依个案需要选择恰当的方法来进行治疗，而不是硬塞给个案治疗师所喜欢或擅长的疗法。

本书以精心设计、巧妙连贯的编剧手法，探讨心理治疗的训练及其过程中最深奥的"改变机制"（以及如何造成改变）。亚隆在书中以"心理治疗伦理守则"为经，"揭露与领悟"为纬交互穿插情节。书中大量以角色互换的手法在主客易位中反复澄清心理医生如何看"自己""个案""自己及个案"。以相当有趣的性欲、赌博、幼时经验的故事，叙述说明心理治疗中的素材如何在认知—情感上具有揭露意义。结局的高潮在重量级的医师马歇尔居然被诈骗，依赖律师做心理治疗甚至据此领悟人格弱点。本书使读者在轻松阅读中了解最艰涩的移情作用、反移情作用。除此之外，本书还有一个重点伏笔：

如何督导心理治疗师的训练，治疗师需对人生发展过程有足够领悟及判断，就是所谓的临床智慧。威廉姆斯（A. Williams）认为督导者可从以下四个焦点来协助治疗师将自己治疗园地的每一块土均翻过，以达到临床智慧：

1. 教导者：提供知识、提问、示范、选择方案。

2. 协助者：注意治疗师本身或其身心状态。

3. 咨询者：注意治疗师与个案的互动及理清其间的系统关系。

4. 评估者：检视伦理专业标准，提供回馈。

本书兼具休闲与理性，在高潮不断的故事中，交叉验证了如何达到心理治疗弹性扩展的参考架构及各种督导的焦点，真可谓一举两得。

鲁宓

中国台北市立疗养院临床心理科主任

中国台北市社区心理卫生中心主任

欧文·亚隆与维克多·弗兰克（Viktor Frank）、罗洛·梅（Rollo May）并称为存在主义疗法三大代表人物，是当世仅存的国际精神医学大师。他不但撰写了多部专业教科书，而且非常擅长创作心理治疗小说，而此时我荣幸为之中文再版作序的《诊疗椅上的谎言》，就是其中最具代表性的一部。亚隆通过其写作实践，将哲学、文学巧妙引入心理学、精神病学；通过阅读他的心理小说，专业人士可以了解亚隆笔下的治疗师是如何工作的，普通读者可以了解心理治疗这个专业，心理障碍患者可以借此多一种自疗方式。

我曾是一名神经科医生，多年从医中我经常思索有什么新的途径可以帮助心理上有障碍的人，在了解、比较之后，我开始学习团体心理治疗并应用到实践中去，那时最重要的教材就是亚隆在1970年写成的团体心理治疗课程。

2008年春节，铁生（著名作家史铁生）

还没走，他和孙立哲都是我最要好的朋友，我们聚在一起谈到对未来的企盼。我和立哲说，我太想和美国的团体治疗大师欧文·亚隆见面了。不负众望，在立哲的精诚邀请下，我和国内从事团体心理治疗的同道一起，于当年的 5 月在北京与欧文·亚隆做了现场视频对话。从那以后的四年，亚隆亲派的来自美国和加拿大的团体治疗培训师朱瑟琳·乔塞尔森和莫林·莱仕八次来到北京，由万生心语教育培训组织，开始系统培训中国的团体治疗师。如今中国已经有10 位团体治疗师获得了由亚隆亲笔签发的团体治疗师资格证书。我是其中一位。此刻，证书就挂在我办公室的墙上，亚隆给我的亲笔信放在我的手边，每次看到它们都是一种莫大的鼓舞和喜悦。或许因着这段经历，出版社邀请我为亚隆的小说《诊疗椅上的谎言》中文再版撰写导读。毫无疑问，这是我的荣耀。

做本书的向导依着怎样的原则才最符合亚隆本人的风格和他观点的精髓？我所感受到的就是真实、透明和关怀。我希望能帮助读者梳理书的梗概。

在《诊疗椅上的谎言》这部著名小说中，亚隆详尽生动地描述了美国非常令人羡慕的心理咨询师职业的工作内容与生活状态：心理咨询师除了在心理诊所之内是一名医生之外，他们照样会遇到所有人都会遭遇的困难、问题、矛盾、绝境。医患两方都是"病人"。因此，双方共同的心灵与精神救赎，才是心理咨询与治疗的最大根本。

本书的主角欧内斯特·拉许，在某种意义上，是亚隆以自己为原型创造的角色。在心理治疗方面，亚隆从不认为精神分析法非常奏效，他认为精神分析是认识自己的好方法，尤其是对那些正在参加精神治疗培训的医生来说，因为任何治疗方法的形式说到底都是弗洛伊德式的。如果我们关心患者不自觉的动机、梦、人际交往中移情的方式，那就说明我们信奉弗氏学说。事实上，弗洛伊德的学说根本没有什么具体的正统方法，他传递的是一种精神。而每个人对这种精神的理解不尽相同，在此基础上就会衍生出心理治疗的各种学派。

小说的所有情节围绕心理治疗师及来访者展开，刻画了治疗师与来访者在互动过程中的不同表现导致的不同结果。

小说中心理治疗界的长老西摩·特罗特被指控与一位32岁的女来访者贝拉发生不正当的性关系，通过特罗特接受教训之后对欧内斯特的一番谆谆嘱托，可以看作亚隆给心理治疗师的礼物。

首先，我们要认真考虑每个来访者的独特性，为每个来访者创造出一套独特的心理治疗方案。

其次，整个心理药物界，都要靠诊断才能过活。在某些精神症状中，诊断确实是很重要的，但在日常生活的心理咨询中，诊断的功用很小，甚至会有负面影响。对一名治疗师而言，以下情形十分常见：第一次接诊时往往很容易下诊断，来访者越来越多后，诊断却反而越来越困难，换句话说，确定度与知识成反比。

最后，心理治疗这一行很脆弱，会面对很多威胁。我们有责任维护这个行业的水准。

马歇尔·施特莱德，是心理治疗领域里的坚定践行者。他热爱心理治疗，是一个好的督导师，他精彩的督导帮助年轻的治疗师成长，但他被自己的野心和权力欲驱使，背叛了自己的老师赛斯·潘德，在贪婪和私欲上越走越远。

而他的老师做了什么被他的学生指控呢？以物易物。原来，赛斯的个案在三年的心理治疗中改善明显，却突然因为公司被并购而失业，期间他几乎没有收入。赛斯请他的病人为自己的房子设计侧翼，抵消其不能支付的咨询费用，"根据我的判断，适当而道德的解决之道显而易见"。赛斯说："我坚持我的说法，病人是最亲密的朋友。心理治疗时间应该成为诚实的殿堂。如果病人与你有最亲密的关系，那么，放下你的伪善，勇敢地告诉他们！他们知道你私人生活的点滴又有什么差别？揭露自我从来没有影响到我的分析程序。相反，还能使过程加速。"

现在我们看到赛斯·潘德践行的心理治疗模式已经背离了传统的精神分析。他在创造和尝试改善来访者和医生之间的治疗关系。请千万不要忘记，赛斯是旧金山精神分析学会的创始会员之一、资深精神分析训练师。

朱瑟琳·乔塞尔森在亚隆思想传记《在生命最深处与人相遇》一书中写到：那时候（20 世纪 70 年代），亚隆采用了一种激进的方法进行心理治疗，倡导人们重视治疗师和病人的关系，并把心理治疗理解为人与人之间的彼此了解。这在当时可算是颇具震撼力的观念。亚隆的主张是：治疗师与病人一起创造一个人性化的、充满温情的关系，而这种关系具有良好的治疗效果；治疗的重心应放在发展成人性质的关系，使病人在生活中可以跟他人建立这种关系上；治疗师可以真诚地与病人一起谈论共有的人生困境等，所有这些观念可以说是颠覆性的。当时受到了精神分析学派的轻视，然而它预示了那一代人的巨大变化，如今，在40年后的今天，精神分析发现了亚隆那时所教导的东西。

无论是被惩戒的西摩·特罗特，还是因为坚持"病人是最亲密的朋友"的赛斯·潘德，其治疗都已经和传统精神分析有所不同，开始向创造人性化关系的方向努力。此时，欧内斯特全然进入这种坦诚关系的尝试计划就要形成。

女主角卡萝，是欧内斯特的个案贾斯廷的妻子。贾斯廷的离去使愤怒之下的卡萝决定寻找欧内斯特医疗不当的证据，搞垮欧内斯特。卡萝在男人世界里感受到的是遗弃（父亲）、侮辱（哥哥）和前任治疗师的性侵犯，她带着谎言和报复进入了和欧内斯特的治疗关系中，而欧内斯特这时恰巧决定在卡萝身上试验自己新的治疗方法——坦诚。

在卡萝打探治疗师的情感世界这样私人化的问题时，欧内斯特感到巨大的挑战。按照精神分析的方式他只需要简单地说："我不知道你为什么要问这些问题"或是"你对于我身处单身世界有何幻想"，但这种不率直的中性态度、这种虚假，正是欧内斯特发誓要规避的。欧内斯特按照自己坦诚的原则对卡萝的回答是："我想要你告诉我，为什么你会问这个问题。我向你保证过几点：尽我所能地帮助你，那是最基本的，还有，在治疗中尽可能诚实。所以现在，从我想要帮助你的基本目标出发，让我们试着了解你的问题：告诉我，你到底想问我什么？为什么要问？"

这就是两种治疗方式的区别：一种是治疗师将自己放在关系之外，探究病人那里发生了什么，一种是将自己放进去，讨论此时此刻在两人的关系里发生了什么。长久以来他都认为，治疗工作是由了解和移除所有削弱关系的障碍所构成的。

他的不断尝试形成了咨询师和来访者之间开诚布公的关系。亚隆提到心理治疗成功的关键因素，常常不是那些精心设计的治疗技巧或让人觉得高深莫测的理论，而极可能是那有意无意撒下的一把香料，而坦诚就是最重要的香料中的一种。

欧内斯特坚信他的坦承是最终救赎的力量："试验正在进行当中。因为诚实，我才陷于这个处境，诚实最后一定也会解救我！"

欧文·亚隆作为存在主义治疗法的代表人物，在他的著作中不时就会令人感受到他对存在的精彩诠释。

他借卡萝祖父下棋时对她的教诲引入对人生的终极思考："每次我们下完一盘，我们把棋子都收起来时，他总是会这么说：'你瞧，卡萝，下棋就像生命：当棋局结束时，所有的棋子——卒子、国王、皇后——全都要回到同一个盒子里。'"

欧内斯特一方面由衷地关心存在的真实议题：成长、遗憾、生、死、意义；另一方面，他很善于帮助病人透视人性的阴暗面，比如自私和肉欲，再引出其中的力量：能力、生命力、创造的驱动力。

写到这里，我仍然沉浸在亚隆设计的小说情节中，耳边回响着他的谆谆教诲，回味着书中的精彩佳句，我想，作为治疗师要有怎样的情怀才可以开始这种全新的尝试，进入这种真诚、透明的关系治疗中。亚隆本身也是一个人，有着自身的脆弱和盲区，但坚持进入人性的阴暗面寻找问题的答案。他从"根茎深处"理解病人，医治有心灵的生命。亚隆并不把自己看作众多心理治疗学派或方法体系中的代表人物之一，他终其一生都致力于探讨心理治疗的本质，发现生命的意义并面对死亡的终极存在问题，而这些主题在过去是一直被置于精神病学领域之外的。最最打动我同时对我来说也是最大挑战的是他所倡导的坦诚，他不仅向病人表达自己洞察到的，还袒露自己的疑惑、不同看法以及挣扎，他真正将病人看作人生中的旅途伴侣。

亚隆探索了医治的无限资源和当中复杂的可能性，而这些都蕴涵于人类的真诚关联和对人类生存困境的真正觉察之中，他的作品带给我们的是精神的指引和心灵的撼动。

感谢机械工业出版社华章公司借《诊疗椅上的谎言》再版给我的机会：让我在认真学习中又一次重温欧文·亚隆与他的心理学观点。

柏晓利

中国心理卫生协会理事

中国团体治疗专业委员会常务委员

北京市心理治疗心理咨询专业委员会副主任

序曲

欧内斯特热爱心理医生这个职业。日复一日,他的病人邀请他进入生命中最隐秘的角落。日复一日,他宽慰病人,照顾病人,缓解他们的绝望。他得到的回馈是崇拜与喜爱,报酬也很丰厚。欧内斯特时常想,如果不需要钱,他很愿意免费提供心理治疗。

如果福气就是热爱自己的工作,欧内斯特的确感觉很有福气。事实上比福气还要好,他简直是得到上天的恩宠。他找到了他的召唤,能够信心满满地说,这就是我的位置,是我的才能、兴趣与热情所在。

欧内斯特没有宗教信仰,但当他每天早上打开记事簿,看到那八九个预约病人的名字,他就会充满一种非常接近宗教的情操。在这时候,他会非常想要表达感谢某个人或某种事物,带领他找到了他的召唤。

早晨他会抬头仰望,透过他的寓所天窗,透过晨雾,想象他的心理治疗先师们飘浮在晨曦中。

"谢谢您,谢谢您。"他会默祷。他感谢所有祖师们——所有曾经对沮丧者施出援手的治疗者。首先是那些最早的前辈，其形象几乎无可辨认：耶稣、佛陀、苏格拉底。在他们之下，比较清楚的是那些伟大的开山始祖们：尼采、克尔凯郭尔、弗洛伊德、荣格。更近一点的是心理治疗的前辈们：阿德勒、霍妮、沙利文、弗洛姆以及费伦奇等人的甜美笑容。

几年前，当他接受实习医生训练时，他遵循了所有年轻精神心理学家的野心道路，投身于神经化学的研究，这是未来的黄金职业，但随后陷入绝望之中，并向这些前辈祖师们求救。他们知道他迷失了方向。他不属于科学实验室，也不属于四处散发药片的精神医药学领域。

祖师们派来一个信使——一个滑稽而有力量的信使，带领他前往他的命运。直到今天，欧内斯特也不知道自己怎么会决定成为一个心理医生，但他记得是什么时候。他记得清清楚楚。他也记得那位信使：西摩·特罗特，他只见过这个人一次，却永远改变了他的生命。

六年前欧内斯特的主任指派他到斯坦福医院道德委员会担任一期的委员，他的第一个惩戒对象就是特罗特医生。西摩·特罗特当时71岁，是心理治疗界的长老，也是美国心理治疗协会的前主席，他被控与一位32岁的病人发生不正当的性关系。

当时欧内斯特是心理治疗副教授，结束驻院医生训练才四年。身为专职的神经化学研究者，他对于心理治疗的世界一无所知，也不知道自己会接到这个案子是因为没有人敢碰：北加利福尼亚州老一辈心理医生都仰慕、敬畏西摩·特罗特。

欧内斯特选择了医院中一间严肃的办公室作为面谈的地点，他试着保持正式的态度，望着钟等待特罗特医生，控诉的档案放在他面前，没有打开。为了保持无私，欧内斯特决定先与被控者面谈，不带任何先见，倾听他的故事。他要事后再读档案，必要时也许举行第二次面谈。

他听见走廊传来一阵轻敲声。特罗特医生是不是个盲人？没有人告诉过他。轻敲声接着是衣服声，越来越近。欧内斯特站起来，来到走廊。

不是盲了，而是跛了。特罗特医生在走廊中跌跌撞撞地前进，用两根拐杖不平衡地支撑着，他弯着腰，拐杖举得很开，双手几乎伸直。他的五官看起来仍然很健康，但已经被皱纹与老人斑所侵袭，脖子皮肤松弛下垂，耳朵冒出白色毛发。不过年岁并没有打倒这个人——某种年轻，甚至孩子气的气质还在。是什么呢？也许是他的头发，灰而浓密，剪得很短；或者是他的穿着，蓝外套下是套头的白毛衣。

他们在走廊上彼此介绍。特罗特医生又扭了几步走进办公室，他举起拐杖，猛力转了一个圈子，仿佛完全靠运气一般，跌入他的椅子中。

"正中红心！吓了你一跳吧，嗯？"

欧内斯特不想被分心："你了解这次面谈的目的吧，特罗特医生？你了解我为什么要录音吧？"

"我听说医院当局想选我为本月最佳员工。"

欧内斯特透过厚厚的镜片凝视他，什么都没说。

"对不起，我知道你有工作要做，但当你年过70后，你也会说这种俏皮话的。不错，上周刚好71岁。你几岁，医生？我忘了你的名字。"他敲敲自己额头，"每一分钟，都有好几十个神经细胞像苍蝇一样死掉。讽刺的是，我发表过四篇关于老年痴呆症的论文——当然忘了登在什么刊物上，应该是很好的刊物。你知道吗？"

欧内斯特摇摇头。

"所以你不知道，我也忘记了，这样我们就扯平了。你知道老年痴呆症的两个好处吗？你的老朋友变成了新朋友，还有你可以自己去藏复活节的彩蛋。"

尽管欧内斯特感到有点恼火，但也禁不住露出微笑。

"你尊姓大名，年龄与信仰？"

"我是欧内斯特·拉许医生，其他方面目前并不重要，特罗特医生。我们今天有许多事情要处理。"

"我儿子40岁，你不可能更老。我知道你是从斯坦福实习医生计划毕业的，去年我在会议中听过你的演说，很不错，非常清晰。现在是心理药物大行其道，对不对？你们这一代接受了什么样的心理治疗训练？到底有没有？"

欧内斯特把手表脱下来放在桌上："改天我很乐意寄给你一份斯坦福实习医生的课程表，但现在请谈正事，特罗特医生。你最好以自己的说法，告诉我关于费里尼小姐的事。"

"好，好，好。你要我严肃点，你要我告诉你我的故事，坐好了，孩子，我要告诉你一个故事，我们从头开始说。那是在大约四年前——至少四年前……我把这个病人的病历都放乱了……你的控诉文件上是怎么说的？什么？你还没有读过？懒惰吗？还是想避免不科学的成见？"

"请继续说，特罗特医生。"

"面谈的首要原则就是创造温暖互信的气氛。现在你已经非常有技巧地做到了这一点，我感到非常自在，可以谈论痛苦与难堪的事情了。啊——你听懂了，对我得小心点，拉许医生。我有40年察言观色的经验。我非常在行，如果你不再打岔，我就要开始了。准备好了吗？

"几年前——让我们说四年好了，一个叫贝拉的女子走进或者说

4

是强迫自己走进我的办公室。她大约 30 来岁，家庭背景富裕，瑞士与意大利裔，非常沮丧。在夏天穿着一件长袖罩衫，显然是个割腕者，手腕上都是疤痕。如果你在夏天看到穿长袖的沮丧病人，总是要先怀疑割腕或吸毒，拉许医生。她长相美丽，皮肤白皙，目光诱人，穿着高雅。真的很有格调，但已经快要人老色衰了。

"很长久的自我毁灭历史。什么都有——吸毒，依赖一切，什么都不放过。当我第一次看到她时，她又开始酗酒，也打一点海洛因，但还没有真正上瘾。她似乎不善于上瘾——有些人会是这样，但她很努力要上瘾。还有饮食失调，主要是厌食症，但有时候是贪食症。我已经提过割腕，她双手腕上下都是疤痕——她喜欢这种痛苦与鲜血，只有在那时候她才觉得自己活着。你常听病人这么说，她住过好几次医院，都很短暂，总是在一两天后就出院。当她离开时，医护人员会欢呼，她是制造骚动的天才。你记得艾里克·伯恩（Eric Berne）的《人间游戏》(Games People Play）吗？

"没有？大概不属于你的年代。老天，我觉得真老。好书，伯恩一点也不笨。读读看，不该遗忘他。

"结了婚，没子女。她拒绝生小孩，说世界过于残酷，不能让小孩来受苦。丈夫很不错，但夫妻关系很差。他非常想要小孩，两人常常为此吵架。他是个投资银行家，像她父亲一样时常出差，结婚几年后，他的精力消耗光了，或者只是用在赚钱上——他的收入不差，但从来没有像她父亲那样赚大钱。永远在忙碌，陪着计算机睡觉。也许与计算机亲热也不一定，谁晓得？反正他不再与贝拉亲热就是了。她的说法是，他已经逃避与她亲热好几年了，也许因为气她不愿生小孩。他们到底为什么结婚，谁也不知道。他是在基督科学教派的家庭中长大，坚决拒绝接受婚姻咨询或任何形式的心理治疗，但她承认她从来没有真正要求过他。还有什么呢？请指点我一下，拉许医生。

"她以前的心理治疗？好，很重要的问题。我总是在刚开始的30分钟就问这个问题。她自从青少年起就一直没停过心理治疗，或试图接受心理治疗。她看过日内瓦的所有心理医生，有一段时间还乘车到苏黎世接受治疗，来美国上大学，也是一个接一个换医生，多半只看过一次，有三四个医生看了几个月，但从来没有跟定任何一个。贝拉非常挑剔，没有人足够好或适合她。在所有心理医生身上都找到问题，比如太正式，太自大，太批判，太屈从，太像做生意，太老，太忙着下诊断，太重视公式。心理医学？心理测验？行为准则？别提了，任何人只要提到这些字眼，就立刻出局。还有什么呢？

"她怎么选中我的？好问题，拉许医生——抓住重点，而且加快我们的脚步。你会是个好心理医生。当我听你演说时就有这种感觉，很清晰的头脑，当你讲解你的资料时就表露无遗。我也喜欢你的个案说明，特别是你与病人的互动，我从你身上看到很正确的直觉。卡尔·罗杰斯曾经说：'别花时间训练心理医生，而应该花时间挑选适合的人。'我一直觉得此话非常有道理。

"我说到什么地方了？哦，她是怎么找上我的，她的妇科医生是我以前的病人，告诉她说我是个很实在的家伙，不乱来，愿意为病人把手弄脏。她到图书馆查阅我的资料，喜欢我在15年前写的一篇文章，讨论荣格的一个观念——为每个病人创造一套新的治疗语言。你知道那篇文章吗？不知道？刊登在《正统心理学期刊》上，我会寄给你一份。我比荣格还进一步。我建议我们为每个病人创造一套新的治疗方式，我们要认真考虑每个病人的独特性，为每个病人创造出一套独特的心理治疗方案。

"咖啡？好，我要来一点，纯咖啡，谢谢。她就是这样找上了我，你接下来的问题应该是——为什么呢？一点也不错，就是这个问题，对任何新病人都很有价值。答案是她会从事很危险的性活动。她自己都知道。她总是会做这类的事情，但是情况越来越严重。比如开车到一辆巴士或卡车旁边，对方驾驶的高度可以看到她的车子内部，然后她拉起裙子开始自慰，时速 80 公里。真是疯狂。然后她会下交流道。如果另一辆车的驾驶员跟她一起下来，她就会停车，到另一辆车中，与驾驶员鬼混。非常危险，而且做过许多次。她是如此容易失去控制，当她感觉无聊时，她会去三流酒吧挑一个男人。她喜欢置身于危险的环境，被陌生而有暴力倾向的男人所包围。不仅男人可能危险，那些被她抢走生意的妓女也仇恨她。她们威胁她，她必须不断搬家。至于艾滋病、疱疹、安全性交、避孕套？她好像从未听过。

"所以贝拉刚开始时就是这样。你明白了吗？你有什么问题？还是要我继续说下去？好。所以，在我们第一次会诊时，我不知如何通过了她的测验。她又回来接受第二次，然后第三次会诊，于是我们开始治疗，每周两次，有时候三次。我花了一个小时记录她与先前心理医生的治疗历史。当你开始看一个困难的病人时，这总是个好策略，拉许医生。查明他们怎么治疗她，然后避免他们的错误。忘了什么'病人尚未准备接受治疗'的鬼话！应该是'治疗尚未准备好接受病人'才对。但你必须够大胆，够创意，才能为每个病人创造一套新的治疗方式。

"对贝拉·费里尼这样的病人，不能使用传统的技巧。如果我坚持平常的专业角色——询问历史、反思、同理心、解析——噗，她就消失不见了。相信我，直接再见。她对所有以前的心理医生就是如此——其中不乏声誉良好的。你知道这个老故事，手术十分成功，可惜病人死了。

7

"我使用什么技巧？恐怕你没听懂。我的技巧就是放弃一切技巧！我不是自作聪明，拉许医生，这是任何好治疗的首要条件。如果你要成为一个心理医生，这也应该成为你的规矩。我要更有人性，更少点机械。我不会定下治疗计划——当你开业 40 年后，你也不会。我只是信任我的直觉。但对于像你这样刚入门的人来说，我想这不是很公平。回顾过去，贝拉的病状最显著的地方，是她的冲动。她产生了欲望——砰，她就要付之行动。我记得我想要加强她对于挫败的容忍，那是我的起点，我在治疗中的第一个，也是最主要的目标。让我想一想，我们怎么开始的？很难记得怎么开始的，没有笔记，又是这么多年以前的事了。

"我说我的笔记掉了，我看得出你面露疑色。笔记已经没了，两年前我搬办公室时不见的，你只能相信我。

"我所记得的是，开始时事情比我想象中要好很多。我不知道为什么，贝拉立刻接受了我。不可能因为我英俊吧，我那时候刚做过白内障手术，我的眼睛肿得不得了，我的运动失调对于性能力也没有帮助……如果你想知道，那是一种家族遗传的脑部运动失调。已经越来越糟了……未来一定要用行走支架，再一两年吧，三四年后就要坐轮椅了。生命就是如此！

"我想贝拉喜欢我，因为我把她当成一个人看待。我的做法就像你现在一样——我要告诉你，拉许医生，我很感激你这么做。我没有读她的病历，我蒙着眼会见她，想要以全新的观点来了解她。贝拉从来都不是一个诊断，或一个边缘人格，或一个饮食失调患者，或一个冲动的反社会分子。这是我对待所有病人的方式，我也希望永远不会成为你的一个诊断而已。

"什么，我是否认为应该要有诊断？嗯，我知道你们这些毕业生，还有整个心理药物界，都要靠诊断才能过活。心理治疗期刊上充满了无意义的讨论，关于诊断的细枝末节，未来的废物。我知道在某些精神症状中，诊断是很重要的，但在日常生活的心理治疗中，诊断的功用很小，甚至有负面的影响。有没有想过，当你第一次看病人时往往很容易做诊断，而当你越来越认识病人后，诊断反而越来越困难？私底下问问任何心理医生，他们也会告诉你同样的话！换句话说，确定度与知识成反比。心理学真是一门好科学，不是吗？

"我要说的是，拉许医生，我不仅不为贝拉下诊断，我根本连想都没想过，到现在仍是如此。尽管发生了这些事情，尽管她对我这样子，我仍然不会。我想她也知道。我们只是两个人进行接触。我喜欢贝拉，一直都非常喜欢！她也知道。也许这才是重点。

"贝拉并不适合谈话治疗。她冲动，以行动为主，对自己不感兴趣，不会反省，无法进行自由联想。传统心理治疗的项目如自我检验、反省等，她都一败涂地，于是她对自己感到更失望。这就是为什么她的心理治疗总是失败；这就是为什么我必须以其他方式抓住她的注意力；这就是为什么我必须为贝拉创造出新的治疗方式。

"例如？嗯，让我给你一个早期治疗的例子。也许是在第三或第四个月，我正专注在她的自毁性性行为，询问她到底希望从男人身上得到什么，包括她生命中的第一个男人，她的父亲。但我毫无进展。她非常抗拒谈论过去——她说与其他医生讨论过太多次了。而且她认为碰触过去只是为了找借口逃避责任。她读过我所写的心理治疗书籍，逐字逐句引述我所说的话。我真是气得牙痒痒，当病人用你自己的书来拒绝你，真可算是抓到了要害。

"有一次，我要她描述早期的白日梦或性爱的幻想，最后为了敷衍我，她谈起一个从她八九岁就不断重复发生的幻想——外面狂风暴雨，她又冷又湿地进入屋内，一个年纪很大的人在等她。他拥抱她，脱掉她的湿衣服，用一条又大又暖的毛巾擦干她，给她喝热咖啡。于是我建议我们角色扮演，我要她走出办公室，再进来时假装又湿又冷。当然我跳过了脱衣服的部分，从浴室拿出一条大毛巾，用力擦拭她——不带任何性意味，就像我平常一样。我'擦干'她的背与头发，然后用毛巾裹住她，让她坐着，为她泡了一杯速溶的热咖啡。

"别问我为什么选择在那时候这么做。当你像我一样有经验后，你会信任你的直觉。这个做法改变了一切。贝拉无言地坐着，开始热泪盈眶，然后她像个婴儿一样大哭。贝拉从来没有在心理治疗时哭过，她的抗拒就这样融化了。

"我为何说她的抗拒融化了？我的意思是，她开始信任我，相信我们是在同一边。专业上的说法，拉许医生，是'医疗上的结盟'（therapeutic alliance），之后她成为一个真正的病人。重要的内容开始冒出来。她开始期待下一次的诊疗，心理治疗成为她的生命中心。她一再告诉我，我对她而言有多么重要，而当时我们才治疗了三个月。

"我是否让自己变得过于重要？不，拉许医生，在心理治疗刚开始时，心理医生再怎么重要都不为过。甚至连弗洛伊德都使用这个策略，以一种移情的精神官能症状来取代原来的症状，这是用来控制自毁性症状的好方法。

"你看来有点怀疑。嗯，当病人对心理医生产生迷恋，对每次诊疗都充满期待，在没有诊疗时幻想与医生对话，最后原来的症状就会被心理治疗所取代。换言之，原来由内在因素所驱使的症状开始随着治疗关系而消长。

"不，谢谢，不用再给我咖啡了，欧内斯特。但是你请喝一些。你不介我叫你欧内斯特吧？好。继续下去，我抓住这次进展，尽力增加我对贝拉的重要性。我回答所有她问我的问题，关于我生命的种种，我鼓励她的正面行为。我告诉她，她是一个多么聪明美丽的女人。我很痛恨她对待自己的态度，非常直接地告诉了她。这些都不困难，我只需要实话实说。

"稍早你问我，我的技巧是什么。也许最好的回答只是我说实话。渐渐地，我在她的幻想生活中扮演越来越重要的角色。她会陷入关于我俩的幻想——只是坐在一起握着手，我陪她玩婴儿的游戏，喂她吃东西等。有一次她带了一罐果冻与汤匙，要我真的来喂她，我照办了，她非常高兴。

"听起来很无邪，是不是？但是我从一开始就知道，有一道阴影笼罩着。当时我就知道，当她说我喂她时她会感到兴奋，我就知道了。当她说她要去划独木舟，也许每周花两三天，这样她就可以独自一人，漂浮在水上，幻想与我在一起。那时候我就知道，我知道我的做法很冒险，但这是计算中的危险。我要继续建立正面的移情，借此来对抗她的自毁倾向。

"几个月后，我对她变得非常重要，我可以开始探讨她的病况了。首先，我专注于生死攸关的项目，比如艾滋病、三流酒吧、公路上的鬼混。她接受艾滋病原检查——最后发现没有问题，谢天谢地。我记得等待艾滋病检查报告的那两星期，让我告诉你，我像她一样紧张。

"你有没有病人等待艾滋病检查报告？没有？嗯，欧内斯特，那段等待时间是一个好机会，你可以用来进行真正的治疗。在这几天内，病人将面对他们自己的死亡，也许是这辈子头一次。你可以在这时候帮助他们检视与重新安排他们的优先级，把生命与行为放在真正重要的事物上，有时候我称之为存在主义式震撼治疗法。但贝拉没有受影响，她太过于消极了，就像许多其他自毁性的病人，贝拉对陌生人一点也不畏惧。

"我教导她关于艾滋病与疱疹的知识——她简直是个奇迹，什么都没有感染。还有安全性交，怕她实在忍不住，我教她到更安全的地方找男人，比如网球俱乐部、学校父母会、书店。贝拉真是有一手！她能在五六分钟内与英俊的陌生人搭上线，有时候毫无觉察的妻子就在三米之外。我必须承认我嫉妒她，大多数女人不会欣赏她在这方面的运道。你能想象一个男人，特别是像我这样的糟老头，能如此随心所欲地接触异性吗？

"除了我所告诉你的一切，贝拉还有一点让人惊讶的地方，就是她的绝对诚实。在我们头几次会诊时，我们决定要开始进行治疗，我说出了我的基本条件——完全诚实。她必须承诺分享生命中所有重要的事件，包括吸毒、冲动的性行为、割腕、幻想等所有事情。否则我们就是在浪费她的时间。但如果她坦诚相告一切，她就可以相信我会陪她到底。她答应了，我们慎重地握手表示达成约定。

"而据我所知，她遵守了她的承诺。事实上，部分是由于我的缘故，因为如果发生了严重的失常行为，例如她又割了手腕或上酒吧，我就会分析到死为止。我会坚持冗长而深入地调查出事前所发生的一切。'拜托，贝拉，'我会说，'我必须要听你说明出事前的一切，让我能够了解。当天稍早的事件，你的想法，你的感觉，你的幻想。'这会逼得贝拉受不了——她还有其他事情想谈，不愿意把诊疗时间花在这上面，光是这样就能够帮她控制住冲动。

"内省？贝拉的治疗并不注重内省。哦，她开始明白她在冲动行为之前多半会体验到非常空虚死寂的感觉，在刚开始时，冒险、割腕与性都是为了想要填补空虚，掌握生命。

"但贝拉不明白的是，这些尝试都没有用。每一项举动都有反效果，都会导致更深的耻辱与更加疯狂、更自毁的尝试，贝拉总是无法了解她的行为会有后果。

"所以内省没有帮助。我必须想别的办法——我试了书中所有的做法来帮助她控制冲动。我们写下了一张关于她的自毁冲动清单，她同意在她再犯之前会先打电话给我，让我有机会劝她不要去。但她很少打电话——她不愿意打扰我。她内心觉得我对她的承诺很薄弱，我很快就会厌倦她，把她甩了。我无法让她打消这种想法。她要我给她某个具体的事物，让她随身带在身上，这样她就更能控制自己。我叫她在办公室中选一样东西。她从我口袋里抽出手帕。我给了她，但是先在上面写下了一些她的冲动动机：

> 我感觉好像死了，所以要伤害自己来感觉活着。
>
> 我必须冒险才能感觉生命。
>
> 我感觉空虚，所以用药物、食物与精液来填满自己。
>
> 但这都是暂时的快感。结果我会更羞愧，更空虚，更死气沉沉。

我要贝拉每次感到冲动时，就拿出手帕来沉思静默。

"你看来好像很怀疑，欧内斯特，你不赞同吗？为什么？太过于耍花招？不见得。我同意看起来很像耍花招，但在紧急状况需要非常手段。对于无法客观自省的病人，我发现具体的事物很有帮助。我的一位老师路易斯·希尔是个天才，当他要去度假时，他会对一个小瓶子吐气，然后把小瓶子交给严重的精神分裂病人，要病人挂在胸前。

"你认为那也是花招吧，欧内斯特？让我用另一个更适当的词来形容：创意。记得我说过，为每个病人创造一套新的治疗法吗？这正是我的意思。你还没有提出最重要的问题。

"有没有效？没错，就是这个问题，唯一正确的问题。忘记所有规则。是的，有效！对希尔医生的病人有效，对贝拉也有效，她随身带着我的手帕，逐渐能够控制住她的冲动。她的'出轨'渐渐越来越少发生，不久我们便能在诊疗时转移注意力到别的地方。

"什么？只是移情性的治疗？显然你很不以为然，欧内斯特，这样很好，能产生好问题。你能够抓住真正的重点。让我告诉你，你目前的方向错误——你不应该当一个精神化学家。嗯，弗洛伊德对于'移情治疗'的批评已经有100年了。虽然他的有些见解能够成立，但基本上是错误的。

"相信我，只要你能切入自毁行为，不管你是怎么做的，都算是可观的成就。第一步就是要打破自我仇恨与毁灭的恶性循环，然后是羞愧所带来的更多恨意。虽然贝拉从来没有表达，但是她的堕落行为所带来的羞愧与恨意是难以想象的，心理医生要扭转这种过程。卡伦·霍妮（Karen Horney）曾经说……你读过霍妮的书吗，欧内斯特？

"可惜，但这似乎是我们领域中主要理论家的命运——他们的教诲只能流传一代。霍妮是我最喜爱的理论家之一，我在学习时读过她所有的著作。她最好的一本，《精神官能症与人性成长》（*Neuroses and Human Growth*），已经有50年了，但那是关于心理治疗最好的一本书，而且没有任何专门术语。我要把我的那本给你读，在那本书的某处，她提出很简单而有力量的观点：'如果你想要对自己感到自豪，就去做能让你骄傲的事情。'

"我已经不知道说到哪里去了。请帮助我回到正题，欧内斯特。我与贝拉的关系？当然，那就是我们今天真正要谈的，对不对？在那方面有很多有趣的发展。但我知道你的委员会最感兴趣的就是肉体上的接触。贝拉从一开始就很在意。我习惯触摸我所有的病人，不管男女，每次诊疗都会——通常在结束时握握手或拍拍肩膀。嗯，贝拉并不喜欢这样，她拒绝握我的手，开始说些风凉话，如'这是

治疗学会核准的握手吗？'或'你能不能更正经一点？'

"有时候她会在结束时拥抱我——都是很友善，没有性意味的。然后下一次诊疗时她会笑我的行为，我的正经，当她拥抱我时，我变得僵硬起来。这里的僵硬是指我的身体，而不是我身体的某个部分。欧内斯特，我知道你在想什么，你一定很不会打扑克牌，我们还没有到达情欲的阶段。等我们到了，我会提醒你。

"她也抱怨我对于年岁的计较。她说如果她又老又有智慧，我就会毫不犹豫地拥抱她。她也许说得对。贝拉非常重视身体上的接触：她坚持我们应该碰触，一直坚持，要求，要求，从来不停止。但我可以了解：贝拉的成长过程缺乏触摸。她的母亲在她还是婴儿时就死了，她是被一群冷漠的瑞士家庭教师抚养长大的。还有她父亲！这个父亲有细菌恐惧症，从来不会碰她，在家中总是要戴手套，要仆人清洗与熨平所有的钞票。

"经过一年后，我开始放轻松些，或被贝拉的要求所软化，以叔父般的拥抱作为会诊的结束。但是她总是不满足，在拥抱时总想吻我的脸颊。我总要求她尊重界线，而她总是要试探。我不知道对她说教过多少次，给她多少有关的书本与文章，要她阅读。但她就像个躲在母亲身体里的小孩——一个非常迷人的母亲身体——而她渴望身体的接触。她能不能把椅子靠近些？我能不能握着她的手几分钟？我们能不能一起坐在沙发上？我能不能只是用手搂着她，安静地坐着，或去散步，而不是谈话？

"她真的很有说服力。'西摩，'她会说，'你很会谈论关于为每个病人创造新的治疗方式，但你漏掉的是'只要是在办公室就可以'或'只要不违反心理医生的中年中产阶级舒适感就可以。'她嘲笑我躲在美国心理治疗学会的心理治疗准则后面。她知道我也参与了那些准则的制定，因为我曾经是治疗学会的主席。她指责我被自己的规矩所限制了，她批评我没有读我自己写的东西。'你强调要尊重每个病人的独特性，然后你又假装一套规则可以适用于所有病人。我们都被归于一类，'她说，'仿佛所有病人都一样。'最后她总是这么问：'什么才重要？遵守规则？躲在你的办公室？还是做对病人最有利的事？'

"其他时候她会批评我的'防卫式治疗'：'你总是担心会被人控告。你们这些心理医生在律师面前胆小如鼠，同时却鼓励你们的病人拥抱自由。你真的认为我会控告你吗？你还不了解我吗，西摩？你正在拯救我的生命，我爱你！'

"你知道的，欧内斯特，她说得不错，我毫无招架之力，我是很胆怯，我是在防卫我的准则，即使在某些情况，我知道这些准则对治疗无助。我把我的胆怯与对事业的担心，看得比病人的利益还重要。真的，如果你没有从利害关系的位置来看这件事，让她坐在我身旁，握着我的手，根本没有什么不对。事实上，每次我这么做之后，都毫不例外地为治疗充了电：她不再那么防卫，比较信任我，让我能进入她的内心世界。

"什么？心理治疗究竟需不需要严格的准则？当然需要。请继续听下去，欧内斯特。我的问题是，贝拉会攻击任何规矩，就像牛看到红布。不管何时何地，只要我设下了界线，她就要试探。她会穿很薄的衣服，里面不穿内衣。当我对此有意见时，她又会取笑我对身体的保守态度。她说我想要知道她内心的一切，但不敢碰她的皮肤。有几次她抱怨胸部有硬块，要我检查她，我当然不愿意。她会述说对我的性幻想好几个小时之久，恳求我与她亲热一次就好。她的理由之一是，与我亲热一次，就能打破她的执迷。她会发现其实没什么了不起的，于是就能够转而思索生命中其他的课题。

"她对性的露骨暗示让我感到如何？好问题，欧内斯特，但这与调查有关吗？

"你不确定？有关的是我的行为——我是因此而受到批判——而不是我的感受或想法。要动用私刑时，没人会去关心感受或想法！但如果你能关掉录音机几分钟，我就告诉你。把这当成我的忠告。你读过里尔克（Rilke）的《给年轻诗人的信》吗？嗯，把这当成是我给年轻心理医生的信好了。

"很好。也请你放下笔来，欧内斯特，只要听我说就好。你想知道这对我有何影响？一个美丽的女人迷恋我，每天自慰时都想着我，恳求我与她上床，不停地谈着她对我的幻想，你想我会感觉如何？看看我！两根拐杖，越来越糟糕，越来越丑，我的脸快被皱纹吞没了，身体也快要散了。

"我承认，我只是人。我开始受到影响。如果那一天我们要诊疗，当天早上我穿衣服时就会想，要穿什么样的衬衫？她不喜欢宽纹的，她说那让我看起来过于自足。还有要擦什么样的刮胡水？她比较喜欢哪一种，每次当我要考虑用哪一种时，通常会用她喜欢的。一天在她的网球俱乐部，她遇见了我的一位同事——一个自恋的书呆子，总是想与我竞争，当她得知他与我共事后，就找他谈起我。他与我的关系使她兴奋，于是她就跟他回家。想想看，这个蠢材与这个大美人上了床，却不晓得完全是因为我的缘故，而我又不能告诉他，真是气死我了！

"但是被病人吸引是一回事，实际付诸行动又是另一回事。我努力抗拒，不停地进行自我分析，并且向几位朋友咨询，试着在诊疗时处理。我一再告诉她，我绝不可能与她发生性关系，如果我做了，我会遗憾终身。我说她需要一个优良的心理医生，而不是一个残废的老情人。但我承认我被她所吸引，我要她不要坐得这么靠近，因为一旦肉体的接触使我兴奋，在心理治疗上就会失去效果。我采取专断的态度：我坚持我比她看得远，知道如何治疗她，她不可能比我更清楚。

"好，好，你可以再打开录音机了，我想我已经回答了你的问题。所以，我们像这样过了一年，努力防范症状发生。她有很多次出轨，但整体而言我们做得不错。我知道这不是治本之道，我只是在克制她，提供一个固定的环境，保护她从一次诊疗到下一次。但我可以听见时钟滴答作响；她越来越显得焦躁与疲倦。

"然后有一天她进办公室来，看起来非常狼狈。街上有些干净的新毒品，她承认她差一点就要去买了。'我不能一辈子生活在挫败中，'她说，'我非常努力想要成功，但我已经没力气了。我知道我自己，我知道我自己，我知道我会怎么做。你想要让我活着，而我要与你一起努力。我想我做得到，但我需要一些报偿！是的，是的，西摩，我知道你要说什么，我已经倒背如流了。你要说我已经得到报偿了，我的报偿就是比较好的生活，对自己感觉好些，尊重自己，不会想要自杀。但这些东西都不够，太遥远了，太空虚了，我需要能摸到它，我需要摸到它！'

"我开始说些安慰的话语，但她打断我的话。她的挫折感越来越激烈，于是提出一个绝望的请求：'西摩，配合我，用我的方式。求求你。如果我保持干净一整年——真的干净，你知道我的意思：没有毒品，不暴食，不上酒吧，不割手腕，什么都不做，那么就奖励我！给我一些报偿！答应带我去夏威夷一个星期。我们像一对男女一样去，而不是医生与病人。不要笑，西摩，我是说真的，非常认真。我需要，西摩，只要一次，把我的需要放在规矩前面，这一次就顺着我吧。'

"带她去夏威夷一个星期！你笑了，欧内斯特，我也是。真是荒谬！我就像你一样：一笑置之。我想要不理会，就像以前不理会她所有的下流提议，但这次她的态度更为急迫，更为不祥，也更为坚持。她不肯放过我，我无法打消她的念头。当我告诉她不可能时，她开始讨价还价：她把维持干净的时间延长到一年半，把夏威夷换成旧金山，把一星期的假期缩短成五天，然后是四天。

"在每次诊疗之间，我发现自己会去想贝拉的提议。我无法克制，我在心中玩味这个念头。一年半——18个月——的好行为？不可能！荒谬！她绝对做不到。我们为何要浪费时间谈这个呢？

"但是假设——只是做个思想实验，我告诉自己——她真的能够改变行为18个月？想想这个主意，欧内斯特，想想它的可能性。你难道不会同意，这个冲动夸张的女人能自我控制地过18个月，没有毒瘾，不再割腕，摆脱一切自我毁灭，难道她不会变成另外一个人吗？

"什么？边缘型的病人玩弄把戏？你是这么说吗？欧内斯特，如果你这么想，你永远无法成为一个真正的心理医生。这就是稍早时我说过的，诊断的危险性。边缘型病人形形色色。标准对人只有坏处。你治疗的不是标准；你必须治疗标准后的那个人，而不是标准。这个贝拉，这个有血有肉的金发女郎，如果能采取完全不同的行为方式生活18个月之久，难道不会产生本质上的改变？

"你不愿意接受？我不怪你——以你现在的地位，加上那个录音机。只要你自己在心中回答自己。不，让我为你回答：我相信天下所有心理医生都会同意，如果贝拉不再受她的冲动所控制，她会成为一个迥然不同的人。她会发展出不同的价值，生活中不同的优先级，不同的看法。她会清醒过来，张开她的眼睛，看到现实，也许看到她自己的美与价值。她也会对我有不同的看法，就像你看我的方式：一个糟老头。一旦看到了现实，她的情欲移情，她的反常癖好就会消失而去，同时也包括她的夏威夷幻想。

"什么，欧内斯特？我会不会怀念这种情欲移情？会不会难过？当然会！当然会！我喜爱被人爱慕。谁不会？你不会吗？

"好啦，欧内斯特，你不会吗？当你演讲完后，你不喜欢热烈的掌声吗？你不喜欢人们围绕着你，尤其是女人吗？

"很好！我很欣赏你的诚实。不需要感到惭愧。谁不喜欢？这是我们的天性。继续说下去，我会怀念她的爱慕，我会觉得若有所失，但那是我的工作职责：引导她看到现实，帮助她成长，离开我，甚至忘了我。老天可怜我。

"嗯，随着时间慢慢过去，我对贝拉的提议越来越感兴趣。18个月规规矩矩，她这么提议，而且这还是初步的提议。我很善于讨价还价，一定能得到更多，增加机会，提供更多的空间，实实在在发生改变。我想到了其他可以要求的事情：也许要她参加团体治疗，还有更费力的，要求她丈夫也参加夫妻治疗。

"我从早到晚都在想贝拉的提议，一刻都无法抛开。我是个爱打赌的人，而且我的胜算颇大。如果贝拉赌输了，如果她犯了规——吸毒，暴食，上酒吧或割腕——也没什么损失，我们只是回到了原来的出发点。就算我只能从她身上得到几周或几个月的节制，也对我的治疗有帮助。如果贝拉赢了，她会改头换面，不会想要向我索取奖品。这真是太容易了，毫无风险，而且我很有机会能拯救这个女人。

"我喜爱行动，喜爱竞赛，什么都赌——棒球赛、篮球赛。高中毕业后我加入海军，以在船上玩扑克赢来的钱读完大学；我在纽约实习时，没事的晚上都在产科与医生们赌钱。产房旁边的医生休息室中总有牌局进行，每当缺人手时，医生就会要播音员广播寻找'布莱克医生'。每当我听见广播，就会尽快赶去。他们都是一群好医生，但牌技极差。你知道的，欧内斯特，当时的实习医生几乎没有薪水，年终时其他实习医生都欠了一屁股债。我呢？我开着新车前往新医院担任驻院医生，全都要感谢那些产科医生。

"回到贝拉。我考虑了她的赌注好几个星期，然后有一天，我决定孤注一掷了。我告诉贝拉，我能了解她需要奖励，于是我开始认真地议价。我坚持要两年。她非常感激我如此认真考虑，于是答应了所有的条件，我们很快草拟一份确实而清楚的合约。她要做到的是保持两年的干净：不吸毒（包括酒），不割腕，不暴食暴泻，不在酒吧或公路上勾引男人，不进行任何危险的性行为。我想就是这样了。哦，还有，她必须开始参加团体治疗，并与她丈夫一起参加夫妻治疗。我要做到的是在旧金山与她共度一个周末：一切行程细节与旅馆都由她全权做主，我只能任她安排。

"贝拉非常认真。交涉结束后，她建议我们正式立誓，她带了一本《圣经》，我们都以《圣经》发誓要遵守这份合约，然后我们严肃地握手。

"我们像以前一样会诊。每星期会面两三次也许更多，但她丈夫开始对诊疗费用发牢骚。贝拉保持洁净后，我们就不需要多花时间分析她的'出轨'。梦境、幻想，一切都可以拿来谈。我首次看到她对自己产生好奇；她选修了大学中关于病态心理学的课程，开始写她早年生活的自传。渐渐地，她想起更多儿时的回忆，她如何在多名冷淡的保姆中寻求一位新的母亲，大部分保姆只做了几个月就走了，因为受不了她父亲疯狂的洁癖与规矩。他对细菌的恐惧控制了她的整个生活。想象一下：她在14岁之前都没有上学，完全在家中接受教育，因为他怕她会带细菌回家，所以她没有什么亲密的朋友，很少有机会与朋友一起用餐。他禁止她晚上出去，她也害怕让朋友见到她父亲吃饭的仪式：戴着手套，每一道菜之间都要洗手，检查仆人的手是否干净，也不准她去借书。她喜爱的一位保姆由于让她与朋友交换衣服穿，当场就被开除。她的童年与女儿身份在14岁时骤然结束。她被送到寄宿学校就读，之后她与父亲只有零星的会晤。她父亲很快就再婚了。新妻子是个美丽的女人，但以前是个妓女。根据一位老处女姑妈说，新妻子只是她父亲过去14年所结交的许多妓女之一。贝拉对此进行了她首次的精神分析尝试，她认为这就是为什么她父亲会觉得肮脏，总是要洗手，不肯让他的皮肤碰触到她。

"在那几个月中，贝拉若是提到有关我们赌注的事，完全只是表达她的感激，她称之为'前所未有的肯定'。她知道这个赌注是给予她的一个礼物；不像先前的心理医生所给的'礼物'：口头上的赞美，解析，承诺，'治疗上的关切'……这个礼物是实质的，可碰触的。这是我愿意帮助她的确切证据，也证明了我对她的爱。她说她从来没有这样被爱过。从来没有人把她放在自己的利益之前，放在规矩之前。她父亲当然没有，从来没有脱下手套抚摸她，直到10年前过世，每年都送她相同的生日礼物：一卷百元大钞，每一张代表她的一岁，每一张都洗得干干净净，熨得平平整整。

"这个赌注还有另一个意义。我愿意为她而改变规矩。她说她最喜欢的一点是，我愿意冒险，面对自己的阴影。'你也有顽皮与黑暗的一面。'她说，'所以你才如此了解我。我觉得我们好像是双胞胎。'

"我想可能正因为如此，我与她才一见如故。她立刻就知道我是她的心理医生——我脸上的恶作剧神情，玩世不恭的眼神。她洞悉了我的底细。真是个小滑头。

"而且，我完全了解她的意思，我可以从其他人身上看到同样的东西。欧内斯特，请关掉录音机一会儿就好，谢谢。我要说的是，我也从你身上看到。你与我，我们坐在这个办公桌的两边，但我们有某种相同的东西。我告诉你，我很善于看人，很少出错。

"不同意？少来！你知道我的意思！不正是因为如此，你才如此充满兴趣地聆听我的故事？比兴趣还强烈，我称之为着迷也不为过。不错，欧内斯特，你与我。你在我的情况中也会如此。你也会接下我的魔鬼赌注。

"你在摇头。当然！但我不是对你的头脑说话。我是对你的心。还有，也许你不仅从我身上看到你自己，你也从贝拉身上看到你自己。我们三个其实没有什么两样！好了，让我们回到主题上。

"等一下！在你打开录音机之前，欧内斯特，让我再说一件事。你以为我在乎这个狗屎道德委员会吗？他们能怎么样？不让我到医院看病吗？我已经 70 岁了，我的事业已经结束了，这我很清楚。所以我为什么要告诉你这一切事情？为了能产生一些好的结果。也许你会接受一点点的我，让我进入你的血液中，让我教导你。记住，欧内斯特，当我说你能面对你的阴影，我的说法是正面的——我的意思是，你有勇气与胸襟成为一个伟大的心理医生。打开录音机吧，欧内斯特，不需要回答我。当一个人 70 岁时，就不需要听回答了。

"好，说到哪里了？嗯，第一年过去了，贝拉做得非常不错，完全没有出轨。她完全保持干净，对我只有很少的要求。有时候她会要求坐在我身边，我伸手搂住她，我们就这样坐着几分钟，这样总能使她放松下来，使诊疗更有效果。诊疗结束时，我总是给她兄长般的拥抱，她会含蓄地在我脸颊上留下女儿般的亲吻。她丈夫拒绝参加夫妻治疗，但同意与一位基督科学教派人士会谈数次。贝拉说他们的沟通有所改善，对彼此的关系都比较满意了一些。

"在第 16 个月的时候，一切仍然很好。没有海洛因——没有任何毒品——没有割腕，没有暴食与暴泻，或任何自我毁灭的行为。她参加了一些旁门左道的活动——一个与通灵者有关，一个前世治疗团体，一个与海草营养学家有关，典型的加州骗人玩意，无伤大雅。她与她丈夫也重新开始性生活，她也与我的同事玩一点点性游戏——那个她在网球俱乐部认识的浑蛋。但至少那是安全性交，比以前的酒吧或公路寻欢要好得多了。

"那是我所见过最剧烈的治疗转变，贝拉说那是她一辈子最快乐的一段时间。我向你挑战，欧内斯特，看你敢不敢把她列入你的后续研究，她会成为一个明星病人！把她与任何药物治疗相比较：利培酮（Risperidone）、百忧解、帕罗西汀（Paxil）、怡诺思（Effexor）、威博隽（Wellbutrin），随便你举出什么药物，都比不上我的治疗方法。这是我所做过最棒的治疗，但我却无法发表。发表？我连告诉别人都不行。直到现在！你是我第一个真正的听众。

"在第 18 个月的时候，会诊开始改变。刚开始很隐约，越来越多关于我们旧金山之旅的话题开始出现，不久贝拉在每次会诊时都会提到。她每天早上都会赖床一个小时，做着关于我们共度周末的白日梦：像是睡在我的怀中，打电话点早餐在床上吃，然后开车到风景区吃午餐，接着是午睡。她幻想着我们结了婚，晚上迎接我回家。她说只要她知道我会回家，她就能快乐地过一辈子。她不需要占用很多我的时间，她愿意当一个小老婆，每个星期只要我陪她几个小时，这样她就可以永远活得健康快乐。

"嗯，你可以想象，这时候我开始有点不安，然后非常不安。我开始收拾残局，努力帮助她面对现实。几乎每次会诊，我都会谈到我的年龄。再过三四年我就要坐轮椅了，再过 10 年我就是 80 岁了。我问她，她以为我能活多久。我家族中的男性都死得很早，在我这个年纪，我父亲已经入土 15 年了，她至少会比我再多活 25 年。我甚至开始在她面前假装我的神经疾病更为严重，有一次我故意跌倒。我一再强调，老年人没有什么力气。在晚上八点半就要上床。上次看十点新闻是在五年前。我的视力衰退，肩膀发炎，消化不良，胃肠胀气，便秘。我甚至还想弄个助听器来戴，只为了制造效果。

"但这一切都是拙劣的手法。完全大错特错！这只使她变得更为渴望。她很病态地渴望我衰弱或瘫痪，幻想我中了风，我妻子离开我，于是她就搬进来照顾我。她最喜欢的照顾幻想是：为我泡茶，为我洗澡，为我换睡衣，为我擦痱子粉，然后脱掉她的衣服，钻进被单中躺在我身旁。

"到了第 20 个月时，贝拉的进展更为明显。她参加了匿名戒毒团体，每星期三次。她自愿到学校教导女学生避孕与防范艾滋病，也得到当地大学的 MBA 入学许可。

"什么，欧内斯特？我怎么知道她说的是实话？你知道的，我从来不会怀疑她。我知道她有她的问题，但对我说实话似乎是她不得不做的一件事。我想我提过，在我们诊疗刚开始时，我们同意要对彼此完全诚实。在刚开始治疗的几星期，她隐藏了几件事没说，但是她受不了；她相信我可以看透她的内心，会不愿意再治疗她。她都等不到下次会诊，每次结束后就会打电话给我。有一次还是在半夜，坦承一切。

"但你的问题很好。这件事情关系重大，不能只是听信她的话，我做了你会做的：我查证了所有可能的消息来源，我也与她丈夫见过几次面。他拒绝接受治疗，但同意过来帮助贝拉，他证实了她所说的一切。他也允许我接触他的基督科学教派指导人——很讽刺的，这位指导人正在攻读临床心理学博士，也读过我的书——她也证实了贝拉的说法：为婚姻而努力，没有割腕，没有吸毒，参加社区工作。贝拉没有说谎。

"所以换成你会怎么做，欧内斯特？什么？根本就不会置身于这种处境？是，是，我知道。现成的答案。你真让我失望。告诉我，欧内斯特，如果你不会置身于这种处境，那么你会在哪里？回到你的实验室？或进图书馆？你会很安全。正当而且舒适。但病人会如何？早就跑了！就像贝拉先前的20位心理医生，他们都采取安全的做法。但我不一样，我是个迷失灵魂的拯救者，我拒绝放弃病人。我会累坏自己，冒险尝试一切来救病人。我一辈子的事业都是如此。你知道我的名声吗？去问问其他人，问问你的主任，他知道。他把十几个病人介绍给我，我是最后的救援心理医生，别人放弃的病人都会交给我。你在点头？你听到有人这么说过？很好！这样你就知道我不是个老糊涂。

"所以请考虑我的处境！我到底应该怎么做？我开始有点慌了。我使出一切阻止的手段：我开始疯狂地分析，仿佛不分析就会死。我分析所有能够分析的。我对她的幻想开始感到不耐烦。

"例如，贝拉幻想我们结了婚，然后她愿意一个星期只苦等与我相处的那几个小时。'这是什么样的生活？什么样的夫妻关系？'我问她。这根本不是夫妻关系，这是巫术。从我的观点来想，我会说：她想从这种安排中得到什么？光靠我每星期几个小时就可以治疗她，这根本不切实际。这算是关系吗？不是！我们对彼此并不实际；她把我当成一个偶像，她感觉空虚，于是希望吸收我的精华来填补她自己。难道她看不出来自己的做法？把象征当成了现实？

"贝拉很严肃地点头同意我的分析，然后继续她的编织。她在匿名戒毒协会学习了编织，最后几周时她不停地赶工编织一件毛衣，准备让我在旧金山过周末穿。我找不到任何方法可以动摇她。是的，她同意她也许过于依赖幻想，也许她所要的是一个老智者的原型。但有这么糟糕吗？除了她的企管硕士课程之外，她也旁听了人类学的课程。她提醒我，许多人类的生活都根据不合理的观念如图腾、转世、天堂与地狱，甚至治疗上的移情性疗法，与弗洛伊德的神化。'只要管用，就可以用，'她说，'想到我们将在一起度周末，这就很管用。这是我毕生最美好的一段时间，感觉好像我嫁给了你。我在等待，知道你很快就会回家；这使我能好好活下去，使我心满意足。'说完后她就继续编织。那件该死的毛衣！我很想把它从她手中抢过来。

"到了第 24 个月，我方寸大乱。我开始连哄带骗，推托加上哀求。我对她说教爱情：'你说你爱我，但爱是一种关系，爱是关心对方的成长。你关心过我吗？关心我的感觉？你有没有想过我的内疚，我的恐惧，这件事对我自尊上的打击，知道我自己犯下不道德的事？还有这件事对我名誉的打击，我所冒的危险——我的职业，我的婚姻？'

"'你有多少次提醒我，'贝拉回答，'我们只是处于人类处境中的两个人——不多也不少？你要我信任我，我也信任你——我这辈子首次信任人。现在我要你信任我，这将是我们的秘密，我会带到我的坟墓里。不管发生了什么，永远也不泄露！至于你的自尊、内疚与职业上的担心，嗯，还有什么比你这个治疗者能治疗我更重要？你要让规矩与名声比道德优先吗？'你有一个好答案吗，欧内斯特？我没有。

"她隐约地暗示，如果我反悔会有什么影响。她为了这趟周末之旅活了两年，她还能再信任任何心理医生？或任何人吗？她让我知道，这是足以让我内疚一辈子的一件事。她不需要说很多，我知道我若背叛她会有什么后果。她超过两年没有自我毁灭，但我一点也不怀疑，她随时都可以再犯。坦白说，我相信如果我反悔，贝拉就会自杀。我仍然想要逃离这个陷阱，但我越来越没力气了。

"'我 70 岁，你 34 岁，'我告诉她，'我们睡在一起实在很不自然。'

"'卓别林、基辛格、毕加索、亨伯与洛丽塔（《洛丽塔》一书中的角色）。'贝拉回答，甚至没有从编织中抬起头来。

"'你已经把它变成有点恶心的程度，'我告诉她，'一切都被夸张，远离现实。这个周末可能会让你大失所望。'

"'大失所望将是最好的一件事，'她回答，'你知道，可以打破我对你的执迷，我的"情欲移情"。这对你的治疗没有坏处。'

"我继续求她：'以我的年龄来说，我没有什么精力了。'

"'西摩，'她笑我，'你真是让我感到意外。你还是不懂，精力或性交根本不重要。我要你陪我，抱着我，把我当成一个人，当成一个女人，而不是病人。况且，西摩，'她举起织了一半的毛衣放在脸前，故作害羞状地从毛衣洞里望着我说，'我要给你毕生最爽的性爱！'

"然后时间到了。24个月过去了，我别无选择，只能还债给魔鬼。如果我反悔，我知道后果将不堪设想。但如果我遵守诺言，那么谁知道结果如何？也许她说得对，也许这会打破对我的执迷，也许没有情欲移情，她的能量就能用在与丈夫关系的改善上，她还会保持对治疗的信心。过几年我就会退休，她会找其他心理医生。也许在旧金山与贝拉度周末会是非常好的治疗步骤。

"什么，欧内斯特？这是我的反移情？就像你一样，我转得天昏地暗。我试着不列入考虑，我不是在反移情，我相信我没有其他合理的选择。我现在仍然相信如此，即使发生了这一切事情，我也能够接受我的处境。我这么一个快要死的老头，每天都承受神经系统的病变，视力衰退，没有性生活——我老婆通常不喜欢放弃什么，但早就放弃了性。而我对贝拉的着迷？我不否认：她让我着迷。当她说她要让我享受最棒的性爱，我可以听见我的身体又开始转动起来。但让我告诉你，还有这台录音机，让我清清楚楚地说——我不是为了这个才这么做！你或道德委员会也许对此不感兴趣，但对我可有生死攸关的重要性，我从来没有打破我与贝拉的协约，我从来没有打破我与任何病人的协约，我从来没有把自己的需要看得比他们更重要。

　　"至于剩下来的故事，我想你很清楚。你的文件上都有记录。贝拉与我在周六到了旧金山的海滩旅馆会面共进早餐，然后一直共处到周日黄昏。我们告诉各自的家人，我安排了一次周末的长程治疗，大约每年我会与十几个病人进行两次这种团体聚会。事实上，贝拉在第一年治疗时曾经参加过这种团体聚会。

　　"你有没有带过这样的团体，欧内斯特？没有？让我告诉你，这种团体非常有效……疯狂地加速治疗。你应该知道这种团体，等我们再见面时，情况不同时，我会告诉你这些团体的详情。我已经带领这种团体 35 年了。

　　"回到那个周末，如果让你听这么久，却不说出高潮，未免有点不公平。我能告诉你什么呢？我想要告诉你什么？我要保持我的尊严，我的心理医生身份，但没有维持很久——等我们住进旅馆后，贝拉立刻就解除了我的武装，我们很快就成为男人与女人，还有其他一切，贝拉所预料的事都发生了。

　　"我不骗你，欧内斯特。我爱死了那个周末的每一分钟，大多数时间我们都在床上度过。我有点担心这么多年没用，我的管子已经阻塞了。但贝拉是个绝佳的水管匠，一番整修之后，一切功能都恢复了正常。

　　"三年来我嘲笑贝拉生活在幻想中，并把我的现实硬加在她身上。现在，在一个周末，我进入了她的世界，发现生活在幻想王国中并不算坏。她是我的青春之泉。我每个小时都变得更为年轻。我的步伐更为稳健，抬头挺胸，看起来更高了。欧内斯特，我告诉你，我想要号叫一番。贝拉也注意到了。'这就是你需要的，西摩。这也

是我希望从你身上得到的——被拥抱，拥抱你，给予我的爱。你了解吗，这是我毕生首次给予爱，不可怕吧？'

　　"她哭了很多次。我的泪腺也打开了，我也哭了。她那个周末给予我如此多。我这一辈子职业中都在给予，这是首次我得到回馈，真正的回馈。仿佛她为了我所治疗过的所有病人回报我。

　　"但是之后又回到了现实生活，周末结束了，贝拉与我又开始每星期两次的诊疗。我从来没有料到会输掉这次打赌，所以我也没有任何事后的应变计划。我试着回到以往的正式做法，但是经过一两次诊疗后，我知道有了大问题，亲密过的人几乎不可能再回复客套正式的关系。尽管我努力尝试，一种顽皮的感情取代了严肃的治疗。有时候贝拉要求坐在我的腿上。她时常拥抱爱抚，我想要阻止她，我试着保持正经的职业伦理，但是，我不得不承认，这已经不是治疗了。

　　"我宣布暂停，严肃地建议，我们有两个选择：我们可以恢复严肃的治疗，非肉体的传统关系，或者我们摆脱做治疗的外表，试着建立纯粹的社交关系。而'社交'并不意味着性交：我不想要增加问题。我说过，我曾经写过指导方针，谴责医生与病人在治疗后发生性关系。我也很清楚地告诉她，既然我们不再做治疗，我不能再向她收钱。

　　"这些选择贝拉都不接受，恢复正式的治疗似乎很虚伪。治疗不是应该完全不玩游戏吗？至于不再收费，那也不可能。她丈夫在家里就有办公室，大多数时间都待在家中。如果她不写治疗的支票，她要怎么解释每星期固定去看两次心理医生？

　　"贝拉嘲笑我对于治疗的狭窄定义。'我们在一起，亲密地嬉戏，碰触，真正的爱，这才是治疗，而且是很好的治疗。你为什么看不出来，西摩？'她问。'有效的治疗不就是好治疗吗？你忘了你对于治疗所谓的"一个重要问题"吗？有没有效？我的治疗不是有效吗？我不是在继续进步吗？我没有乱来，没有症状，读完了研究生，要开始新的生活。你改变了我，西摩，现在你只需要每星期花两个小时与我亲近，就能保持我的改变。'

"贝拉真是个小滑头，而且越来越厉害。我想不出什么反对的意见来批评这种不是很好的治疗方法。

"我知道这不可能是好方法，但是我过于喜欢这个方法。慢慢地，我明白自己遇上了大麻烦。任何人看到我们俩在一起，都会认为是我在利用病人的移情满足私欲。要不然我就是个高价的老牛郎！

"我不知道该怎么办。显然我无法咨询任何人——我知道人家会怎么说，而我还不准备放弃。我也无法介绍她给其他心理医生——她不会走。但坦白说，我也没有坚持这个做法。我有点担心，她会不会说我的坏话？有几晚我睡不着，想着她告诉其他心理医生关于我的事。你知道心理医生们多么爱谈论先前心理医生的闲言闲语——他们就是喜欢听到西摩·特罗特的八卦。但我无法要求她保护我——要她保密会伤害她接下来的治疗。

"所以我越来越感到紧张，但是即使如此，我还是完全没有料到最后一切爆发时的猛烈。一天晚上我回家，发现屋子一片漆黑，我的妻子走了。前门钉了四张我与贝拉的照片：第一张是我们在旧金山旅馆柜台前准备登记；第二张是我们拿着行李，一起进入房间；第三张是旅馆登记簿的特写——贝拉付了现金，并登记为西摩夫妻；第四张是我们俩在金门大桥观景处拥抱在一起。

"屋子里的厨房桌上，我发现两封信：一封是贝拉丈夫写给我妻子的，说她也许会对这些照片感兴趣，让她知道她丈夫是怎么治疗他的妻子的。他说他寄了一封同样的信给医学道德委员会，最后威胁说如果我再去见贝拉，法律诉讼将是我最起码要担心的一件事。

第二封信是我妻子写的，简单扼要，叫我不用解释了。我要谈就与她的律师谈。她给我 24 小时收拾东西离开这个屋子。"

"所以，欧内斯特，现在就到了这里。我还能告诉你什么呢？"

"他怎么会有这些照片？一定是雇用了私家侦探跟踪我们。真是讽刺——当贝拉开始好转时，她丈夫却选择了离去！但谁知道呢？也许他一直想要寻找出路，也许贝拉让他筋疲力尽了。

"我再也没有见过贝拉。我只知道一位老同事的传言——而且不是很好。她丈夫跟她离了婚，最后带着财产溜出了国。他已经怀疑贝拉好几个月，因为他在她皮包里发现了避孕套。当然，这更是讽刺：因为治疗才使她停止自我毁灭，愿意使用避孕套。

"最后我听到的是，贝拉的情况极糟——又回到了原点。所有过去的习惯都回来了：两次因为自杀而住院——一次割腕，一次药物过量。她将会毁灭自己，我知道。她又试了三位心理医生，然后一个个开除掉，拒绝进一步的治疗，现在又开始吸更强的毒品。

"你知道最糟糕的是什么吗？我知道我能帮助她，即使现在都能，我很确定，但是法庭禁止我见她或与她说话，否则将有严重的处分。她曾经留下几个电话录音，但我的律师警告我，如果我不想坐牢，就不要回她电话。他告诉贝拉关于法庭的禁令。最后，她不再打电话了。

"我要怎么办？你是说关于贝拉吗？很困难。不能回她电话让我痛不欲生，但我也不喜欢坐牢。我知道只要能谈 10 分钟，我对她能有多大的帮助，即使是现在。请关掉录音机，欧内斯特。我想我不能让她就此沉沦，我这样子无法面对我自己。

"所以，欧内斯特，这就是我故事的尾声，完结了。让我告诉你，我不想这样结束我的事业。贝拉是这个悲剧中的主角，但这个情况对我也非常糟糕。她的律师要求她索取赔偿——能拿多少就拿多少，他们会非常饥渴，医疗失当的官司将在几个月内举行。

"沮丧？我当然沮丧。谁不会？我称之为正当的沮丧——我是个可悲的老头：失望，孤独，充满自疑，晚节不保。

"不，欧内斯特，这不是药物能治疗的沮丧。没有生理上的特征如失眠，体重减轻等，什么都没有。谢谢你的建议。

"不，不想自杀，虽然我承认我受到黑暗面的吸引，但我是个求生者，我会躲到地窖中舔我的伤口。

"是的，非常孤独。我妻子与我基于习惯而生活在一起许多年了。我一向为了我的工作而活；我的婚姻是次要。我妻子总是说我与病人的接触满足了我的一切需要，她说得对，但她不是因为这样才离开我。我的病症恶化迅速，我想她不是那么希望成为我的终生护士。我觉得她趁机摆脱了这个命运，我不怪她。

"不，我不需要看什么心理医生，我说过我的沮丧不是病征，我很感激你的建议，欧内斯特，但我是个很难应付的病人。目前我在舔我自己的伤口，而我舔得很好。

"如果你打电话来察看我的状况，我没有问题。你的建议让我很感动。但是请放心，欧内斯特，我是个很顽强的家伙，我会没事的。"

说到这里，西摩·特罗特拿起他的拐杖，离开了房间。欧内斯特仍然坐着，聆听拐杖声渐渐远去。

欧内斯特两个星期后打电话过去，特罗特医生再度拒绝接受任何协助。几分钟内他就把话题转到欧内斯特的前途，再次表达他深信欧内斯特当心理药物学家是辜负了他的天赋：他生来是个心理医生，必须达成这项使命才对。他邀请欧内斯特吃午餐来进一步讨论，但欧内斯特婉拒了。

"我真是太疏忽了，"特罗特医生的回答没有丝毫讽刺，"对不起。我建议你转换职业，但是如果别人看到我们在一起，你的新职业就完蛋了。"

"不，西摩，"欧内斯特首次直称他的名字，"绝对不是这个理由。事实上，我有点难以启齿，我准备在你的医疗失当民事诉讼中担任专家证人。"

"不需要感到难堪，欧内斯特。作证是你的责任。换成我是你，我也会如此。我们这一行很脆弱，到处都是威胁。我们有责任维护这个行业，保持水准。就算你一点也不相信我，至少相信我珍惜这份工作。我的一辈子都奉献给它，因此我才会详细向你说明原委，我要你知道这不是背叛的故事。我的行为都是出于信念，我知道听起来很奇怪，但即使现在我都认为我做得没错，命运使正确的事看起来也变成了错误，我从来没有背叛我的职业，也没有背叛我的病人。不管未来如何，欧内斯特，相信我。我相信我所做的：我绝不会背叛病人。"

欧内斯特在民事诉讼中作证。西摩的律师引证了西摩已高的年事、衰退的判断力，与行动上的缺陷，尝试了很新鲜而绝望的辩护：律师说西摩才是受害者，而不是贝拉。但这个案子没有希望，贝拉得到200万美元赔偿，这是西摩的保险所能负担的最高数目。她的律师本来可以要更多，但似乎没什么必要，因为经过离婚与官司费用后，西摩的口袋已经空空了。

这就是西摩·特罗特故事的公开版本结尾。审判之后没多久，他就悄然离去，再也没有人看到他，除了欧内斯特在一年后接到一封没有回邮地址的信。

欧内斯特还有几分钟时间，他的病人才会来。他忍不住再次拿起西摩·特罗特最后的一封信把玩。

亲爱的欧内斯特:

　　在那段丑恶的日子里，只有你对我的情况表示过关切。谢谢你，那是非常令人感动的表示。我很好，不知身在何处，也不希望被人找到。我欠你很多，至少应该给你写这封信，附上我与贝拉的合照。背景是她的屋子。顺便一提：贝拉最近有一笔很好的进账。

西摩

　　欧内斯特像平常一样凝视着这张褪色的照片。在一个整齐的草坪上，西摩坐在一张轮椅中。贝拉站在他身后，憔悴而消瘦，双手握着轮椅的扶手。她的眼睛朝下看。她背后是一栋优雅的房屋，然后是热带海洋的碧海蓝天。西摩面露微笑——很顽皮的傻笑。他一只手握着轮椅，另一只手拿起拐杖，快活地指着天际。

　　也像平常一样，欧内斯特研究这张照片，感到有点不自在。他仔细凝视，想要钻进照片中，发掘任何线索能看出西摩与贝拉的真正命运。他觉得可以从贝拉的眼睛看出端倪，看起来很忧郁，几乎有点消沉。为什么？她已经得到她想要的，不是吗？他更靠近贝拉，想要抓住她的眼神，但她总是望向别处。

第一章

过去五年来，贾斯廷·阿斯特丽德每周三次，一早起来就去看欧内斯特·拉许医生。今天他的会诊就如过去的700次一样：早上七点半准时到达。贾斯廷在候诊室中深吸一口气，倒了一杯咖啡，坐在沙发上，打开《旧金山时报》的运动版。

但贾斯廷无法阅读昨天的赛事。今天不行。有重大的事情发生了，值得纪念的事情。他折起报纸，望着欧内斯特的门。

八点整，欧内斯特把特罗特医生的卷宗放回档案柜，瞄了瞄贾斯廷的病历表，然后整理他的书桌，把报纸放进抽屉，咖啡杯收起来，还有玫瑰。就在打开门之前，他回顾自己的办公室，没有任何习惯的痕迹。很好。

他打开门，两人面对面，治疗者与病人。贾斯廷手中拿着报纸；欧内斯特的报纸藏在书桌里。贾斯廷穿着深蓝色西服打着丝领带；欧内斯特穿着海蓝色外套打着花领带。两个人都超重15磅，贾斯廷的多余体重在下巴与脸颊上，欧内斯特的则是突出于小腹上。欧内斯特修剪的胡须是他最整齐的特征。贾斯廷的神情不定，眼睛乱转。

欧内斯特戴着很大的眼镜，可以不眨眼地长时间凝视。

"我离开了我妻子。"贾斯廷坐下来之后开口说，"昨天晚上。"

"我刚搬了出来。晚上与劳拉共度。"他说这些话时平静而面无表情，然后凝视着欧内斯特。

"就像这样？"欧内斯特安静地问，没有眨眼。

"就像这样。"贾斯廷微笑说，"当我知道时候到了，我没有浪费一点时间。"

过去几个月，他们的互动增加了些许幽默。通常欧内斯特欢迎这种幽默，觉得很有益。但欧内斯特的"就像这样？"问句并不是幽默。他对于贾斯廷的声明感到不安，甚至有点生气！他治疗贾斯廷五年了——这五年来一直努力想帮助他离开妻子！今天贾斯廷却如此稀松平常地宣布他离开了妻子。

欧内斯特回想他们第一次会诊，贾斯廷的第一句话："我需要帮助来离婚！"欧内斯特花了几个月时间费心研究他的情况。最后他同意：贾斯廷应该离婚，这是欧内斯特所见过最糟糕的一桩婚姻。接下来五年，欧内斯特用尽一切心理治疗的手法让贾斯廷敢于离婚。每一次都失败了。

欧内斯特是个不服输的心理医生。没有人敢说他不够尽力。他的同事都认为他做得过多，治疗过于积极。他的辅导医生时常要提醒他："喂，牛仔，慢一点！准备下马吧。你不能强迫人们改变！"但是，最终连欧内斯特都放弃了希望。虽然他还是很喜欢贾斯廷，希望贾斯廷能改变，但他慢慢相信，贾斯廷永远不会离开妻子，贾斯廷的观念已经根深蒂固了，他会一辈子陷于一桩折磨人的婚姻中。

欧内斯特为贾斯廷设下更短程的目标：如何改善一桩坏婚姻，如何在工作上更自主，发展更好的人际关系。欧内斯特在这方面也不输于任何心理医生，但实在很无聊。欧内斯特必须克制自己打哈欠，不停移动眼镜来保持清醒。他已经不再与他的辅导医生讨论贾斯廷，他甚至考虑介绍贾斯廷看别的医生。

但是现在，今天，贾斯廷面无表情地宣布他离开妻子了！

欧内斯特为了隐藏自己的情绪，抽出一张卫生纸开始擦拭眼镜。

"告诉我经过，贾斯廷。"差劲的技巧！他自己立刻就知道了。他在笔记本上写下："错误——寻求信息——反移情？"

稍后，他将与辅导医生马歇尔一起讨论这些笔记。但他自己知道，他不应该主动要求信息。他为什么要鼓励贾斯廷说下去？他不应该屈服于自己的好奇心。马歇尔几个星期前就说过："要学习等待，让贾斯廷告诉你一切，而不是你去征询。如果他选择不告诉你，那么你应该研究他为什么要来看你，付钱给你，却又隐瞒住事实。"

欧内斯特知道马歇尔说得对，但是他不在乎技术上的正确与否，这不是一般的会诊。沉睡的贾斯廷醒来了，离开了妻子！欧内斯特望着这个病人：是他的想象，还是贾斯廷今天看起来更有力量？不再唯唯诺诺，不再口齿不清，不再坐立不安，也不会因为报纸落在地上而道歉。

"嗯，我希望能多告诉你一些，但是没什么好说的。一切都非常容易。我好像在自动驾驶。我只是走出了大门！"贾斯廷只说了这些。

欧内斯特又按捺不住了："多说一些，贾斯廷。"

"这与我的年轻朋友劳拉有关。"

贾斯廷很少提到劳拉，而每次提到时，总是"我的年轻朋友"。欧内斯特很讨厌这种说法，但他没有显露出来，只是保持沉默。

"你知道我常常见她，也许我刻意不提到她。我不知道为何要隐瞒她，但我几乎每天都见她，一起吃午餐，散步，或去她的住处温存一番。我越来越习惯她。然后昨天，劳拉很理所当然地说：'是时候了，贾斯廷，你应该与我一起住了。'"

"你知道吗?"贾斯廷继续说,"我想她说得对,的确是时候了。"

劳拉要他离开妻子,于是他就离开妻子。欧内斯特想到了读过的一篇文章,关于珊瑚礁鱼群的交配行为。海洋生物学家可以轻易分辨主宰的母鱼与公鱼:只需要观察母鱼如何游泳,母鱼会打乱其他公鱼的游泳路线——除了主宰的公鱼之外。美丽的母鱼或人类,的确拥有不凡的力量!这个劳拉,才高中毕业,只是告诉贾斯廷应该离开妻子,他就俯首听命。而他,欧内斯特·拉许,有才华的心理医生,浪费了五年时间却不成功。

"然后,"贾斯廷继续说,"昨晚卡萝也助我一臂之力,表现出她平常的恶婆娘模样,'你总是人在心不在,'她说,'把你的椅子拉近一点!为什么要离这么远?说话!看看我们!你从来都不会主动对我或孩子说些什么!你到底在什么地方?你的身体在这里,你却不在!'吃完饭后,她正在碰碰撞撞地收拾餐盘时,她又说:'我真不知道你为什么还要回家?'"

"这时候,欧内斯特,我突然想通了:卡萝说得对。我为什么在乎呢?然后,就像这样,我大声说:'卡萝,你说得对。不管什么事,你都是对的!我不知道我为什么还要回家。你真是一点也没错。'"

"于是,不多说半句,我走上楼梯,找到一个皮箱,塞进我能找到的一切东西,然后走出屋子。我想要再回去装一个皮箱,你知道卡萝,她会烧了我留下的一切;我想要回去拿我的电脑,她会用槌子砸了它。但我知道如果现在不走,就再也走不成了。我告诉自己,只要回去就输了。我了解我自己,我了解卡萝,所以我没有左顾右盼,径直往前走。在我要关门之前,我伸头进去,也不知道卡萝与孩子们听不听得见,我叫道:'我会打电话回来。'然后我就赶紧离开了那里!"

贾斯廷深吸一口气,朝后躺回椅子中说:"能说的就是这些了。"

"昨晚就是这样？"

贾斯廷点点头："我直接去了劳拉那里，我们整晚拥抱在一起。老天，今早离开时真难过。我几乎无法形容，真是难受。"

"试试看。"欧内斯特鼓励他。

"嗯，当我试着从劳拉怀中出来时，我脑中突然浮现一只阿米巴原虫分裂为二的画面——从高中生物课之后我就没有想过这个画面。我们像是一只阿米巴原虫逐渐裂开，直到我们之间只有薄薄一层相连。然后，痛苦的一声'啪'，我们分开了。我站起来穿衣服，望着钟，心里想：只要14个小时，我就可以回到床上与劳拉相拥在一起。然后我就来这里了。"

"昨晚与卡萝分手的场景，你害怕了好几年。但现在你似乎精神高昂。"

"我说过，劳拉与我彼此相属。她是个下凡的天使，我们天造地设。今天下午我们要去找公寓。她的住处太小了。"

天造地设！欧内斯特想要偷笑。

"要是，"贾斯廷继续说，"要是劳拉早几年出现就好了。我们谈到要花多少房租。在路上我计算这些年花在心理治疗上的钱。每周三次，五年之久——这样要多少钱？七八万美元？请不要介意，欧内斯特，但我无法不想，要是劳拉五年前出现会是如何？也许我那时候就会离开卡萝，结束治疗。也许我就会多出八万美元来找房子！"

欧内斯特感到一阵燥热。贾斯廷的话在他脑中回响，八万美元！不要介意？不要介意！

但欧内斯特没有显露丝毫情绪，没有眨眼或为自己辩护。没有必要。五年前劳拉只有14岁，而贾斯廷连擦屁股都要征求卡萝同意，每天都要打电话给心理医生，点个菜都需要妻子做主，如果她在早上没有给他准备好衣服，他连要穿什么都没个头绪。而且都是他妻子在付钱，不是他——卡萝赚的钱比他多三倍。如果不是五年的心理治疗，他会有八万美元！狗屎！五年前他连八块钱都不知道要如何处理！

但欧内斯特没有说这些话。他很自豪于自己的自制，显然证明了自己身为心理医生的成熟。他反而若无其事地问："你的精神一直很高昂吗？"

"什么意思？"

"我的意思是，这件事非常重大。你当然会有很多情绪吧？"

但贾斯廷就是不肯配合欧内斯特。他没有透露什么，似乎保持距离，不信任。最后欧内斯特明白，他必须专注于"过程"，而不是"内容"——也就是说，专注于病人与医生的关系上。

"过程"是心理医生的护身符，遇上困难时就会派上用场，也是心理医生的职业秘密，使病人与心理医生的谈话不同于与亲密朋友的谈话。学习专注于过程上，也就是病人与医生之间的关系，是他从他的辅导医生马歇尔那里学到的最有价值的教诲，也是他教给学生的法宝。这些年来，他逐渐明白"过程"不仅是渡过难关时的护身符，而且是心理治疗的核心。马歇尔给他最有效的训练，是让他在每次会诊时至少三次专注于过程上。

"贾斯廷，"欧内斯特开始尝试，"我们能不能看看今天我们之间发生了什么事？"

"什么？什么'发生了什么事'？"

更多的抗拒。贾斯廷在装傻。但是欧内斯特想，也许反抗，就算是被动的反抗也不算坏事。他想起了他花费多少时间在贾斯廷的迎合毛病上：他什么事都要道歉，什么都不敢要求，甚至不敢抱怨太阳照到眼睛，或要求把窗帘放下。基于这种背景，欧内斯特知道他该鼓励贾斯廷坚持立场。今天的任务是帮助他把这种被动的反抗转变成坦然的表达。

"我的意思是，你觉得今天与我的谈话如何？有点不太一样，你不觉得吗？"

"你觉得如何呢？"贾斯廷问。

哇！又是非常不"贾斯廷"的反应。一种独立的宣言。要快乐，欧内斯特想，就像老木匠第一次看到小木偶不用线就可以跳舞的心情。

"问得好，贾斯廷。嗯，我感觉有距离，被遗漏，仿佛你发生了很重要的事情——不，不对。让我这么说：仿佛你使很重要的事情发生了，但想要与我保持距离，仿佛你不想在这里了，仿佛你要把我排除在外。"

贾斯廷很赞同地点点头："很正确，欧内斯特，真的很正确。我是有这种感觉，我想要与你保持距离，我想要继续美好的感觉，不想被人从云端拉下来。"

"我会把你拉下来？我会把它抢走？"

"你已经试过了。"贾斯廷说，很罕见地直视欧内斯特的眼睛。

欧内斯特疑惑地昂起眉毛。

"刚才你问我是否一直精神高昂，不就是想要拉下我吗？"

欧内斯特屏住呼吸。哇！由贾斯廷所发出的一个真正的挑战。看来他还是从治疗中学到了一些事情！现在换欧内斯特装傻了："什么意思？"

"我当然不是一直都感觉很好，对于永远离开卡萝与我的家人，我有很复杂的情绪。难道你不知道？你怎么可能不知道？我刚抛下了我所拥有的一切：我的家，我的笔记本电脑，我的孩子，我的衣服，我的脚踏车，我的球拍，我的领带，我的大屏幕电视，我的录像带，我的 CD。你知道卡萝，她什么都不会给我，她会把我的所有东西砸掉。哦……"贾斯廷发出呻吟，双手交叉抱住肚子，仿佛被人揍了一拳。"痛苦就在这里……我可以感觉得到。但是今天，至少一天，我要忘掉这一切，至少几个小时。而你不希望我忘掉，我终于离开卡萝了，你甚至看起来不高兴。"

欧内斯特有点快要撑不住了。难道他泄露得太多了吗？换成马歇尔会怎么做呢？见鬼，马歇尔绝不会沦落到这种地步！

"你是不是呢？"贾斯廷再问一次。

"我是不是什么？"就像个无法招架的拳击手，欧内斯特抱住对手好喘口气。

"对我所做的不太高兴？"

"你以为……"欧内斯特拖时间，想要控制自己的音调，"我对你的进展感到不高兴？"

"高兴吗？看起来一点也不像。"贾斯廷回答。

"那么你呢？"欧内斯特又在虚与委蛇，"你高兴吗？"

贾斯廷这次不理会欧内斯特的敷衍。够了。他需要欧内斯特，而欧内斯特却撤退了。"高兴？是的，还有害怕，以及决心，还有犹疑。一切都混在一起了。现在最重要的是我绝不能回去。我已经打破了束缚，现在要永远离开。"

接下来的时间，欧内斯特试着表示支持与鼓励作为补偿，"坚持你的立场……记住你渴望这样做有多久了……你是为了你自己好……这可能是你所采取过最重要的行动。"

"我应不应该回去与卡萝谈谈？经过九年的婚姻，我至少应该与她谈谈吧？"

"让我们演练一下，"欧内斯特建议，"如果你现在回去会发生什么事？"

"大乱。你知道她能做出什么事，对我或对她自己。"

欧内斯特不需要被提醒，他很清楚地记得贾斯廷一年前所描述的一件事。卡萝的几位律师同事在周日来家里共进轻松的午餐，早上贾斯廷、卡萝与两个孩子一起去买菜。贾斯廷负责煮菜，想要准备熏鱼、圈饼、洋葱炒蛋。卡萝说太寒酸了，她不要。虽然贾斯廷提醒说，她的同事有半数是犹太人。贾斯廷决定坚持他的选择，准备把车开到点心店。"不行，你这个浑蛋！"卡萝吼道，用力把方向盘扭回来。最后他们的车子撞上了一台停放在路边的摩托车。

卡萝是只野猫、野狼，以非理性的态度横行霸道。欧内斯特想起贾斯廷所描述的另一次汽车意外。几年前的一个温暖的夏天晚上，她与贾斯廷在争论要看什么电影——她要看《紫屋魔恋》，而他要看《魔鬼终结者续集》。她的声音激昂，但贾斯廷那个星期受到欧内斯特的鼓励要坚持立场，拒绝让步。最后她打开行驶中的车门说："你这个可悲的笨蛋，我不愿意多花一分钟与你在一起！"贾斯廷抓住她，她却用指甲抓住他的手臂，当她跳下车时，在他手上划出了四条血痕。

当时车子时速约15公里。卡萝跳下车后朝前冲了四五步，然后撞上一辆停放在路边的车子。贾斯廷停下车，跑过去照顾她，四周聚集了人群观看。她躺在街上，安静而不省人事——丝袜被扯破，膝盖血淋淋的，手部与脸部都有擦伤，而且手腕显然骨折。当晚成为一场噩梦：救护车、急诊室，还有被警方与医疗人员质问的羞辱。

贾斯廷深受惊吓。他明白就算是有欧内斯特的帮助，他也赢不了卡萝。她什么都不在乎。跳车事件彻底打败了贾斯廷。他再也无法反抗她，也无法离开她。她是个暴君，但他也需要暴君，就算离开一晚，都会让他充满焦虑。欧内斯特会叫贾斯廷练习想象离开这桩婚姻，而他都会恐惧异常，他无法想象切断与卡萝的关系。直到劳拉出现——她19岁，美丽，天真，无畏暴君。

"你觉得如何呢？"贾斯廷又问，"我是否应该像个男人一样，与卡萝谈谈？"

欧内斯特衡量他的选择。贾斯廷需要一个强势的女性：他是否只是换了一个暴君？再过几年，他的新关系是否会变成原样？但是，卡萝实在是无可救药。也许只要离开她，即使只要很短暂的时间，贾斯廷就能够接受治疗。

"我急需一些建议。"

就像其他心理医生，欧内斯特很不愿意提供直接建议——这种做法只输不赢：如果建议有效，就会阻碍病人的进展；如果无效，则使医生像个笨蛋。但是他别无选择。

"贾斯廷，我觉得现在去见她不是很明智。给她一点时间。或者找一位心理医生陪你去见她，我愿意这么做，但更好的做法是，我给你介绍一位婚姻治疗师。不是以前看过的，而是一位新的。"

欧内斯特知道他的建议不会被采纳：卡萝总是会破坏婚姻治疗。但是实际的建议，也就是所谓的"内容"，在此并不重要。重要的是"过程"——言语背后的关系，他给予贾斯廷的支持，不再虚与委蛇，使治疗能够完满。

"如果你在下次会诊前觉得有压力，需要谈谈，尽管打电话来。"欧内斯特又补充。

好技巧，贾斯廷看起来舒缓些。欧内斯特恢复了他的尊严，他拯救了这次会诊，他知道他的辅导医生会赞同这些技巧，但他自己不赞同。他觉得自己不够清楚，他没有对贾斯廷开诚布公，他们之间并不真诚，这就是他最欣赏西摩·特罗特的地方。不管西摩犯了什么错，他知道如何做到真诚。他仍然记得西摩所说的话："我的技巧就是放弃一切技巧，我的技巧就是说实话。"

会诊结束时，发生了不寻常的事情。欧内斯特习惯在每次会诊时碰触病人的身体。他与贾斯廷通常在结束时会握手。但今天没有：欧内斯特只是打开了门，当贾斯廷走出去时，他严肃地对他低下头来。

第二章

午夜时分，贾斯廷·阿斯特丽德离家不到四个小时，卡萝·阿斯特丽德正在家里把他从生命中切割出去。她先从衣橱底层贾斯廷的鞋带开始，四个小时后，她来到阁楼中剪掉他的高中网球衣校名。中间她一个接一个房间有系统地撕毁他的衣服、床单、拖鞋，他的甲虫标本收藏，高中与大学的文凭，他的色情录像带典藏，他在夏令营担任指导员的照片，高中网球队照片，毕业舞会照片——全都被剪成碎片。然后她打开他们的结婚相簿，她用儿子做模型飞机的美工刀片，很快就把贾斯廷从婚礼中完全剔除掉了。

她也把所有贾斯廷亲戚的照片一起割掉。如果不是他们空洞的承诺，能得到多少多少钱，她大概永远不会嫁给贾斯廷。这些人如果想再看到他们的孙儿女，恐怕要等地狱下雪。还有她的哥哥杰布。他的照片怎么还在？她把它割烂。她不需要他。贾斯廷亲戚的照片里，成群结队的白痴：肥胖，傻笑，举起杯子敬酒跳舞的蠢样。这一切都滚蛋！贾斯廷与他的家人很快都进了火炉。现在她的婚礼与她的婚姻，全都变成灰烬了。

这本相簿只剩下几张照片，她自己，她的母亲与几个朋友，包括她的律师同事，诺玛与海瑟，她准备在早上打电话向她们求助。她凝视母亲的照片，很希望能得到她的帮助，但她母亲已经过世15年了。过世前饱受乳腺癌的折磨，卡萝成了她母亲的"母亲"。卡萝把她想留下的照片扯下，然后把整本相簿也丢进火炉。一分钟后她想到，相簿的塑料封面可能会产生有毒的气体，伤害到她八岁的双胞胎。她把相簿从火炉中抢出来，丢到垃圾桶。稍后她将装成一包，送给贾斯廷。

接下来，贾斯廷的书桌。她碰上了好运：现在是月底，贾斯廷在他父亲的连锁鞋店中当会计，他把工作都带回家了。所有的文件——账目与薪资收据——很快都挨了剪刀。卡萝知道，重要的资料都在他的笔记本计算机中。她很想用榔头砸了它，但想了一想，她可以用到这台价值5000美元的计算机。删除档案才是正确的做法。她想要进入他的文件档案，但贾斯廷设了密码。多疑的浑蛋！稍后她会找人协助。她先把计算机锁进她的木柜，并在心中提醒自己，要换掉所有的门锁。

天快亮时，她第三次检查她的双胞胎。他们的床上都是玩具与布偶，呼吸平静。如此天真无邪，宁静的睡眠。天啊，她真羡慕他们。她断断续续地睡了三个小时，然后被疼痛的下颚给弄醒。她在睡眠中磨牙，到现在都似乎可以听到那可怕的声音。

她望着床上空着的一边，狠狠地说："你这个浑蛋，你不值得我磨牙！"然后她抱着膝盖坐起来，不知道自己在什么地方。眼泪顺着她的脸颊流到睡衣上，让她吓了一跳。她用手指沾起泪水瞧瞧。卡萝是个活力充沛的女子，行动迅速。她从来都不善于自省，并认为贾斯廷这样的人很懦弱。

但现在没有什么可进一步的行动了：她已经毁掉了贾斯廷留下

的一切，现在她感到非常沉重，几乎无法动弹。但她仍可呼吸，她想起了在瑜伽课所学的呼吸练习，缓缓吸气与吐气。有点帮助。然后她又尝试另一种练习，想象脑海是一个舞台，她成为一个观众，不带情绪地观看思绪上台表演，但是没有演员上台，只有一连串逐渐涌上的痛苦感觉。要如何区分这些感觉？一切似乎都混在一起。

一个影像进入她心中——她憎恨的一个男人的脸孔，这个人背叛了她，使她一辈子受到伤害：拉尔夫·库克医生，她在大学健康中心所见过的心理医生。一张粉红色的圆脸，像月亮一样，点缀着金黄色的毛发。她在二年级时找上这位心理医生，都是因为拉斯蒂，她从 14 岁就认识的青梅竹马。拉斯蒂是她交的第一个男朋友，在后来四年对她都非常好，让她免于经历难堪的寻找舞会伴侣阶段，以及后来的性伴侣。她跟随拉斯蒂前往布朗大学就读，与他一起选修同样的课程，找到了距离很近的宿舍。但也许她过于紧抓不放，最后拉斯蒂开始与一个美丽的中法混血女孩约会。

卡萝从未经历过这种痛苦。开始时她把一切藏在心里：每晚哭泣，拒绝进食，逃课，染上毒品。后来愤怒开始发作：她把拉斯蒂的房间砸毁，割破他的脚踏车轮胎，跟踪骚扰他的新女友。有一次她跟着他们进入一间酒吧，然后把一罐啤酒倒在他们身上。

起先库克医生有点帮助。赢得了她的信任后，他帮助她抚平伤痛。他解释说，她会感到如此痛苦，是因为失去拉斯蒂，打开了她生命中重大的创痛：被她的父亲所遗弃。她父亲是所谓的"伍兹塔克失踪人口"；他在她八岁时去听伍兹塔克音乐会，结果一去不返。后来偶尔有一些明信片从加拿大、斯里兰卡与旧金山寄回来，但是最后连明信片都没有了。她记得看着母亲哭泣着撕毁他的照片与衣服的情形，后来她母亲再也没有提起他。

库克医生坚持，卡萝对拉斯蒂的伤痛源于她父亲的遗弃。卡萝不愿意承认，她说她对她父亲没有任何正面的回忆。库克医生回答，也许没有意识上的回忆，但是否可能会有许多遗忘的回忆酝酿着？还有她梦想中的父亲，那个充满感情与爱意，她却无法拥有的父亲。她也为那个父亲哀悼，而拉斯蒂的离开也打开了这股伤痛。

库克医生也帮助她以不同的观点看事情——以她整个生命历程来考虑拉斯蒂的离去：她只有 19 岁，对拉斯蒂的回忆很快就会淡去。几个月后她就不会再想起他了，几年后她只会隐约想起一个叫拉斯蒂的年轻人，会有其他男人进入她的生命。

事实上，是有一个男人正在进入，库克医生一边说，一边移近他的椅子。他向卡萝保证，她是一个非常非常迷人的女人，他握着她的手，在会诊结束时紧紧搂住她，说像她这样气质优雅的女人，绝对可以吸引其他男人，他说他自己就被她所吸引。

库克医生为自己的行为找理由："触摸对于你的治疗是必要的，卡萝。拉斯蒂煽起了不属于言语的伤痛，所以治疗方法也必须是非言语的。你无法与这种身体回忆用言语沟通——必须用身体上的慰藉来安抚。"

身体的安抚很快就变成性的安抚，在椅子之间的地毯上进行。会诊有了预定的仪式：先是花几分钟查询她这星期的情况，与库克医生聊一会儿天（她从来不会直称他的名字），然后探讨她的症状——对拉斯蒂的念念不忘，失眠，厌食，难以专心——然后再次强调她对拉斯蒂的悲痛反应源于她父亲对家庭的遗弃。

他很有技巧。卡萝感觉平静些，有人关切，而且心怀感激。在会诊进行到一半时，库克医生就开始从言语进展成为行动。也许理由是卡萝的性幻想：他会说让这些幻想成真是很重要的；或者根据卡萝对男人的愤怒，他说他必须证明不是所有男人都是浑蛋；或者当卡萝说觉得自己没有吸引力的时候，他说他要亲自证明她的想法是错误的；也许是趁卡萝哭泣时，他说："好，好，让一切都发泄出来，但你也需要有人握着你的手。"

不管是什么理由，最后都是一样。他会从椅子中滑下来到地毯上，勾勾手指要卡萝也照做。爱抚她一阵子之后，他会伸出双手，两手各握着一个不同颜色的避孕套，然后要她选择一个，也许她的选择给她的感觉像是有控制权。然后卡萝撕开避孕套……库克医生总是采取被动的姿势，躺在下面让卡萝骑上他，由她来控制性爱的节奏与深度。或许这样也是用来加强她的掌握控制幻觉。

这些会诊有没有帮助呢？卡萝觉得有。五个月来，每周离开库克医生的办公室时，她都觉得受到照顾。而且正如库克医生所预料的，对拉斯蒂的思念果然越来越少，逐渐恢复平静的感觉，她又开始上课。一切似乎都很好，直到有一天，大约是第 20 次会诊之后，库克医生宣布说她已经痊愈。他的工作告一段落了。他告诉她，治疗应该结束了。

结束治疗！他这番话使她顿时回到原点。虽然她不认为他们的关系会持久，但从未想到会这样被甩掉。她每天打电话给库克医生。他刚开始很客气、温和，但后来变得越来越不耐烦与严厉。他提醒她，学生健康中心只提供短期的治疗。卡萝相信他找到了另一个学生来进行性的治疗。所以一切都是谎言：他对她的关切，他说被她所吸引；一切都是操纵，都只是为了满足他的欲望，而不是为了她好。她已经不知道还能信任谁了。

接下来的几周像是噩梦。她极端渴望库克医生，在他办公室外等待他，只希望能见他一面，得到他一点点的注意。每晚都拨他的电话，或在他的豪宅外的铁栏杆眺望。即使到了现在，几乎 20 年之后，她仍然能感觉到脸靠在栏杆上，望着他与他家人在屋内活动的影子。她的痛苦很快就变成愤怒与报复的念头。她等于是被库克医生强暴了——非暴力的强暴，但仍然算是强暴。她向一个女性助教求助，但她建议她不要追究。"你没有立场，"女助教告诉她，"没人会认真对待你。就算他们认真处理，想想这种羞辱——你必须要描述经过，而且是你一周接着一周，自愿回去接受强暴。"

那是 15 年前了，卡萝从那时候就决定要成为一个律师。

她在高年级时的政治学表现杰出，她的教授愿意为她写推荐信去申请法学院，但强烈暗示他希望得到性的回报。卡萝几乎怒不可抑。她发现自己再次陷入了无助与沮丧的状态，她找到一位私人执业的心理医生史威辛。史威辛医生的头两次会诊有点帮助，但是后来他就露出有如库克医生的嘴脸，椅子开始靠近，坚持说她是多么多么吸引人。这次卡萝知道要怎么做，她立刻冲出办公室，以最大音量吼道："你这只猪！"这是卡萝最后一次寻求帮助。

她猛力摇头，仿佛想要摆脱这些回忆。为什么要想到那些浑蛋？尤其是那个狗屎库克？因为她想要整理一下混乱的感觉。库克医生教导她一种有用的分类法，来分辨混乱的情绪：难受（bad）、愤怒（mad）、喜悦（glad）与悲伤（sad）。这个分类法倒是蛮管用的。

她把一个枕头放在身后，开始专心思索。她可以立刻剔除掉"喜悦"。她已经很久没有体会喜悦了。她开始考虑其他三个字眼。"愤怒"，这很容易；她了解愤怒：她现在就处于愤怒中。她紧握拳头，清楚地感觉怒火在上升。她很自然地开始捶打贾斯廷的枕头，口中愤恨地咒骂："你到底在什么地方过夜？"

卡萝也熟悉"悲伤"。不是很清楚，而是一种隐约的伴侣。几个月来她一直很厌恶早晨：醒来时就会发出呻吟，想到一整天的行程，她就会胃口衰退，关节僵硬。如果这就是"悲伤"，那么今天它消失了；今天早上她感觉不一样——充满能量的愤怒！

"难受？"卡萝不太清楚"难受"。贾斯廷常常指着自己说"难受"，描述自己感觉的压力与焦虑。但她对"难受"没有什么经验——对于贾斯廷这种抱怨"难受"的人也没有什么耐性。

房间仍然很暗。卡萝走向浴室，踢到一个软东西。打开灯光后，看见昨晚的衣物大屠杀现场，贾斯廷的领带碎片与裤管堆在卧室地板上。她踢起一根裤管，觉得很爽。但是割领带就有点不太必要。贾斯廷有五条最宝贝的领带——他称之为艺术收藏品——分开来收在一个袋子中。他很少戴这些收藏品，所以这些领带保持完好。其中两条甚至在他们结婚之前就有了，所以已经九年了。昨晚卡萝毁掉了他所有的日常领带，开始对付收藏品时，割了两条后，她就停下来注视着贾斯廷最喜欢的一条：上面有精致的日本风格图案，树与花朵的刺绣。这样做真是笨，她想，一定还有更具有杀伤力的做法。她把剩下的三条领带与笔记本计算机一起锁进她的木柜。

她打电话给诺玛与海瑟，要她们当晚过来开紧急会议。虽然她们三人没有定期聚会——卡萝没有亲密的朋友，但她们自认为是一个作战委员会，遇到问题时就会聚首，通常是她们三个工作了八年的法律事务所碰到的性别歧视问题。

诺玛与海瑟在晚餐后过来，她们在起居室中开会。卡萝点燃了壁炉，请诺玛与海瑟自己从冰箱拿冷饮或酒来喝。卡萝激动异常，开啤酒时弄得酒沫四溅。怀孕七个月的海瑟连忙跑进厨房，带着布回来擦拭卡萝的手臂。卡萝坐在壁炉旁，一边擦干自己的衣服，一边描述贾斯廷出走的经过。

"卡萝，这真是天赐的良机。"诺玛说，为自己倒了一些白酒，诺玛身材娇小，脸蛋俏丽，留着短发，但脾气火暴，"从我们认识你开始，他就是一个累赘。"

海瑟脸型较长，胸部非常壮观，怀孕后增加了 40 磅[⊖]体重。她

⊖　1 磅 =0.4536 千克。——译者注

也同意："不错，卡萝，他走了，你就自由了。这屋子是你的了。没时间难过，现在要赶紧换掉门锁。小心你的袖子，卡萝！我闻到焦味。"

卡萝站起来离开壁炉，跌入一张椅子。

诺玛喝了一大口白酒："为自由干杯，卡萝。我知道你现在很震惊，但记住你一直希望如此。从我认识你的这么多年来，我不记得听你说过关于贾斯廷或这桩婚姻的一句好话。"

卡萝没有说话，她脱掉鞋子，抱住膝盖。她的身材苗条，有线条优雅的脖子与黑色卷发，显著的颧骨，眼睛像火热的木炭。她穿着紧身黑牛仔裤与宽大的运动衫。

诺玛与海瑟不想说错话。她们小心翼翼地进行，时常相互观望寻求线索。

"卡萝，"诺玛说，靠过去按摩卡萝的背，"这样想吧，你的病痛已经痊愈了。哈利路亚！"

但卡萝躲开诺玛的碰触，把膝盖抱得更紧："是的，这我都知道。但这不管用。我知道贾斯廷是什么玩意。我为他浪费了九年的生命。但他可别想这样就逃得了。"

"逃得了什么？"海瑟说，"别忘了，你希望他走。你不希望他回来。这是一件好事。"

"重点不在这里。"卡萝说。

"那么重点是什么？"诺玛问。

"重点是报复！"

海瑟与诺玛抢着说话："什么？不值得为他花这个时间！他走了，就让他走。不要让他再控制你的生命。"

这时候双胞胎中的吉米叫着妈咪。卡萝站起来走过去，喃喃说着："我爱我的孩子，但当我想到以后10年每天都要照顾孩子……

天啊!"

卡萝走了之后,诺玛与海瑟感觉很不自在。她们决定还是不要私下批评比较好。诺玛又加了一根木柴到壁炉。卡萝回来后,立刻接着说:"当然,我会让他走。你们还是不懂。我很高兴他走了。我不要他回来,但我要他付出代价。"

海瑟从法学院开始就认识卡萝,很习惯她的火气。"让我们了解,"她说,"我想要了解你的重点。你是气愤贾斯廷离开吗?或者你只是气愤这个想法?"

卡萝还来不及回答,诺玛补充说:"更可能的是,你气愤你没有先赶走他!"

卡萝摇着头:"诺玛,你知道的。好几年来他一直想要激怒我赶走他,因为他自己太软弱了,无法承受破坏家庭的内疚。但我不愿让他称心如意。"

"所以,"诺玛说,"你是说你维护婚姻只是为了惩罚他?"

卡萝恼怒地摇摇头:"我在很久以前就发誓,绝不让任何男人再抛弃我。我会让他知道什么时候可以离开。由我来决定!贾斯廷没有离去,他根本没这个胆子。他是被某个人给带走的。我要知道她是谁。一个月前我的秘书告诉我,看见他与一个很年轻的女人一起吃中国点心,那个女人大概只有 18 岁。你知道最让我火大的是什么吗?点心!我爱吃点心,但他从来没有带我去吃点心。只要跟我在一起,他一看到中国餐馆就会发作因味精而引起的头痛。"

"你问过他关于那女人吗?"海瑟问。

"我当然问过!你以为呢?我会不管吗?他撒谎说那是一个客户。第二天晚上,我就去酒吧找了一个男人算是扯平。我都忘了那个点心女人,但我会查出她是谁。也许是他的下属。一个没钱的女人,所以才会喜欢上他那种小家伙!他根本没胆子接近一个真正的女人。我会找到她的。"

"你知道的，卡萝，"海瑟说，"贾斯廷妨碍了你的律师事业，这话你说了多少次？他不敢一个人在家，使你必须拒绝吉贝纳法律事务所的工作，记得吗？"

"记得吗？我当然记得！他毁了我的事业！你们都知道当我毕业时我得到的邀请。我什么都可以做。那个职位简直是我梦寐以求的，但我必须回绝。谁听过国际律师不需要旅行的？我真应该为他找个保姆。然后生了双胞胎，他们是我的事业棺材上的两根钉子。如果我在10年前去了吉贝纳事务所，现在我早就成为合伙人了。看看那个书呆子玛莎，她就做到了。我会做不到吗？见鬼，我早就可以成功了。"

"我的意思正是如此！"海瑟说，"他的懦弱控制了你的生活。如果你花时间报复，他就能继续控制住你。"

"对，"诺玛也附和，"现在你有了第二次机会，好好把握住！"

"好好把握，"卡萝回嘴，"说来容易，但没有这么简单。他榨取了我九年时间！我也够笨，相信了根本不会实现的承诺。我们结婚时，他父亲生病，准备把连锁鞋店传给他——价值数百万美元。现在九年之后，他该死的父亲却是前所未有的健康！还不打算退休。贾斯廷仍然在当他爹的会计。现在如果老爹翘辫子，你想我会得到什么？这么多年的等待？一个离了婚的媳妇？一个子都没有！你说只要把握住机会。被骗了九年之后，你可不能只是把握住就好！"卡萝生气地把一个垫子丢到地上，站起来走到她们身后踱步："我给他一切，帮他料理衣服——那个缺乏自理能力的浑蛋——他连自己一个人去买内衣都不会，还有袜子！他穿黑袜子，我必须帮他买，因为他买的都会滑下来。我像母亲一样照顾他，像妻子一样爱他，为他牺牲，还为他放弃了另一个男人。我原来可以拥有的男人让我一想到就心痛，现在一个小女生拉拉绳子就把他拉走了。"

"你确定吗？"海瑟转身问，"他有露出任何关于女人的马脚吗？"

"我敢打赌。我知道那个浑蛋。他能自己搬出去吗？跟我赌：一天赌上 500 美元，昨晚他已经搬去跟别人住了。"

没人敢跟她打赌。卡萝通常打赌都会赢。就算输了也划不来——她很输不起。

"你知道的，"诺玛也转过身子说，"当我第一任丈夫梅尔文离开我时，我陷入六个月的低潮。要不是因为心理治疗，我现在还会陷在那里。我在旧金山见了一位心理医生赛斯·潘德，一位精神分析师。他对我非常好，然后我遇见谢利。我们是很棒的一对，特别是在床上。但谢利有赌博的问题，我要他去见潘德医生治疗赌瘾，然后我们才能结婚。潘德非常了不起，他使谢利改头换面。以前谢利会把所有薪水都赌在任何能动的东西上：赛马、赛狗、足球。现在他玩玩扑克牌就好了，谢利也非常推崇潘德，我给你他的号码吧。"

"不！老天，不！我最不需要的就是心理医生，"卡萝说，站起来又走到她们身后，"我知道你们想要帮助我，但诺玛，相信我，这不是帮助！心理治疗也不是帮助。他到底怎么帮助你与谢利？你要说清楚——你有多少次告诉我们，谢利是你的大累赘？他还是像以前一样嗜赌？你必须另外开一个账户才能保住钱？"卡萝每次听到诺玛赞美谢利就受不了。她很清楚谢利的德行，还有他的性能力，她就是靠他扯平了点心女人，但她很善于保密。

"我承认那不是彻底的治疗，"诺玛说，"但潘德医生有帮助。谢利已经安顿下来好几年了。但是他被革职后，一些老毛病才又回来。等他又开始工作后，事情就会好转了。不过，卡萝，你为什么如此讨厌心理医生？"

"将来有一天，我会告诉你我的狗屁心理医生的名单。我从经验中学到一件事：不要压抑你的愤怒。相信我，我绝对不会再犯这个错误。"

卡萝坐下来，望着诺玛："当你丈夫梅尔文离开时，也许你仍然爱他，也许你很困惑，希望他回来，也许你的自尊心受到打击，也许你的心理医生有帮助。但那是你，不是我。我并不困惑。贾斯廷偷了我最好的 10 年光阴——我的职业生涯最精华时段。他在我身体里种下了双胞胎，让我养他，听他整天抱怨他为老爸当会计，花了一大笔钱——我的钱——在他该死的心理医生上。你能想象吗？每个星期三次，甚至四次？现在，那个妖精找上了他，他就一走了之。告诉我，我这么说夸张吗？"

"嗯，"海瑟说，"也许可以用另一种方式来看……"

"相信我，"卡萝打岔，"我并不困惑，我非常确定我不爱他，我不要他回来。不，不对。我要他回来，这样我才能把他踢出去！我知道我要什么。我要伤害他，还有那个贱人，只要等我找到她。你们愿意帮我吗？告诉我如何才能伤害他，真正伤害他。"

诺玛捡起木柜旁的一个布娃娃，放在壁炉上头说："谁有针？"

"这样才对。"卡萝说。

她们脑力激荡了几个小时。首先是金钱——最古老的手段——要他付出代价。让他一辈子都欠一屁股债，把他的宝马轿车与意大利西服要回来。毁掉他的商业账户，让他父亲因为逃税而被抓，取消他的汽车与医疗保险。

"取消他的医疗保险。嗯，这倒有趣。保险负担了他 30％ 的心理医生费用，如果能让他无法再去看心理医生就好了。这一定会让他抓狂！他总是说拉许医生是他的好朋友，我倒要看看如果付不出钱，他是怎样一个好朋友！"

她们明白这都是说着玩，她们都是精通法律的职业女性，知道金钱只会成为问题，而不会是报复。最后，身为离婚律师的海瑟想到必须提醒卡萝，她赚的钱远超过贾斯廷，只要是在加利福尼亚州离婚，将是她要付赡养费。而将来他可能会继承的百万遗产，她一点也没有份。很悲哀的，她们不管怎么想要伤害贾斯廷的荷包，最后卡萝还是会付出更多的钱。

"你知道的，卡萝，"诺玛说，"你并不孤独。我很快也要面临同样的问题。让我先跟你坦白谢利的事。他已经失业六个月了，我的确觉得他是个大累赘，他不去找工作不说，而且如你所说的，他又开始赌博了，我的钱开始不见。每次我质问他，他都有很狡猾的理由。谁晓得有什么东西不见了，我都不敢清点财产。我希望我能给他最后通牒：找个工作，不准赌博，否则婚姻就结束。我应该要这样，但我做不到。天啊，我真希望他能振作起来。"

"也许因为你喜欢他，"海瑟说，"这不是秘密——他很有趣，很英俊。你说他是个好爱人，大家都说他看来像年轻的肖恩·康纳利。"

"我不否认。他在床上很棒，非常棒！但很昂贵，不过离婚会更昂贵，我要付的赡养费会超过他输掉的赌金。而且在法庭上有先例，我在法律事务所的合伙人身份，可能会被当成实质的共同财产，你也不例外，卡萝。"

"你的情况不一样，诺玛。你从婚姻中得到了利益。至少你喜欢你的丈夫。我呢，我宁愿辞职不干，搬到另一个州，也不愿意付一毛钱给那浑蛋。"

"放弃你的屋子，离开旧金山，离开我们，然后到穷乡僻壤创业？"诺玛说，"真是个好想法！这一定可以叫他好看！"

卡萝愤怒地丢了一把助燃剂到壁炉中，看着火焰冒出来。

"现在我感觉更糟了，"她说，"你们不明白，你们不知道我是来真的。尤其是你，海瑟，你平静地解释离婚的技术问题，而我一整

天想的是去找杀手。有很多杀手待价而沽。要花多少钱呢？ 20 000
美元？ 25 000 美元？我有这笔钱，都是无法追查的海外资产！我想
不出比这更好的花钱方法。我希不希望他死？当然希望！"

海瑟与诺玛安静下来。她们不敢看对方，更不敢看卡萝。卡萝
虎视眈眈地望着她们："我吓到你们了吗？"

她们摇摇头，否认受到惊吓，但内心开始担忧起来。海瑟受不
了，站起来伸展身子，到厨房里待了几分钟，回来时拿了一杯樱桃
冰激凌和三根叉子。其他人谢绝了她，她开始吃冰激凌，先把樱桃
挑出来。

卡萝突然抓起一把叉子挤进来："让我先吃几个樱桃再说。我真
不高兴你这么做，海瑟，樱桃是这里面唯一的好东西。"

诺玛进厨房拿更多的酒，举杯故作高兴状说："敬你的杀手，我
愿意为这干一杯！当初威廉投票反对我加入合伙人时，我就应该想
到这个主意。"

"或者如果不杀人，"诺玛继续说，"痛打一顿如何？我有一个西
西里的客户提供特价服务，铁链殴打只要 5000 美元。"

"5000 美元铁链殴打？听起来不错。你信任那个人吗？"卡萝问。

海瑟严厉地瞪了诺玛一眼。

"我看到了，"卡萝说，"那是什么意思？"

"我们需要保持平衡，"海瑟说，"诺玛，我不认为开这种玩笑
能帮助卡萝。卡萝，想一想，未来几个月贾斯廷如果发生任何事情，
你都难逃牵连。你的动机，你的脾气……"

"我的什么？"

"让我们这么说吧，"海瑟继续说，"你很容易冲动行事……"

卡萝猛然转头，望向别处。

"卡萝，客观一点。你很容易生气，你知道，我们也知道，这是

公开的事实。贾斯廷的律师在法庭上很容易就可以证明。"

卡萝没有回答。海瑟继续说："我的意思是，你的位置很醒目，如果采取什么报复的举动，你很可能会被剥夺律师资格。"

还是一片沉默。壁炉的火烧得差不多了，但没人起来添加木柴。

诺玛拿起布偶："谁有针？安全又合法的针？"

"有谁知道任何教人报复的书？"卡萝问，"有简单步骤的报复手册？"

海瑟与诺玛都摇摇头。"那么，"卡萝说，"这一定有市场。也许我应该写一本，包括自己实验过的食谱。"

"这样就可以把杀手费用当成业务开销。"诺玛说。

"我读过 D. H. 劳伦斯的传记，"海瑟说，"好像记得他的妻子弗丽达，在他死后没有遵从他的遗嘱，把他火化了，然后把骨灰搅入水泥中。"

卡萝赞许地点点头："劳伦斯的自由灵魂永远被禁锢在水泥里。真有你的，弗丽达！那才是我所谓有创意的报复！"

海瑟望望她的手表："让我们实际一点，卡萝，有安全与合法的方式可以惩罚贾斯廷。他喜欢什么？什么对他很重要？那才是我们的下手之处。"

"没有很多东西，"卡萝说，"那就是他的问题。哦，他的衣服，他热爱衣服。但那已经被我料理了，不过我想他不会在乎。他可以用我的钱再去购买，还有一个新的女人帮他挑选，我应该把他的衣服寄给他的仇家才对，问题是他这个书呆子根本没有仇家。或者给我的下一个男人，如果有下一个，我留下他最喜欢的领带，如果他有上司，我会与他的上司上床，把领带送给他。"

"他还喜欢什么？也许是他的宝马，而不是孩子——他对孩子是难以想象的冷漠。拒绝让他来看孩子将是帮他的忙，而不是惩罚。

我当然要让孩子们都恨他，不用说，但我想他根本不会注意到。我可以捏造一些性虐待的指控来对付他，但孩子们已经太大了，没办法洗脑。况且这样会使他将来不能来照顾孩子，让我没有一点自己的时间。"

"还有什么呢？"诺玛问，"一定有什么东西。"

"不很多！他是一个非常自私的家伙。哦，他喜欢打短拍网球，每周都要打两三次。我曾经想要锯断他的球拍，但他把球拍都放在体育馆。也许他在那里认识那个女人，也许是某个有氧舞蹈的指导员。虽然这么多运动，他还是像头猪。我想是因为啤酒的缘故，啊，对，他也爱啤酒。"

"朋友呢？"诺玛问，"他一定有朋友。"

"他有一半时间只是坐在那里抱怨，说他没有朋友。他没有任何好朋友，当然除了那个点心女人之外。要报复他，只有从她下手。"

"如果她真的如你想的那么烂，"海瑟说，"也许最好什么都别做，让他们两个水乳交融。这样就没有出路了，他们会创造属于自己的地狱。"

"你还是不懂。我不只是要他们难受，那样不是报复。我要他们知道是我干的！"

"那么，"诺玛说，"我们已经确定了第一步：查出她是谁。"

卡萝点点头："对！然后我要透过她来报复他。把头咬掉，尾巴也活不成。海瑟，你在离婚案件中有没有好点的私家侦探？"

"很简单，巴特·托马斯。他很不错。24小时内就能查出她是谁。"

"巴特也很可爱。"诺玛补充说，"也许会给你一些性满足，不额外收费。"

"24小时？"卡萝回答，"如果他能够窃听贾斯廷的心理医生办公室，一个小时就能查出她是谁。贾斯廷大概都在谈她。"

"贾斯廷的心理医生……"诺玛说,"我们怎么没想到他? 贾斯廷看他有多久了?"

"五年!"

"五年每星期三次,"诺玛继续说,"让我算算……加上假期,大约是每年 140 个小时——乘以五,一共大约 700 个小时。"

"700 个小时!"海瑟叫道,"他们谈什么能谈 700 个小时?"

"我可以想象得出来,"诺玛说,"最近他们谈的是什么。"

这几分钟,卡萝努力克制自己对海瑟与诺玛的反感,把头缩进她的运动衫里面,只露出眼睛。就像以前一样,她感到孤独,这不让她感到意外,朋友时常陪她走一段路,答应要忠诚以待,结果最后总是让她失望。

但她们提到贾斯廷的心理医生,吸引了她的注意。就像一只乌龟从壳里面出来,她慢慢伸出头:"你在说什么? 他们会谈什么?"

"当然是贾斯廷的出走啊。还会有什么?"诺玛说,"你看起来有点惊讶,卡萝。"

"不! 我是说,我同意,我知道贾斯廷一定会与他的心理医生谈我。奇怪我怎么会忘了这件事,也许我不得不忘记。想起来真是有点恐怖,贾斯廷时时刻刻把他与我的对话报告给他的心理医生听。但是当然了! 那两个家伙早就一起共谋这件事。我告诉过你们! 贾斯廷绝对无法靠自己离开我。"

"他有没有说过他们谈些什么?"诺玛问。

"从来没有! 拉许叫他别说,说我过于控制人,他需要一个我无法进入的私人空间。我很久以前就不再过问了。但是在两三年前,他曾经对他的心理医生感到不满,有几个星期说他的坏话。他说拉许实在很荒谬,竟然要他与我分居。那时候,不知为什么,也许因为贾斯廷实在太可悲了,我以为拉许是站在我这一边的,也许只是要贾斯廷知道，如果他离开我是多大的损失。但现在我知道完全不是这么一回事。狗屎，我竟然养了一个奸细。"

"五年，"海瑟说，"真是很长的时间。我不知道有谁治疗这么久。为什么要五年？"

"你不了解心理治疗这行业，"卡萝回答，"有些心理医生会让你一来再来，永远不停止。对了，我没有告诉你们，这只是他与这位心理医生看了五年，之前还有其他医生。贾斯廷总是有问题：优柔寡断，强迫性的妄想，总是要检查事情20遍。我们出门时，他会一直检查门是否锁好。等我们上车后，他又忘了是否检查过，还要回去再检查一次。蠢蛋！你们能想象这样一个会计师吗？真是个大笑话。他需要依赖药物，不吃药就睡不着，不吃药就无法搭飞机，不吃药就无法面对查账的人。"

"现在还是这样吗？"海瑟问。

"他从药物上瘾变成心理医生上瘾。拉许是他的奶妈，他少不了拉许，一个星期看三次都不够，他还要打电话给拉许。有人在工作上批评他，五分钟后他就打电话向拉许哭诉。真是病态！"

"想到医生如此剥削病人也很病态。"海瑟说，"医生一定赚翻了。他为什么要帮助病人独立自主？这里可能有医疗不当的情况。"

"海瑟，你还是没有在听我的话。我说过这行业认为五年是标准长度。有些精神分析师会拉长到八年、九年，每周四五次。你有没有试过找他们出来作证揭发这种情况？这行业根本完全是封闭的团体，没人敢出来说真话。"

"我想我们有点进展了，"诺玛说，她捡起另外一个布偶，放在壁炉上，用麻绳把它与原来那个绑在一起，"他们是双胞胎。打倒一个，另一个也跟着完蛋。我们伤害医生，也就会伤害到贾斯廷。"

"不见得，"卡萝说，现在她整个头都从衣服里伸了出来，声音充满了不耐烦，"光是伤害拉许没有任何用处，也许还会使他们俩更亲近。不，真正的目标是他们之间的关系。我如果能破坏他们的关系，就能整到贾斯廷。"

"你正式会见过拉许吗，卡萝？"海瑟问。

"没有。贾斯廷有几次要我与他一起去做夫妻咨询，但我受够了心理医生。而在一年前，基于好奇，我去听了他的一次演讲。自大的家伙。我还记得当时心里想应该在他的长椅下点燃一枚炸弹，一拳打穿那张伪善的脸孔，这样才能摆平一些新仇旧恨。"

海瑟与诺玛思索着要如何整一个心理医生，卡萝却变得安静。她凝视火焰，想着欧内斯特·拉许医生。她的双颊反映着火焰的光芒。然后她有了一个灵感，一个绝佳的主意开始成形。卡萝知道她应该怎么办了！她站起来，拿起壁炉上的布偶丢进火中。绑在布偶身上的麻绳很快就化为灰烬。布偶开始冒烟，变得焦黑，不久就被火焰吞噬。卡萝又添加一些木柴，然后宣布："谢谢各位，我的朋友，现在我知道要怎么做了。让我们看看如果贾斯廷的医生被勒令停业，贾斯廷要怎么活下去。会议结束，小姐们。"

海瑟与诺玛一动也不动。

"相信我，"卡萝说，关上壁炉的铁栅栏，"最好别知道太多。如果你们不知道，将来就不需要说谎作伪证。"

第三章

欧内斯特进入书店时瞥了一眼门上的海报。

欧内斯特·拉许博士
加州大学旧金山分校临床心理治疗教授
新书发表会——
丧偶之痛：现实、狂热与谬误
2 月 19 日晚间 8 ～ 9 点演讲
暨新书签名会

欧内斯特扫过上周的讲者名单。真不得了！他与不少人一起巡回：艾丽丝·沃克、谭恩美、詹姆斯·希尔曼、戴维·洛奇——英国来的？他们是怎么把他拐来的？

欧内斯特溜进会场，他想知道店里的人们是否认出他就是今晚的讲者。他向店主人苏珊自我介绍，接受她款待的一杯书店的咖啡。朝阅览室走去时，欧内斯特审视着自己所喜欢的作家的新作。大多数书店会让演讲者选一本免费的书，以答谢他们的辛劳。啊，保罗·奥斯特的新书！

几分钟内，忧郁感突然袭来，到处都是书，在大型展示桌上尖叫着博取注意，厚颜地展示着珠绿紫红的外皮，成堆在地板上耐心地等待上架，从桌上溢涌而出，泼溅到地板上。靠商店远处的墙边，堆积如山的滞销书闷闷不乐等着被退给书商。旁边放着尚未开封的纸箱，渴望着见光的时刻。

欧内斯特的心飘向他的小宝贝。在这书海中一个脆弱的小生命，为生命而泅泳，这本书能有什么机会呢？

他转进阅览室，15排铁椅已经排开。这里展示着他的书《丧偶之痛：现实、狂热与谬误》，好几大叠，也许共有60本书在讲台旁等着被购买并签名。很好。很好。但他的书未来怎么办？两三个月后又怎么样？也许有一两本会被不显眼地归类在心理学区或是自我帮助区。六个月后呢？消失了！变成"只接受特别订购，三至四周内到书"的商品。

欧内斯特谅解书店没能有足够的空间展示所有的书，即使是那些好书店也是如此。至少对别人的书他可以谅解。但他的书也会有这种下场，当然是不合理的——不该是他辛苦了三年的书，不该是他精雕细琢的句子和他以优雅的手法，牵着读者的手，带领他们走过生命最晦暗的地带。明年，此后10年，会有许许多多的鳏夫寡妇需要他的书。他写下的真理仍会如同今日一般深刻、新鲜。

"别把价值与永恒搞混了，那是虚无主义作祟。"欧内斯特喃喃自语，想摆脱忧郁。他诉诸熟悉的格言："万物皆会消逝。"他提醒自己："那是经验的本质，没有任何事物能存续。永恒只是幻象，终有一日，太阳系也会归于毁灭。"对吗，感觉好多了。欧内斯特联想到西西弗斯时更好：一本书会消逝？那好，写另一本新书！然后一本，再一本。

虽然还剩 15 分钟，座位已开始满了。欧内斯特坐在最后一排，开始翻阅他的笔记，检查上星期参加读书会之后是否排回正确的顺序。一个女人带着一杯咖啡在旁边座位上坐下。某种力量驱使欧内斯特抬头，他看到那个女人正凝视着他。

他端详了一番，对眼前景象颇有好感：一个大眼睛的清秀女子，40 岁上下，有着长长的棕发，挂着沉甸甸的银耳环，银色蛇形项链，黑色网袜，一件焦橘色安哥拉毛衣包住她高耸的胸脯。那胸脯！欧内斯特的脉搏加速，他必须把眼睛从那儿扯开。

她的凝视热切。欧内斯特很少想起他的妻子，露丝四年前死于一场车祸，但他满怀感激地记得她送的一件礼物。早年，在他们停止接触和相爱前，露丝有一次向他透露女人最大的秘密：如何掳获男人。"很简单，"她曾说，"只需要凝视着男人的眼睛比他多几秒。就这样！"露丝的秘密屡试不爽，他总是能够辨别出想钓他的女人。这个女人就是！他再次抬头看。她仍然盯着他看。毫无疑问，这个女人对他有意思。而且来得正是时候：他与目前生命中的女人已经快散了，欧内斯特饥渴得要命。他振奋地把肚子吸了进去，然后大胆地望回去。

"拉许医生？"她靠向他并伸出手。他紧紧握了一下。

"我是南·斯温森。"她握住他的手比预期久了两三秒。

"欧内斯特·拉许。"欧内斯特试着压抑他的声音。他的心狂跳，他很爱性狩猎，但讨厌第一阶段——仪式，冒险。他真羡慕南·斯温森：她拥有绝对的控制权、绝对的自信。这种女人多幸运。没有说话的必要，不用为寻找可爱的开场白而说蠢话，不用笨拙地邀酒、邀舞或邀谈，她们只要让美貌代言就好了。

"我知道你是谁，问题是，你知道我是谁吗？"

"我该知道吗？"

"如果你不知道，我会深受打击。"

欧内斯特被弄糊涂了。他上下打量她，尽量不让视线逗留在她的胸部。

"我想我需要看得更久，更清楚一点，稍后再继续。"他微笑地看着越来越多的听众，很快他就要上台了。

"或许南·卡琳这个名字会有点帮助。"

"南·卡琳！南·卡琳！当然！"欧内斯特兴奋地抓住她的肩膀，却不小心让她手上的咖啡泼湿了她的皮包和裙子。他跳起来，尴尬地绕着房间找面纸，最后终于带回一卷纸巾。

她吸干裙上的咖啡时，欧内斯特迅速检视了他对南·卡琳的记忆。她是他在 10 年前最早期的病人之一，他刚开始实习的时候。实习主任莫利医生是团体治疗的狂热信徒，他坚持每位实习医生第一年都要开一个治疗团体。南·卡琳就是那团体的成员之一。虽然是陈年往事，却都清楚地回忆起来。南当时蛮胖的，因此他现在认不出她。他也记得她害羞并自卑，也与盯着他的这个沉着的女人毫无相似之处。他所记得的是，南的婚姻当时正濒临破裂，没错，就是这样。她丈夫告诉她，他想离开的原因是她变得太胖。他指责她违背婚姻誓言，声称她使自己变得面目可憎，蓄意侮辱并违抗他。

"我没记错？"欧内斯特回答，"我记得你在团体里有多害羞，花多少时间才吐出一个字。我也记起你的改变，你对其中一个男人很生气，我想应该是沙尔。你很正当地谴责他，说他隐藏在他的胡子后面，批评轰炸团体。"

欧内斯特在卖弄。他的记忆力惊人，即使经过多年的个人及团体心理治疗，也不会衰退。

南露出微笑，用力地点头。"我也记得那个团体：杰伊、莫特、碧、杰曼、爱里妮娅、克劳迪娅。我只参与了两三个月，后来就被调职到东岸，但我认为那救了我一命。那段婚姻快把我毁了。"

"真高兴知道你的情况好转了，而且治疗团体能帮上忙。南，你看来好极了。真的已经 10 年了吗？老实说，这可不是心理医生的恭维话，你看起来更有信心，更年轻，也更有吸引力。你也这么觉得吗？"

她点头，说话时碰了他的手："我现在状况好极了。单身，健康，苗条。"

"我记得你一直与体重对抗。"

"那一仗已经打赢了。我现在是个全新的女人。"

"你是怎么做到的？也许我该试试你的方法。"欧内斯特用手指掐起肚子上的一层肉。

"你不需要，男人很幸运。男人胖一点也无妨，甚至会被赞为强壮。至于我的方法，如果你一定要知道，就是我曾经有个好医生帮助我！"

对欧内斯特而言，这是个令人失望的消息："你一直接受治疗？"

"没有，我对你很忠诚，我独一无二的心理医生！"她开玩笑拍拍他的手，"我说的是一般的医生，整形外科医生帮我雕塑了新鼻子，还做了神奇的腹部抽脂。"

房间已经满了，欧内斯特听到介绍词，最后是惯用的："让我们一起欢迎欧内斯特·拉许医生。"

起身前，欧内斯特靠过去，紧握南的肩膀，轻声地说："真高兴见到你。我们稍后再多聊聊。"

他在头昏目眩中走向讲台。南美丽，充满魅力，而且喜欢我，从没有其他女人比她更唾手可得。只要能找到最近的一张床或躺椅。

躺椅。没错！还是有问题，欧内斯特提醒自己：不管是不是 10 年前，现在她仍是病人。禁止碰触！不，她现在不是，她曾经是病人，数周的团体治疗，八名成员之一。除了团体治疗前的筛选疗程，我想我没有与她一对一诊疗过。

但那有什么差别吗？病人就是病人。

永远都是吗？10年之久呢？迟早病人也会完全成年，拥有伴随而来的权利。

欧内斯特猛力把自己从内心独白中拉回，注意力转向听众。

"各位女士先生，为什么要写一本关于丧偶之痛的书呢？看看这间店的丧亲书区，书架上挤满了书，何必要多一本呢？"

即使在说话，他仍继续着内心的辩论。她说她再好不过了，她已不是病人了。她已九年没接受治疗！太完美了。老天，有什么不可以的？两个你情我愿的成年人！

"以心理失调而言，丧偶之痛占据一席特殊的地位。首先，这是举世共通的。我们这个时代中，没有人……"

欧内斯特微笑着与许多听众做眼神接触，这方面他很行。他注意到最后一排的南正微笑颔首。坐在南身旁的是个严肃而有魅力的女人，有着黑色短发，似乎正专注地端详他。这是另一个对他有意思的女人吗？他捕捉到她的一阵眼神，但很快她就移开了。

"在我们这个时代，没有人能逃过丧偶之痛，这是很普遍的心理失调。"

不，问题就在这里。欧内斯特提醒自己：南和我不是两个你情我愿的成年人。我知道太多她的事。因为她已向我吐露太多心事，她觉得跟我有特别的情分。我记得她父亲在她青少年时期过世，我递补了她父亲的角色。如果跟她发生性关系，就是背叛了她。

"许多人都注意到，向医科学生教导丧偶之痛比其他精神病症来得容易。医科学生能够了解，在所有精神状况中，它与其他病症最类似，比如传染性疾病或身体创伤。没有其他心理疾病有如此明确的病征，特定可识别的病因，合理可预测的发展，有效率而有时限的治疗，以及定义明确的具体终点。"

不，欧内斯特与自己争论着，10年后一切都不同了，她也许曾把我当成父亲一般。那又怎样？此一时彼一时。她现在把我当成聪明、敏锐的男性。看看她：她正在聆听我的话。她无可救药地被我吸引。面对现实吧！我很敏锐，我很有深度，难道她这个年纪或任何年纪的女人，时常遇到像我这样的男人？

"但是，尽管医科学生，医生或心理医生渴望对于丧偶之痛有简单明了的诊断及治疗，事实却不然。企图以疾病的角度了解丧偶之痛，就是排除了我们最人性的部分。丧偶不像细菌侵袭，精神苦痛不像肉体创痛，不能当成肉体官能失调，精神不同于身体。我们所经验的苦楚的大小及本质不是由创痛的种类，而是由创痛的意义来决定的。而意义正是肉体与精神上的差异。"

欧内斯特正进入情况。他检视听众的表情，肯定他们的注意。

记住，欧内斯特自言自语，她是因为先前的男性经验而恐惧离婚，他们玩完她就走人。还记得她觉得有多空虚。如果我今晚跟她回家，不也是对她做同样的事，成为一长串剥削者之一！

"容我从研究中举个关于'意义'的例子。请思考一下这个问题：两个新寡的寡妇，都已结婚40年。其中一位虽承受很大的折磨，但逐渐重拾生活，并能享受宁静时刻，有时甚至是喜悦。但另一位境遇却糟得多：一年后，她深陷忧郁症，不时有自杀倾向，需要持续的心理照护。我们要如何解释结果的差异？这是个谜。现在让我提供一个线索。"

"虽然这两个女人在许多方面很类似，但有一个很大的差异：她们婚姻状况的不同。其中一个女人的婚姻关系充满冲突，另一个却是深情的、互相尊重、成长性的关系。现在我要问的是：哪一个是沮丧的？"

欧内斯特等待观众回答时，再度对上南的凝视。他想着，我怎么知道她会觉得空虚或是被剥削？说不定是感激？也许我们的关系会有结果。也许她跟我一样心痒。我难道永远没有下班时间吗？24小时我都得是个心理医生吗？如果我担心每个动作、每个关系的细微差异，我永远都无法与女人上床！

女人，大胸脯，上床……你真恶心——他对自己说。难道你没有更重要的事情可做？没有更高尚的事可想？

"对，没错！"欧内斯特对第三排一位勇于作答的女性说，"你说对了：拥有冲突婚姻关系的女人结果较糟。很好。你一定已经读过我的书，或许你根本不用读。但那难道不违反我们的直觉吗？也许人们会觉得拥有愉悦深情40年婚姻的寡妇境遇会比较糟。毕竟，她的损失比较大？"

"但如你所说，情况通常是相反的。这有几种解释。我想'懊悔'是关键。想想寡妇内心深处的痛苦，花了40年在错误的男人身上。她的悲哀不是，或不只是因为她的丈夫，她也是为自己的生命哀悼。"

欧内斯特，他告诫自己，世界上有上万上亿个女人，今晚的听众里说不定就有一打愿意跟你上床的，只要你敢接近她们。离病人远一点！离病人远一点！

但她不是病人，她是个自由的女人。

她以前是，现在仍是，对你有很不切实际的想法。你帮助过她，她信任你。移情作用强烈。而你现在竟想剥削她！

10年！移情是不朽的吗？哪里规定的？

看看她！真迷人。她爱慕你。何曾有过那样的美女把你从人群中挑出来，主动对你表示有意思？看看你的大肚皮，再胖几磅你就看不到自己的裤裆了。你要证明？这就是证明！

欧内斯特分心到开始觉得头昏。他对这种分心很熟悉。一方面，由衷地关心病人、学生和他的群众，也由衷地关心存在的真实议题：成长、遗憾、生、死、意义。另一方面，他的阴暗面：自私和肉欲。哦，他很善于帮助病人改造阴暗面，引出其中的力量：能力、生命力、创造驱动力。他熟悉每个字。他热爱尼采宣称的：越高大的树，根就沉得越深，深入黑暗，深入邪恶。

然而这些良言对他而言并没有什么意义。欧内斯特痛恨自己受制于黑暗面。他痛恨那奴役性，痛恨被动物本能驱使，痛恨被早期制约所奴役。今天就是最完美的例子：他的下体蠢蠢欲动，他对诱惑与征服的原始欲望，如果这不是直接来自太初，又是什么呢？还有他对乳房，对揉捏和吸吮的情欲。可悲啊！婴儿时期的遗毒！

欧内斯特握紧双拳，指甲用力地戳进手掌！注意点！有 100 个人在听着！专心一点。

"关于冲突性婚姻关系的另一点：死亡将它冻结在时光中。它将永远冲突，永远未完成，未满足。想想那种罪恶感！想想丧偶的鳏夫寡妇说：'如果我……'的时刻。这就是配偶猝死，比如因车祸丧生，会如此煎熬的原因之一。在这些案例中，夫妻没有时间说再见，没有时间做准备——有太多未了的事、太多未解决的冲突。"

欧内斯特现在上了轨道，他的听众专注而安静。

"在接受发问前容我提出最后一点。想一下心理健康专家如何评估丧偶之痛的过程。怎样才是成功的服丧？它何时结束？一年？两年？常识认为，当丧偶的一方完全脱离死去的另一半，再度恢复有生气的生活，服丧也就结束了，但实际上远比那复杂多了。

"在我的研究中，一项最有趣的发现是，有可观比例的丧偶者，也许有 25%，并不能就这样恢复生活，或是回到先前的生活状态，而是必须经历相当可观的个人成长。"

欧内斯特非常喜欢这个部分，观众总觉得很有意义。

"'个人成长'不是最理想的说法。我不知如何称呼它，也许'存在感的提升'会比较合适。我只晓得一定比例的寡妇，偶尔有某些鳏夫，学会以不同的风格来生活。他们对生命的可贵培养出新的体认，以及一套新的优先级。该怎么形容呢？也许可以说他们学会将小事化无，学会对不想做的事说不，将自己投入生命中造就意义的方面：亲密朋友与家人的爱。他们也学会从自身的创造之泉中汲饮，体会季节变换与周遭的自然美景。也许最重要的，他们深刻地体会到自身的有限，学习活在当下，不再为未来的某些时刻延迟生活：比如周末、暑假、退休。在我的书中对此有更详尽的描述，并推测这种存在觉知的导因和前提。"

"现在请提出想问的问题。"欧内斯特很享受回答问题。"您花了多长时间写书？""书中病例是真实的吗？如果是，保密问题怎么办？""您的下一本书是？""丧偶治疗的效用？"关于治疗的问题总是由正面临丧偶之痛的人提出来，而欧内斯特也小心翼翼地审慎处理这些问题。他指出丧偶之痛是自限的——大多数丧偶者，无论接受心理治疗与否都会慢慢改善——没有迹象显示，一般丧偶者当中接受心理治疗者最后会比未接受者过得好。但是，为避免过分看轻心理治疗，欧内斯特赶紧补充说，但已有迹象显示，治疗可能使第一年较不痛苦，而且已有毋庸置疑的证明，心理治疗对于遭遇强烈罪恶感或愤怒的丧偶者别具功效。

这些问题都是例行公事或客套的，他对此地听众的期待就是如此，没有伯克利听众好争辩而恼人的问题。欧内斯特瞄了一眼他的手表，并向女主持人打了个手势示意结束，合上笔记夹回到座位上。书店主人发表正式感谢词之后，响起一阵如雷的掌声。一群蜂拥的购书者围绕着欧内斯特。他优雅地微笑着为每一本书签名。也许纯属幻想，但似乎有几位迷人的女子对他也有兴趣，迎接他的凝视多了一两秒。但他没有响应，因为南·卡琳在等他。

人群慢慢散去。他终于可以回到她身边。他该怎么处理？在书店咖啡厅来杯卡布奇诺？还是较隐秘的地方？也许只要在书店聊个几分钟就可以让这整件事了结？该怎么办？欧内斯特的心又开始怦怦跳着。他环顾房间，她上哪去了？

欧内斯特关上皮箱，飞快找遍整个书店，没有南的踪影。他回头探看阅览室最后一眼，空荡荡的，除了一个女人安静地坐在南坐过的位子上——那个严肃、苗条、有着黑色短发的女人，她有双愤怒、锐利的眼睛。即使如此，欧内斯特试着捉住她的凝视。又一次，她移开了眼光。

第四章

病人在最后一刻临时取消诊疗，给了马歇尔·施特莱德医生一个小时的空当。接下来是他与欧内斯特·拉许的例行星期辅导。他对病人取消治疗感觉错综复杂，对病人的抗拒感到困扰：他根本不相信商务旅行这种低能的借口，但他又乐于接受空当时间。反正一样要收费，他当然不理会病人的借口，还是记下了这个小时的诊疗费。

回复了几通电话及信件之后，马歇尔走到外面的小阳台，为他窗外木架上的四盆小盆栽浇水：一盆雪玫瑰奇迹般高雅外露的根（某位一丝不苟的园丁把它种在石头上，四年后又小心翼翼地把树根下的石头凿去）；一株多瘤的五针松，树龄至少60年了；一丛漆树和一株杜松。他老婆雪莉上个星期天帮他修剪过杜松，样子看起来全变了，很像个四岁大的孩子第一次好好剪过头发；她把两根相对的树枝下方的新芽都剪了，将树修成利落的不等边三角形。

然后马歇尔沉浸在他最大的快乐之中，他翻开《华尔街日报》股价表，从皮包里取出两样计算获利的装备：一个读股价小字的放大镜和一个太阳能计算器。昨天市场成交量很低。一切没什么动静，除了他持股最多的硅谷银行，听从一位前病患的建议买进，涨了 1.8 美元，500 股几乎赚了 1700 美元。他从股价表上抬起头微笑着。生活很美好。

拿起最新一期的《美国精神分析》期刊，马歇尔浏览过目录，却很快地又合上。1700 美元！老天，他为什么没多买一点呢？躺回他的真皮旋转椅，他仔细打量了办公室：百水先生和夏加尔的版画，18 世纪的酒杯组亮丽的陈列在玫瑰木的橱柜里。他最钟爱的是三件马斯勒耀眼的玻璃雕塑。他起身用一支旧鸡毛掸清理它们，过去他父亲就用这支鸡毛掸来清理小杂货店橱柜。

虽然他定期从家里带来大量收藏品替换画作，但是那些精致的雪莉酒杯和易碎的马斯勒雕塑是常设的办公室摆设。检查过玻璃雕塑的防震基座后，他爱怜地抚摩着最心爱的一件"时光的金边"，一个巨大的、闪闪发光的、薄得像饼一样的橘色大钵，边缘制成如同未来大城市的摩天大楼剪影。12 年前买下它之后，他几乎没有一天不抚摩它。它完美的轮廓线条和凉爽带给人奇妙的镇静感。不只一次，他很想，当然仅止于幻想，鼓励心神错乱的病人抚摸它，浸淫在沁凉、平静的奥秘中。

感谢老天，他不顾老婆的反对，买了这三件雕塑：它们是他买到最好的几件，可能也是最后几件。马斯勒的作品价钱水涨船高，再买一件得花他六个月的薪水。但如果他能再逮到一次期货大涨，像去年一样，也许那时候……但他的病人已经很不为他着想地结束了治疗。或者也许等到他的两个孩子念完大学和研究生，但那至少还有五年。

11 点 3 分。欧内斯特·拉许迟到了，一如往常。马歇尔辅导欧内斯特已经两年，虽然欧内斯特付费比一般病人少一成，马歇尔总是期待他们的会面。欧内斯特的会诊会带来一天临床案件中令人振奋的轻松时刻——他是完美的学生：探索者，聪明，能接受新观念。一个具有广大好奇心的学生，而他对心理治疗的无知更是广大。

虽然欧内斯特现在还接受辅导，年纪是大了一点，都38岁了，但马歇尔认为这是长处，不是弱点。10年前，欧内斯特在心理医生实习期间，固执地拒绝学习精神分析，反而追随生物精神病学的号召，专注于心理疾病的药物治疗，实习过后花了数年时间在分子生物实验室研究。

并不是只有欧内斯特如此，他的同辈大多采取同样的立场。10年前精神医学似乎到达了重大生物学突破的边缘，关于生化成因导致精神疾病、精神药物学、研究脑部解剖学与功能位置的新图像法、精神遗传学，以及对应重大精神失调的特定染色体位置都快要被发现了。

但马歇尔并未被这些新发展动摇。63岁，他当心理医生已经够久，足以活过好几次这样的实证派摆荡。他记得一波接一波狂喜的乐观（结果都是失望）伴随着各种新药物与新疗法的出现，像是精神手术、迷幻药、锂盐、快乐丸与百忧解——当某些分子生物狂热开始式微，当许多陈义过高的研究主张无法被具体证实时，人们最后终于承认，也许还没查出每个邪恶念头之后的邪恶染色体，他一点也不感到讶异。上周马歇尔参加了一个大学赞助的座谈会，重要的科学家向宗教人士说明他们最前卫的研究工作成果。马歇尔虽然不是非物质世界观的拥护者，他还是被宗教人士的反应逗得大笑。科学家给宗教人士看最新的原子照片，表达他们确信物质之外一切皆不存在。"那么时间呢？"宗教人士和蔼地问道："时间的分子看得到吗？还有，请让我看看自我的照片，那永存不朽的自我？"

研究精神遗传学多年之后，欧内斯特对研究和学院政治都感到失望，于是走入了私人执业的领域。有两年时间他纯粹当精神药物学家，为病人看诊 20 分钟，然后发药片给每个人。渐渐地——西摩·特罗特对此也有影响——欧内斯特了解以药丸治疗每位病人有其限制，甚至非常不妥。他牺牲了 40% 的收入，逐渐转入心理治疗业。

马歇尔觉得这完全是欧内斯特个人的努力，使他决定寻求专家辅导，并计划申请精神分析学会的候选资格。马歇尔想到外头所有的心理医生就不寒而栗——还有所有的心理学家、社工人员、咨询师，这些人未经适当的精神分析训练就开业治疗病人。

欧内斯特一如往常冲进办公室，一秒不差地迟到五分钟，给自己倒了一杯咖啡，坐进马歇尔的意大利白色皮沙发，并迅速翻公文包找出病历笔记。

马歇尔已停止追究欧内斯特的迟到。好几个月来，他一直问不出满意的结果。有一次马歇尔甚至走出去测量他和欧内斯特办公室间一街之隔要走多久，4 分钟！欧内斯特 11 点的约诊在 11 点 50 分结束，欧内斯特要在正午 12 点到达，时间从容，甚至还可跑一次厕所。但欧内斯特总说有某些阻碍：病人谈过头，一通重要的电话，要不就是欧内斯特忘了笔记必须回头去拿，总是有事。

这很显然是抗拒。为 50 分钟的辅导花一大笔钱，然后规律性地浪费掉 10% 的时间和金钱，马歇尔想，显然这是自我矛盾的明证。

平常马歇尔会坚持必须完整地探索迟到原因。但欧内斯特不是病人，起码不完全是。辅导是处在治疗和教育间的无人地带。有时好的辅导医生必须探究至案例之外，深入学生无意识的动机和冲突。但是没有明确的治疗契约，辅导医生也有不能逾越的限制。

所以马歇尔暂时不谈此事，虽然他总是一秒不差的结束 50 分钟的辅导来表态。

"好多事要谈。"欧内斯特开始说，"我不确定该从哪里开始。我今天想谈些不同的。两个固定追踪的案子没有新进展——刚才与强纳森和温蒂进行了例行的会诊。他们状况都可以。"

"我想叙述与贾斯廷的一次会诊，其中有许多的反移情材料，还有关于昨晚在书店读书会与以前一位病人的偶遇。"

"书卖得还好吗？"

"书店还继续展示。我所有的朋友都在读。有几篇不错的评论，其中一篇在这期的《美国医药学会通讯》上。"

"好极了！这是一本很重要的书。我会寄一本给我姐姐，她丈夫去年夏天过世。"

欧内斯特本想说他很乐意在书上签名，并写些致语。但是这些话哽在他的喉咙里，对马歇尔说这些似乎很冒昧。

"好，开始工作吧……贾斯廷……贾斯廷……"马歇尔翻过他的笔记，"贾斯廷？提醒我一下。他是不是你的长期强迫性偏执症患者？有很多婚姻问题的那个？"

"对。很久没谈他了。但你应该记得我们追踪他的案子有好几个月。"

"我不知道你还在继续见他，我忘了是什么原因让我们停止在辅导中追踪他？"

"嗯，老实说，是我对他失去兴趣了。当时我很清楚他无法有很大的进步，我们好像没有在治疗……比较像是观望。但他仍每星期来三次。"

"观望——每星期三次？那可观望了很久。"马歇尔靠回椅子瞪着天花板，他仔细聆听时通常都会这样。

"我很担心这一点。那不是我选择今天谈他的原因，但也许今天谈这个部分也很好。我似乎没办法削减他的时数，那可是一星期三次加上一两通电话！"

"欧内斯特，你有没有候补病人？"

"很少。事实上，只有一个。为什么问这个？"但欧内斯特完全清楚马歇尔的意图，并且佩服他泰然自若地提出尖锐问题的功力。该死，他太厉害了！

"我的意思是很多心理医生很怕空当，所以下意识地使病人依赖。"

"我没有这个问题——我再三与贾斯廷谈到减少时数。如果我为了荷包留住病人，我晚上会睡不着。"

马歇尔微微点了头，示意目前为止他很满意欧内斯特的回答："几分钟前你说过你不认为他会有进步。现在发生了什么事让你改变想法？"

马歇尔的确是在聆听，什么都记得。欧内斯特崇拜地看着他：褐色的头发，机警的黑眼，毫无斑点的皮肤，身体比年龄要年轻20岁。马歇尔的体格正如他的性格：没有脂肪，没有多余，结实的肌肉。他曾经担任大学足球队的后卫，他厚实发达的二头肌和有雀斑的小臂完全撑满了外衣袖子——坚如磐石！专业角色上亦是如此：没有多余，没有怀疑，永远有自信，对正确方法永远有把握。其他某些训练分析师也是一副有把握的样子——来自正统与信仰，但没有人像马歇尔，没有人能以如此学识渊博而有弹性的权威方式说话。马歇尔的自信有其他的来源，某种能驱散所有怀疑，很本能的身心确定，总是对大事提供迅捷而穿透性的认知。从他们10年前第一次见面，欧内斯特听到马歇尔的精神分析心理治疗以来，他就把马歇尔当成榜样。

"你说得没错。为了让你更了解情况，我得回头一点。"欧内斯特说，"你也许记得在开始时，贾斯廷直言要求我帮助他离开他的妻子。你觉得我过分介入，把贾斯廷的离婚当成了我的任务，我成了义勇兵。那时你指出我是'治疗过当',记得吗?"

马歇尔当然记得。他微笑着点点头。

"你是对的。我的努力用错了方向。我为了帮助贾斯廷离开老婆所做的一切,都毫无结果。每次他几乎要离开,每次他老婆提议也许他们应该考虑分居,他就陷入恐慌状态。我不止一次几乎想送他入院治疗。"

"他老婆呢?"马歇尔拿出一张白纸做笔记,"抱歉,欧内斯特,我没带旧笔记。"

"他老婆怎么样?"欧内斯特问到。

"你曾经跟他们夫妻见面吗?她是怎样的人?她也接受治疗吗?"

"我从没见过她!甚至不知道她长什么样子,但我把她视为魔鬼。她不愿来见我,说是贾斯廷有病,不是她。她也不愿意接受个人治疗,我猜原因相同。不,还有别的事……我记得贾斯廷告诉我,她讨厌心理医生,年轻时看过两三个,每个到最后都搞她或想搞她。你知道,我有过几个受虐病人,没有人比我更对这种没良心的背叛更愤慨。尽管如此,如果发生在同一个女人身上两三次……我不知道,也许我们该怀疑她的潜意识动机。"

"欧内斯特,"马歇尔用力地摇着头,"这会是你唯一一次听到我这样说,但在这个案例中,潜意识动机并不重要。当病人与医生发生性关系,我们就该撇开动机,只看行为。心理医生将性欲施加在病人身上,必定是不负责任和有害的。不用为他们辩护,他们应该被逐出这个行业!也许某些病人有性冲突,也许他们想要引诱处于权威地位的男人或女人,也许他们在性方面有偏执,那就是为什么他们需要接受治疗。如果医生不能了解并处理这一点,他就该换职业。"

"我告诉过你,"马歇尔继续说,"我现在是州医疗道德委员。昨

83

晚我读了下周会议中将讨论的案子。顺带一提，我要跟你谈这件事。我想提名你做下一任委员。我的三年任期到下个月期满，我认为你会做得很出色。我记得你几年前在西摩·特罗特案所持的立场，表现出勇气和正直，其他人都被那个老浑蛋吓住了，不肯作证。你为这行做了一件好事。但我要说的是医生对病人的性侵害越来越盛行，几乎每天报纸上都有一则新丑闻。有个朋友寄给我一则剪报，报道16位过去几年因性侵害被起诉的心理医生，包括一些大名鼎鼎的人物：塔夫茨大学的前系主任和波士顿学会的资深训练专家。当然还有朱尔斯·马瑟曼的案子——如同特罗特，他也是美国心理治疗学会的前主席。你知道他做了什么吗？给病人吃镇静剂，然后趁他们昏迷时跟他们亲热，完全不能想象！"

"没错，那是最让我震惊的案子，"欧内斯特说，"我实习时的室友经常笑我花了一整年读马瑟曼，他的《动机心理学原理》是我读过最好的教科书。"

"我知道，"马歇尔说，"偶像都幻灭了，而且情况越来越糟！"

"我搞不懂发生了什么事。昨晚我读了八位心理医生的起诉书，真叫人恶心。你能相信有个医生每次看诊都与病人发生性关系，而且还收费！八年以来每星期两次！还有一个儿童心理医生在汽车旅馆被逮到跟五岁的病人在一起？他全身涂满巧克力酱，要他的病人舔掉！令人作呕！还有一个窥阴癖：一个治疗多重人格病人的医生催眠病人，然后鼓动较原始的人格浮出，在他面前自慰。心理医生辩称他从未碰触病人，而且那也是适当的治疗：让这些人格在安全的环境里有自由抒发的机会，然后逐渐鼓励检验现实并达成整合。"

"然后看他们自慰，陶醉于性快感当中。"欧内斯特附和着，并偷瞄了一眼手表。

"你看了表，请解释一下？"

"时间一直过去，我原本想谈谈贾斯廷的资料。"

"换句话说，虽然这段讨论也许还蛮有趣，却不是你来的原因，还是事实上，你不想浪费辅导的时间和金钱在这上头？"

欧内斯特耸了耸肩。

"我说得很接近？"

欧内斯特点头。

"那你为什么不早说？时间是你的，你花了钱的！"

"没错，马歇尔，又是想取悦你的老问题，还是太敬畏你了。"

"少一点敬畏，多一点坦率会让辅导过程更顺利。"

坚如磐石，欧内斯特想着，仰之弥高。这些小小的交流，通常与正式讨论病人颇离题，但却是马歇尔最珍贵的教导。欧内斯特希望自己迟早能学习到马歇尔的刚强心智，他也记下了马歇尔对医生与病人发生性关系的严峻态度；他原本想谈书店读书会上遇上南·卡琳的窘境。现在他不确定了。

欧内斯特回头谈贾斯廷："治疗贾斯廷越久，我越相信我们在看诊时间所达成的进展，立刻就会被他与老婆的关系弄得前功尽弃。卡萝是个彻头彻尾的蛇发女妖。"

"我有点印象了。她是濒临精神失常，冲出车外阻止他买面包和熏鱼的女人？"

欧内斯特点头："那就是卡萝没错！我所碰过最恶劣、最强硬的女人，我希望永远不要当面见到她。至于贾斯廷，两三年来我一直很本分地治疗他：良好的同盟关系，对他的动机做清楚的解析，正确而专业的超然态度。但我就是无法改变他：每种方法都试过，提出所有适当的问题——为什么他选择娶卡萝？留住这段婚姻对他有什么好处？为什么选择生小孩？但我们所谈的一切从来没有转化为行动。"

85

　　"我发现，我们通常假设充分的解析和洞察最终会导致外在改变，但这并不是问题的答案。我解析了几年，但贾斯廷的意志似乎完全瘫痪了。你也许记得治疗贾斯廷使我对意志的概念疯狂着迷，开始阅读所有相关的资料，大约两年前我还做了一次关于意志瘫痪的演说。"

　　"没错，我记得那次演讲，你表现得很好，我还是认为你该写下来出版。"

　　"谢谢，我自己对于写那篇论文有点意志瘫痪，目前它埋在另外两个写作计划之后。你也许记得我在演说时的结论，如果内在洞察无法发动意志，心理医生必须找些其他办法让它动起来。我试着激励他，用各种方法轻声告诉他：'你知道你得试试看。'"

　　"我试过视觉心象法，鼓励贾斯廷将自己投射到未来，十几二十年后，想象他自己还困在这个要命的婚姻里，想想他对自己的一生会多么悔恨。这也没有帮助。"

　　"我成了拳击场边的副手，提供建议，训练他，帮助他演练婚姻解放宣言。但我训练的是个轻量级的选手，他老婆却是个超重量级的选手。完全没用。我想最后的极限是那次背包露营，我告诉过你吗？"

　　"说说看，听过的话我会打断你。"

　　"大约四年前，贾斯廷认为全家一起去背包露营会是件好事，他的小孩是一对双胞胎兄妹，现在大概八九岁。我鼓励他，任何他主动的事我都很高兴。他对没有多花时间陪孩子一直感到内疚。我建议他改变，他认为背包露营会是表现父爱的极佳活动。但卡萝不高兴！她不肯去，没有特别的原因，纯粹是怪癖，而且不准孩子跟贾斯廷一起去。她不希望他们睡在森林里，她恐惧一切，任何你想得到的：昆虫、毒藤、蛇、蝎子。此外，她不想一个人待在家，奇怪的是，她一个人出差旅行却没有问题，她是个强悍的律师。贾斯廷也不能一个人待在家，真是一对疯子。"

"贾斯廷在我强烈的鼓励下，坚持去露营，不管她同不同意。他这次下了决心！很好，我鼓励他，总算有点进展。她大吵大闹，讨价还价，答应如果他们今年都去优胜美地国家公园，住在旅馆里，明年她就跟大家一起去露营。'没得谈！'我教他，'坚持到底。'"

"结果怎么样？"

"贾斯廷让她屈服了，他带孩子去露营的时候，她邀姐姐跟她同住。接下来怪事开始发生了……贾斯廷原本对胜利感到欣喜若狂，现在他开始担心身体状况不够好。首先他必须减肥，他定出 20 磅的目标，然后要锻炼背肌。所以他开始健身，主要是来回办公室时爬 40 层楼。结果有一次急性气喘发作，后来必须接受大规模的治疗。"

"这当然是很负面的影响。"马歇尔说，"我不记得你告诉过我这件事，但我猜得出后来的发展。你的病人开始病态地担心这次露营，减肥不成功，慢慢相信他的背没办法支撑，也没办法照顾他的两个孩子。最后他的恐慌完全爆发出来，把旅行抛在脑后。全家到优胜美地的旅馆去，大家都很奇怪，他的白痴心理医生怎么会想出这么鲁莽的计划。"

"他们去了迪士尼乐园。"

"欧内斯特，这是个老掉牙的故事，也是老掉牙的错误！每当心理医生将家庭体制的病征误认为是个人的病征时，这个场景必定会重演。你就在那个时候决定放弃他？"

欧内斯特点头："那时我开始转为观望。我认定他将永远困在治疗、婚姻、生活中。从那时起，我停止在辅导中谈到他。"

"但是现在有重大发展？"

"是的，昨天他来几乎无动于衷地告诉我，他已经离开卡萝，搬去跟一个比他年轻很多的女人同居，他几乎没有提过她。每周来见我三次，却竟然忘了谈她。"

"有意思！然后呢？"

"很难过的一个小时。我们完全走了调，我大多时候感到很反感。"

"简要叙述一下那一个小时，欧内斯特。"

欧内斯特详述了疗程的经过，马歇尔直接指向反移情——医生对病人的情绪反应。

"欧内斯特，我们先集中在你对贾斯廷的反感。试着再感受一次那一个小时。当病人告诉你他已经离开老婆，你有什么感受？自由联想一分钟。不要用理性，放松。"

欧内斯特大胆一试："好像他看轻了，甚至嘲笑我们过去这些年的努力。我拼了命为这个人鞠躬尽瘁。这些年来他是我肩上的重担……我说的很直。"

"继续。本来就应该直说。"

欧内斯特审视自己的感觉，五味杂陈，但他敢跟马歇尔分享哪一种呢？马歇尔并不是在治疗他。他也想得到马歇尔的尊重、推荐与支持他进入精神分析学会，但他也希望辅导就是辅导。

"嗯，我很生气，气他说白花了八万美元做治疗，气他悠然走出婚姻，却没跟我讨论。他知道我为了让他离开她费了多少心血。竟连个电话都没打给我！他以前会为了鸡毛蒜皮的小事打电话给我。还有，他刻意隐瞒另一个女人的事，也让我气极了。我也很气女人的能力，任何一个女人，只要轻松勾勾手指头，就能让他做到我花了四年时间都做不到的事。"

"你对他终于离开老婆有什么感觉？"

"他成功了！那是件好事。不管他是如何成功的，都是件好事。但他没有用正确的方式。为什么他不能用正确的方式？马歇尔，这都是胡扯——原始的东西、几乎都是原始的反应。用语言表达真的很不自在。"

马歇尔靠了过来把手放在欧内斯特的手臂上,这很不像他的作风:"相信我,欧内斯特,这不容易。你做得很好,继续试试看。"

欧内斯特觉得备受鼓励。他觉得很有趣,体验着治疗与辅导中奇特的似非而是:你揭露的事越违反道德、越羞耻、黑暗、丑陋,反而越受奖励!但他的联想慢了下来:"等等,我得挖得更深。我讨厌贾斯廷让他自己被他的生殖器牵着鼻子走。我希望他能更好,用正确的方式离开那个恶老婆,卡萝……她困扰着我。"

"对她做自由联想,只要一两分钟就好。"马歇尔要求道。这句让人放心的"只要一两分钟"是马歇尔对辅导契约的妥协。明确短暂的时间限制,为揭露自我画下界线,也让欧内斯特较有安全感。

"卡萝?……坏东西…蛇发女妖的头……自私,濒临精神失常,恶毒的女人……龇牙咧嘴……邪恶的化身……我所见过最凶恶的女人……"

"你见过她吗?"

"我是说从未照面的最凶恶的女人,我只透过贾斯廷认识她。但经过数百个小时,我算是了解她了。"

"你说他没有用正确的方式是什么意思?正确的方式是什么?"

欧内斯特坐立不安。他向窗外看,避开马歇尔的眼光。

"嗯,我可以告诉你错误的方式:就是从一个女人的床跳到另一个女人的床上。让我想想看……如果我对贾斯廷有个愿望,会是什么呢?只要一次,就这么一次,他可以做个有尊严的人,像个有尊严的人一般离开卡萝。他可以下定决心看清楚这是个错误的选择,他在错误地度过他这唯一的一生,然后就这样搬出来,面对他自己的孤独,接受他自己,作为一个人,一个成人,一个独立的个体。

他所做的一切都很可悲：脱去责任，沉进恍惚的状态，与某个小妹妹陶醉在爱河，他说她是'天使下凡'，就算一段时间内行得通，他也不会有所成长，不会从中学到一点该死的教训！"

"就是这样了，马歇尔，这些东西可不光彩！我也不觉得骄傲！但如果你要原始的东西，就是这些。很多，很明显，大多数我自己都可以看透！"欧内斯特叹了口气，筋疲力尽地向后靠，等待马歇尔的响应。

"有人说治疗的目的是要成为自己的父母，我想辅导也很类似，目的是为了成为自己的辅导医生。所以……我们来看看你怎么看自己。"

向内审视之前，欧内斯特看了马歇尔一眼，想着，成为自己的父母和辅导医生——你真行！

"最明显的是我的情感深度。我的确是投入过深，还有疯狂的愤怒与占有欲——他怎么敢没问我就下决定！"

"没错！"马歇尔大力地点头，"现在把愤怒、降低他对你的依赖，以及治疗时数拼贴在一起。"

"我知道，显然很矛盾。我要他打破对我的依赖，但他独立时我又生气。他对个人世界的坚持，甚至对我隐瞒这个女人，其实是健康的表征。"

"不只是健康的表征，"马歇尔说，"也是你治疗成效卓著的表征。好得要命！当你治疗依赖性的病人时，你的报酬就是病人的反抗，而不是顺从。好好享受它吧！"

欧内斯特深受感动。他静静地坐着，忍住眼泪，感激地咀嚼马歇尔的给予。当了这么多年的治疗者，他不习惯接受照料。

"你说贾斯廷应该要正确地离开老婆，你对这个说法有什么看法？"马歇尔继续问。

"这是我的自大！只有一种方法：我的方法！这个感觉很强烈，甚至现在我都感觉得到。我对贾斯廷很失望。我希望他能更好。我知道这听起来我像是个严苛的家长！"

"你的态度很强硬，极端到自己都不能相信。为什么这么强烈，欧内斯特？压力从何而来？你对自己的要求又如何？"

"但我的确相信！他从一个依赖跳到另一个，从魔鬼老婆妈妈换到天使妈妈。还有坠入爱河、'天使下凡'这档子事，他沉浸在结合的喜悦，他说像是分裂不完全的阿米巴原虫……只要能避免面对他自己的孤独，什么东西都好。就是这份对孤立的恐惧，把他留在这段致命的婚姻里这么多年。我得帮助他看清这一点。"

"但是这么强烈？这么严苛？理论上，我想你是对的。但哪个濒临离婚的病人能符合这种标准？你是在要求存在主义式的英雄。拿来写小说不错，但是回想看诊这么多年，我记不起有任何病人以如此高尚的作风离开另一半。所以让我再问你一次，这压力从何而来？你自己生活中的类似事件？我知道你太太几年前在一次车祸中丧生，但我不清楚你生活中与其他女性的关系。你再婚了吗？曾经离过婚吗？"

欧内斯特摇头，马歇尔继续说："如果我干涉太多，或是逾越了治疗与辅导的界线，就请告诉我。"

"不，你的方向是对的。我没有再婚。我太太露丝已经去世六年了。但说实话，我们的婚姻在很早以前就结束了。我们住在一起，但各过各的，只为了方便才待在一起。离开露丝对我而言有很多问题，即使我很早就知道——我们都知道——我们根本就不配。"

"那么……"马歇尔说，"回头看看贾斯廷和你的反移情……"

"显然我有些事该做，我必须停止要求贾斯廷代我来完成那些事。"欧内斯特回头看着马歇尔的壁炉上装饰华丽的镶金时钟，但想起那纯粹只是装饰品。他看了看手表："还剩五分钟,让我谈谈另一件事。"

"你提到关于书店读书会,以及遇到一位以前的病人。"

"嗯,先谈谈别的。我对贾斯廷的占有欲让我自己很反感。他指责我试图将他从爱情的喜悦中拉下来,他完全说对了,他很正确地看到事实。我没有确认他的正确认知,这是种反治疗。"

马歇尔严肃地摇头:"想想看,你原本可以说什么?"

"我可以跟贾斯廷说实话,比如我今天告诉你的。"西摩·特罗特就会这么做,但欧内斯特当然不会提到这一点。

"像是什么?你指的是?"

"我不经意地产生占有欲,我可能阻挠他摆脱治疗,使他感到困惑,还有我可能允许了某些私事模糊了我的观点。"

马歇尔原本一直望着天花板,这时却突然看着欧内斯特,期待能看见一点微笑。但欧内斯特全无一丝笑意。

"你这话是当真的吗,欧内斯特?"

"为什么不是?"

"你难道不明白,你已经算是过分投入?谁说治疗重点是为了对每件事开诚布公?唯一的重点是依病人的福祉采取行动。如果心理医生抛弃结构性方针,决定自行其是,不管如何都要即兴应变,永远诚实——想象一下,治疗会是一片混乱:想象一个无精打采的将军开战前夕在军队前露出苦恼状;想象告诉一个病情严重的濒临精神病患者,不管她再努力,她还得继续治疗 20 年,住院 15 次,割腕或药物滥用十几次;想象告诉病人你累了、烦了、胃胀气、饿了、听够了,或是手痒得想上篮球场;我每星期有三个中午去打篮球,之前一两个小时我满脑子想的都是跳投或转身运球上篮。难道要我告诉病人这些吗?"

"当然不！"马歇尔自问自答，"我把这些幻想隐藏起来。如果它们有所妨碍，我就分析自己的反移情，或用你现在正在做的好方法。我还可以补充一点，找个辅导医生来一起处理。"

马歇尔看了看他的表："抱歉说了这么多。我们的时间快到了，其中一部分是因为我谈了道德委员会的事。下周我会说明担任一个任期的细节。但现在，欧内斯特，用两分钟谈谈你在书店与从前病人的邂逅。我知道你本来想谈这个。"

欧内斯特开始把笔记收回公文包："并不是很戏剧化，但是情况却颇有趣——在学会研究小组上可能会引发一阵讨论。当天傍晚有一个迷人的女人对我非常有意思，而我有一会儿也与她调情。然后她说她曾经是我的病人，时间很短，10年前参加了一个治疗团体，在我实习的第一年，她说治疗很成功，她过得非常好。"

"然后？"马歇尔问。

"然后她邀我读书会后在书店咖啡座跟她碰面。"

"那你怎么做？"

"我当然婉拒了。告诉她我晚上有事。"

"嗯……我懂你的意思了。这的确是个有趣的情况。有些医生，甚至精神分析师，也许会与她在咖啡店幽会。有些人可能会说，如果只是在团体中短暂地治疗过她，那么你实在太古板了。但是……"马歇尔起身示意会面结束，"我赞同你的做法，欧内斯特。你做得对。我的做法也会完全一样。"

第五章

还有 45 分钟，欧内斯特的下一个病人才会到，他决定出去散散步。他与马歇尔的会谈让他心神不宁，特别是马歇尔邀请他，或几乎是命令他参加医疗道德委员会的事。

马歇尔等于是要他加入心理治疗的警察部队。如果他希望成为精神分析师，他就不能不理会马歇尔。但为什么马歇尔这么坚持？他应该知道这个角色并不适合欧内斯特。欧内斯特越是思索，就越感到不安。这不是什么无心机的提议。马歇尔显然是在给他某种暗示，也许是"你自己看看那些不称职心理医生的下场"。

冷静点，不要太小题大做，欧内斯特告诉自己。也许马歇尔的动机是一片好意——也许加入委员会，能够帮助日后进入精神分析学会。但欧内斯特还是不喜欢这个主意。他喜欢去了解人性，而不是惩罚。以前他只当过一次"警察"，就是西摩·特罗特的案子。虽然他的做法无可指责，但他决定从此之后绝不再当审判者。

欧内斯特看看手表：还有 18 分钟，这个下午的四个病人中的第一个就会抵达。他在杂货店买了两个苹果，然后赶回办公室。简单的苹果与胡萝卜午餐，是他最新的减肥计划，但是就像以往一样无效，晚餐他会吃下更多的食物。

简单地说，欧内斯特是个贪食者。他吃得太多，光是把三顿饭的分量对调是不可能减肥的。马歇尔的理论（欧内斯特觉得是一番鬼话）是，欧内斯特在诊疗时过度关心病人，被病人吸光了能量，所以必须大吃特吃来补足空虚。马歇尔不断以辅导者的身份劝他少给一点，少说一些，限制自己每小时只分析三四件事。

欧内斯特还在思索辅导会诊上所说的话："战争前夕，将军还在部队前忧心忡忡！"听起来很好。马歇尔的波士顿口音使什么听起来都很好，几乎就像那两个来心理科演讲的英国精神分析医生。欧内斯特很惊讶地发现自己与其他人都被他们说的每一个字所吸引，即使他们的演讲内容了无新意。

所以，马歇尔听起来也很好。但他真正说了什么？欧内斯特应该隐藏自己，不显露任何怀疑或不确定。至于将军临阵露出忧色，这是什么比喻啊？他与贾斯廷跟战争有什么关系？他是将军吗？贾斯廷是士兵吗？真是牵强附会！

这些想法都很危险。欧内斯特从来没有让自己对马歇尔这么苛责。他回到办公室，开始阅读他的笔记，为下一个病人做准备。当欧内斯特准备看病人时，他不容许任何个人的思绪分神。关于马歇尔的负面思想必须暂时搁置。欧内斯特在心理治疗时的一个法则是，把全部注意力放在病人身上。

有时候他的病人会抱怨，说他们对他的注意超过了他对他们的注意，他只是个出租半小时的朋友，于是他总是会说明这个法则。他说当他在治疗他们时，他是全然地关注他们。不错，他们对他的注意当然比较多。因为他有很多病人，而他们只有一个心理医生，就像是一个老师有很多学生，或父母有很多小孩。欧内斯特时常很想告诉他的病人，他能够体验到他们的感受，但这种沟通正是马歇尔非常严厉批评的。

"老天，欧内斯特，"他会说，"把一些东西留给你的朋友吧。你的病人是职业上的客户，不是你的朋友。"但最近欧内斯特越来越质疑一个人在私人生活与职业上所扮演的不同角色。

有没有可能，一个心理医生不管在任何场合都保持真诚，一以贯之？欧内斯特想到最近他听到的佛教高僧的演讲录音，听众都是传授佛理的老师。有一名听众询问他关于佛教老师操劳过度的问题，以及建立上下班制度的可能性。他嘻嘻笑道："佛陀会下班吗？耶稣会下班吗？"

当天晚上他与老友保罗共进晚餐时，他又回到这些思绪上。保罗与欧内斯特从小学六年级就认识，他们的友情经历了医学院的洗礼，以及当驻院医生时共住一栋小房子的经历而越来越稳固。

过去几年来，他们多半是以电话来联系，保罗生性喜爱独处，住在山边的 20 亩林地中，从旧金山开车过去要 3 个小时。他们约好每隔几月就会面一次。有时候他们在半路碰面，有时候轮流到对方住处。这个月轮到保罗前来，他们约好共进晚餐。保罗不会留下来过夜，他本来就有点古怪，现在年龄渐长，更是除了自己的床之外什么地方都睡不着。就算欧内斯特说他有同性恋恐惧症，或取笑他在车上带着最喜欢的被子与枕头，他也毫不动摇。

保罗越来越追求内在，让欧内斯特有点吃醋。欧内斯特怀念他们早年的旅行。保罗虽然对心理治疗非常在行，他曾经在苏黎世的荣格学院当过一年的准研究生，但他喜爱田野生活，使他无法为病人提供长期的心理治疗。他赖以维生的主要手段，是在郡立心理诊所担任精神医药师，但是雕塑才是他真正最热爱的。使用金属与玻璃当成质材，他以图像表现内心深处的心理与存在思维。欧内斯特最喜欢的一件是保罗为他制作的：一个大陶碗当中有一个小铜像。小铜像抱着一块大石头，从碗边向外窥视。保罗命名为：西西弗斯欣赏风景。

欧内斯特直接从办公室来到约好的餐厅，穿着西服。保罗则穿着牛仔靴与格子衬衫，系着绳索式的领带，与他的尖胡须及厚眼镜显得很不相配。

欧内斯特点了一个大餐，保罗是素食者，不理会热心建议的侍者，只点了沙拉与腌黄瓜。欧内斯特不浪费一点时间，立刻告诉保罗他的近况。他描述了在书店邂逅南·卡琳的经过，以及抱怨被三名他想认识的女性碰钉子。

"你还是这样色，"保罗说，透过厚眼镜凝视他，"听听你自己说的话：一个美丽女子主动接近你，但因为你在20年前与她在一起……"

"我没有与她在一起，保罗，我是她的心理医生，而且是10年前。"

"好吧，10年。因为她在10年前曾经是你的治疗团体中的一员，现在你就无法跟她约会？她也许非常性饥渴，而你只能提供你的阳具给她。"

"保罗，认真点……"

"我是很认真，"保罗继续说，"你知不知道为什么你没有性？因为你举棋不定。每次都有不同的理由。与玛娜在一起时，你怕她会因为爱上你而受伤害。与上个月那个叫什么名字的在一起时，你怕她会发觉你只对她的胸感兴趣。与玛西在一起时，你怕上了床之后就会破坏她的婚姻。歌词不同，但旋律总是一样：女人都很仰慕你，你的举止高贵，于是你得不到性，而女人更为仰慕你，于是她只好在床上使用按摩棒。"

"我无法说变就变，无法在白天强调责任，晚上就去乱搞一通。"

"乱搞一通？听听你自己！你不相信有许多女人就像我们一样，只想要轻松的性接触。你使自己陷入了假道学的性饥渴。你对所有女性都有采取'心理治疗'的责任，于是反而无法满足她们真正的需求。"

保罗的话很有道理。与马歇尔这些年来所说的话有异曲同工之妙：不要夺走其他人的个人责任，不要想成为所有人的依靠。如果你要帮助病人成长，就要让他们成为自己的父母。尽管保罗的论调有点愤世嫉俗，他的观察很明确并且具有创意。

"保罗，我倒没有看见你去满足性饥渴的女性。"

"但你也没看见我抱怨。我没有被阳具牵着鼻子走。至少现在不会了，我也不怀念。年老不算太坏。我刚完成一篇关于'宁静性腺'的诗歌。"

"恶心！宁静性腺？我几乎可以看见它成为你的墓志铭。"

"说得好，欧内斯特。"保罗在纸餐巾上写了几个字，收进口袋里。他最近开始为每件雕塑写诗："但我还没有死，只是比较宁静些。我可没有到处乱跑，不敢接受送上门的礼物。那个在书店想要与心理医生上床的女人？把她送到我那里。我保证不会找借口不上她。她可以放心，这个男人既开明，又很饥渴。"

"我想要介绍你认识艾琳，我从征友启事上认识的女人，相当不错，有没有兴趣？"

"只要她很容易满足，不会在我屋子里四处乱翻，而且晚上会回家过夜就好。"

欧内斯特笑了："保罗，将来我们一定要处理这个问题。你越来越愤世嫉俗了。再过一年你就要搬到山洞里了。"

"山洞有什么不好？"

"没什么，只是有虫，又湿又冷又黑，而且狭窄——今晚谈这个题目实在太庞大了，而且病人又不配合。"

侍者送上欧内斯特的大餐。欧内斯特吃了几口食物后继续说："那么请你严肃地与我谈谈关于贾斯廷的情况，以及马歇尔所告诉我的方向。我实在有点不高兴，保罗。马歇尔似乎知道他在说什么——毕竟这行还是有学问的。心理治疗这门科学几乎有100年的历史了……"

"科学？你在开玩笑吗？狗屎！也许像炼金术吧，可能还更糟！"

"好吧，心理治疗这门艺术……"欧内斯特注意到保罗的皱眉，于是连忙改口，"哦，你知道我的意思——这个领域，这个活动——我的意思是，100年来这个行业有许多杰出人物：弗洛伊德不是什么半调子知识分子，没几个人比得上他；还有那么多精神分析医生花了成千上万个小时聆听病人。这就是马歇尔的意思：如果忽略这么多知识，只是照自己的意思去做，那是最无知的自大。"

保罗摇着头："不要轻信这番鬼话，聆听就能得到知识。别忘了还有其他错误的聆听，比如强化误导，刻意听不见，一厢情愿，或潜意识要病人告诉你想听到的。你想不想做件有趣的调查？去图书馆找一篇19世纪写的水疗法文献。我看过上千页的文献，有最准确的指示，如水温、浸泡时间、喷水的力道、冷热水的顺序，每一种诊断都有不同的指示，令人印象非常深刻，非常量化，非常科学——但是与现实没有丝毫关系！所以我并不怎么相信'传统'，你也应该如此。"

保罗继续说："我知道你在想什么——无可救药的愤世嫉俗，特别是对于专家而言。我有没有告诉你，我的新年新希望？激怒世界上所有的专家！所谓的专家都是骗人的。真相是，我们其实根本不知道自己在干什么。为什么不老实一点告诉病人，对病人有一点人道？"

"我有没有告诉你，"保罗停不住口，"我在苏黎世所接受的精神分析？我见过一位费弗医生，一个老家伙，他与荣格交往密切。谈到所谓心理医生的内心揭露！这家伙会对我描述他的梦，特别是关于我或与我的心理治疗有一点点关系的梦。你读过荣格的《回忆、梦、思考》吗？"

欧内斯特点点头。"读过，一本怪书。也不诚实。"

"不诚实？怎么不诚实？下个月再讨论这个问题。但现在，你记得他提到关于受伤的医疗者吗？"

"只有受过伤的医疗者才能真正治疗别人？"

"那只老鸟还要更进一步。他说只有当病人为心理医生的伤口带来最适合的膏药时，理想的心理治疗情况才会出现。"

"由病人治疗心理医生的伤口？"欧内斯特问。

"一点不错！想想其中的含意！真是叫人发狂！不管你对荣格有什么想法，老天知道他不是笨蛋。虽然比不上弗洛伊德，但也很接近了。荣格许多早期的同事相信这个观念，在心理治疗上也对自己的问题下手。所以我的心理医生不仅告诉我他的梦，在解析时也加上许多非常私人的材料，包括他对我的同性恋欲望。我差点当场就冲出他的办公室。但后来我发现他对我的毛屁股不是真的感兴趣，因为他忙着搞他的两名女病人。"

"从老前辈那里学来的。"欧内斯特说。

"毫无疑问。老荣格不会放过自己的女病人。那些早期的心理医生都是掠食者，几乎没有一个例外。奥托·兰克搞上阿娜伊斯·宁，荣格搞上萨宾娜与托尼·沃尔夫，还有欧内斯特·琼斯什么人都搞，至少两次因为性丑闻而被赶出城。当然还有不停骚扰病人的费伦奇。唯一守规矩的似乎只有弗洛伊德本人。"

"也许因为他忙着搞他的小姨子敏娜。"

"我不认为如此，"保罗回答，"那没有真正的证据。我想弗洛伊德是提早迈入了宁静性腺的阶段。"

"显然你像我一样反对搞女病人。那么为什么刚才我提到在书店遇见老病人，你还借机嘲笑我？"

"事情有真正的责任，也有伪装成责任的偏执。记得以前在医院带实习护士的时候，你总是挑最平凡的女孩子交往。记不记得那个'宜室宜家'的玛蒂尔达？你就会挑她，而那些美丽又跟着你到处跑的护士，你避之唯恐不及。她叫什么名字？"

"贝西。她看起来非常脆弱，而且她的男友是个警察。"

"这就是我的意思。脆弱，男友——欧内斯特，那是她的问题，不是你的。谁要你当世界第一名的心理医生？但让我继续说费弗医生的故事。有几次他会与我互换座位。"

"换座位？"

"真的换。有几次治疗到一半，他就会站起来与我换位子，开始谈他的个人问题，或者提出一些很有力的反移情，当场开始分析。"

"那是荣格学派的武器之一？"

"可以算是。我听说荣格与某个家伙做过这种实验。"

"有没有文献记载？"

"不确定。我知道费伦奇与荣格谈过换座位，但我不确定是谁想出来的。"

"那么你的心理医生对你透露了什么？给我一个例子。"

"我记得最清楚的是关于我的犹太人身份。虽然他个人不会反犹太，但他父亲是个纳粹同情者，他感到很惭愧。他告诉我他会娶犹太女人为妻，这是主要的原因。"

"这对你的精神分析有什么影响？"

"看看我！还有谁比我更没有种族偏见？"

"的确。你再跟他多分析几年看看，现在你已经住进山洞里了！

说真的，保罗，到底有什么影响？"

"你知道分析原因有多么困难，但我觉得他的透露不会破坏治疗过程，通常会有帮助，使我能信任他。记不记得我曾经看过几个非常沉闷的心理医生，只去过一次就没有再去？"

"我比你更能包容。奥莉维亚·史密斯是我的第一个心理医生，我与她进行了约 600 个小时的诊疗。她是心理医生训练师，我想她应该知道自己在做什么，如果不成功，那应该是我的问题。真是大错特错，我真希望能要回那 600 个小时，她没有跟我分享任何东西，我们完全没有真诚的关系。"

"嗯，我可不希望让你误解了我与费弗医生的关系，那种透露不见得代表真诚，基本上他没有与我产生联系，他的自我透露都是片断。他不会正眼看我，坐在约 10 尺远，然后像个玩具盒子般打开来，告诉我他如何想要杀掉父亲，搞上他姐姐，下一分钟他就恢复了原来僵硬自大的态度。"

"我在乎的是实际关系上的真诚与否，"欧内斯特说，"看看我与贾斯廷的会诊情况。他一定知道我对他感到不快，我有点吃醋。看看我让他陷入的困境，首先，我说我的治疗目标是增进他的人际关系。其次，我想与他建立真实的关系。然后，他很正确地感受到了我们关系当中的一些问题。现在我问你，如果我否定了他的正确观察，岂不是变成了反治疗？"

"老天，欧内斯特，你不觉得你是在小题大做吗？你知不知道今天我看了几个病人？22 个！而且我还提早离开。给这个家伙一点百忧解，然后每隔两个星期见他 15 分钟，你觉得还有比这更糟的吗？"

"该死，别这样说，保罗，我们已经谈过这个问题了。这次就听我的好吗？"

"好吧，那么就试试这个实验吧：下一次诊疗时换座位，做一个完全诚实的倾诉者。从明天就开始。你说你每个星期见他三次。你希望他能离开你自立，不要崇拜你，那么就表现你的短拙。这样会冒什么险呢？"

"也许对贾斯廷不会很冒险，只是这么多年了，他对技巧的改变会感到困惑。崇拜很难被打破，还可能会有反效果。贾斯廷可能因为我的诚实而更崇拜我。"

"那又怎么样？你可以坦白告诉他。"

"你说得对。真正的危险不是对于病人，而是对于我。我怎么能采取马歇尔大力反对的做法？而我对辅导医生不能撒谎。难道我每个小时付他 160 美元来听我撒谎？"

"也许你已经成熟了，也许你不需要再找马歇尔了。他可能也会同意，你的学徒生涯已经结束了。"

"哈！在精神分析的领域中，我连入门都还不算。我需要接受完整的训练，也许需要四五年上课与专人辅导。"

"嗯，这样你的余生就都规划好了。"保罗回答，"那就是正统教义派的一贯伎俩。让年轻而危险的心智先接受几年教义的洗脑，把最后一点创意都抹杀后，就依靠这位后生来维护神圣的法典。就是这样，对不对？新生的任何挑战都会被视为反叛，是不是？"

"有点像这样。"马歇尔显然会把任何实验都当成是我在治疗上的反叛。

保罗向侍者要了一杯咖啡："心理医生实验自我揭露有很长一段历史。我正开始读费伦奇的治疗日记。很有趣，弗洛伊德派的核心分子中，只有费伦奇才敢创造更有效的治疗方法。'老头'本人太注重理论，以及维护他的学派，所以不关心结果。而且我认为他过于愤世嫉俗，对人类感到绝望，而不指望心理治疗能带来真正的改变。弗洛伊德容忍费伦奇，在某方面可以算是爱他，就像爱其他人一

103

样——曾经带着费伦奇一起旅行，在散步时为他做精神分析。但是每当费伦奇的实验过于创新，可能会为精神分析带来坏名声时，弗洛伊德就会严厉地指责。"

"但是这样对费伦奇公平吗？他与病人上床吗？"

"我不确定。有可能。但我相信他与你有相同的目标：使治疗过程更人性化。你可以读读那本书。我觉得里面所谓的'双向'或'共同'分析很有趣：他分析病人一个小时，然后换病人分析他一个小时。我会借这本书给你，只要你先还我其他的 14 本书，加上过期的罚款。"

"谢了，保罗，我已经有那本书了，正在排队等待我阅读。但是你竟然愿意出借……真是让我感激涕零。"

20 年来，保罗与欧内斯特都会相互介绍书籍，多半是小说，也有非小说。保罗很熟悉当代小说，尤其是被纽约书市所忽略的佳作，而欧内斯特则会发掘出被遗忘的大师杰作。保罗不喜欢借书。他喜欢观赏家中书架上排列的书籍，重温每本的乐趣。欧内斯特也不喜欢借书，他读书时喜欢画线或加注，保罗寻找有诗意的字眼，而欧内斯特寻找理念。

当晚回家后，欧内斯特花了一个小时翻阅费伦奇的日记。他也开始思索西摩·特罗特所说的诚实治疗法。西摩说我们一定要让病人了解，我们会吃自己煮出来的菜，越是开诚布公，我们就越真实，病人也会起而效法。尽管特罗特晚年失节，欧内斯特仍然认为他的话具有智能。

试试看特罗特的建议会怎么样呢？完全对病人坦诚相告？就在那一天晚上，欧内斯特做出大胆的决定：他将要实验一种极端的平等治疗方式。他将要彻底揭露他自己，只有一个目标：与病人建立真实的关系，并且假设这个关系本身就可以带来治疗。不重建过去历史，不分析以前的回忆，不探讨性心理的发展。他将把注意力完全放在自己与病人之间，而且他要立刻进行这个实验。

但要实验哪个病人呢？不能用在目前的病人身上，这种转变会过于怪异，最好是用在一个全新的病人身上。

他拿起预约登记簿，查阅翌日的活动。上午 10 点有一位新病人要来，名叫卡萝琳·利弗曼。他对她的背景一无所知，只知道她是听他演讲后，自己找上门来的。"好，不管你是什么人，卡萝琳，你将要接受一种非常特别的治疗。"他说。然后关了灯。

第六章

上午 9 点 45 分，卡萝来到欧内斯特的办公室，照着电话的指示，她自行进入候诊室中。欧内斯特就像大多数心理医生，没有雇用接待小姐。卡萝故意早到几分钟，让自己能平静下来，同时温习自己捏造的心理治疗历史，更进入她所要扮演的角色。她坐上贾斯廷惯常坐的沙发中。不到两个小时之前，贾斯廷才坐在同样的位置上。

她给自己倒了咖啡，慢慢啜饮，然后深呼吸几口气，观察欧内斯特的候诊室。就是在这里，她心里想，眼睛环顾四周，就是在这个房间中，这个可恶的男人与我丈夫花那么多时间计划对付我。

她瞄着家具。真是低俗！褪色的扶手椅，业余的旧金山风景照片，老天，别让我看到他的家庭照片，卡萝想。库克医生办公室的回忆让她打起哆嗦，躺在地毯上，望着墙上的风景照片，她的医生用手抱着她的臀部，发出闷哼……以满足他坚持说她需要的性肯定。

她花了一个多小时着装。想要看起来很感性，但是又显露出需求与无助，她从丝罩衫换成衬衫，然后是开司米毛衣。最后她决定穿黑短裙，还有黑色紧身上装，加上简单的金链子。里面是全新的花边胸罩，有很厚的衬垫与支撑，特别为这个场合购买的。这是她在书店观察欧内斯特与南的应对所发现的。只有瞎子才看不出来欧内斯特对乳房的兴趣，那个流口水的怪胎，他差点就要一头栽进去吸吮起来了。更糟糕的是，他是如此以自我为中心，大概从来没有想到女人会注意到他的垂涎。欧内斯特不很高，大约跟贾斯廷一样，所以她穿了平底鞋。她本来想穿黑色有图案的丝袜，但是决定时候还没到。

欧内斯特走进候诊室，伸出手："卡萝琳·利弗曼？我是欧内斯特·拉许。"

"你好吗，医生？"卡萝说，与他握手。

"请进来，卡萝琳。"欧内斯特说，请她坐上他对面的扶手椅，"我们在加州，所以我与病人都直称名字。叫我'欧内斯特'，我叫你'卡萝琳'，这样可以吗？"

"我会尽力去习惯的，医生，也许要花一点时间。"她迅速环顾四周。两张廉价的皮扶手椅以90度角排列，让病人与医生必须稍稍转头才能正视对方。地板上有一张旧地毯。靠着墙的是不可缺少的躺椅——很好！墙上挂着几张证书。字纸篓已经装满了，有些沾了油污的卫生纸，可能是从汉堡店来的。书桌上堆满了书籍文件与一个计算机屏幕。看不出任何美感。也没有任何女性的味道。很好！

椅子感觉很僵硬，不舒适。她不想把全部重量都坐上去，用手臂撑着自己。这是贾斯廷的椅子。不知道有多少个小时——她付钱的小时——贾斯廷坐在这张椅子里出卖她？她想到这两个浑蛋在一起算计她，就不由得咬牙切齿起来。

她以最优雅的声音说："谢谢你这么快就见我。我觉得我快要绝望了。"

"你在电话里听起来很紧急。让我们从头开始。"欧内斯特说，拿出他的笔记本，"告诉我一切我需要知道的。从我们先前的谈话，我只知道你丈夫得了癌症，你在书店听我演讲后才打电话给我。"

"是的。然后我读了你的书，非常折服，在许多方面：你的同情心，你的细心，你的智慧。以往我对心理治疗或所见过的心理医生都不屑一顾，除了你之外。当我听你演讲时，我很强烈感觉到，也许只有你能帮助我。"

哦，老天，欧内斯特想，这个病人要来接受开诚布公式的治疗，接受毫不妥协的诚实关系，但是我们的头一分钟就是最虚伪的开始。只有他最清楚自己当晚在书店的内心挣扎。但是他能告诉卡萝琳吗？当然不能说实话！说他在情欲与理智间犹豫不决，对南的欲望与他对演讲与听众的关切之间来回摆荡。不！纪律！纪律！就在此时此地，欧内斯特发展出一套关于他的开诚布公治疗法的原则。第一原则：只有当内容对病人有帮助时，才能揭露自己的内心。

于是欧内斯特诚实而谨慎地回答："对于你的话，我有几种不同的反应，卡萝琳。我很自然会对你的恭维感到高兴。但我也感到不太自在，因为你觉得只有我能帮助你。我是一位作家，公众通常会过于高估我的智慧与心理治疗上的经验。"

"卡萝琳，"他继续说，"我会这样说是因为，如果我们的治疗不顺利，不管是什么原因，我要你知道在这里有很多其他称职的心理医生。但是我也要补充一句：我会尽力来达成你的期望。"

欧内斯特感到一股自豪。不坏，真不坏。

卡萝琳表现出欣赏的微笑。没有比这更糟糕的，她想，然后装出迎合的谦恭表情。自大的浑蛋！如果他在每一句话都要先说"卡萝琳"，我就要吐了。

"所以，卡萝琳，让我们开始吧。先说说关于你的基本背景：年龄，家庭，生活与工作状况。"

卡萝决定要在谎言与实话之间游走。为了避免自己打自己嘴巴，她对自己的生活将尽量说实话，只在必要时才会扭曲事实，以免欧内斯特发现她是贾斯廷的妻子。她选择这个名字，就是希望不要给自己找来麻烦。她一点也不怕说谎。她瞄瞄躺椅，不需要花很多时间，她想，也许只要两三个小时。

她对毫无怀疑的欧内斯特说出演练过的故事。她很小心地策划，在家里新接了一条电话线，欧内斯特就不会发现她的号码与贾斯廷一样。她付现金，以免还要开支票。她也想好了她的生平故事，尽量接近真实，但不至于让欧内斯特起疑。她告诉欧内斯特，她38岁，律师，有个八岁大的女儿，与一个男人一起过了九年不快乐的婚姻。几个月前，她丈夫接受前列腺癌的手术。后来癌症复发，他必须接受荷尔蒙与放射性治疗，还必须割除睪丸。她本来想说这么一来使他成为性无能，无法满足她的欲望，但现在说似乎太早了。不急，一切都有适当时机。

于是，她决定在这第一次诊疗把焦点放在她受困的绝望感上。她告诉欧内斯特，她的婚姻一直不美满，当她丈夫被诊断出癌症之前，她曾经认真考虑要分居。一旦诊断出来后，她丈夫就陷入严重的沮丧中。他非常恐惧会一个人孤零零死亡，让她无法提出离婚的要求。几个月后，癌症复发，病情很不乐观，她丈夫求她不要让他孤独地死。她同意了，于是现在她被困住了。几个月前，他坚持他们从中西部迁移到旧金山，靠近加州大学癌症治疗中心。她离开了所有在芝加哥的朋友，放弃了她的法律事业，搬到旧金山。

欧内斯特仔细聆听。他很惊讶她的故事与几年前一个寡妇非常类似，那是一个小学教师，正准备向丈夫提出离婚的要求时，丈夫得了前列腺癌。她答应绝不让他孤独赴死。但可怕的是，他花了九年才死！九年时间看着他癌症逐渐蔓延全身。真是可怕！他死后，她充满愤怒与悔恨。她为了一个并不爱的男人抛弃了最美好的一段生命时期。卡萝琳是否也会步上后尘？欧内斯特感到非常同情。

他试着将心比心，但感觉到自己的不情愿，就像是要跳入冰冷的泳池，真是一个恶劣的陷阱！

"请告诉我，这对你有什么影响。"

卡萝列举出她的症状：失眠、焦虑、孤独、哭泣，对生命感到无望。她没有人可以倾诉。她丈夫当然不行，过去就从来没有，现在他们之间则存在着鸿沟。只有一样东西能帮助她——大麻，而自从她搬到旧金山后，每天都要抽两三管。她长叹一口气，陷入沉默中。

欧内斯特观察卡萝琳。她是个很有吸引力、很悲伤的女人，薄薄的嘴唇在嘴角弯曲，形成一个苦笑，大而泪汪汪的深色眼睛，黑色的短发，长而优雅的脖子，紧身的上衣衬托出坚挺的胸部，当她慢慢交叉修长的双腿时，黑色短裙中的黑色内裤隐约可见。在平常的社交场合，欧内斯特会目不转睛地欣赏这个女人，但今天他对她的性吸引力视而不见。他在医学院就学了一种本领，面对病人时能够一举关掉所有的肉体反应，甚至包括对性的兴趣。他可以整个下午在妇产科做腹腔检查，而没有一丝性的念头，然后晚上又去追求护士，弄得手忙脚乱。

他能为卡萝琳做什么？他思索着。这是心理治疗能解决的问题吗？也许她只是个无辜的受害者，时运不佳而已。毫无疑问，在更早的年代，她会去找她的神父来谈这些问题。

也许他就是应该提供神父式的咨询，教会2000年来的经验当然可供参考。欧内斯特对于教士的训练一直很好奇。他们在提供咨询上究竟有多好？他们怎么学到这些技巧的？有咨询的课程吗？有告解室的课程吗？欧内斯特曾经到图书馆查过关于天主教告解的研究文献，结果什么都没找到。有一次他前往修道院，发现他们的课程没有任何心理学的训练。（还有一次他在中国上海市参观一座废弃的教堂，他溜进了告解室，在神父的位子上坐了半个小时，口中不停念着："你已经被原谅了，孩子，你已经被原谅了！"他出来时心中充满羡慕。这些修士在对抗人们的沮丧时所拥有的武器真是有效；相较之下，他的心理解析与世俗的享乐都很不堪一击。）

他的病人中曾经有一位寡妇受他帮助而度过丧夫之痛，她说他的角色是一位具有同情心的旁观者。欧内斯特想，也许他能为卡萝琳提供的，就是具有同情心的旁观。

但也许不是如此！也许还有别的途径可循。

欧内斯特在心中列出可以探索的范围。首先，在她丈夫得癌症前，为什么关系就如此恶劣？为什么要与一个你不爱的人在一起10年之久？欧内斯特想到他自己没有爱情的婚姻，要是露丝没有出车祸身亡，他能够主动离开吗？也许不能。但是，如果卡萝琳的婚姻这么糟糕，为什么没有尝试婚姻治疗？她对于自己的婚姻评估可信吗？也许这段关系还可以拯救。为什么要搬到旧金山治疗癌症？很多人来这里治疗一段时间，然后就可以回家。为什么要这么委屈地放弃她的事业与朋友？

"你感觉受困很长一段时间了，卡萝琳，先是在婚姻上，现在是婚姻与道德上，"欧内斯特很大胆地说，"或者是婚姻与道德的冲突。"

卡萝点头假装同意。哦，演得真棒，她想，我是否应该谢个幕？

"我希望你能告诉我关于你的一切，你认为有助于我们了解你的困境的一切。"

我们，卡萝想，嗯，有趣，他们真是狡猾，不着痕迹地设下陷阱，才开始15分钟，就已经是"我们"了；好像"我们"已经同意，了解困境就是解答。他想要知道一切，一切。急什么？一个小时 150 美元的价码，而且是 150 美元的净利，不需要成本，不需要办事员，不需要会议室，不需要法律参考书，不需要助理人员，甚至连秘书都不需要。

卡萝把注意力转回到欧内斯特身上，开始叙述她的生平故事，安全地保留事实，不超出界线。贾斯廷当然过于以自我为中心，不会说太多关于他老婆的生命细节，她想。谎言越少，她的故事就越令人信服。所以除了法学院的名字改变，她告诉欧内斯特关于她早年生活的事实，关于一个悲苦的母亲，在小学当老师，被先生抛弃后一直没有复原。

对于她父亲的回忆呢？在她 8 岁时就离开了。根据她母亲所说的，他在 39 岁时爱上一个女嬉皮，于是抛弃一切，追随热门摇滚乐团，后来在旧金山的嬉皮社区待了 15 年。头几年他会寄给她生日卡，后来就什么都没有了。直到她母亲的丧礼，他又突然出现，穿着还是像个嬉皮，并且宣称他的妻子是这些年来阻碍他当父亲的唯一原因。卡萝非常需要一个父亲，但是却开始感到怀疑，因为他在丧礼中对她耳语，要她把对母亲的愤怒都发泄出来。

翌日她对于父亲的任何幻想都完全破灭，看到他抓着有头虱的头发，吸着恶臭难闻的自卷烟，向她提出一个生意构想：要她把她所继承的一点点遗产投资到旧金山的一家嬉皮商店。她拒绝后，他又坚持说她母亲的屋子"应该"属于他，因为他在 25 年前付了房子的订金。她很自然地建议他离开（她没有告诉欧内斯特，她使用的字眼是：滚吧，你这个变态）。幸好后来她再也没有他的消息。

"所以你同时失去了父亲与母亲？"

卡萝勇敢地点点头。

"兄弟姊妹呢？"

"一个哥哥，大三岁。"

"叫什么名字?"

"杰布。"

"他在哪里?"

"纽约或新泽西,我不确定。反正在东岸。"

"他没有与你联络?"

"他最好不要!"

卡萝的回答尖锐愤怒,欧内斯特不由自主缩了一下。

"为什么'最好不要'?"他问。

"杰布在 19 岁时结婚,21 岁时加入海军,31 岁时性侵犯了他的两个女儿。审判时我也在场,他只被判处 3 年徒刑,被军队开除。现在有法律命令限制他不得接近芝加哥 500 公里范围之内,因为他女儿住在那里。"

"让我们算算,"欧内斯特看着笔记本,"他比你大 3 岁……当时你是 28 岁……所以这发生在 10 年前。自从他坐牢后,你就没有再见过他?"

"3 年的刑期太短了。我要给他更长的刑期。"

"多长?"

"无期徒刑!"

欧内斯特感到一阵寒战:"那是很长的刑期。"

"他罪可处死!"

"那么在他犯罪之前呢?你对他很愤怒吗?"

"他的女儿被侵犯时只有 8 岁与 10 岁大。"

"不,我是说在他侵犯女儿之前,你对他的愤怒。"

"他的女儿被侵犯时只有 8 岁与 10 岁大!"卡萝咬牙切齿地重复。

哇!欧内斯特踏上了一枚地雷。他知道他是在进行很冒险的诊疗,他永远无法告诉马歇尔。他能猜想到可能的批评:"你在干什么？还没有建立完整的历史，就追问她哥哥？你甚至还没有询问她的婚姻，这是她来求诊的主要原因。"他好像可以听到马歇尔的声音："当然她哥哥大有文章。但是，老天爷，你不能等一下吗？暂时搁置，等时机适合再回来。你又控制不住自己了。"

但是欧内斯特知道他必须忘掉马歇尔。他决定要对卡萝琳彻底开诚布公，这需要他能自发地应变，当他感觉到了就要分享。没有策略，不暂时搁置！今天的目标是"成为你自己，付出你自己"。

况且，欧内斯特对卡萝琳突然爆发的愤怒感到着迷，如此私密，如此真实。稍早他感觉难以接触到她内心：她看来如此漠然，理所当然。现在出现了来电的东西，她又活了过来，她的脸部表情与言语终于能够配合。为了接触这个女人的内心，他必须让她继续真实。他决定相信自己的直觉，跟随情绪的方向。

"你很生气，卡萝琳，不仅是对杰布，也是对我。"

你这个浑蛋，终于说对了一件事情，卡萝琳想，老天，你比我想象得还要糟糕。难道你从来没想过，你与贾斯廷是怎么对待我。你甚至懒得去想一个八岁女儿被父亲侵犯！

"对不起，卡萝琳，我必须碰触这么敏感的区域。也许时机还太早，但让我对你坦白。我所要探讨的是：如果杰布对自己女儿都这么野蛮，他对自己的妹妹又做了什么呢？"

"你的意思是？"卡萝低下头，她突然感到晕眩。

"你还好吗？要不要喝点水？"

卡萝摇摇头，很快恢复镇定："对不起，我突然感到头昏。不知道为什么。"

"你想是为什么？"

"不知道。"

"不要失去这种感觉，卡萝琳，再保持几分钟。我问起杰布与你才使你头昏。我是在想象当你 10 岁大，而有那样一个哥哥的生活状况。"

"我出席过几次儿童性侵犯诉讼案件。那是我所见过最惨不忍睹的过程。那不仅是可怕的回忆被唤回，家庭破碎，以及关于假回忆的争议——对所有人都很残忍。我想我很害怕自己会经历这些，而你可能会引导我走向这个方向。如果你是打算如此，那么我现在就可以告诉你，我没有任何关于杰布的创痛回忆：我只记得典型的兄妹之争。我也没有很多童年的回忆。"

"不，对不起，卡萝琳，我说得不够清楚。我所想的不是什么重大的童年创伤。完全不是。不过我同意你的想法，当今很流行这种思考方式。我所想得比较没那么戏剧化，比较隐约、比较持续的影响。这样一个恶劣的哥哥对你的成长过程到底有什么影响？"

"是的，我明白其中的差异。"

欧内斯特瞄了瞄时钟。该死，他想，只剩下七分钟。还有这么多事情没问！我必须开始询问她的婚姻了。

虽然欧内斯特看钟的动作很小，还是被卡萝抓到了。她的第一个反应是难以置信。她感觉受到伤害。但这种感觉很快就过去了，然后她想，看看这个人——狡猾贪心的浑蛋，在计算他还有多少时间就可以赶我走，然后准备开始计算下一笔 150 美元。

欧内斯特的钟藏在病人看不到的书架里。相反，马歇尔把钟放在他与病人之间的桌上，明显可见。"只是诚实的做法，"马歇尔说，"大家都知道病人付钱买我 50 分钟的时间，所以为什么要藏起时钟呢？藏起钟来，会误导病人认为你与他之间是私人的关系，而不是职业的关系。"典型的马歇尔思维：无可驳斥的稳当。不管如何，欧内斯特还是藏起他的钟。

欧内斯特想要把剩下的几分钟放在卡萝琳的丈夫身上："我了

解你生命中所有重要的男人，都让你感到非常失望，我知道'失望'这个字眼也很不足：你的父亲、哥哥，当然还有你的丈夫。但我对你丈夫还不很清楚。"

卡萝不理会欧内斯特的暗示。她有自己的打算。

"我们谈了我生命中让我失望的男人，我也应该提出一个很重要的例外。当我就读大学时，心理状态很糟糕：沮丧、沉溺、感觉无能、丑陋，然后还被高中男友甩了。我真的陷入最低潮，酗酒、吸毒、想要休学甚至自杀。然后我见了一位心理医生，拉尔夫·库克医生，他拯救了我。他非常仁慈、温和。"

"你看这位医生多久？"

"他治疗我约一年半。"

"还有呢，卡萝琳？"

"我有点不情愿谈起这个。我真的很看重这个人，不希望你误解。"卡萝抽出一张卫生纸，擦拭一滴眼泪。

"请说下去。"

"嗯……我对于谈论这个感到很不自在……我怕你会评断他。我不应该说出他的名字。我知道心理治疗是要保密的。但是……但是……"

"你有问题要问我吗，卡萝琳？"欧内斯特不想浪费时间，他要她知道，他是个心理医生，有任何问题都可以问他。

该死！卡萝想，在椅子里烦躁地扭动，卡萝琳，卡萝琳，卡萝琳，每句该死的句子前都要加上"卡萝琳"！

她继续说："问题……是的。不止一个问题。首先，我们的治疗是保密的吗？不会让任何外人知道？其次，你会不会评断他？"

"保密？绝对保密。你可以相信我。"

相信你？卡萝想。恶心，就像我可以相信拉尔夫·库克一样。

"至于评断，我在此的任务是去了解，而不是去评断。我会尽一切力量保持开明。我会回答你任何问题。"欧内斯特说。把他的开诚布公原则深深植入第一次会诊中。

"好，我就说出来。库克医生成为我的爱人。我与他进行几次诊疗后，他开始拥抱我、安慰我，然后就发生了——在他办公室的地毯上。那是发生在我身上最好的一件事。我不知道要如何说，只能说那拯救了我的生命。每个星期我都见他，每个星期我们都亲热，一切痛苦与悲伤都消失了。最后他认为我不再需要治疗，但我们还是继续当了一年情人。他帮助我从大学毕业，进入最好的法学院。"

"你进入法学院后就结束关系？"

"大致如此。但有几次我需要他，就会回去找他。他总是会在那里，给予我所需要的慰藉。"

"他仍然在你的生命中？"

"他死了。很年轻就死了，大概是我从法学院毕业后第三年。我想我还是一直在寻找他。后来不久我认识了我的丈夫韦恩，决定嫁给他。那是个仓促的决定，很糟糕。也许我过于需要拉尔夫，于是想象从我丈夫身上看见他。"

卡萝又把盒中的纸巾都抽光。现在她不需要挤出眼泪；眼泪自动流了出来。欧内斯特打开另一盒纸巾，抽出来交给卡萝。卡萝很讶异自己的眼泪：自己生命悲剧的浪漫席卷了她，虚构的故事变成真实的。被这样一个慈祥、杰出的人所爱，是多么神圣的一件事，而再也看不到他，又是多么可怕，难以忍受的一件事。卡萝哭得更大声，她永远失去他了！卡萝终于停止哭泣，把纸盒推开，抬头期望地注视欧内斯特。

"现在我说了。你没有在评断他吧？你说你会告诉我实话。"

欧内斯特处于两难。实话是他完全不敢苟同这个已故的库克医生。他考虑他的选择，提醒自己：彻底开诚布公，但他又有点犹疑。对这件事彻底开诚布公，对病人没有什么好处。

他与西摩·特罗特医生的会面是他首次碰触到心理医生性侵害的课题。接下来八年，他有几个病人曾经与前任心理医生发生性关系，结果病人都非常悲惨。尽管西摩在照片中快活地举手指向天际，谁知道贝拉后来如何？她从审判中得到一笔钱，还有什么呢？西摩的病情越来越恶化。也许再过一两年，她就要成为他终生的女仆。不，没有人能说长期下来，这个结果对贝拉是好的。他也没听过任何其他病人这么说。但是今天，卡萝琳却说她与心理医生之间的性关系拯救了她。欧内斯特实在感到很吃惊。

他很想要否定卡萝琳的说法：也许她对这位库克医生的移情过于强烈，以至于她看不见真相。毕竟，卡萝琳显然没有被拯救。看看现在，15年后，她仍然在为他啜泣。还有，由于她与库克医生的遭遇，使她选择了一个不适宜的婚姻，影响一直至今。

小心点，欧内斯特警告自己，别抱持成见。如果这样自以为是，这样高道德标准，你就会失去病人。保持开放，试着进入卡萝琳的世界。更重要的是，现在还不要批评库克医生。马歇尔让他知道这个道理。大多数病人对于以前犯下罪行的心理医生都有一种情感上的依赖，需要时间才能处理掉这份感情。被性侵犯的病人时常必须换过好几位新的心理医生，才能找到一位能够配合的。

"所以你的父亲、兄弟与丈夫后来都抛弃、背叛或困住你。你真正关心的男人却已经死了。死亡有时候也像是抛弃。"欧内斯特对自己感到厌恶，这种心理学的废话，但在这种情况下，这是他所能提供的最好说法。

"我不认为库克医生很乐意死掉。"

卡萝立刻后悔自己这么说。不要说蠢话！她责备自己。你想要诱惑这个家伙，勾引他，所以你干什么为这位伟大的库克医生辩护？他根本是你捏造出来的人物！

"对不起，拉许医生……我是说，欧内斯特。我知道你的用意不是如此。我想我很怀念拉尔夫。我只是感到很孤独。"

"我知道，卡萝琳。所以人才需要亲近。"

欧内斯特注意到卡萝琳睁大眼睛。小心，他警告自己，她会把这句话当成勾引。他以较正式的声音继续说："那正是为什么心理医生与病人必须严密检视他们之间的关系，比如几分钟前你对我感到恼怒。"很好，好多了，他想。

"你说你会与我分享你的思路。我猜我好奇你是在评断他或我。"

"你有问题要问我吗，卡萝琳？"欧内斯特在拖延时间。

老天爷！难道你要我一个字一个字拼出来？卡萝想："你是不是在评断？你的感觉如何？"

"你是说对于拉尔夫吗？"还是在拖延。

卡萝闷声点点头。

欧内斯特不管那么多了，说出了实话。至少大部分的实话："我承认我对于你所说的感到有点不知所措。我想我是有评断他。但我还在努力调整，我不想要封闭自己的看法；我要对于你的经验保持完全的开明。"

"让我告诉你，为何我感到不知所措，"欧内斯特继续说，"你说他对你非常有帮助，我相信你。否则你为什么要花这么多钱来这里，却告诉我谎言？所以我不怀疑你的话。但是我必须要面对我自己的经验，加上许多专业文献与职业上的共识，使我不得不产生不同的结论：也就是说，病人与医生之间的性关系对于病人是有害无益的，最后对于医生也是如此。"

卡萝料到了他会这样回答，已经准备好答辩："你要知道，拉许医生……对不起，欧内斯特，我会试着习惯这个称呼，我不习惯直呼心理医生的名字。他们通常需要躲在头衔后面，不像你这样谦虚。我想说的是……对了，当我决定要来看你之后，我去过图书馆，查阅了你所发表的文献。这是我的工作习惯：调查将在法庭作证的医生资料。"

"结果呢？"

"结果我发现你受过自然科学的训练，发表过一些关于精神医药研究的报告。"

"所以呢？"

"嗯，你会不会在这里忘掉了你的科学训练？拿你用来评断拉尔夫的资料来说，看看你的证据——完全非控制下的样本。请老实说，这种证据能通过任何科学的检验吗？你的样本病人与医生发生性关系后当然都感到受了伤害，那是因为只有她们来求助。其他像我一样感到满意的病人不会来找你。你不知道有多少人是这样子。换句话说，你只知道来找你的病人数目。但是你对总人数没有一点概念，不知道究竟有多少人与医生发生关系，或多少人得到帮助，或对这种事感觉无关紧要。"

真令人印象深刻，欧内斯特想，能看到她的职业面貌是很有趣的；我可不希望与这个女人对簿公堂。

"你明白我的意思吗，欧内斯特？我可不可能说得对？请老实告诉我，你有没有遇见过不被这种性关系伤害的病人？"

他想到了西摩的病人贝拉。贝拉是否能被归入得到帮助的一类？西摩与贝拉的褪色照片越过他的脑海。那对悲伤的眼睛。但也许她这样比较好。谁知道，也许他们两个都比较好？或暂时比较好。不，谁能确定呢？好几年来欧内斯特一直猜想他们什么时候决定一起隐居的？他们是不是很早就这样计划？也许从一开始？

不，这些思想不能分享。欧内斯特把西摩与贝拉从脑中赶走，对卡萝轻轻摇着头："没有，卡萝琳，我没见过受到伤害的病人，不过你所提到的客观值得采纳，可以让我不带成见。"欧内斯特看了他的手表，"我们已经超过时间了。但我仍然需要问你几个问题。"

"好的。"卡萝暗中高兴。又是一个很好的征兆，首先他要我问他问题。没有一个专业的心理医生会这么做。他甚至表示愿意回答关于他的个人问题——下次我要试试看。现在他又违反规定超过时间。

她读过心理治疗学会对于心理医生的指导方针。关于如何避免性侵犯的指控：坚持所有的规定，不要直呼病人名字，准时开始与结束诊疗。她所读过的每一个心理治疗不当的案子，都是从延长诊疗时间开始。哈，她想，东违反一点，西违反一点，谁晓得再过几次我们会怎么样？

"首先我要知道，你在今天诊疗时体验到的不愉快感觉，当我们谈到杰德时的情绪反应，你是否会带回家？"

"不是杰德，而是杰布。"

"对不起，杰布。当我们谈到他时，你好像快昏倒了。"

"我还有点晕眩，但不是难过。我想你触动到了很重要的东西。"

"好。其次，我要了解我们之间的空间。你今天很努力，冒了一些危险，透露了关于你很重要的部分。你很信任我，我也很感激你的信任。你觉得我们可以一起合作吗？你对我的感觉如何？对我透露这么多，是什么滋味？"

"我觉得与你配合很愉快。真的很好，欧内斯特。你很有亲和力，使人容易对你倾诉，你很能够专注在受到创伤的部位，连我自己都不知道的部位。我感觉你的臂膀很强壮有力。这是你的费用。"她拿出三张 50 美元的钞票，"我正在换银行，付现金会比较方便。"

有力的臂膀，欧内斯特送她出去时想，真是很奇怪的表达。

卡萝在门口转过身，湿着眼睛说："谢谢你，你真是天赐的！"然后她倾身向前，给有点吃惊的欧内斯特一个轻拥后走出去了。

卡萝走下楼梯时，一股悲伤笼罩住她。很久以前的画面不请自来，出现在她脑中：她与杰布在打枕头仗，在她父母的床上跳跃，她父亲拿着她的书陪她走路上学，她母亲的棺材慢慢被放入土地中，拉斯蒂孩子气的脸对她傻笑，从她高中的书柜中帮她拿出书来，她父亲悲哀地重新出现，库克医生办公室的那张地毯。她擦拭眼睛，把这些画面都挤掉。然后她想到贾斯廷，也许在这一刻正与他的新女人手挽手逛街。也许就在这附近。她眺望街道，没有贾斯廷的踪影。但是一个年轻英俊的金发男子，穿着粉红色衬衫与白色外套，正三步并做两步慢跑上楼梯。也许是拉许的下一个傻瓜，她想。她转身离去，但是又转头瞄了欧内斯特的办公室窗户一眼。该死！她想，那个浑蛋真的想要帮助我！

欧内斯特在楼上记录这次诊疗的笔记。卡萝身上的浓烈香水味一直萦绕着不散。

第七章

　　欧内斯特辅导时间结束之后，马歇尔·施特莱德靠在椅子里想着雪茄的滋味。20年前他听芝加哥著名的精神分析师罗伊·格林克描述他受弗洛伊德治疗的情况。时值19世纪20年代，若想要学习精神分析，都必须亲身接受大师治疗才行，有时需要费时两周，而如果想要成为精神分析名家，有时甚至要一年。据格林克的说法，弗洛伊德做出犀利的解析时从不掩欣喜之色。如果弗洛伊德觉得自己做出了重要的解析，他会打开他的那盒廉价雪茄，请病人来一根，提议他们抽一口"胜利"之烟。对于弗洛伊德处理移情的天真，马歇尔不禁露出微笑。如果他没戒烟，他会在欧内斯特离开后点起一根庆祝的雪茄。

　　过去几个月来，他的年轻辅导生进展相当好，但今天的辅导是个里程碑。把欧内斯特安排到医药道德委员会简直是神来之笔。马歇尔常觉得欧内斯特的自我充满漏洞：他浮夸又冲动，难以驾驭的"性本我"随处可见，但最糟的是他幼稚的反权威情结：欧内斯特不遵守纪律，不尊重权威正统，不尊重比他高明百倍的勤勉医生们数十年耕耘出来的知识。

还有什么更好的办法，马歇尔想，比让欧内斯特成为审判者更能帮助他化解反权威情结？真是高明！只有在这种时刻，马歇尔才渴望有旁观者，有观众来欣赏他完成的艺术作品。大家都了解心理医生应接受彻底分析的传统理由，但马歇尔打算迟早要写一篇论文（他的待办事项清单已越来越长），谈谈尚未受到重视的一种成熟：日复一日，年复一年，在缺乏外在观众的情况下，却一直葆有创意的能力。毕竟，还有哪种艺术家能穷毕生之力，投入一种从不被他人观看的艺术？虽然这些艺术家相信弗洛伊德所说的：精神分析是科学。试想切利尼铸出一个光彩夺目的银杯却将它封入地窖；或是马斯勒将玻璃熔出一件优雅的杰作，然后独自在工作室内敲个粉碎。太恐怖了！辅导尚未成熟的心理医生时，"观众"不正是其中一种受忽视的重要养分吗？马歇尔想，一个人需要数十年的调教，才能在没有旁观者的情况下创作。

生命也是如此，马歇尔反省着。没有比缺乏观众的生活更糟的了。一次又一次，在心理医生的工作中，他注意到病人异常渴求他的注意力——的确，对观众的需求是长期心理治疗中一个隐而未宣的重要因素。从治疗丧偶病人中（他赞同欧内斯特书中的观察），他经常看到他们因为失去了观众而陷入绝望：他们的生命不再受关照（除非他们够幸运，相信某种神祇有时间监视他们的一举一动）。

慢着！马歇尔想。精神分析艺术家们真的在孤独中工作吗？病人不就是观众吗？不，他们不算数。病人无法保持客观。即使最简洁有创意的分析言辞，他们都视而不见！他们也很贪心！看他们是怎么吸干每次治疗解析的汁髓，却对出色的容器毫无景仰之意。学生或辅导生呢？他们不是观众吗？很少有学生聪颖到能了解心理医生的艺术性。通常他们都无法领会解析之妙；等到他们临床执业好几个月，甚至好几年后，记忆会受到某种刺激，突然间灵光一闪，他们会领悟并屏息赞叹恩师宏伟而精致的艺术。

这当然适用于欧内斯特。有一天他会有所体会并感激。现在强迫他认同，我至少帮他省下了一年分析训练的时间。

马歇尔倒不是急于要欧内斯特出师。他想留住欧内斯特很久。

当天晚上，见完五个下午的病人后，马歇尔赶回家，却面对着空房子和老婆雪莉留的一张便条，说晚餐在冰箱里，她大概七点才会从插花展览回来。一如往常，她留给他一盆花道作品：长管状的陶碗装着一巢有棱有角的卫茅树枝，尾端冒出两枝长茎百合。

该死，他几乎想把那盆花扫到桌子下面。我今天看了八个小时的病人，一个小时辅导——1400美元，她却不能把我的晚餐张罗出来，因为忙着插花！马歇尔打开冰箱里的保鲜盒后，怒气立刻烟消云散：香气四溢的西班牙冷汤、新鲜炒鲑鱼做的冷沙拉、芒果、绿葡萄、淋上百香果酱汁的木瓜沙拉。雪莉在冷汤碗上贴了张字条："我终于发现了一份负卡路里的食谱：吃得越多，瘦得越多。只有两碗——别突然瘦得消失了。"马歇尔笑了，但只笑了一下。

他一边吃着，一边打开晚报翻到财经版。道琼斯指数涨了20点。这份报纸只有下午1点的行情，最近一阵子股市经常在收盘时大逆转。但无论如何，他很享受每天两次查阅行情，明早再看收盘行情。他屏住呼吸，快速地键入每只股票的涨幅到计算器里，算出当天的获利。1100美元，收盘时可能更多。一股满足的暖流扫过他全身，吃下第一口浓厚的洋葱、黄瓜和西葫芦制成的赤色冷汤。看诊收入1400美元，股票获利1100美元。这是美好的一天。

看过体育版和世界新闻，马歇尔匆匆换掉衬衫，冲入夜色中。他对运动的热情几乎与对获利的热爱相当。每周一、三、五午休时间，他都到青年会打篮球。周末他骑单车，打网球或壁球。周二和周四，他无论如何也要挤出时间进行有氧运动——旧金山精神分析学会 8 点开会，马歇尔会提早出发快走 30 分钟到学会去。

每踏出一步，马歇尔对当晚会议的期待就更殷切。这将是很特别的一次会议。毫无疑问会有激情演出，会有流血场面。没错，有人要流血，这部分很令人兴奋。以前他从未如此清楚地明了恐惧的魅力何在。古时候公开处决人犯的嘉年华气氛，小贩兜售着玩具绞刑台，人群兴奋地嗡嗡声，死刑犯拖着脚步走上刑台的阶梯。绞刑、断头、火刑、凌迟、五马分尸——想象一个人的四肢被分别绑在几匹马上，观众鞭打着、戳刺着、吆喝着马匹前进，直到他被撕裂成好几块，所有的血一起喷出来。恐惧，没错。但那是别人的恐惧——生与死的精确交界，灵与肉溃散的一瞬间。

被歼灭的生命越伟大，魅力就越强烈。法国恐怖统治时代的兴奋想必特别高涨，皇室头颅滚落地面，鲜血从皇族身躯中泉涌而出。还有神圣的临终遗言，当生死交界时，连自由思想家都噤声聆听，竭力想听见将死之人最后的字语——仿佛在那一瞬间，当生命被夺走而肉体转化为肉类的片刻，将会发生天启，对伟大神秘的一丝线索。马歇尔想起了社会对濒死经验一窝蜂的兴趣。大家都知道那纯是梦呓，但是那股狂热燃烧了 20 年，还卖了几百万本书。老天！马歇尔想，那些鬼话赚了多少钱！

当晚的学会议程上虽没有弑君大戏，但也差不多：开除会籍和驱逐出会。赛斯·潘德，学会的创始会员之一，资深精神分析训练师，将因各种不当精神分析活动的罪名而被受审，并且必然会被定罪开除。自从西摩·特罗特多年前因为搞上女病人被开除会籍以来，还不曾有过这种场面。

马歇尔知道他自己的政治立场很微妙，今晚他必须小心行事。众所周知，赛斯·潘德在 15 年前是马歇尔的精神分析训练师，于公于私都对马歇尔有很多帮助。

但赛斯的光芒正逐渐黯淡；他已年过 70，3 年前动过一次大规模的肺癌手术。自以为是的赛斯漠视一切技术规则和伦理。现在他所面临的死亡及病痛，更把他从任何仅存的约束力中释放出来。他的同事们对他在心理治疗上极端反分析的立场，以及无理的个人举止越来越感到困窘与激愤。但他仍然是一号人物：他深具魅力，总是被新闻界和电视界邀请对各种耸动新闻发表看法——电视暴力对儿童的影响，市政规划漠视游民，对于公开行乞、枪支的管制，和公众人物性纠纷的立场。对每一个议题，赛斯都有一些极具新闻价值，但通常无礼不恭的言论。过去一个月以来，他实在闹得太过分了，学会的现任会长约翰·韦尔登和反赛斯的派系终于壮起胆子挑战他。

马歇尔衡量他的策略：最近赛斯实在是太逾规了，明目张胆地对病人进行性与金钱剥削，现在支持他无异于政治自杀。马歇尔知道他必须表态。约翰·韦尔登仰仗他的支持，这并不容易。虽然赛斯行将就木，他还是有他的支持者。许多接受过他精神分析的人都会在场。40 年来他在学会事务中扮演着首脑的角色。他与西摩·特罗特是两位仍在世的学会创始会员——假设西摩·特罗特还活着。这么多年来没有人见过他——感谢老天！他为这个领域的名声带来多少伤害！另外，赛斯是个活生生的威胁，他担任过许多届会长，现在必须把他从权力核心架开。

马歇尔怀疑赛斯没有了学会还能不能活下去，毕竟学会与他纠缠太深。开除赛斯无异于宣判他的死刑。太惨了！赛斯陷精神分析于不义之前，应该好好考虑才对。没有别的办法了，马歇尔必须投下反对赛斯的一票。然而赛斯曾是他的心理医生。要怎么做才不会像无情的弑师呢？棘手，非常棘手。

马歇尔未来在学会的前途一片光明。他非常确定总有一天他会得到领导权，他只需操心如何使一切快点发生。他是少数几位在20世纪70年代加入学会的核心成员之一，当时精神分析的巨星似乎都没落了，申请入会的人数显著地减少。八九十年代风潮再起，许多人申请加入七年或八年期候选计划。因此基本上学会有两种年龄层的分布：像是约翰·韦尔登领导的老前辈们，他们联合起来挑战赛斯，还有许多的新人，有些接受过马歇尔的精神分析，近两三年才获得正式会员资格。

在他自己的年龄层，马歇尔没有什么敌手：这个年龄中最有前途的两位都已经死于心脏疾病。正是他们的猝死，才刺激了马歇尔疯狂的有氧运动，企图冲掉因精神分析久坐工作所造成的动脉栓塞物。马歇尔真正的竞争者只有伯特·肯特瑞尔、泰德·罗林斯和多尔顿·沙尔兹。

伯特是个老好人，但缺乏政治敏感，由于深入参与非精神分析的计划，尤其是对艾滋病患的支持治疗计划，使他的地位有点动摇。泰德完全无足轻重，他的精神分析训练花了11年，大家都知道他最后能毕业，纯粹是出于训练者的倦怠和同情。多尔顿最近过分投入环境议题的研究，以致没有人再把他当一回事。当多尔顿念出他愚蠢的环境破坏幻想分析报告——"玷污大地之母，摧残我们的地球之家"后，约翰·韦尔登的第一句话就是："你是当真的，还是在开玩笑？"多尔顿坚持己见，他的论文被所有精神分析期刊拒绝，最后在一本荣格派的期刊上刊载。马歇尔知道他只要慢慢等，别出错，不用他出手，这三个跳梁小丑就会自己把机会搞砸。

但马歇尔的野心可不只是旧金山精神分析学会的会长。那个职位是全国性职位的跳板，甚至是国际精神分析学会会长。时机已经成熟：从来没有一位国际精神分析学会会长是出身于美国西部的学会。

还有一个障碍：马歇尔需要著作。他不缺想法，像是他最近的一个案例：一个濒临精神病患者有一个同卵双胞胎兄弟，这个兄弟有人格分裂症状，但没有濒临精神病的症状。这与镜像理论有重大的关联，亟待论述。还有他对于原初情境的本质与临场观众的想法会大幅改写基本理论。是的，马歇尔知道他的想法丰沛不绝。问题是写作：他笨拙的文笔远远落在想法之后。

那就是欧内斯特的用处。虽然欧内斯特最近越来越惹人厌——他的不成熟、冲动，幼稚又自大地坚持心理医生要真诚表现自我，会让任何辅导医生感到不耐烦。但马歇尔有保持耐性的原因：欧内斯特惊人的文学天分，优美的文字从他的键盘流泻出来。马歇尔的想法加上欧内斯特的文采将是无敌的组合。他只要把欧内斯特管好，让他进到学会，说服欧内斯特跟他合写期刊文章，最后写书将不是问题。马歇尔已经有系统地夸大了欧内斯特进入学会将面临的困难，以及马歇尔的帮助有多重要，欧内斯特会永远感激他。此外，欧内斯特很有事业心，马歇尔相信他会抓住与自己合作写书的机会。

马歇尔逐渐接近大楼，他深呼吸几口冷空气，理清头绪。他需要智慧，今晚势必会爆发一场争权的恶斗。

约翰·韦尔登身材高大威严，60多岁，气色红润，有一头渐稀的白发，布满皱纹的长脖子与一颗显著的喉结。他已经站在讲台上，这个群书环绕的房间既是图书馆，也是会议室。马歇尔环顾着踊跃的出席者，几乎想不到任何一个缺席的会员，当然除了赛斯·潘德以外。小组委员会已充分约谈过他了，并且特别要求他不要出席这次会议。

除了正式会员之外，还有三位学生候选会员在场。他们是赛斯的门生，请求出席会议。这是史无前例的。他们冒了很大的风险：如果赛斯被开除或免职，即使只是失去精神分析训练师资格，他们也会失去多年精神分析工作的学分，被迫与另一位精神分析训练师从头开始。三人都表示他们可能会拒绝更换精神分析训练师，即使这要赔上候选资格。还有人传言要另起炉灶，成立另一个学会。在这些考量下，管理委员会期望这三人能觉悟他们对赛斯的忠诚是错误的，因而采取了极具争议性的措施，准许他们出席参与，但无投票权。

马歇尔在第二排坐下来，约翰·韦尔登像是在等待他的入场，立刻敲下他的议事槌宣布会议开始。

"你们每一位，"他开始说，"都已经被告知这次会议的目的。今晚我们要面对很痛苦的难题，对我们年高德劭的会员赛斯·潘德提出非常严重的指控，并权衡学会该做何种处置。你们都已收到信函通知，小组委员会对每项指控进行谨慎的调查，我想我们应该直接讨论他们的调查结果。"

"韦尔登医生，程序问题！"那是泰瑞·傅勒。一年前才获准入会的鲁莽年轻医生，他曾接受赛斯的精神分析。

"傅勒医生请发言。"韦尔登对着学会秘书佩里·惠勒说出裁示。他是一位70岁半聋的心理医生，正振笔疾书记录会议过程。

"在赛斯·潘德缺席的情况下考虑这些'指控'是否有欠妥当？被告缺席的审判不但悖于伦理，也违反了学会章程。"

"我与潘德博士谈过，我们都同意他今晚不出席对大家都最好。"

"错了！是你，不是我，觉得会最好，约翰。"赛斯·潘德洪亮的声音响起。他站在门边细细打量着观众，然后从后面拿了把椅子到前排。途中他亲切地拍了一下泰瑞·傅勒的肩膀，然后继续说："我说我会考虑一下，再让你知道我的决定。我的决定，如你所见，就是在此与我亲爱的兄弟和杰出的同事们共聚一堂。"

癌症已把赛斯190厘米的骨架压弯，但他仍是个很有魄力的人，有一头银亮的白发、古铜色的皮肤、鹰钩鼻和具有王者风范的下巴。他有印度皇家血统，幼时在北印度奇波切皇室长大。他的父亲被指派为印度驻英代表时，赛斯搬到了美国，在埃克塞特中学和哈佛大学继续他的学业。

我的天！马歇尔想，千万别想要挡住一条疯狗的路。他把头缩得低低的。

约翰·韦尔登的脸涨成紫色，但他的声音还保持平静："我对你的决定感到很遗憾，赛斯，我相信你也会感到后悔的。我只是要保护你。听人公开批评你在专业上与非专业上的品性与行为，会是一种侮辱。"

"我没什么好躲藏的。我对自己的专业工作一直非常骄傲。"赛斯看着众人继续说，"如果你需要证明，建议你看看四周。这间房里出席的半数成员曾是我的精神分析实习生，还有三个是现在的实习生，个个都深具创意，身心均衡，是此专业的荣耀，"他向其中一位女心理医生优雅地深深一鞠躬，"证明了我的成果杰出。"

马歇尔退缩了。赛斯会让这事变得非常困难。哦，我的天哪！他扫视房内时，赛斯的眼神一度和他对上。马歇尔转向另一个方向，却只见韦尔登的眼光也等着他。他把眼睛闭上，夹紧了臀部，身体缩得更小了。

赛斯继续说："真正侮辱到我的，约翰，这一点我的看法与你不同，是遭到不实的指控，更可能被诽谤，却没有挺身为自己辩护。让我们进入正题。罪名是什么？谁是原告？我们来一个一个听他们说清楚。"

"在座的每一个人，包括你、赛斯，都收到了教育委员会的信，"约翰·韦尔登响应道，"上面列举了各项不当。我会逐项宣读。从以物易物开始——以诊疗时间换取个人服务。"

"我有权利，"赛斯要求，"要求知道谁提出什么指控。"

马歇尔缩了一下。我的时机到了，他想，是他告诉韦尔登关于赛斯的以物易物行径。他没有选择，必须鼓起所有的信心和勇气，挺身直言。

"我为以物易物的指控负起责任。几个月前我接见一个新病人，一位专业理财顾问，我们讨论看诊费用时，他提议以服务交换。他说：'既然我们的时薪费用差不多，为何不交换服务，省得互相付钱还要缴税呢？'我当然拒绝了，并解释这样的约定在许多层面上会妨碍治疗。他指责我小气而不知变通，并提到了两个人，他的同事与一位客户，一个年轻的建筑师，与精神分析学会的前会长赛斯·潘德有以物易物的约定。"

"我会详细解释这项指控，马歇尔，但我忍不住想要先问，你身为我的同事、朋友和前分析实习生，为什么不选择跟我谈，直接向我提出这个问题呢？"

"请问在哪里写过，"马歇尔回答，"接受适当精神分析后的实习生必须永远像子女般袒护自己的精神分析师？我从你那里学到，治疗和超越移情的目标，就是帮助实习生远离家长，培养自主和正直。"

赛斯闪过一笑，像是父母与孩子下棋时，第一次被孩子将军的喜悦笑容："棒极了，马歇尔！真动人。你学得真不错，我为你的表现感到骄傲。但我还是想知道，为何经过我们五年的磨炼，你的言语还是有诡辩的痕迹？"

"诡辩？"马歇尔顽固地坚持己见。他曾是大学球队的后卫，有力的双腿能把比他壮一倍的人都无情地推倒。只要与对手交手，他就不会让步。

"我可没诡辩。难道要我为了保护精神分析的恩师，而在信念上让步？我相信这个房间里的每个人都拥有同样的信念——以分析治疗的时数交换个人服务是错误的，在各方面都是错的。法律与道德上是错的，本国税法明文禁止。技术上是错的，造成移情和反移情的大混乱。当心理医生取得的是个人的服务时，错误尤其复杂。举例来说，如果病人是理财顾问，他就必须知道你的私人财务细节。或者，如我所了解的建筑师病人一案，设计新家时，病人必然会知悉你家居生活的习惯，最隐秘的细节和嗜好。你是以障眼法指责我的人格，来掩盖你自身的过失。"

马歇尔说完坐了下来，对自己很满意。他忍住不看四周。这并不容易。他几乎可以听到崇拜的赞叹声。他知道自己已经建立了不可忽视的地位。他也太了解赛斯，猜得到接下来会发生什么。每当赛斯受攻击，他会立刻加以还击，却反而使他牵连更深。没有必要进一步说明赛斯在行为上的破坏性，他最后会害死自己。

"够了，"约翰·韦尔登敲着议事槌说，"这个议题对我们来说太重要了，不该被卷入空泛的争执。让我们回到实质面，有系统地检讨每项指控，并分别独立讨论每一项。"

"以物易物，"赛斯说，完全忽略韦尔登的裁决，"只不过是个丑陋的术语，暗示着精神分析情谊只是惹人厌的东西。"

"你要怎样为以物易物辩护，赛斯？"奥利芙·史密斯问。这位年长的心理医生有显赫的精神分析皇族家世，45年前，她接受过弗洛伊德门生的精神分析，也与安娜·弗洛伊德有段短暂的友谊及书信往返，还认识弗洛伊德的几位孙子女，"显然，纯正而未受污染的架构，尤其是在费用问题上如此，是精神分析不可或缺的部分。"

"你用分析情谊来正当化以物易物，这种说法当然不能成立。"哈维·格林说，他是个又矮又胖、自以为是的心理医生，他的意见很少不令人讨厌，"假设你的病人是个妓女呢？你的以物易物系统如何运作？"

　　"真是个腐败又有创意的问题，哈维。"赛斯吼回去，"你的腐败一点都不令人意外。但是这个问题的原创性与机智却令人意外。不过无论如何，仍是个没价值的问题。我看旧金山精神分析学会已经成为诡辩的大本营了。"赛斯把头转向马歇尔，然后又回头瞪着哈维，"告诉我们，哈维，你最近分析过几个妓女？你们大家呢？"赛斯黑色的眼睛扫视房内，"有几个妓女经过深入的内在分析后，还能继续当妓女？"

　　"成熟点，哈维！"赛斯继续说，明显地火上加油，"你证实了我曾在国际精神分析期刊上发表过的，就是我们这些精神分析老鬼们，大约每 10 年都应该强制接受保养性的定期精神分析。事实上，我们可以充做候选会员的实习案例。这样可以避免变得麻木不仁。这个机构实在非常需要。"

　　"维持秩序！"韦尔登说，敲着他的议事槌，"让我们回到手边的议题。身为会长，我坚持……"

　　"以物易物！"赛斯继续说，他现在背对主席台，面对会员们，"以物易物！真是罪大恶极！重大违规！一位烦恼的年轻建筑师，男性厌食症患者，在我三年治疗下接近重大人格改善，却突然因为公司被并购而失业，他得花上一两年才能独立创业成功，期间他几乎没有收入。什么才是适当的分析处置呢？遗弃他吗？任由他欠下数千元的债务，强迫他接受他根本完全无法接受的选择？另外，由于个人健康问题，我原本就计划在我家加建一个侧翼，包含办公室和接待室。我正在找建筑师，而他正在寻找客户。"

　　"根据我的判断，适当而道德的解决之道显而易见。而我也不需要向任何人解释我的判断。这位病人为我设计了新加盖的部分，因此减轻了看诊费用的负担，我的信任也在治疗上有正面的影响。我计划将这个案例写下来：为我设计房子，也就是隐藏于内在的父亲窝巢，将他导入对父亲的幻想与记忆库的最深层，保守的分析技巧所无法达到的层面。这是创意的诊疗，难道还需要你们的批准吗？"

此时赛斯再度戏剧性地扫视群众，这次在马歇尔身上多停了几下。

只有约翰·韦尔登敢回答："界线！界线！赛斯，你要打破所有确立的技巧吗？让病人检视和设计你家？你也许认为这是创意，但是我告诉你，而且我也知道大家都赞成我的看法，这不是精神分析！"

"确立的技巧……不是精神分析……"赛斯嘲弄地模仿着约翰·韦尔登，用高八度的怪腔调重复他的话，"小心眼的无病呻吟。你以为技巧来自摩西十诫吗？技巧是由高瞻远瞩的心理医生创造的：费伦奇、兰克、李奇、沙利文、席尔斯，当然还有赛斯·潘德！"

"自认为高瞻远瞩，"莫里斯·芬德插嘴说，秃头、金鱼眼、几乎没脖子、戴着大大的眼镜，"这是很聪明又邪恶的做法，来掩饰与合理化众多罪愆。我很担心你的行为，赛斯，会危害到精神分析的公众声誉，考虑到你的著作——像是在伦敦文学评论的陈述，我真不敢想象你是如何训练年轻心理医生的。"

莫里斯从口袋抽出几张报纸，颤抖地摊开来。"这篇文章，"他在面前甩动着那几张报纸，"摘自于你本人对于弗洛伊德信件的评论。其中你公开宣称，你告诉病人你爱他们、拥抱他们，还与他们讨论你生活中私密的细节——离婚迫在眉睫、你的癌症。你告诉病人，他们是你最好的朋友。你请病人到你家喝茶，告诉他们你的性倾向。你的性倾向是你自己的事，性倾向本身不是问题，但为什么读者大众与你的病人都得知道你是双性恋者呢？你不能否认这一点。"莫里斯再次在他面前抖动那几张纸，"这是你自己说过的话。"

"当然那是我自己说过的话。难道剽窃也是起诉书中的一项罪名吗?"赛斯拿起给委员会的信,嘲弄地假装仔细研读:"剽窃,剽窃——啊,已经有太多项重大违规,太多其他的重大缺失,却缺了剽窃。至少在这一点上饶过了我。没错,当然是我说的话,而且我坚持我的说法。哪里有比医生和病人之间更亲密的关系呢?"

马歇尔边听边观望着。干得好,莫里斯,他想。完美的刺激!这是我第一次看到你做了件聪明事!赛斯已经七窍生烟,他即将走上自毁之路。

"没错,"赛斯继续说,用他仅存的一片肺努力呼吸,他的声音变得沙哑粗糙,"我坚持我的说法,病人是最亲密的朋友。对你们所有人都一样。你也是,莫里斯。我与病人每周花四个小时进行极亲密的讨论。告诉我,你们哪个人花那么多时间在一个朋友身上?我可以替你们回答:没有一个——当然更不是你,莫里斯。我们都知道美国的男性友谊模式。也许你们中有些人,少数人每周与朋友吃顿午餐,在点餐和咀嚼间挤出 30 分钟的亲密会议时间。"

"难道你们能否认,"赛斯的声音填满了整个房间,"心理治疗时间应该成为诚实的殿堂?如果病人与你有最亲密的关系,那么,放下你的伪善,勇敢地告诉他们!他们知道你私人生活的点滴又有什么差别?揭露自我从来没有影响到我的分析程序,相反,还能使过程加速。也许因为我的癌症,速度对我变得很重要。我唯一的遗憾是等了这么久才发现这一点。我的新精神分析辅导生可以为我们工作的速度作证。问问他们!我现在相信没有任何精神分析训练需要花三年以上。来吧!让他们说说看!"

马歇尔站了起来。"我反对!这是不适当也不节制的做法,把你的辅导生扯进这可悲的讨论中。即使连考虑这项请求都不对。他们的观点受到双重蒙蔽——移情和私心。你提供他们速度,快速而下流的分析——他们当然会同意。他们当然会被较短的三年分析辅导期诱惑。哪个候选会员不会呢？但我们似乎避开了正题——你的病痛对你的观点和工作的影响。如同你自己所指出的，赛斯，你的病痛对你灌输了快速完成诊疗的急迫性。我们每个人都能了解和同情这一点。你的病痛在许多方面改变了你的观点，在现有情况下是完全可以理解的。"

"但这并不表示，"马歇尔越来越有信心，"你因为个人急迫性所产生的新观点应该成为学生的精神分析教条。很抱歉，赛斯，我必须赞同教育委员会的看法，适时并正确地对你的精神分析训练师资格提出质疑，关于你是否有能力继续执行训练。精神分析机构必须要重视传承。如果心理医生都做不到，那么寻求我们帮助的其他机构——像是企业界、政府又要如何把责任和权力转移到下一代呢？"

"我们也不能够，"赛斯吼道，"任由二流不成器的人争权夺位。"

"秩序！"约翰·韦尔登敲着议事槌，"让我们回到实质面。特别委员会让大家注意到，你在公开著作和言论中的嘲弄攻击，否定某些精神分析理论的中心支柱。举例来说，你最近在《浮华世界》杂志的访问中取笑伊底帕斯情结，斥之为'犹太人之错'，然后你又说，在精神分析基础准则中，这只是许多错误中的一项而已……"

"当然，"赛斯吼回去，失去了所有的幽默和嘲讽，"当然是犹太人之错！把小小维也纳犹太家庭的三角关系，夸大成为世界共通的家庭关系，还企图为世界解决连罪恶感缠身的犹太人自己都解决不了的问题！"

现在整个大厅一片嘈杂，好几位心理医生同时都想开口。"反犹太主义！"其中一个说。还听得到许多其他意见："讨好病人！""与病人发生性关系！""自我膨胀！""那不是精神分析——随他怎么干，但别说那是精神分析！"

赛斯的声音压过了这些话："当然，约翰，我说过也写过这些事，我也坚持这些看法，每个人内心深处都知道我是对的。弗洛伊德的小小犹太家庭只能代表人类的极少数，我自己的文化就是一个例子。相对于每一个犹太家庭，世界上就有成千的伊斯兰教家庭，心理医生对这些家庭和病人一无所知。完全不了解其中的差异，和强势的父亲角色，不了解潜意识当中对父亲的深深渴望，渴望回到父亲舒适安全的怀抱中，渴望与父亲结合。"

"没错，"莫里斯边说边翻开一本期刊，"就写在这封致《当代精神分析》期刊主编的信里。你论及向一位年轻的双性恋男性解析他的渴望，引用你的说法：'那是世界共通的渴望，回到世界最终的地位——父亲的直肠子宫。'你以一贯的谦虚指出——"莫里斯继续念下去，"'这个具革命性创见的解析，完全被精神分析的种族偏见所模糊了。'"

"完全正确！但这篇两年前发表的文章是在六年前写成的，说得还不够完整。这是世界共通的解析，现在我与所有病人工作都以此为中心。精神分析不光是犹太人地域性的努力，必须认同并拥抱东方与西方的真理。你们每个人要学的还多着呢！而我严重怀疑你们吸收新观念的欲望与能力。"

路易丝·圣克莱尔，一位银发、温和而正直的心理医生，做出了决定性的挑战。她直接对主席发言："我想我已经听够了，会长先生，足以让我确信潘德医生已经大大偏离了精神分析学说的主体，而不适合继续负责新进医生的训练。我提出动议，开除他的精神分析训练师的资格。"

马歇尔举起手："我附议。"

赛斯站着怒视会众："你们把我开除？对犹太精神分析黑手党的作风一点也不让我意外。"

"犹太黑手党？"路易丝·圣克莱尔质问，"我的教区神父听到会非常震惊。"

"犹太人，基督徒，没有两样——犹太基督黑手党。你以为可以开除我？好，我才要开除你。我一手创建这个学会，我就是学会，我走到哪里，哪里就是学会——相信我，我现在就走。"说完后，赛斯把他的椅子重重推开，抓起大衣和帽子，大步走了出去。

赛斯·潘德走后，里克·查普顿打破沉默。理所当然地，身为赛斯的前辅导生之一，里克对于赛斯遭开除的反应特别强烈。虽然他已完全结束训练，成为正式学会会员，里克还是如同大多数人，仍对他的精神分析训练导师感到骄傲。

"我要为赛斯辩护，"里克说，"我对今晚会议程序的精神和妥当性有很大的疑虑。我也不认为赛斯最后的言论有什么重大关系。那什么都证明不了。他有病缠身，又很自傲，我们都知道，当他受到压迫的时候，他会以自大的态度防卫自己，尤其在今晚，更令人怀疑有人蓄意刺激他。"

里克顿了一下，看了看一张小抄，又继续说："我想对今晚的会议过程做出一点解析。我看到赛斯的理论立场造成了群情激奋。但我想潘德医生的解析内容才是真正的议题，而不是他的风格和曝光率！有没有可能，你们许多人觉得受到威胁是因为他的才气？他对我们这个领域的贡献，他的文采，尤其是他的野心？会员们难道不忌妒赛斯经常出现在杂志、报纸和电视上吗？我们能容忍特立独行的人吗？我们能容忍如同75年前，费伦奇挑战精神分析教条，挑战正统的行径吗？我认为今晚的论战不是指向赛斯·潘德的分析内容。对于他的父亲理论的讨论只是不相干的扰乱，典型的移情例证。不，这根本就是宿怨斗争，人身攻击，而且是极卑劣的攻击。我要说的是，今晚真正的动机是忌妒，保卫正统，畏惧父权，害怕改变。"

马歇尔做出响应，他太了解里克了，他曾经辅导他的治疗案例三年："里克，我佩服你的勇气、忠诚、敢于直言不讳，但我必须反驳你的看法，赛斯·潘德的解析内容正是我的问题。他已经偏离精神分析理论太远，我们有责任把自己与他区别开来。检视他的解析内容，与父亲融为一体的本能冲动，回到父亲直肠子宫的渴望。真是的！"

"马歇尔，"里克还击，"你是在断章取义。你们难道没做过一些解析，在断章取义时会显得很愚蠢，站不住脚？"

"你也许说得对。但那不适用于赛斯的情况。他经常对精神分析专业与社会大众演讲论述，说他认为分析每位男性时，这个母题是关键原动力。他今晚也表明了这不是单一的分析情况。他称之为'世界共通的解析'。他对所有男性病人做这种危险的解析而感到自豪。"

"同意，同意！"马歇尔受到大家的支持。

"'危险'，马歇尔？"里克斥责道，"我们是不是反应过度了？"

"如果有，也是反应不足吧！"马歇尔的声音转趋强硬。他现在俨然成为学会有力的发言人。"你难道质疑解析的重要地位与力量吗？你知不知道这个解析会造成多少危害？每个有回归渴望的成年男性，希望能暂时回到柔软、有爱的休息处，都被解析成渴望穿过父亲的肛门爬回直肠子宫。试想看看医疗失当造成的罪恶感，以及担心变成同性恋所产生的焦虑。"

"我完全同意，"约翰·韦尔登说，"教育委员会一致提案建议免除赛斯·潘德精神分析训练师的资格。基于赛斯·潘德病情严重并曾对本会贡献良多，他们并未开除他的会籍。所有会员必须对教育委员会的提案做出表决。"

"我提议口头表决。"奥利芙·史密斯说。

马歇尔附议，除了里克·查普顿的反对票外几乎一致通过。一位经常与赛斯合作的巴基斯坦医生与四位赛斯以前的辅导生投了废票。

至于赛斯那三个无投票权的现任辅导生，他们交头接耳一阵后，其中一个表示他们需要时间考虑未来的动向，但他们共同表达对此次会议的不满。然后他们离开了房间。

"我的感受远大于不满，"里克说，他气冲冲地收拾东西并走了出去，"可耻——十足的伪善！"走到门口时，他补上一句，"我相信尼采所说的，活过的真理才是唯一的真理！"

"那在这里要做何解释？"约翰·韦尔登问道，敲着议事槌要求肃静。

"难道这个机构真的相信马歇尔·施特莱德所说的，赛斯·潘德的'与父亲融合的解析'对他的男性病人造成了重大伤害？"

"我可以代表学会发言，"约翰·韦尔登回答，"负责任的心理医生都会同意，赛斯对许多病人造成难以原谅的伤害。"

里克站在门口说道："那么尼采的意思对你应该很清楚。如果本学会真心相信赛斯·潘德的病人遭受严重的伤害，如果本学会还存有一点点良知，也就是说，你们愿意在道德和法律上扛起责任，那你们只有一条路可走。"

"那条路是？"韦尔登问道。

"召回！"

"召回？什么意思？"

"如果，"里克回答，"连通用汽车公司和丰田汽车公司都有良心，敢召回品质差的产品，那些有毛病，最后会对车主造成伤害的汽车，那么你们要走的路当然很清楚。"

"你的意思是……"

"你很清楚我在说什么。"里克踩着重重的步子走出去，毫不迟疑地把门甩上。

赛斯的三名前辅导生和巴基斯坦医生也随他立刻离开。泰瑞·傅勒在门口丢下一句警告："各位要严肃地看待这件事。学会正面临无法挽回的分裂威胁。"

约翰·韦尔登不需要提醒也知道，要严肃看待会员出走的问题。在他的监管下，他当然最不愿见到分裂，或形成旁支的精神分析学会。其他城市发生过不少先例：纽约先后被凯伦·霍妮的信徒和沙利文人际关系学派分裂成三个学会。芝加哥、洛杉矶、华盛顿的巴尔的摩学派也分裂过。伦敦也早该分裂的，数十年来有三个团体一直持续无情的斗争。

旧金山精神分析学会过了 50 年和平的日子，是因为把攻击性有效地发泄在更明显的敌人身上：一个顽强的荣格学会和接二连三的另类治疗学派——超个人疗法、灵气疗法、前世今生疗法、呼吸疗法、顺势疗法——神奇地从此地热气蒸腾的温泉和热澡盆中升起。而且，约翰知道有些博学的记者绝不会放过精神分析学会分裂的报道。这些接受过彻底精神分析的心理医生不能和平相处，反而争权夺利，为小事互咬，最后在气愤中分家，这会是多好看的一场学术笑话。约翰不希望自己将来成为造成学会分裂的主席。

"召回？"莫里斯大叫，"从来没听过这种事。"

"非常时刻的非常办法。"奥利芙·史密斯喃喃说道。

马歇尔谨慎地看着约翰·韦尔登的表情。一看到他对奥利芙的话轻微点头，马歇尔立刻抓住机会。

"如果我们不接受里克的挑战，我确定这很快就会变成众所皆知，那么我们把这个伤口抚平的机会就很渺茫了。"

"只是因为错误的解析，"莫里斯问，"就要召回病人吗？"

"不要小看问题的严重性，莫里斯，"马歇尔说，"还有比解析更有力的精神分析工具吗？我们不都同意赛斯的思维系统既错误又危险吗？"

"因为错误所以危险。"莫里斯鼓起勇气说。

"不，"马歇尔说，"错误也可能是被动的，因为无法改善病人的状况而错，但这是主动而危险的错误。想想看！每个男病人只要渴望稍许慰藉和接触，就被引导去相信他正经历着原始的欲望，渴求爬进父亲的肛门进入直肠子宫。召回就算是史无前例，我也相信必须采取措施，保护他的病人。"

"直肠子宫！这种异端邪说到底是哪来的？"杰格说。他是一位面貌严肃、有着银灰色络腮胡的心理医生。

"来自他自己接受艾伦·詹韦的精神分析内容，他告诉我的。"莫里斯说。

"艾伦已经死了三年了。你知道我从不信任艾伦。我没有证据，但他既厌恶女人又爱打扮，带蝴蝶领结，与同性朋友过从甚密，住在卡斯特罗区的公寓，生活离不开歌剧……"

"回到重点上，杰格，"约翰·韦尔登打断他的话，"当前的议题不是艾伦·詹韦或赛斯的性倾向。我们必须慎重，以现今的情势，如果有人认为我们因为会员是同性恋而为难或开除他，会是很大的政治灾难。"

"这也包括女性在内。"奥利芙说。

约翰不耐烦地点头表示同意，又继续说："而据传赛斯与病人的不当性行为，我们今晚尚未讨论到这一点，也不是现在的议题。曾经治疗过两位赛斯过去病人的心理医生已向我们报告赛斯的不当行为，但两位病人都尚未同意提出告诉。其中一位不相信这对她会造成持续的伤害；另一位则宣称这为她的婚姻带来潜藏毁灭性的欺骗，但或许由于某种对于赛斯的荒谬移情性忠诚，或由于不愿面对公众，她拒绝提出告诉。我赞同马歇尔，当前最适当的议题只有一项——在精神分析的庇荫下，赛斯·潘德做出了不正确、非分析性而危险的解析。"

"但是检视这些问题，"与马歇尔地位相当的伯特·肯托医生说，"考虑一下保密问题，赛斯可以告我们毁谤。还有医疗失当呢？如果以前某位病人告赛斯医疗失当，那还有什么可以阻止他的其他病人来掏空我们学会，甚至全国学会的口袋？毕竟，他们可以很简单地说，我们是赛斯的共犯，我们将他指派在重要的训练职位。这可是个大蜂窝，我们最好别乱捅。"

马歇尔最爱看到他的对手表现得优柔寡断。为了加强对比，他信心满满地开口："正好相反，伯特。如果我们没有动作才会更糟糕。你认为我们不该有所作为，但这正是为什么我们一定要有动作，而且要迅速地做出处置，和赛斯划清界限，尽全力补救伤害。我几乎可以看到该死的里克·查普顿对我们提出诉讼，最起码会唆使《时代》杂志的记者来查我们，如果我们谴责赛斯却完全不管他的病人的话。"

"马歇尔是对的，"奥利芙说，她经常担任学会的道德良心，"我们都相信心理治疗有效，而精神分析的错误滥用是非常具有杀伤力的，那么我们就必须谨守自己的原则。我们必须召回赛斯以前的病人进行补救治疗。"

"说比做容易，"杰格警告，"世界上没有任何力量能让赛斯供出他从前的病人名单。"

"没有这个必要，"马歇尔说，"在我看来，更好的办法是在热门媒体上公开呼吁他前几年治疗的所有病人出面，至少是所有男性病人。"马歇尔微笑着补充，"我们假设他处理女性的方式不同。"

会众都被马歇尔的一语双关逗得会心一笑。虽然赛斯与女病人间的暧昧性关系已经谣传多年，加以公开还是令人松了一口气。

"那么大家都同意，"约翰·韦尔登说，敲着议事槌，"我们应该尝试对赛斯的病人提供补救治疗吗？"

"我附议。"哈维说。

经表决一致通过，韦尔登对马歇尔说："你愿意负责这项处置吗？只要向指导委员会提出你的详细计划？"

"当然愿意，约翰，"马歇尔说，几乎无法掩饰他的喜悦，想着他今晚真是福星高照，"我也会向国际精神分析协会澄清我们的所有行动——这星期我本来就准备与国际精神分析协会的秘书雷·威灵顿洽谈其他的事情。"

第八章

清晨 4 点 30 分。一片漆黑，只有一间房子灯火通明地栖息在一处岬角，俯瞰着旧金山湾。金门大桥在乳白的夜雾中灯火朦胧，市区模糊的轮廓隐隐在远方，闪着若隐若现的微光。八个疲惫的男人围着桌面，完全无视夜景，眼睛直盯着他们手中的牌。

壮硕而满面红光的莱恩宣布："最后一手。"现在是庄家说话，莱恩喊出了七张见高低：前两张盖住、四张翻开、最后一张也盖住。赌金由牌最大和最小的两家平分。

谢利的老婆诺玛是卡萝的律师事务所同事，谢利是今晚最大的输家（其实每晚都是，至少过去五个月来如此），但他急切地拿起他的牌。他是个英俊、有魅力的男人，有着天真的双眼、令人无法抗拒的乐观和不太健康的背部。掀开他前两张牌之前，谢利站起来调整绑在他腰上的冰袋。他年轻时曾是职业网球选手，现在虽然有椎间盘突出的毛病，还是几乎天天打球。

他拿起那两张牌，一张盖着另一张。方块 A！不错嘛。他慢慢地把另外一张牌滑开，方块 2。方块 A 和 2！绝佳的暗牌！经过悲惨的一晚后，机会终于来了吗？他把牌放下几秒钟后，忍不住又看了一次。谢利并没有注意到其他人正在观察他——就在那一秒，谢利高兴的眼神就是他的许多破绽之一——轻忽的习惯性小动作泄露了他的底牌。

下两张明牌也一样好。方块 4 和方块 5。老天爷！天价好牌。谢利几乎要唱出他热爱的卡通歌曲了。方块 1、2、4 和 5——好得要命！他终于时来运转了。他知道好运一定会来，只要他撑下去。天才晓得他已经撑了多久。

还有三张牌，再来一张方块就是 A 同花，方块 3 就是同花顺——可以拿到最大的那份赌注。任何一张小牌——3、6，甚至是 7——就可以拿到最小牌的一份注。如果他拿到方块加上小牌，他就可以大小通吃——全部的赌注。这一把可以让他扳回一成，虽然还不能扳平，他已经连输 12 把了。

通常，当他好不容易拿到一把不错的牌时，其他人很早就盖牌不玩了。手气背！真是这样吗？其实是他的破绽害了他，其他人看出他的兴奋，于是就早早收手了，他会默默地算着赌注，把牌护得更紧，下注更快，故意不看其他人，想激他们下更大的注，或笨拙地企图伪装想要得到最大的一副牌，其实是要拿最小的一副。

但是这一次没人盖牌！每个人似乎都对这手牌入迷了（以最后一把来说，这并不稀奇——他们太爱玩牌，一定要在最后一把掏空口袋来赌）。这一把赌注会非常可观。

为了替自己尽可能地赢取更大的彩金，谢利在第三张牌开始下注。第四张牌他下了 100 美元（第一轮下注最高 25 美元，第二轮开始最高 100 美元，最后两轮最高 200 美元。）

他很惊讶莱恩竟然提高了赌注。莱恩的牌看来不怎么样：两张黑桃，一张 2 和一张 K。他最多也只能拿到黑桃 K 同花（黑桃 A 已经放在谢利面前)。

继续加，莱恩、谢利祷告着。拜托再加多点。就让老天赏你黑桃 K 同花好了，还不是要舔我的方块 A 同花屁股。他也加了注，七个人都跟了。所有人都跟了，真不可思议！谢利的心越跳越快。我要赢一把大钱了。天啊，活着真好！我爱死扑克牌了！

谢利的第五张牌却很令人失望，没用的红心 J。但他还有两张牌的机会。现在该横下这副牌了。他很快地看了看其他人桌上的牌，计算着赢面。他手上有四张方块，桌上还看到三张。这表示十三张牌中有七张已经出来了，只剩六张方块。很有机会拿到同花。更别说小牌，桌面上的小牌很少，还有很多没发出来，他还有两张牌的机会。

谢利觉得一阵头昏，要算得精确实在太复杂了，但是赢面好得不得了。他胜算很大。管他的胜算，无论如何，他这一把全下了。七个人都下注，他可以有一赔三点五的赢面，而且很有机会赢得全部的赌注——一赔七。

下一张牌是红心 A。谢利退缩了一下。A 一对可没什么用。他开始担心了。一切都要看最后一张牌。上一轮发牌只出现一张方块和两张小牌，他还是很有机会。他下了最大的注——200 美元。莱恩和比尔都加了注。加注有三次的限制，谢利第三次又加了一注。六个人全跟。谢利研究着牌面。看不到什么好牌。整张桌子只有两个小小的对子。他们都在赌什么？是不是会有什么讨厌的意外？谢利继续偷算着赌注。大得不得了！大概超过 7000 美元，而且还有一轮下注的机会。

第七张也是最后一张牌发了下来。谢利拿起三张盖牌，仔细地洗过，慢慢地把牌展开。他看他老爸这样做过有 1000 次吧。梅花 A！最烂的一张牌。本来拿到四张方块，最后却成了三条 A。一点用都没有，比没用还糟，因为八成赢不了，但盖牌又太可惜。这一把真是烂东西！他被困住了，必须继续玩！他暂停了。莱恩、阿尼、威利下了注，加了注，又再加了一轮。泰德和哈利盖牌不玩了。他得下 800 美元。他该吐钱吗？五个人玩。没有胜算。他们其中一个必然能打败三条 A。

但，但是……桌上看不到大牌。也许，只是也许，谢利想，其他四个人都是要玩小。莱恩有一对三；他也许是要凑两对或三条三。他最会留一手。不！醒醒吧！把 800 美元省下来。三条 A 没有机会赢的——一定有同花或顺子。一定是。不然他们在玩什么？赌注有多少？至少 12 000 美元，或者更多。他会赢很多回家给诺玛。

如果现在就盖牌，但后来知道他的三条 A 可以赢。老天，他绝对不会原谅自己这么没种。他会再也不能复原。他没有选择。他这把已经陷得太深，不能回头了。谢利吐出了 800 美元！

结局倒是爽快利落。莱恩有一手黑桃 K 同花，把谢利的 A 三条克得死死的。但莱恩的同花也没赢。阿尼一手葫芦，完全看不出来——他最后一张才拿到的。谢利了解即使他拿到 A 同花，他还是要输。如果他拿到小 3 或小 4，他也不是最小的——比尔拿到一副超小的牌：5、4、3、2、A。谢利突然很想哭，但他还是亮出一个大大的微笑说："真是价值 2000 美元的乐趣！"

每个人都算过筹码后跟莱恩兑现，牌局每两周轮流在每家举行。主人担任银行的角色，结束时把账户结清。谢利输了 14 300 美元。他开了张支票，歉疚地表示他要把兑现日期填迟几天。莱恩拿出一大沓百元大钞说："没关系，谢利，我先垫。下次再把支票带来吧。"牌局就是这样。大伙相互信任，他们经常开玩笑说，如果有洪水或地震，他们还可以用电话玩牌。

"没问题的，"谢利无动于衷，"我只是带错支票本，得把钱转进这个账户。"

但谢利的确有问题，而且是大问题。他的银行户头里只有 4000 美元，但他欠人 14 000 美元。如果诺玛发现他输钱，他的婚姻就完蛋了。这可能是他最后一次牌局了。离开前他依依不舍地在莱恩家绕了绕。这也许是他最后一次到莱恩家，或是其他人家了。他的眼中泛着泪水，看着楼梯下面的古董旋转木马、光亮的相思木餐桌和嵌着许多史前鱼类化石的两米高砂岩。

七个小时前，夜晚在餐桌上展开，有牛排、牛舌和五香牛肉三明治，都被莱恩切成薄片堆得高高的，旁边围绕着甘蓝和马铃薯沙拉。当天稍早前才从纽约的熟食店空运来的。莱恩总是大吃大玩，然后在他装备齐全的健身房消耗热量，至少是大部分热量。

谢利走进沙龙加入其他人，他们正在欣赏莱恩从伦敦拍卖会买回来的古董画。因为认不出画家，又怕表露无知，谢利保持沉默。艺术只是谢利插不进的话题之一，还有其他话题：葡萄酒（好几位牌友都有餐厅那么大的酒窖，还经常结伴旅行参加红酒拍卖会）、歌剧、芭蕾舞、游艇、三星级的巴黎餐厅、各家赌场的下注上限。这些话题对谢利来说都太昂贵了。

他好好看看每个牌友，仿佛要把他们永远印在记忆中。他知道这是他的好日子，也许将来有一天，也许中风后，某个秋日他坐在疗养院的草地上，风中落叶翻飞，褪色的毛毯铺在他的大腿上，他希望能记起每张脸。

其中一个叫吉姆，大家常叫他铁公爵或是直布罗陀。吉姆有双巨大的手和突出的下巴，他很强悍。从没有人能骗他亮出底牌，从来没有。

还有文森——庞然大物。或是说有时候是庞然大物，有时不是。文森与减肥中心有段分分合合的关系：不是正要住进某一间减肥中心，就是正从某一间减肥中心苗条帅气地回来，带着他的低热量汽水、新鲜苹果，还有低脂巧克力饼干。大多时候如果牌局在他家举行，他都会摆出豪华的自助餐——他老婆做一手极佳的意大利菜——但在刚离开减肥中心的头两个月，大伙都怕死他家的菜了：烤玉米脆片、生胡萝卜和蘑菇，中式鸡肉沙拉不加麻油。大多数人来之前都先吃饱。他们喜欢丰盛的食物——越肥越好。

接下来谢利想到戴夫，微秃、有胡子的心理医生，视力很差，如果主人没准备数字特大的扑克牌，他就会翻脸，冲出房子，开着他的红色本田喜美轿车，边吼边开到最近的杂货店买牌，这可不容易，因为有些人的家在很远很远的市郊。戴夫对于扑克牌的坚持是很大的笑料。他牌玩得很差，破绽漏的满桌都是，大部分牌友觉得他看不到牌时还玩得比较好。最好笑的是戴夫觉得自己牌打得非常好！他比别人略胜一筹的事其实很滑稽：第一个输光。那是周二牌局的谜题：为什么戴夫没有输到光屁股？

心理医生比其他人还不了解自己，这实在是源源不绝的笑料。至少过去是这样。现在戴夫越来越上道。不再说些自以为高深的蠢话，也不说那些冗长的专有名词。都是些什么话呢？像是"倒数最后第二手牌"或是"策略性的欺瞒"；不说中风而说成"脑血管意外"。还有他家的食物——寿司、香瓜串、冷水果汤、酸胡瓜，比文森家的还差。没有人碰过半口，但戴夫花了一年才搞清楚，因为后来他开始收到不具名的美食传真食谱。

现在戴夫好多了，谢利想，比较像是活生生的人。我们应该为我们的服务向他收费。好几个人照顾他一个。阿尼把他的赛马股份卖了5%给他，带他去看训练和比赛，教他如何看赛马表，如何从马的练习预测结果。谢利带着戴夫了解职业篮球。他们刚认识时，戴夫不知道前锋或后卫的分别。他的前40年都是怎么过的？现在戴夫开一部酒红色的跑车，跟泰德分享篮球票，跟莱恩分享曲棍球票，跟其他人一起向阿尼在赌城的经纪人下注，还花了近千元跟文森和谢利到赌城听芭芭拉·史翠珊的演唱会。

谢利看着阿尼走出门外，戴着很蠢的福尔摩斯侦探帽。牌局时他总是戴着帽子，如果他赢了，就继续带到好运用光才换掉。然后他就会去买顶新的。侦探帽已经让他赚了 40 000 美元。阿尼开他的保时捷花两个半小时来打牌。两年前他搬到洛杉矶住，经营他的行动电话公司，还定期飞到旧金山看牙医和玩牌。为了表示点心意，大家从头两把的赌注中抽了一点作为他的机票钱。有时候他的牙医杰克也来玩牌，直到他输过头。杰克很不会玩牌，但是很会穿衣服。有一次莱恩很想得到杰克的西部金属装饰衬衫，所以在场边加赌一把：200 美元赌他的衬衫。杰克输了，莱恩让他把衣服穿回家，但第二天早上就到他家拿衣服。那是杰克最后一次来玩牌。接下来一年之中，莱恩几乎在每次牌局时都穿着杰克的衬衫来打牌。

即使是手头最宽松的时候，谢利也是牌友中钱最少的一个，至少差十位数或更多。而现在，因为硅谷大萧条，景况更不好；五个月前，数字微系统公司倒闭之后，他就失业到现在。起初他每天找人事中介公司，读分类广告。诺玛每小时法律咨询收费 250 美元，对家计很有帮助，但相形之下，谢利无法接受一小时 20 ~ 25 美元的工作。他要求定得高些，最后中介公司放弃了他，他逐渐习惯于接受老婆供养。

不，谢利没有赚钱的天分。这是家族遗传。谢利年轻的时候，他的父亲多年辛勤工作挣钱存下两笔资金，后来全都泡汤。一笔用来投资于华盛顿的日本料理餐厅，在珍珠港事件两星期前开张。另一笔在 10 年后，拿去买了后来倒闭的连锁店经营权。

谢利维持了家族的传统。他是全美大学网球选手，但在职业巡回赛三年里只赢过三场。他很帅，又打得好，观众爱他，他总是能在第一个发球局赢对方，但就是没办法打败对手。也许他人太好了。他从职业巡回赛中退下来后，把他不多的资产投资在圣克鲁兹附近山谷的网球俱乐部，1989年旧金山大地震吞噬整个山谷，他得到了一点点保险理赔，大部分在泛美航空倒闭前夕，买了它们的股票；还有一些随着经纪公司买了地雷股，剩下的投资在美国排球联盟的常输队伍。

也许这就是牌局对他的吸引力之一。这些人真知道他们在做什么。他们懂得赚钱。也许他也能沾上一点边。

所有牌友中，威利要算是最有钱的。他把个人理财软件公司卖给了微软，大约有4000万美元的身价。谢利是从报纸上看到的，牌友间没有人公开讨论过这件事。他欣赏威利享受财富的方式。他花钱毫不犹豫——他来到人间的任务就是要过得开心，没有罪恶感，不需要难为情。威利能读能说希腊文——他的父母是希腊移民。他特别喜爱希腊作家卡赞察斯基，爱把自己比喻为他书中的角色左巴，人生目的就是"让死亡变成一座烧毁的城堡"。

威利很好动。只要他盖了一手牌，他一定冲到隔壁房间偷看一眼电视上的比赛——篮球、足球、棒球——他都赌下了大把钞票。一次他在圣克鲁兹包下了一间野战游戏场一整天，通常会有游戏队伍在场地比赛抢敌旗，用漆弹枪做武器。谢利微笑着想到他当时开车到那儿，大伙站在一旁看一场决斗。威利戴着挡风眼镜和一次大战的战斗机飞行帽，与文森两个人手中拿着枪，玩着走10步后就开枪决斗的游戏。裁判莱恩穿着杰克的衬衫，握着一大把100美元的赌注钞票。那些牌友们真是疯子，他们什么都赌。

谢利尾随威利到外头，保时捷、劳斯莱斯正加快引擎转速，等着莱恩打开巨大的铁门。威利转过身把手搭在谢利的肩膀上，牌友们喜欢身体接触。"过得怎么样，谢利？找工作有进展吗？"

"马马虎虎。"

"撑下去，"威利说，"社会状况正在好转。我有预感硅谷很快又会复苏。一起吃顿午餐吧！"他们俩这么多年来已经成了密友。威利喜欢打网球，谢利经常可以指点他两手，多年来非正式地担任威利孩子的教练，其中一个现在在斯坦福校队。

"好啊！下个星期？"

"不，更晚一点。下两个星期我经常出差，但月底就有很多空闲了。我的行程表在办公室。明天打电话给你。我有事要跟你谈。下次牌局再见。"

谢利没有说话。

"好吗？"

谢利点头："好的，威利。"

"再见，谢利。""再见，谢利。""再见，谢利。"再见声随着一辆一辆大轿车开走此起彼落。谢利一阵心痛，看着他们驶入夜色。哦，他会多么想念他们。老天，他爱这群人！

谢利极度悲哀地开车回家。输掉 14 000 美元。该死——输掉 14 000 美元也要有天分！但这不是钱的问题。谢利并不在乎那 14 000 美元，他只在乎那伙牌友和牌局，但是他不可能继续玩下去。完全不可能！很简单的算数问题：已经没钱了，我必须找到工作，如果不是软件业务，我必须转到别的领域，也许是回蒙特利尔卖游艇。呃，我做得来吗？枯坐几个星期，等着每两个月卖出一艘，这会让我发狂！谢利需要行动。

过去六个月他输掉很多钱。也许四五万美元——他一直不敢算得太清楚。已经没有办法弄到更多钱了。诺玛把她的薪水存在不同的账户。他什么都是借来的，跟每个人都借了。当然除了那些牌友之外，那样很没礼貌。只有最后一点财产是他可以动用的——皇家银行的股票 1000 股，大约价值 15 000 美元。问题在于如何卖掉股票却不被诺玛发现。她总是会知道的。他已经没有借口可用了。而她的耐心也快用完了，迟早的事。

14 000 美元？就最后一把牌。他不断地重复检讨着。他很确定自己的玩法是对的：有胜算的时候就一定要冲……没胆就完蛋了，是牌不好。他知道牌运很快就会变好。那是必然的。他看得很远。他知道自己在做什么。他从十几岁就赌得很凶，整个高中时代他都是篮球签赌的庄家，而且也很有赚头。

他 14 岁的时候不知从哪里读到，任选三名棒球选手在任何一天加起来共击出六支安打，概率是 20 ：1。所以他提供九或十赔一的赔率，许多人都下注。日复一日，这些蠢蛋仍相信从曼托、穆索、培拉、派斯基、班区、卡路、班克斯、麦昆、罗斯和卡莱中任选三个总会有六支安打的。蠢蛋！他们从来没搞清楚过。

也许现在是他没搞清楚，也许他才是不该参加这个牌局的蠢蛋，钱不够，胆不够，牌技不够好。但谢利很难相信他真的这么差。15 年来都自己坐庄，他会突然变得这么差？这没有道理。也许有些小地方他做得不一样，也许是烂牌影响了他的牌技。

他知道，在这段不走运的时间里，他最大的毛病就是没耐心，想勉强用很普通的牌赢钱。没错，无疑是这样，是牌的问题。牌一定会变好，只是时间的问题。任何一把都可能变好，也许就是下一把，然后他就可以流着胜利的眼泪扬长而去。他已经玩了 15 年了，迟早会扳平的，只是时间的问题，但现在谢利等不了那么久了。

开始飘小雨，他的车窗起雾。谢利打开雨刷和除雾器，在金门大桥收费站停下来付三美元过桥费，然后往朗巴德街开去。他不善于计划未来，但现在他想得越深，就越知道有多少事正岌岌可危：

牌局的会员资格，身为牌友的自尊，更别说婚姻也快完蛋了！

诺玛知道他赌博。他们结婚八年前，她曾与他的第一任妻子长谈过——六年之前她离开了他，当时在一艘巴哈马游轮上的马拉松牌局中，四张 J 夺走他们所有的积蓄。

谢利真的很爱诺玛，他对诺玛是真心发誓：放弃赌博，参加戒赌团体，交出他的薪水袋，让诺玛管理财务。为了表示他的诚意，谢利甚至提议去看诺玛挑选的心理医生来解决他的问题。诺玛选了一位她自己两年前看过的医生。他去看了心理医生几个月，觉得那家伙有点浑蛋，完全是浪费时间。他完全不记得他们讨论过什么，但却是很好的投资——向诺玛证明他认真看待他的誓言。

大致说来，谢利遵守他的誓言。除了扑克牌局以外，他放弃了赌博，不再下注足球或篮球，向他长期光顾的赌场索尼和蓝尼说再见；不再到拉斯维加斯或雷诺。他停止订购《运动生活》和《扑克玩家》杂志。他唯一下注的运动比赛是美国网球公开赛，他懂网球（但是赌麦肯罗赢桑普拉斯还是让他输了一大笔）。

直到数字微系统公司六个月前倒闭，他一直很守信用地把薪水袋交给诺玛。她当然知道牌局的事，给了他一份玩牌的特别款项。她以为是五美元十美元的游戏，所以很乐意有时先预支给他 200 美元——诺玛蛮喜欢她的丈夫与北加利福尼亚州最富有、最有影响力的生意人交往，更何况其中两个还聘请她做法律顾问。

但有两件事诺玛不知道。第一件事，赌注大小。牌友对这件事很谨慎——桌上没有现金，只有他们称作“二毛五”（25 美元）“半块”（50 美元）和“一块”（100 美元）的筹码。偶尔有牌友的孩子看了好几把牌，还是不知道真正的赌注是多少。有时候当诺玛在社交场合——婚礼、基督教成年礼、犹太教成年礼遇到其他人的老婆，谢利就会开始担心她知道他输得有多大，或是风险有多高。幸好牌友们都知道分寸，没有人说溜了嘴。这种规矩没有人说过，但每个人都心知肚明。

诺玛不知道的另一件事是谢利的秘密扑克牌账户。两次婚姻之间，谢利存下了 60 000 美元的资金。他曾是软件超级推销员——只要他有心工作。他把其中 20 000 美元交出来给妻子，其他 40 000 美元瞒着诺玛存在另一个银行账户当扑克牌基金。他以为 40 000 美元永远用不完，足以度过任何手气背的时期。15 年的确都能安然过关，直到这次——该死的霉运。

赌注越变越高。他曾婉转地反对加注，但却不好意思大惊小怪。为了从游戏中得到刺激，每个人都需要下重注，输钱必须让人有点痛才行。但问题是其他人都太有钱了：对他而言是下重注，对其他人却像是在赌小钱。他能怎么办呢？忍受着耻辱说：对不起，各位，我的钱不够跟你们玩牌，我太穷、太没胆、太没能力跟上你们？他绝不可能说这种话。

现在他的扑克牌基金没了，只剩下 40 000 美元。还好诺玛从不知道有这 40 000 美元，要不然她早就走人了。诺玛痛恨赌博是因为她的父亲曾在股市输掉他们的家当：她父亲不玩扑克牌（身为教会执事，他是个循规蹈矩的人），但是股市、扑克牌——全都一样！谢利总是认为，股市是给没种玩扑克的娘们玩的！

谢利试着集中精神，他急需 10 000 美元：支票开在四天后兑现。必须从诺玛两个星期内不会查看的地方弄到钱。谢利清楚，如果他能筹到一笔赌金参加下次的牌局，他会时来运转，他会痛赢一场，然后每件事都会恢复正常。

5 点 30 分谢利回到家时，他已经决定了该怎么做。最好的解决办法，也是唯一的办法，就是卖掉一些皇家银行的股票。三年前威利买了皇家银行股票，向谢利透露了一些内线消息，说一定会大好。

威利认为等到上市，两年内至少可以回收双倍，所以谢利用他那20 000美元家庭储蓄买了1000股，还自鸣得意地告诉诺玛，他跟威利能赚多少钱。

但是谢利还是没有打破他永远碰上霉运的纪录：这次是储蓄信贷舞弊案。威利的银行受到重挫：股价从每股20美元跌到11美元。谢利冷静地面对损失，他知道威利也赔了一大笔钱。但他还是不懂，为何这伙人当中，就是他没有一次赚到钱，一次就好。他碰过的每件事都变得一文不值。

他熬到六点打电话给他的股票经纪人厄尔，准备下单市价卖出。起先他只想卖500股，已经足够张罗出他所需的10 000美元。但电话中他决定1000股全部卖出，10 000美元还债，另外5000美元拿来参加最后一次牌局。

"需不需要回电向你确认卖出，谢利？"厄尔用他尖尖嗓音问道。

"需要，兄弟，我整天都在家，告诉我精确的数字。还有，对了，立刻把钱给我，但是别汇到我们的账户。这非常重要，别汇出。帮我保管着，我会自己过来拿。"

没问题的，谢利想。两个星期内，下一次牌局之后，他就会用赢来的钱把股票买回来，诺玛绝对不会发现。他的心情又好了起来，他轻轻吹着卡通歌曲的旋律，上床睡觉。诺玛睡得浅，牌局之夜她一如往常睡在客房。他翻看网球杂志让自己静下来，关掉电话铃声，带上耳塞，把灯关上。运气好的话他可以睡到中午。

他摇摇晃晃走进厨房煮咖啡时，已经快下午一点了。他刚把电话铃声切回来，电话就响了，打来的是卡萝，诺玛的朋友，同公司的律师。

"嗨，卡萝，你找诺玛？她早就出门了。她不在办公室？卡萝，真高兴接到你的电话。贾斯廷离开的事我听说了，诺玛说你很生气，离开像你这样的好女人真是个蠢蛋，他从来都配不上你，很抱歉没打电话问候你，但我现在很有时间，一起吃午餐吗？喝一杯？抱一下？"自从卡萝报复性地跟他匆匆上过一次床，谢利对于再来一次一直抱着热烈的幻想。

"谢了，谢利。"卡萝用最冰冷的声音回答道，"但是我必须结束社交性谈话，现在谈的是公事。"

"你这是什么意思？我告诉过你，诺玛不在家。"

"谢利，我要找的是你，不是诺玛，诺玛已经聘请我当她的律师。当然情况有点尴尬，因为我们的那一段事，但是诺玛找了我，我没办法拒绝。"

"现在，我的重点是，"卡萝继续以她清晰的专业口吻说，"我的委托人要我提出分居申请，现在我通知你搬离住所，今晚七点前必须完全搬离。她不希望再与你有任何直接接触。你不可以再试图找她谈话，梅里曼先生。我已经建议她，你们之间所有必要的事务都要经过我，也就是她的律师来执行。"

"别再说这些狗屁法律术语，卡萝。我只要跟一个女人睡过，就不会被她的装腔作势吓着。请说国语！到底发生了什么事？"

"梅里曼先生，我的委托人指示我，请注意你的传真机，你所有问题的答案很快就会出现。记得，今晚七点以前，我们有法院强制令。"

"对了，还有一件事，梅里曼先生。容许本律师发表一点简短的个人意见：你太差劲了。成熟点吧！"说到这里，卡萝重重地挂上了电话。

谢利一阵耳鸣。他跑到传真机旁，看到了让他恐惧的事，有一份今早股票的交易记录和谢利明天可以去拿支票的短信。下面的东西更糟：一份谢利秘密扑克账户的存提记录。上面诺玛用便利贴贴了几句简洁的话："你不希望我看到这个？用心想想怎么可能不留痕迹！我们完了！"

谢利打电话给他的经纪人："厄尔，你在搞什么？我要你打电话给我做确认。什么朋友嘛！"

"说话小心点，老兄，"厄尔说，"你要我打到你家确认。我们7点15分卖出。我的秘书7点30分打给你。你老婆接的电话，我的秘书把消息告诉她。她要我们把东西传真到她办公室。我的秘书难道不能告诉你老婆？记着，股票在联名账户底下。我们应该瞒着她吗？你要我为你那15 000美元的户头丢掉执照？"

谢利把电话挂了，他的脑子一片晕眩。他试着搞清楚发生了什么事，他不该要他们确认的，还有那些该死的耳塞，诺玛一发现股票卖出，一定开始查他所有的文件，结果发现了秘密账户。现在她全都知道了，一切都完了。

谢利再读了一遍诺玛的传真，然后大喊："全部去死，全部去死！"他把传真撕成了碎片，回到厨房热了咖啡，打开报纸。该看分类广告的时候了。现在他需要的不只是工作，还有一间公寓。然而，社会版的第一页有一则奇怪的标题抓住他的目光。

福特、丰田、雪佛兰让位！
现在心理医生也召回产品！

谢利继续读。

效法汽车制造业巨人，旧金山精神分析学会也刊登了召回公告（见D2页）。10月24日的一次混乱会议中，学会就其中一位领导人赛斯·潘德"因有害精神分析的行为"进行审查并决定将其停职。

赛斯·潘德！赛斯·潘德！谢利想，那不是诺玛要我在婚前去看的那个心理医生吗？赛斯·潘德——没错，我确定是。有几个人姓潘德？谢利继续读：

学会发言人马歇尔·施特莱德医生不愿详细说明，仅表示会员确信潘德医生的病人可能并未受到最好的精神分析治疗，而且可能因为与潘德医生的疗程而受害。现在他们提供潘德医生的病人免费的"心理调整分析"！这是汽油泵的问题吗？记者问道。引擎？火花塞？排气系统？施特莱德医生不愿作答。

施特莱德医生表示这个行动证明了精神分析学会对于病患照护、专业责任、公理正义所抱持的最高标准。

也许如此。但这个发展难道不会让人更进一步质疑整体精神分析事业的僭越？心理医生还能假装有能力指引个人、企业和组织多久？还记得几年前的西摩·特罗特丑闻案，这是否是再一次无法自我管理的事实证明？

我们也联络了潘德医生。他只说："跟我的律师谈。"

谢利翻到 D2 页找到正式的通知。

精神分析病人召回

旧金山精神分析学会强烈希望所有在 1984 年后接受赛斯·潘德医生治疗的男性病人打 415-555-2441 电话接受心理评估，和必要的心理补救分析疗程。潘德医生的治疗可能严重偏离了精神分析的指导原则，造成有害的影响。所有服务皆为免费提供。

谢利立刻与精神分析学会秘书通上电话。

"是的，梅里曼先生，你有权利，我们也鼓励你与我们的任何一位会员进行免费疗程。我们的心理医生以轮班的方式提供这项服务。你是第一位打电话来的人。让我为您安排与资深医生马歇尔·施特莱德会面好吗？星期五早上九点加利福尼亚街 2313 号。"

"告诉我，这到底是怎么一回事？这让我很紧张，我可不希望恐慌症发作。"

"我不能说太多。施特莱德医生会告诉你，学会觉得潘德医生的精神分析可能对病人没有帮助。"

"所以，如果我患有某种病征，比如说某种瘾，你的意思是可能是他的失误。"

"嗯……大概是那样，我们不是说潘德医生蓄意伤害你，学会只是正式对他的治疗方式表示强烈的不赞同。"

"好的，星期五上午九点可以。但是我的恐慌症非常容易发作，这件事让我很不舒服，我不想因此进急诊室，所以如果你能把刚刚告诉我的，包括诊疗时间、地点写下来，这会让我比较放心。他的名字叫什么？你懂我的意思吗？我已经记不得了。我想我现在就需要，你能不能立刻传真给我？"

"我很乐意，梅里曼先生。"

谢利到传真机旁等着。终于有件事来对了。他很快地写了一张纸条：

诺玛：

看看这个！谜底终于解开了！还记得你的心理医生潘德先生吗？还有我怎么跟他接触的？我多么反对治疗，但是我在你的要求下把自己交给他治疗。这对我，对你，也对我们造成了很大的痛苦。我试着好好去做。难怪治疗没有帮助！现在我们知道原因了。我准备去接受全套的矫正。我真的要这么做！不管要付出什么代价。不管要花多少时间。跟我一起撑下去。求求你！

你的老公

然后谢利将短信传真给诺玛，还附上新闻剪报和精神分析学会秘书的来信。半小时之后传真机又动了起来，诺玛的信息滑了出来。

谢利：

我愿意谈谈。六点见。

诺玛

谢利继续喝他的咖啡，合上报纸的分类版，打开运动版，同时吹起他的卡通歌曲调子。

第九章

　　马歇尔查看他的预约簿。他的下一个病人彼得·马康度是个住在瑞士的墨西哥商人，要来做第八次也是最后一次诊疗。马康度先生在一个月前来到旧金山，他打了电话约时间做一次短暂的家庭危机治疗。直到两三年前，马歇尔都只接受长期的精神分析治疗。但时代改变了，现在他就像这里其他心理医生一样，他有空余的时间，很乐意每周见一个病人两次，为期一个月。

　　马康度先生是个很容易相处的病人，治疗十分有效。还有，他每次都付现金。在第一次诊疗结束时，他递给马歇尔两张百元大钞，说："我喜欢用现金使生活简单一点。你也许希望知道这样我可以在美国不缴税，也不会把医疗费用报到瑞士扣税。"

　　说完后他朝门口走去。

　　马歇尔知道他该怎么办。如果知道有什么不对劲，还要继续下去将是大错特错，即使是像隐瞒所得这种常见的违法行为。马歇尔希望有坚定的立场，但是他的口气很温和：马康度是个很随和的人，有一种很无邪的高贵气质。

"马康度先生，我必须告诉你两件事情。首先，我必须说，我会呈报所有的收入，这是应该做的事。每个月底我会给你一张收据。其次，你付我的钱太多了。我的收费是 175 美元。让我看看有没有零钱可以找你。"他伸手准备打开抽屉。

马康度先生一只手准备开门，转过身来举起另一只手，以掌心朝着马歇尔："别这样，施特莱德先生，在苏黎世诊疗费是 200 美元，而瑞士的心理医生比起你要差多了。我恳求你，请让我在这里也付相同的费用，这让我感到比较自在，更能够与你配合。星期四再见。"

马歇尔张着口目送这位病人离去。许多病人觉得他索费过高，从来没有人认为他收费太低。唉，他是欧洲人，他想，而且没有长期移情的症状，这只是短期治疗而已。

马歇尔不仅轻视短期治疗，他甚至感到厌恶。专注于解除症状的治疗……让顾客满意的模式……真是狗屎！马歇尔与其他心理医生所在乎的是，病人改变的深度。深度才是一切。全世界的精神分析医生都知道，挖掘得越深，治疗就越有效。"越深越好，"马歇尔可以听见他自己的老师这么说，"深入到最古老的意识领域，进入到原始的感觉，远古的幻想，回到最早阶段的回忆，只有如此，才能根除精神官能症状，有效达成精神分析的痊愈。"

但是深度心理治疗已经逐渐式微：野蛮的权宜主义大行其道，打着所谓"经营式治疗"的新旗帜，短期治疗的大军已经遍布原野，正朝精神分析的堡垒大门进攻，这是心理治疗最后的智能、真理与理性的领土。敌人已经非常接近，马歇尔可以看到它们的多重面貌：治疗焦虑症的生物反馈与肌肉松弛疗法，治疗恐惧症的减感疗法，治疗强迫性偏执狂的药物疗法，治疗饮食失调的认知团体疗法，治疗过羞病人的自我肯定训练，治疗紧张病人的横隔膜呼吸训练团体，治疗逃避社会者的社交技巧训练，治疗吸烟者的单次催眠疗法，还有种种该死的十二步骤疗法！

这种经济上的考量已经泛滥到全国大多数的医疗机构。心理医生若是想执业，都必须屈从医疗机构，接受些微的费用来治疗机构分派给他们的病人，也许诊疗 5 次或 6 次而已，而事实上需要 50 次或 60 次才够。

当心理医生做完了主管指派的分量后，他们被迫向主管要求增加诊疗的时间。他们当然也必须花时间写长篇大论的书面请求，被迫撒谎强调病人的自杀危险，药物执迷与暴力的倾向。只有使用这些神奇的字眼，才能抓住健康当局主管的注意力，不是因为他们担心病人安危，而是怕将来被控告。

因此，心理医生不仅奉命短暂地治疗病人，也要卑躬屈膝地迎合院方主管——时常是自大的年轻人，对于心理治疗只有基本常识。几天前有位深受尊重的同人，接到他 27 岁主管的一张纸条，准许他延长 4 个小时来治疗一个严重人格分裂的病人。那名主管在纸条边缘写下了愚蠢的指示："突破他的自我否定！"

不仅心理医生自尊受损，荷包也被剥削。与马歇尔共享一间办公室的同僚，在 43 岁时转业到了放射科当住院医生。其他投资比较顺利的心理医生则考虑提早退休。马歇尔现在已经没有排队等候的病人名单，他会很欣然接受以前推掉的案子。现在他常常担心未来——他的未来与这一行的未来。

通常马歇尔觉得短期治疗最多只能让病人的症状稍微改善，运气好的话能支持到下一个会计年度，院方主管就能再同意增加几次诊疗时间。但是彼得·马康度是个显著的例外。四周前他还充满了自责与严重的焦虑、失眠、肠胃失调。现在他几乎毫无症状了。马歇尔很少遇到这样治疗迅速起效的病人。

但这是否改变了马歇尔对于短期治疗的看法？门都没有！马康度的成功原因很简单：他没有明显的精神官能或人格失调方面的问题。他是个很有修养，适应得很好的人，感觉压力的主要原因多半是情况造成的。

马康度先生是个非常成功的生意人，马歇尔相信他面对的是典型的财富问题。他几年前离婚，现在考虑要与年轻美丽的阿德里安娜结婚。虽然他很爱阿德里安娜，但他感到很犹疑，他知道太多富有的商人娶了娇妻后发生噩梦般的离婚。他觉得唯一的选择——很让人不自在的选择，就是坚持要签婚前协议。但是要怎么提出来，而不会伤害到他们的爱情？他魂不守舍地思索，拖延，结果需要寻求心理医生的帮助。

彼得的两个小孩是另外一个问题。他们深受愤怒的前妻的影响，反对这桩婚姻，甚至拒绝会见阿德里安娜。彼得与前妻伊夫琳在大学时形影不离，毕业典礼一结束就结了婚。但是婚姻很快就恶化，几年内伊夫琳染上了酒瘾。彼得辛苦维护家庭不破碎，确保孩子接受优良的天主教教育，当他们从高中毕业后，他才申请离婚。但是多年来的冲突争吵对孩子产生了负面的影响。彼得后来明白，早点离婚然后争取孩子抚养权，也许是比较好的做法。

孩子们20岁出头，公开指控阿德里安娜想要夺取家族财产。他们也毫不顾忌地表达对父亲的不满。即使彼得给每个孩子设立了300万美元的信托基金，他们还是认为他做得不够。他们提出在报纸上刊登的消息，关于彼得的一笔2亿英镑的投资。

他被相互矛盾的情感弄得动弹不得。身为一个生性慷慨的人，他非常愿意把财富与孩子分享——他聚集财富就是为了他们。但是金钱变成了诅咒。两个孩子都没有读完大学，不再上教堂，完全没有事业兴趣，没有野心，对未来没有理想，也没有道德标准来引导。

他的儿子还严重吸毒。

彼得·马康度陷入了虚无的思想中。他这 20 年来到底为谁忙碌？他自己的信仰也开始动摇，他的孩子们不再是他的未来重心，连他的慈善活动他都感觉没有意义。他曾经捐钱给他祖国墨西哥的几所大学，但是被那里的贫穷、政治腐败、人口暴增与环境破坏所震撼。他最后一次前往墨西哥市时，必须带着一个口罩，因为他无法呼吸那里的空气。他的几百万美元又能有什么用呢？

马歇尔相信自己是最适合马康度的心理医生。他习惯治疗富有的病人与子女，很了解他们的问题。他曾经对一些投资家与慈善家团体演讲过，梦想有一天要写一本书。他甚至已经想好书名《财富之病：统治阶层的诅咒》。但是这本书就像其他想写的书一样，都只是个梦想。从忙碌的工作中抽空出来写书似乎是不可能的。其他伟大的理论家如弗洛伊德、荣格、兰克、弗洛姆……是怎么做到的？

马歇尔对马康度使用了一些短暂而强烈的治疗技巧，他很高兴地看到每一种技巧都能奏效。他安慰病人，那些问题都是有钱人的家常便饭。他帮助彼得去了解孩子的认知世界，特别是他们如何被困在父母亲的冲突之间。他建议说，要改善彼得与孩子关系的最好方式，是去改善他与前妻的关系。彼得逐渐与她建立相互尊重的关系。经过四次诊疗后，彼得邀请他的前妻共进午餐，他们俩多年来首次没有发生冲突地好好谈了一次。

照着马歇尔的建议，彼得请求他的前妻与他一起承认，尽管他们没有生活在一起，他们过去相爱了许多年，过去的事实仍在，应该要珍惜，而不是践踏。彼得愿意付出 20 000 美元让她在戒毒中心待一个月（也是马歇尔的建议）。虽然她得到很丰厚的离婚补偿，可以自己负担，但她总是抗拒治疗。不过彼得的关心让她很感动，于是她接受了他的建议。

一旦彼得与前妻开始沟通后，他与孩子的关系也开始改善。马歇尔帮助他为每个孩子们草拟了另一份 500 万美元的信托基金，在未来 10 年中发放，但是要先达成某些目标：从大学毕业，结婚，在正当良好的职业环境中待上两年，并参与社区服务计划的委员会。这份慷慨而又严格规划的信托基金对孩子的影响非常好，在很短的时间内，他们对父亲的观感就有很大的转变。

马歇尔以两次诊疗来处理马康度的内疚心结。马康度不愿意让任何人失望，他不强调他为投资人所做的杰出投资决定，却清楚记得每一次错误的决定，在马歇尔的办公室里回忆起那少数投资人的失望表情，就让马康度感到异常悲伤。

马歇尔与马康度把第五次诊疗时间大多用在单独一件投资事件上。约一年前，马康度的父亲从墨西哥前来波士顿接受心脏血管绕道手术。他父亲是墨西哥大学的经济学教授。

手术完成后，马康度对操刀的布莱克医生十分感激，布莱克医生要他捐钱给哈佛心脏血管研究中心。马康度不仅乐于首肯，并且表示希望赠予私人礼物给布莱克医生。布莱克医生婉拒，表示 10 000 美元的手术费已经够了。但是马康度在私下谈话中，提到他准备从最近的墨西哥货币投资中赚取暴利。布莱克医生立刻也跟进，做了同样的投资，但是在下一个星期却损失了 70%，因为当时的总统候选人被暗杀了。

马康度对布莱克医生满怀内疚。马歇尔费尽力气让他面对现实，说他是基于好意，他自己也蒙受了严重损失，而布莱克医生是自己决定投资的。但马康度还是觉得他可以做得更好。这次诊疗之后，尽管马歇尔表示反对，他还是冲动地寄给布莱克医生一张 30 000 美美元的支票，弥补他的投资损失。

但布莱克医生立刻寄回支票，表示感谢但有礼地说，他是个成人，知道如何面对损失。况且，布莱克医生补充，他可以用这笔损失来抵消他在其他投资上的获利。最后马康度先生又捐了 30 000 美元给哈佛医学研究中心，使自己的良心平衡。

马歇尔从他与马康度的治疗上得到了充电，他没有一个病人是属于马康度这样的有钱阶级。能如此亲密地看到一个人做出数百万美元的投资决定，他不禁幻想马康度对于他父亲的医生的慷慨待遇。他越来越时常做白日梦，他的病人如何用钱来报答他。但每次马歇尔都会急忙抹掉这个幻想，赛斯·潘德的治疗不当罪名记忆仍然犹新。接受任何心理治疗病人的大笔金钱都是不当的行医，尤其是这个病人本来就有过分慷慨与耿直的问题。任何道德委员会都会强烈指责利用这种病人的心理医生。

在马康度的治疗上，最困难的挑战是他畏惧与未婚妻讨论婚前协议。马歇尔采取有系统的做法。首先，他帮助拟订婚前协议：一笔百万美元的固定赡养费，随着婚姻的时间而大幅度增加，经过 10 年后，就变成他资产的 1/3。然后他与病人角色扮演这场讨论。但是就算如此，马康度还是对于实际讨论感到不安。最后马歇尔提议他会协助讨论，请马康度带阿德里安娜来做一次三方面的诊疗。

数天后他们俩前来，马歇尔担心自己犯了错误：他从来没看过马康度这么焦躁不安，他几乎没办法坐在椅子上。阿德里安娜却非常安详宁静。马康度很痛苦地以他面对的冲突作为开场白，谈到他对婚姻的希望与家人对于财产的要求，但是阿德里安娜立刻打断他的话，说她一直也在考虑婚前协议，觉得不仅适合，而且很有必要。

她说她很了解彼得的担忧。事实上，她也有这种担忧。她父亲前些日子才建议她，要把她自己的财产放在婚姻共同财产之外。虽然她目前的资产远小于彼得，但她日后将会继承很大一笔资产，她父亲是加利福尼亚州连锁戏院的大股东。

问题当场就得到解决。彼得紧张地提出他的条件，阿德里安娜很爽快地接受了，加上她的条件：她的个人资产保留在她的名下。马歇尔不太愉快地发现，他的病人把他们先前拟好的价码加倍，也许是为了感激阿德里安娜让事情这么容易解决。无可救药的慷慨，马歇尔想，但还有比这更糟的问题。这对情人离去时，彼得转身回来，紧握马歇尔的手说："我永远不会忘记你今天对我的帮助。"

马歇尔打开门，请马康度先生进来。彼得穿了一件昂贵的开司米夹克，很搭配他的褐发。他的发质柔软，必须不时把滑到眼睛上的头发拨回去。

马歇尔把他们最后一次诊疗时间完全用来回顾与巩固他们的治疗结果。马康度很遗憾治疗将告一段落，并强调他觉得亏欠马歇尔很多。

"施特莱德医生，我一辈子支付大笔费用给咨询顾问，通常都不管用。但是你却完全相反，你给我的帮助无法估计，而我给你的回报却几乎等于零。这几次诊疗改变了我的生命。我付出什么呢？1600 美元？如果我愿意忍受无聊，我可以在 15 分钟内从期货投资中赚这么多钱。"

他越说越快："我不善沟通。我也不善为人父母，或与异性交往。但我非常善于赚钱。你如果能让我把我的新投资的一部分当成礼物送给你，将是我很高的荣幸。"

马歇尔脸红了。他感到有点晕眩，贪婪与礼仪在心中猛烈冲撞。但他咬牙做出正确的决定，谢绝了毕生的机会："马康度先生，我深受感动，但这绝不可能。在我这一行里，接受病人的金钱赠予或任何其他赠予，都会被当成不道德。我们在治疗时没有谈到的一个问题是你很不善于接受帮助。也许将来我们有机会再次合作时，能处理这个课题。现在我只能告诉你，你已经为我的治疗付出了合理的代价。我采取的立场就像你父亲的手术医生，向你保证你没有任何亏欠。"

"像布莱克医生？这不能比。布莱克医生区区几个小时工作就收了 10 000 美元。手术后 30 分钟，他就向我要求捐 100 万美元给哈佛，借此争取在研究中心的主任职位。"

马歇尔用力摇着头："马康度先生，我很敬佩你的慷慨，我也很想接受。我像其他人一样渴望经济无忧，不仅如此，我渴望有更多时间能写作，我在精神分析上有几本书等着要完成。但我还是无法接受。这会违反职业道德规范。"

"另一个建议，"马康度很快又说，"不是金钱上的赠予。请让我为你开设一个期货账户，让我为你交易一个月。我们会每天联络，我会教你如何在货币交易上致富。然后我收回原来的投资，把获利都给你。"

这个建议倒不错，能学到交易的技巧，对于马歇尔非常具有吸引力。要拒绝实在是痛苦，这让马歇尔眼睛充满了泪水。但是他下定了决心，更用力摇摇头："马康度先生，如果是在其他情况……我会非常乐意接受。你的用心让我很感动，我也想向你学习交易的技巧。但是不行，不行。不可能。还有，我忘了告诉你一件事，我从你那里得到的不只是我的费用，还有别的东西，就是看到你有进展后的喜悦。这对我非常有意义。"

马康度无助地倒回他的座位，眼神充满了对马歇尔职业精神的仰慕。他摊开双手，仿佛在说："我投降了，我已经试了一切。"这个小时的诊疗结束了。两人最后一次握握手。走出门时，马康度似乎陷入沉思中。他突然停下来，转过身。

"最后一个请求。这你不能拒绝。明天请与我共进午餐，或者星期五也可以。我星期日就要回苏黎世了。"

马歇尔有点犹豫。

马康度先生很快补充说："我知道有规定禁止与病人私下交往，但是一分钟之前我们最后一次握手，已经结束了病人与医生的关系。谢谢你的服务，我的病已经痊愈了。现在我们都是平等的公民了。"

马歇尔考虑这个邀请。他很喜欢马康度先生，以及他关于累积财富的内线故事。这能造成什么伤害？没有任何违反职业道德的地方。

看到马歇尔的迟疑，马康度先生又说："虽然我将来偶尔会回来旧金山做生意与看孩子，还有看阿德里安娜的父亲与姊妹，但我们是住在地球不同的两端。应该没有规定禁止我们在治疗后一起吃午餐吧。"

马歇尔拿起他的记事本："星期五下午1点？"

"好极了。你知道太平洋俱乐部吗？"

"听说过，从来没去过。"

"那里后面有停车场。只要提我的名字就可以进去。星期五见。"

星期五早上马歇尔收到一张传真，马康度先生从墨西哥大学收到传真的复印本。

亲爱的马康度先生：

我们非常感谢您慷慨赞助马歇尔·施特莱德年度系列讲座：21世纪的心理健康。我们当然会遵照您的建议，邀请施特莱德医生担任年度讲座演讲者的三名遴选委员之一。敝校莫南德兹校长很快就会联络他。莫南德兹校长要我代他向您问候，他本周稍早曾与您父亲一起用餐。

您对敝校的研究与教育赞助不遗余力，在此深表感激。敝校正需要如您这样高瞻远瞩的慈善家。

拉乌尔·戈麦斯敬上

墨西哥大学教务长

彼得·马康度加上附注：

我绝不会放弃。这是一个你无法拒绝的礼物！明天见。

马歇尔慢慢读了这张传真两次，整理他的情绪。马歇尔·施特莱德年度系列讲座，这是一个能持续永恒之久的纪念。谁会不喜欢？最完美的自我形象保险合约。以后每当他感觉自己一无是处时，他都可以想到这个属于他的讲座。或者可以前往墨西哥参加这个讲座，在爱戴与感激的听众之前，缓缓起立，谦虚地接受他们的热烈掌声。

但这是一个酸甜参半的礼物，不足以慰藉他放过了毕生难得的发财机会。他何时才能再有这样一个超级富有的病人，一心只想帮助他也成为富翁？马康度的"新投资的一部分"到底会价值多少？50 000美元？100 000美元？老天，这对他的生命将有多大的改善！而且他可以迅速使这笔财产增加。连他自己使用的投资策略——用一个计算机软件计算股市的时机来交易基金——过去两年都能让他每年获利16%。加上马康度愿意帮助他进入外汇交易市场，他可以使财富增长两三倍。马歇尔知道自己只是可怜的散户，任何有用的消息都来得太迟。现在，他毕生首次有机会能够成为圈内人，得到内线消息。

是的，内线消息将使他毕生没有经济后顾之忧。他需要的不很多。他只希望每星期有几天下午时间能让他写作与研究。还有金钱！

但是他必须拒绝这一切。该死！该死！该死！但是他又有什么选择呢？他希望步赛斯·潘德的后尘吗？或者是步西摩·特罗特的后尘？他知道自己做了正确的决定。

星期五，马歇尔来到太平洋俱乐部的大理石正门时，他感到非常兴奋，甚至有点敬畏。多年来他一直觉得自己无法进入这种高级俱乐部，现在大门开始为他敞开。他在门口停了一会儿，深吸一口气，然后走入了圈内人的最深层。

这是一趟旅程的终点，马歇尔想，这趟旅程开始于1924年。那时在一艘拥挤难闻的货船上，他的双亲还是小孩子，从南汉普敦抵达了美国爱丽丝岛。不，比那还要早，在波兰与俄国边界的一个避难所，简陋的木造房屋与泥土地板。他的父亲睡在砖头火炉的上面，还是一个婴儿。

他们怎么来到南汉普敦的？马歇尔想着，由陆地还是坐船？他从来没有问过他们。现在已经太迟了，他的父母都已经作古多年。那趟旅程只剩下一个人可以询问，他母亲的弟弟拉贝尔，他正在迈阿密一处养老院里度过晚年。应该给拉贝尔叔叔打个电话了。

中央的大厅有很高级的桃木皮沙发，屋顶高30米，天花板是壮观的彩绘玻璃。穿着礼服的领班向马歇尔致意，听到他的名字后，点点头带领他进入休息厅。在房间的一端，彼得·马康度坐在巨大的壁炉前。

休息厅很宽敞，到处都是皮革，马歇尔很快算了一下，12张长沙发与30张扶手椅。有些椅子上坐着灰发的老人读着报纸。马歇尔必须仔细观察，才知道这些人是否还在呼吸。四周墙壁上有巨大的灯具，上面的灯泡数都数不清。屋子中央有一张沉重的大桌子，上面堆满了报纸，几乎全是金融类的，来自全世界。

是的，这里真是货真价实，马歇尔想，朝马康度走过去。马康度正与另一名会员聊天——一位高大的老人，穿着红格外套，粉红色衬衫，与鲜艳的花领带。马歇尔没看过任何人这么穿着，没看过任何人穿得这样不搭调，却还是显得优雅与尊贵。

"啊，马歇尔，"彼得说，"很高兴看到你。让我介绍你认识罗斯科·李察森。罗斯科的父亲是旧金山有史以来最佳的市长。罗斯科，这位是施特莱德医生，旧金山最好的心理医生之一，听说最近有一所大学的系列讲座将以施特莱德医生为名。"

简短的寒暄之后，彼得带马歇尔到餐厅，然后回头又说了最后一句。

"罗斯科，我不相信还有另一种主机系统的市场，但我也不完全拒绝；如果微软真的决定要投资，那么我也会投资。只要说服我，我就会去说服我自己的投资者。请把计划送到苏黎世，我在星期一回办公室之后就会处理。"

"不错的家伙，"彼得边走边对马歇尔说，"我们的父亲是老友，他的高尔夫球也打得不错。投资计划很有趣，但我不敢向你推荐；这些初创的公司风险都很大。要花很大的赌注，20家中只会成功一家。但是，如果押对了宝，回收会远远超过20：1。对了，我希望你不介意我直称你马歇尔。"

"当然不会。我们已经不是医生与病人关系了。"

"你说你从来没来过这俱乐部？"

"没有。"马歇尔说，"曾经路过，崇拜过。但这不是医学人士出没的场所，我对这里一无所知。这里的会员背景是什么？都是企业家吗？"

"大多数都是继承了老一辈的财富，非常保守、吝啬的守财奴，紧抓着继承来的财产不放。罗斯科是个例外，所以我喜欢他。71岁了，还是个豪赌客。这里会员还有什么呢？全是男的，大多是白种新教徒，政治上不正确——我在10年前就表示抗议，但这里事情进步得很慢，特别是在午餐后，懂我的意思吗？"彼得稍稍指着两个80来岁，打盹的老人，手中仍紧抓着《伦敦金融时报》不放。

他们来到餐厅后，彼得对领班说："阿米，我们准备用餐了。有没有机会尝到鲑鱼？令人难以忘怀的美味！"

"我想我可以说服主厨特别为你准备，马康度先生。"

"阿米，我还记得在巴黎联合俱乐部的光景，"彼得悄悄对领班说，"别告诉任何法国佬，但我比较喜欢这里的食物。"

彼得继续与领班聊天。马歇尔没有听下去，因为他被餐厅的豪华所震慑。那个巨大的瓷碗里面插着前所未见的日本花道艺术，但愿我老婆能看到这个，马歇尔想，他们可是付了大钱请人来插花，也许是她把嗜好变成收入的好方法。

"彼得，"马歇尔坐下来后说，"你很少来旧金山。所以你在苏黎世与巴黎都是俱乐部会员？"

"不，不，不，"彼得说，对马歇尔的无知露出微笑，"如果是这样子，那么在这里吃一份三明治要花 5000 美元。所有这些豪华俱乐部都是属于同一个组织，参加一个就等于参加所有的。我是这样才认识阿米的，他以前在巴黎联合俱乐部工作。"彼得举起菜单，"所以，先来点喝的吧？"

"只要一些苏打水就好，我还要看四个病人。"

彼得点了一份甜酒与苏打水，来了之后，他举起杯子："敬你，还有马歇尔·施特莱德讲座系列。"

马歇尔脸红了。他被这俱乐部迷住了，忘了向彼得致谢。

"彼得，这真是一大殊荣。我本来要先谢谢你，但我心里还在想前一个病人。"

"你的前一个病人？真让我惊讶。我总以为只要病人走了，医生就绝不会再想起他们，直到下一次诊疗。"

"这是最理想的做法。但是让我透露一个秘密，就算是最职业化的心理医生也放不下他们的病人，在诊疗时间之外会在心中进行假想的对话。"

"不另外收费？"

"啊，不会。只有律师会收思考的费用。"

"有趣，真有趣！你也许说的是一般心理医生，马歇尔，但我觉得你是说你自己。我时常奇怪为何其他心理医生对我帮助这么少。也许因为你比较用心，也许你的病人对你比较重要。"

鲑鱼送上来了，但彼得没有理会，继续说阿德里安娜也是对她先前的心理医生感到非常不满。

"事实上，马歇尔，"他继续说，"这是今天我想要与你讨论的两件事之一。阿德里安娜很希望能接受你的几次治疗，她必须解决她与她父亲的一些问题，因为他也许没多少日子好活了。"

马歇尔对于阶级分别观察得很仔细，很早就知道这些有钱人都要拖很久才会吃第一口食物，越是有贵族的传统，拖得时间越久。马歇尔尽量陪着彼得，对鲑鱼也置之不理，只是喝着苏打，点头聆听，向彼得保证他很乐于为阿德里安娜做短期治疗。

最后，马歇尔忍不住了。他吃了一口，很高兴他听了彼得的建议点鲑鱼。美味极了，简直入口即化，不需要咀嚼就滑了下去。管他的胆固醇，马歇尔感到放肆极了。

彼得终于看到食物，好像吓了一跳。他大吃一口，然后放下叉子，继续说话。

"好，阿德里安娜需要你。我感到松了一口气。今天下午她会打电话给你，这是她的名片。如果你们两个无法联络到，她会很感激你打电话给她，告诉她下星期何时去见你。你什么时间都可以，她会配合你的时间。还有，马歇尔，我已经跟阿德里安娜说好了，她的诊疗费由我来出。这是五次诊疗的费用。"他交给马歇尔一个信封，里面是 10 张百元大钞，"我非常感激你愿意见阿德里安娜。这使我想要回报你的欲望更加强烈。"

马歇尔的兴趣又被点燃了。他本来以为系列讲座代表了他毕生良机的终结。现在，命运似乎又要诱惑他了。但是他知道自己的专业精神还是占上风："你说有两件事要与我讨论。一件是阿德里安娜的治疗。你的回报欲望是否是第二件事？"

彼得点点头。

"彼得，你必须忘了这个。否则这是很大的危险，我可能必须要求你晚点回去，继续接受三四年心理治疗，好解决这个问题。让我再说一遍，我们没有任何恩惠需要回报！你寻求我的服务，我收取适当的费用。你付了费用，甚至还超过我的要求，记得吗？然后你又慷慨地以我的名字设立讲座，从来没有任何需要偿还的恩惠。就算有，你的赠予已经足够了，不仅足够，我觉得反而是我亏欠你！"

"马歇尔，你教导我忠于自己，公开表达自己的感受。所以我就是要这么做。请迁就我几分钟。听我说完，五分钟就好？"

"五分钟，然后我们永远不再提，同不同意？"

彼得点点头。马歇尔微笑地脱下手表，放在他们之间。

彼得拿起手表，看了一会儿，然后放回桌上，开始说话。

"首先，让我先说清楚一件事。如果你觉得大学的讲座对你是一项赠予，那我真的觉得自己是个骗子。事实上，每年我都会捐一大笔钱给墨西哥大学。四年前我赞助了我父亲在经济系的位子，所以我一定都会捐钱，这次我只是要求以你为名的讲座。"

"其次，我了解你对赠予的想法，我很尊重。但是，现在我有一个主意，你可能会接受。还有多少时间？"

"三分钟倒数中。"马歇尔微笑说。

"我没有告诉过你关于我的企业生活，我主要是买卖公司。我非常善于决定公司的价码，几年前我为花旗集团做事，后来决定自己创业。这些年来我想我已经买卖超过 200 家公司了。"

"最近我发现一家被低估的荷兰公司，非常具有获利潜力，我自己买了下来——也许我有点自私，但我的新投资伙伴还没有组成。我们正在募集 2.5 亿美元的投资团队。购买这家公司的时机很短暂，老实说，最好不要与人分享。"

马歇尔忍不住感到好奇了："所以呢？"

"让我说完。这家公司叫陆克森，是世界上第二大自行车安全帽制造商，占有 14% 的市场。去年销售量很好——2300 万顶，但我确定我能在两年内使销售量成长四倍。我告诉你为什么，占这个市场 26% 的最大厂商是索维格公司，刚好我的财团拥有其中主要的股份！而我又拥有财团的主要股份。现在索维格的主要产品是机动车安全帽，这比自行车安全帽的利润高多了。我计划精简索维格，把它与另一家我想购买的澳洲机车安全帽公司合并。一旦成功后，我就会停止生产索维格自行车安全帽，把厂房改为完全生产机动车安全帽。同时我要增加陆克森的产量，填补索维格停产后的空缺。你看得出来其中的美妙之处吧，马歇尔？"

马歇尔点点头。他的确看得出来。这就是圈内人的美妙之处。他也看得出来自己想要掌握股市起伏的无用尝试，以及散户最后才能得到的无用情报。

"我的提议如下，"彼得瞄瞄手表，"再几分钟，请听我说完。"但是马歇尔早就忘记了五分钟的时间限制。

"我与陆克森讨价还价的结果，是我只需要拿出 900 万美元现金。我预计在大约 22 个月内让陆克森股票上市，很有理由可以期待五倍的上涨空间。索维格的出场使陆克森没有任何有力的竞争对手，当然这只有我一个人知道，所以你一定也要保密。我还有其他不能公开的情报来源，连对你也不能。不久的将来，欧洲有三个国家将立法规定儿童骑自行车要戴安全帽。"

"我建议你参加一部分的投资，1% 就好——等一下，马歇尔，在你拒绝之前，我要提醒你，这不是一项赠予，我也不再是个病人。这是货真价实的投资。你给我一张支票，就成为股东之一。但是要有一项附带条款，我要你在这里迁就一下，我不希望再碰上像布莱克医生那样的情况。你还记得那使我多么内疚吧？"

"所以，"彼得继续说，他感觉到了马歇尔的兴趣，说起来更有信心，"我的办法如下：为了我的心理健康着想，我要这笔投资对你完全没有风险。如果你对这笔投资失去了兴趣，不管在什么时候，我都会以同样价钱买回你的股份。我要把我个人签署的同意书给你，完全担保，随时都可以结算，偿还100％的投资费用，加上10％的年息。但是你也要给我同意书，保证你会使用这个担保，万一碰上不可预见的意外——谁知道？也许总统又被暗杀，或者我意外死亡，或任何其他风险。换句话说，你一定要行使你的被担保权。"

彼得拿起马歇尔的手表，交还给他："七分半钟。我说完了。"

马歇尔的脑袋飞快运转。现在，终于没有听到任何不对劲的声音。90 000美元，他想，如果让我赚7倍，那就是超过60万美元的获利（在22个月之内）。我怎么能够拒绝这个机会？谁能拒绝呢？然后每年投资获利12％，就是每年获利72 000美元，一辈子如此。彼得说得对。他已经不是病人。这不是移情式的赠予——我自己出钱投资，就算是没有风险又如何！这是私人的同意书。没有任何职业上的失当，这是非常干净的做法，干净的不得了。

马歇尔停止思索，现在是行动的时候了。"彼得，我以前在办公室只看到你的一部分。现在我对你的认识更深，我才知道你为什么会如此成功。你定下目标后就会去追求，带着我所罕见的毅力与智慧，还有优雅的风格。"马歇尔伸出手，"我非常感激地接受你的建议。"

其余的交易很快就完成了。彼得愿意接受马歇尔当股东，投资不超过 1% 的公司资产。马歇尔想既然已经决定要做了，就彻底一点，投资了 1% 全额：90 000 美元。他将卖掉他的股票，在 5 天内把钱汇到彼得在苏黎世的户头。彼得将在 8 天内完成与陆克森的交易，荷兰法律规定届时要列出所有股东。彼得会先准备好保证书，在他离开旧金山之前交给马歇尔。

当天下午，马歇尔看完最后一个病人时，有人敲了门。一个长满青春痘的自行车快递少年交给他一个牛皮纸袋。里面是一封经过公证的信，列明了交易的细节。还有第二份文件需要马歇尔签名，上面写明了万一投资现值低于购买价，不管任何理由，马歇尔都必须要求全额的偿还。彼得写了一张便条："为了让你安心，我的律师将在星期三把我的保证书寄给你。请接受我为了庆祝我们合伙所赠送的纪念品。"

马歇尔从牛皮纸袋中拿出一个高级礼品店的小盒子。他打开后惊呼一声，然后高兴地戴上他生平第一块劳力士手表。

第十章

星期二傍晚快到六点之前，欧内斯特接到一通电话，那是他的一位病人伊娃·格拉斯的妹妹打来的。

"伊娃叫我打电话告诉你：'时间到了'。"

欧内斯特写了一张道歉的纸条给他6点10分的病人，贴在办公室门口，然后赶往伊娃的住处。伊娃51岁，患了末期卵巢癌，平日教导文艺创作的课程，是个非常高雅的女性。欧内斯特时常想象自己与伊娃一起生活，只要她再年轻一点，而且是在不同的情况下认识就好。他觉得她很美丽，爱慕她，而且敬佩她对生命的执着。过去一年半以来，他不遗余力地帮助她减轻绝症的痛苦。

欧内斯特对他的很多病人在治疗上引进了"懊悔"的概念。他要病人检视自己过去行为所带来的懊悔，敦促他们避免未来重蹈覆辙。"目标是五年后，"他说，"你不会带着懊悔回顾这五年。"

虽然有时候欧内斯特的"预期懊悔"疗法不会奏效，但通常都很有意义。但是没有病人比伊娃更认真，她自己说她是要把"生命的骨髓都吸出来"。伊娃被诊断癌症后的两年之间完成了许多事情：

她结束了一场无趣的婚姻，与两个她一直心仪的男人发生了旋风式的恋情，到肯尼亚参加了探险之旅，写完了两篇短篇故事，并且环游世界探望她的三个小孩与她最喜欢的一些学生。

欧内斯特与她密切合作，一起经历这些改变。伊娃把欧内斯特的办公室当成一处避难所，可以倾吐一切不敢告诉朋友的对于死亡的恐惧感觉。欧内斯特答应与她一起直接面对一切，绝不躲避，不把她当成病人，而当成平等的伴侣与受难者。

欧内斯特遵守了他的诺言。他刻意把伊娃安排在一天最后的工作时刻诊疗，因为他每次与她诊疗后，都会充满了对她的死亡，与对自己死亡的焦虑。他一再提醒她，她不是自己孤独赴死，他与她一起面对了大限的恐惧，他将会陪着她走到最后的极限。当伊娃要他答应，当她死的时候，他也要在身边，欧内斯特答应了。这两个月来她病得太重，无法来他的办公室，但欧内斯特以电话保持联络，偶尔也会到她家探望，他都选择不收费。

伊娃的妹妹迎接欧内斯特，然后赶快送他进入卧室。伊娃因为癌细胞入侵肝脏而产生黄疸，呼吸也非常困难，汗如雨下。她点点头，喘着气要她妹妹离开："我想与医生做最后一次诊疗。"

欧内斯特坐在她身旁："你能说话吗？"

"太迟了。不需要言语，只要抱着我就好。"

欧内斯特握住伊娃的手，但她摇着头。"不，请抱着我。"她低声说。

欧内斯特坐到床上，倾身抱着她，但姿势很不方便。他只好躺到她身边，用手臂搂着她。他的西服与鞋子都没脱，同时紧张地瞄着门，担心有人会闯进来发生误会。刚开始他感到很别扭，心中暗自感谢他们之间有那么多层床单、被单与衣服相隔。但是他的紧张慢慢消失。他脱下外套，拉开被单，更紧地拥抱伊娃。她也紧紧回抱。他突然感觉到体内产生一股不适宜的温暖,性亢奋的前兆,他对自己感到非常不满,设法压抑下来,最后只是慈爱地抱着伊娃。经过几分钟后,他问:"好一点吗,伊娃?"

没有回答。伊娃的呼吸变得更费力。

欧内斯特从床上跳下来,弯身唤着她的名字。

还是没有回答。伊娃的妹妹听见他的呼喊,冲进房间。欧内斯特握住伊娃的手腕,但是没有测出脉搏。他把手放在她胸口,推开她沉重的乳房,寻找心跳声。她的心跳微弱不稳。他宣布:"心室纤维震颤,很不乐观。"

他们俩坐着等候了几个小时,听着伊娃沉重而不规则的呼吸声。伊娃的眼睛偶尔会颤动,但一直没有睁开。她的嘴角会有泡沫冒出来,欧内斯特每隔几分钟就用卫生纸帮她擦拭。

"那是肺水肿的症状。"欧内斯特宣布,"她的心脏衰退,所以液体会累积在她肺里。"

伊娃的妹妹点点头,看来松了一口气。真有趣,欧内斯特想,这些科学仪式,为现象命名与诠释,竟能够安抚恐惧。我为她的呼吸问题命了名,我解释了左心室的衰弱造成液体倒流,于是进入肺部,产生泡沫,这又怎么样呢?我等于什么都没做!我只是为野兽命了名。但我感觉稍微放心,她妹妹也感觉稍微放心,如果可怜的伊娃有知觉,她大概也会稍微放心。

欧内斯特握着伊娃的手,她的呼吸越来越浅,越来越不规则,经过大约一个小时,就完全停止了。欧内斯特感觉不到脉搏:"她走了。"

他与伊娃的妹妹安静地坐了几分钟,然后开始筹划后事。他们写了一张需要通知的清单——她的子女与朋友,报纸,殡仪馆。一会儿之后,欧内斯特站起来准备离去,伊娃的妹妹准备为她净身。

他们稍稍讨论了要怎么为她打扮。她妹妹说她将被火化，她想殡仪馆会提供罩袍。欧内斯特表示同意，虽然他对此事一无所知。

他对于这一切都没有概念，欧内斯特在回家路上想，尽管他有长期行医的经验，在医学院里解剖过尸体，但是就像许多医生一样，他以前从来没真正见识过死亡时刻。他保持平静与专业，虽然他会怀念伊娃，她的死亡是难得的宁静。他知道自己已尽力而为，但是整晚他都一直感觉到她的身体靠在他胸前，这种感觉让他很不好受。

他在早晨五点醒来，对刚才的强烈梦境还有印象。他做了平常他告诉病人去做的事情：躺在床上不动，回忆整个梦境，连眼睛都不睁开。欧内斯特伸手从床边拿起纸与笔，写下这个梦。

我与父母及哥哥一起在商场中逛着，我们决定要到二楼。我发现自己一个人在电梯里。这是一趟很长的旅程，当我下了电梯，我到了一个海边，但我找不到家人。我环顾四周，虽然这是很棒的地方……天堂里的海滩……我开始感觉非常无聊。然后我穿上一件睡衣，上面有一个可爱的笑脸，那是一只卡通救火熊的脸。那张脸越来越亮……不久就变成整个梦的中心，仿佛梦的能量都转移到了那张可爱的笑脸上。

欧内斯特越思索，就觉得这个梦越重要。他睡不着了，于是换了衣服，在六点前往他的办公室，把梦境写在计算机里，这非常适合他新书中关于梦的一章。新书叫作《心理治疗与死亡焦虑》，或者《心理治疗、死亡与焦虑》。欧内斯特还无法决定。

这个梦一点也不神秘，前一晚的事件使它的意义非常清楚。伊娃的死亡使他面对了自己的死亡（在梦中就是那股无趣的感觉，与家人的分离，以及长时间搭乘电梯前往天堂海滩）。真讨厌，欧内斯特想，他自己竟然相信上天堂这种神话！但他又能怎么办？梦有自己的主张，创造于意识昏沉的时分，显然比较遵循大众文化，而非个人的意志。

这个梦的力量是在那件睡衣上的卡通熊图案。欧内斯特知道这个象征是被他们讨论伊娃火化时所穿的衣服激发出来的——救火熊象征了火化！很怪异，但也很有建设性。

欧内斯特越是思索，越觉得这个梦在心理治疗教学上很有用。最起码它说明了弗洛伊德的一个论点：梦的主要功能是维持睡眠。在这里，可怕的火化被转变成比较无害与有趣的事物，可爱的救火熊图案。但这个梦只成功了一部分：虽然让他继续睡眠，但还是有足够的死亡焦虑使整个梦都变得很无趣。

欧内斯特写了两个小时，直到贾斯廷前来赴约。他很喜欢在早晨写作，但是这样他在傍晚就会十分疲倦。

"抱歉星期一没来，"贾斯廷说，直接坐上他的椅子，不敢直视欧内斯特，"我真不相信我会那样子。周一10点，我吹着口哨走路去办公室，心情很好，然后突然像被车子撞到。我忘了与你的预约！我能说什么呢？没有任何借口。完全忘得一干二净。以前从来没发生过。我还是被扣钱了吗？"

"嗯……"欧内斯特迟疑着。他很不喜欢扣病人没来赴约的费用，即使这次显然是由于病人内心抗拒。"嗯，贾斯廷，这些年来的治疗，这是你第一次爽约……所以，贾斯廷，我们不妨说好，从今天起，如果没有提早一天通知我，我将会扣掉爽约的费用。"

欧内斯特几乎不相信自己这么说。他真的这么说了吗？他怎么能不扣贾斯廷的钱？他开始担心下一次与辅导医生会面。马歇尔会拿此大做文章！马歇尔不接受任何借口——车祸、生病、暴风雨、洪水、摔断腿。就算病人是去参加自己母亲的丧礼，他还是会扣钱。

他现在都可以听到马歇尔的声音："你当心理医生是为了讨好人吗，欧内斯特？这样你的病人有一天会说：'拉许医生是个好人。'

或者你还是感到内疚，因为你生贾斯廷的气，他没有先告诉你就离开他妻子？你这样作为心理治疗树立了多么不良的例子？"

嗯，现在也太迟了。

"让我们更深入一点，贾斯廷。周一的缺席并不只是表面这样。我们最后一次诊疗时，你迟到了几分钟，我们也有些时间没说话，在最后几次有很长时间的沉默。你想是怎么回事？"

"嗯，"贾斯廷以不寻常的坦率语气说，"今天不会有任何沉默。我有很重要的事情要谈，我决定要偷袭我的家。"

欧内斯特记下来，贾斯廷说话都不一样了：他的声音更直接，没那么不盲从。但是他仍旧逃避讨论他们之间的关系。欧内斯特稍后会再回来讨论，现在他完全被贾斯廷的言语所吸引住了："你说什么，偷袭？"

"劳拉觉得我应该拿走属于我的东西，不多拿也不少拿。现在我只有当天塞进皮箱的一些东西。我有很大的一个衣柜。在衣服上我绝不小气——老天，我收藏的美丽领带，真叫人心碎。劳拉认为如果还要去买这些东西实在很笨。况且我们还需要买很多其他东西，食物与住处。劳拉认为我应该直接闯回家，拿走属于我的东西。"

"很重大的一步。你感觉如何？"

"我想劳拉说得对。她年轻而纯真，没有接受过精神分析，她能够看穿表面，直触事物的核心。"

"卡萝呢？她的反应如何？"

"我打电话给她两次，想谈关于孩子的事，以及为我自己拿点东西。我的计算机上有下个月的薪水资料，我爸会宰了我。我没有告诉她关于计算机资料，她会毁了它。"贾斯廷陷入沉默。

"还有呢？"欧内斯特开始又感觉到上星期对贾斯廷的恼怒。经过了五年的治疗，他应该不需要这么费力才能挖出内情。

"卡萝就是卡萝。我什么都来不及说，她就问我什么时候回家。我说我不回家，她就骂我狗娘养的，挂了我电话。"

"你说，卡萝就是卡萝？"

"你知道的，真是好笑，她的泼妇性情反而帮助了我。听了她的叫骂后，我感觉好多了。每次我听见她在电话里尖叫，我就确信我出走是对的。我越来越认为自己是个白痴，浪费了九年时间在这桩婚姻中。"

"是的，贾斯廷，我听到你的后悔，但重要的是不要在 10 年后回顾现在，却仍然感到后悔。看看你所采取的行动！有勇气离开这女人是多么美好的一件事。"

"对，大夫，你一直这么告诉我：'避免未来后悔'，我时常在梦里这么告诉自己。但我以前没有真正聆听。"

"不妨这么说，贾斯廷，你以前还没准备好聆听。现在你准备好聆听与付之行动。"

"真是美妙，"贾斯廷说，"劳拉在最需要的时候出现。我无法告诉你这种转变多么巨大，有女人真正喜欢我，甚至仰慕我，站在我的一边。"

虽然欧内斯特不高兴贾斯廷一再提及劳拉，他把自己控制得很好——马歇尔的辅导很有帮助。欧内斯特知道他没有其他办法，只能与劳拉结盟，但是他仍然不希望贾斯廷完全把力量交给劳拉。毕竟他才刚从卡萝那里取回力量，他最好先保持一段时间。

"劳拉进入你生命是很棒，贾斯廷，但我不希望你低估自己，是你采取行动，是你的脚跨出了卡萝的生命。但稍早你提到了什么'偷袭'？"

"我采纳了劳拉的建议，昨天回去拿了我的东西。"

贾斯廷注意到欧内斯特的惊讶，补充说："别担心，我没有昏了头。首先我打电话，确定卡萝去上班了。你相不相信，卡萝把我锁在自己家外面？那巫婆换了锁。劳拉与我讨论该怎么做。她认为我应该去我爸的店里拿根铁锹，把门撬开，然后拿走属于我的东西。我越想越觉得她说得对。"

"许多被锁在门外的丈夫都会这么做，"欧内斯特说，对贾斯廷的新力量感到惊讶。他想象贾斯廷身穿皮夹克，头戴滑雪面罩，手拿铁锹，把卡萝的新门锁撬开。真是够劲！欧内斯特开始比较喜欢劳拉了。但理智还是占了上风：他知道自己最好收敛一点，因为他还需要向马歇尔报告这次诊疗。"有没有想过法律程序？你有没有考虑去找个律师？"

"劳拉反对拖延，找律师只会让卡萝更有时间毁坏我的财产。况且她在法庭上是出了名的难缠，要在本市找个律师与她作对可不容易。你要知道，我没有选择，必须把我的东西拿回来，因为劳拉与我已经没有钱了。我没有钱付账单了，恐怕也包括你的费用！"

"这更是需要寻求法律援助。你说卡萝赚的钱比你多，在加利福尼亚州，这表示你可以要求赡养费。"

"你在开玩笑！你能想象卡萝付我赡养费吗？"

"她像其他人一样，必须遵守法律。"

"卡萝绝不会付我赡养费。她会一直告到最高法院，她宁可把钱冲下马桶，宁可去坐牢，也不会付我钱。"

"很好，她去坐牢，贾斯廷，然后你就可以拿回你的东西，你的孩子，你的房屋。你看不出来你对她的看法有多么不实际？听听你自己的话！卡萝有超能力！卡萝令人畏惧，全加州没有律师敢对付她！卡萝超过法律约束！贾斯廷，我们谈的是你妻子，不是上帝！不是黑手党老大！"

"你没有我了解她，就算经过这么多年的治疗，你还是不了解她。我的家人也没好到哪里去。如果他们付我合理的薪水，我会很好。我知道，你已经敦促我好几年，要我去要求合理的薪水。我很久之前就应该这么做。但现在不是时候——他们都很气我这么做。"

"气你？怎么会？"欧内斯特问，"我以为你说他们痛恨卡萝。"

"他们非常希望永远不要再看到她，但她抓住了他们的弱点，她有孩子可以要挟他们。我离开之后，她不让他们见到自己的孙儿——连讲电话都不行。她警告说，如果他们现在帮助我，就别想再看到自己的孙儿了。他们都怕得要死，不敢帮助我。"

在其余诊疗时间中，贾斯廷与欧内斯特讨论了以后的治疗事宜。缺席一次以及迟到都显然反映了失去继续治疗的心意，欧内斯特这么说。贾斯廷同意，清楚表示他也无法负担这笔费用了。欧内斯特反对在这一切变化中停止治疗，建议让贾斯廷延后付款，直到他的财务状况得到解决。但贾斯廷以他新发现的信心表示不同意，因为他预见他的财务状况要好几年才会好转，直到他的父母过世。劳拉与他都同意，要开始新生活，最好不要欠太多钱。

但这不只是因为钱。贾斯廷告诉欧内斯特，他不需要心理治疗了。劳拉可以提供他所需的一切帮助。欧内斯特不喜欢这种说法，但他想起马歇尔的话，贾斯廷的任何反抗都是真正进步的迹象。他接受了贾斯廷结束治疗的决定，但温和地建议不要结束得这么突然。贾斯廷很坚决，但最后同意再回来接受两次治疗。

大多数心理医生在诊疗不同病人之间都会休息10分钟，然后在整点时刻开始计时。但欧内斯特不是如此——他无法遵守这种形式，总是开始得太晚或超过了50分钟的时间。自从他开始执业以来，他都安排每次诊疗之间休息15 ~ 20分钟，安排病人在奇怪的时间会诊：9点10分，11点20分，2点50分。当然，欧内斯特不让马歇尔知道他这个非正统的方式，因为马歇尔一定会批评他无法保持界线。

通常欧内斯特利用休息时间记录病人的状况，或者为他目前写的书想点子。但贾斯廷离开后，他没有写任何东西。他只是安静地坐着，思索着贾斯廷的决心。这是一个不完满的结束。虽然欧内斯特知道他帮助了贾斯廷，但他们走得还不够远。而且让他感到不快的是，贾斯廷把他的所有进展都归功于劳拉。但是欧内斯特现在已经不介意了。他的辅导会诊帮助他调适这些情绪。他一定要告诉马歇尔，像马歇尔这样超级自信的人通常很少得到认可，大家都认为这种人什么都不需要，但欧内斯特觉得马歇尔会感激得到一些回馈。

尽管欧内斯特希望能带贾斯廷走得更远，但他对于终止治疗并不会感到不高兴。五年已经很长了。他不适合长期治疗病人。他是一个冒险家，当病人失去探索新领域的胃口时，他也会对这种病人失去兴趣。贾斯廷从来不是冒险型的，虽然贾斯廷最后终于打破锁链，挣脱了恶劣的婚姻，但欧内斯特不认为这是贾斯廷的功劳，而是属于一个新的实体：贾斯廷劳拉。当劳拉消失了（她必然会消失的），欧内斯特猜想贾斯廷还是会变回原来的老样子。

第十一章

　　隔天下午，在卡萝琳·利弗曼抵达接受第二次诊疗前，欧内斯特仓促潦草地写下一些临床笔记。已是漫长的一天，但欧内斯特并不累：做出良好的诊疗总是使他精力充沛，到目前为止，他对今天很满意。

　　至少五段诊疗中有四段很令人满意。第五位病人，布莱德，一如往常的沉闷而琐碎地报告他一星期的生活。许多像他这样的病人似乎天生无法利用诊疗时间。欧内斯特尝试引导他进入更深层面，但是都宣告失败，欧内斯特开始暗示也许其他治疗方式，比如行为治疗，也许对布莱德的长期焦虑与拖延习惯会更有帮助。然而每次他才开始说，布莱德就会毫无来由地表示，治疗给他带来多么重大的帮助，他的恐慌症已较为缓和，而他有多么珍惜欧内斯特的治疗时间。

　　欧内斯特已经不满足于控制布莱德的焦虑症，他对布莱德已经变得像对贾斯廷那样没耐心。欧内斯特对良好治疗工作的评判标准已经改变了：现在他要求病人愿意揭露自我、愿意冒险、开拓新局面，最重要的是愿意探索"中间地带"，也就是病人与心理医生之间的空间。

上次的辅导会诊中，马歇尔曾责备欧内斯特竟然把中间地带的研究当成原创。因为过去80年来心理医生已精细地研究移情，研究病人对心理医生非理性的情感。

但欧内斯特不愿就此作罢，他继续顽固地为一篇谈治疗关系的期刊研究做笔记，名为"中间地带——治疗中的真诚案例"。虽然马歇尔这么说，他还是相信自己将为治疗带入新观点，不再专注于移情——一种虚构、扭曲的关系，而是他自己与病人之间真诚、实在的关系。

欧内斯特的新方式要求他对病人揭露更多自我，他与病人必须集中于彼此真实的关系——治疗室中的我们。长久以来他都认为，治疗工作是由了解和移除所有削弱关系的障碍所构成的。欧内斯特对卡萝琳·利弗曼的激进自我揭露实验，仅仅是他的治疗新法演化中合理的下一步。

欧内斯特对今天的工作不仅感到满意，他还收到了额外奖励：两位病人分别告诉了他骇人的梦境，并允许他用在他关于死亡焦虑的书中。在卡萝的约定就诊时间前，他还有五分钟，他打开计算机键入这些梦境。

第一个梦只是个小片段：

我按照约定到你的办公室。你不在。我环顾四周，看到你的草帽在帽架上——布满蜘蛛网。一阵强大而压迫人的悲哀向我袭来。

做梦的人是梅德琳，她得了乳癌，而且刚刚得知癌细胞已扩及脊椎。在梅德琳的梦中，死亡的目标转移了：心理医生取代她面临死亡与衰退，消失后只留下布满蜘蛛网的帽子。或者，欧内斯特想，这个梦境可能反映了她对世界的失落感：如果她的意识是客观现实中的所有形式与意义的成因，也就是她个人有意义的世界，那么她意识的消失，就会导致一切都消失。

欧内斯特很习惯与濒死病患一道工作。但这样一个特别的意象——他所珍爱的巴拿马草帽裹在蜘蛛网中，让他的背上流过一阵寒意。

马特是一位 64 岁的外科医生，他提供了另一个梦境：

> 我沿着海岸边的高崖走着，走到一条流进太平洋的小河。我走到近处，才惊讶地发现河水从海边倒流回去。然后我看到一个又老又驼的男人，很像我父亲，孤单颓丧地站在河旁的一个洞穴前面。因为没有路通到下面，所以我没办法走近他，于是我继续从高处沿着河流走。过了一会儿，我又看到另一个背更驼的老人，也许是我的祖父。我也无法走近他，于是我不安而沮丧地醒来。

马特最大的恐惧不是死亡本身，而是孤独地死去。他的父亲是个长期酗酒者，几个月前过世。虽然他们之间有长期的冲突，马特还是无法原谅自己让父亲孤独离世。他害怕他的命运也将是孤独无依而终，如同他家族中所有男性一般。夜半焦虑征服他的时刻，马特坐在他八岁儿子的床边，聆听他的呼吸声来安抚自己。他曾幻想与他的两个孩子在海中游泳，远离岸边，他们充满爱意地帮助他永远沉入浪涛中。但是，因为他没帮助他的父亲或祖父离开人世，他怀疑自己是否会有这样的孩子。

一条倒流的河！带着松果和棕色易碎的橡树叶向上流，离开大海，流回童年的黄金岁月与原始家庭团聚。多么特别的视觉意象，时光倒流、渴求逃离老化和消逝的命运！欧内斯特赞叹所有病人梦境里面隐藏的艺术天分，他很想向这些不自觉的造梦者脱帽致敬，他们夜复一夜，年复一年地编织出幻想的杰作。

在隔壁的候诊室中，卡萝也在写：那是她与欧内斯特第一次会面的笔记。她停下来重读她的文字：

第一次治疗

1995 年 2 月 12 日

拉许医生——不恰当、不正式、冒昧地坚持我称呼他欧内斯特，尽管我反对……见面 30 秒之内就触摸我，在我进房间的时候，碰了我的手肘……很轻的。当他把面纸递给我的时候，再次碰了我的手……记录我的重大问题和家庭病历……第一次会面就想逼出压抑的性侵害记忆。太过分、太快了，我觉得不知所措又迷惑！向我透露他私人的感觉……告诉我，我们之间的亲密性很重要……请我问他关于他个人的问题……承诺透露所有关于他自己的事……对于我和库克医生的暧昧关系表示认可……诊疗时间超过 10 分钟……坚持给我一个临别的拥抱……

她觉得很满意。这些笔记将来会很有用，她想着，但不确定怎么有用。有一天，有人——贾斯廷、我的医疗失当律师或是州道德委员会，会对它们很感兴趣。

卡萝合上笔记本。为了接下来与欧内斯特的会面，她必须专心一点。过去 24 小时的事件让她的思考不太灵光。

昨天回到家，她发现前门有一张贾斯廷贴上的纸条："我回来拿东西。"后门被撬开，他把没被她破坏的东西都搬光了。他的壁球球拍、衣服、他的清洁用品、鞋子、书，还有一些共同财产——书、相机、望远镜、CD 随身听、他们大部分的 CD，还有一些锅碗瓢盆。他甚至撬开她的杉木柜把他的计算机拿走了。

一股怒火冲上来，卡萝打电话给贾斯廷的父母，告诉他们，她要让贾斯廷坐牢，如果他们对这个罪大恶极的儿子提供任何帮助，她更要把他们关在隔壁的牢房。打给诺玛和海瑟的电话并没有任何帮助，事实上只让事情更糟。诺玛正忙于自己的婚姻危机，而海瑟温和，但讨人厌地提醒她，贾斯廷有权取回他的东西，非法侵入罪名不可能成立，那是他的家，没有禁止令，她没有任何法定权利用换锁或任何方式将他阻挡在外。

卡萝知道海瑟是对的。她没有申请法院命令禁止贾斯廷进入房子里，因为她压根儿，即使是做梦，也没有想到他会采取这种行动。

东西不见似乎还不够糟，那天早上她穿衣时，发现她每条内裤都被整齐地剪掉了一块。为了让她清楚知道为什么会这样，贾斯廷在每条裤子旁，成双成对地放了一块被她剪下的领带碎片。

卡萝非常震惊。这不是贾斯廷，不是她认识的贾斯廷。不，贾斯廷不可能自己一个人做出这种事。他没有这个种，或这种想象力。只有一种可能……只有一个人可以策划出这种事：欧内斯特·拉许！她抬起头，他就活生生的在那里，点着他的肥头邀请她进办公室！无论要付出什么代价，你这杂种，卡萝下定决心，不管要花多久时间，不管我得做什么，我要让你丢掉饭碗。

"好吧，"欧内斯特在两人就座之后说，"今天有哪些重要的事？"

"太多事了。我需要一点时间整理思绪。我不知道自己为什么这么激动。"

"是的，从你脸上我看得出来，今天你心里有很多事。"

噢，真聪明，真厉害，你这个浑蛋，卡萝想。

"但我无法看出你的感受，卡萝琳，"欧内斯特继续说，"也许有些心烦意乱，也许有点悲哀。"

"我过去的心理医生拉尔夫总说，有四种基本感觉……"

"没错，"欧内斯特很快地接上，"难受、悲伤、愤怒、喜悦。"

"我想我四种感觉都有，欧内斯特。"

"怎么会呢，卡萝琳？"

"嗯，对我生命中的倒霉事感到'愤怒'——一些上次我们谈过的事，特别是我哥哥、我父亲。'难受'——不安——当我想到我现在陷入的困境，等着我老公过世。而'悲伤'——当我想到在不美满婚姻上浪费的这些岁月中。"

"那么喜悦呢？"

"那就容易了，当我想到你，找到你有多幸运，我就觉得'喜悦'。想着你和想到今天可以见到你，是我这一周生活的动力。"

"可以多谈谈这个部分吗？"

卡萝把皮包从大腿上拿起来，放到地板上，优雅地翘起她的长腿："你会让我脸红的。"她停住，仿佛很腼腆，想着：太好了！但是慢着，放慢一点，卡萝。"事实上，我整个星期都在做关于你的白日梦，情欲的梦。但是你大概很习惯女性病人总是觉得你很吸引人吧！"

欧内斯特一阵慌乱，想到卡萝琳做着关于他的白日梦，甚至可能是自慰的性幻想。他考虑着如何响应，如何诚实地响应。

"你不习惯这种事吗，欧内斯特？你说我可以问你问题。"

"卡萝琳，你的问题的某部分让我有些不自在，我正试着想出原因。我想这是因为它假定了我们之间的关系是某种可预期的事。"

"我不太懂。"

"嗯，我把你视为独一无二的，你的生命境遇也是独一无二的。你我之间的会面也是独一无二的。所以，对于'总是'会发生什么事的问题，似乎在这里就没有意义了。"

卡萝把眼睛眯成了一种如痴如醉的神情。

欧内斯特细细品味他自己的话。多棒的答案！我必须把它记下来，放在我的"中间地带"文章中，再适合也不过了。欧内斯特也发现他把治疗带到抽象、无关个人的地带，所以很快做出修正："但是，卡萝琳，我偏离了你的真正问题……也就是……"

"也就是我觉得你有魅力，让你有什么感想，"卡萝回答，"过去一周我花了很多时间想你……想着如果我们偶然，也许在你的读书会，以男人和女人的身份相遇，而不是医生和病人。我知道我应该说出来，但是很困难……很尴尬……也许你会觉得我很讨人厌。我觉得自己很讨人厌。"

非常，非常好，卡萝想。我真是有一套！

"嗯，卡萝琳，我答应会诚实地回答。事实上，我很高兴听到一个女人，而且是一个非常有吸引力的女人，觉得我吸引人。如同大多数人一样，我对自己的外貌很怀疑。"

欧内斯特停下来，我的心跳得好急，我从没有对任何一个病人说这么私人的话。我喜欢告诉她，她很有吸引力——真是罪过，也许是个错误，太诱惑了，但她竟然认为自己讨人厌，她不知道自己是个好看的女人。何不给她一点对于她外貌的实际肯定？

在这方面，卡萝却是兴高采烈，数周来第一次这么高兴。"一个非常有吸引力的女人。"中奖了！我记得拉尔夫·库克说过一模一样的话，那是他的第一步。恶心的史威辛医生也用过同样的一句话。感谢老天我还能判断，骂他浑蛋然后离开那办公室，但他们两个可能都还继续对他们的受害者用这一招。如果我早知道要搜集证据，告发那些杂种就好了。现在我可以弥补这一点，如果我在皮包里带了录音机就好了。下次要带！我只是不敢相信他这么快就露出了色相。

"但是，"欧内斯特继续说，"老实告诉你，我不会从很私人的角度来听你的话。也许你的话中有一点是针对我，但是有更大的部分，你不是在响应我，而是响应我的角色。"

卡萝有点感到受挫："你的意思是？"

"嗯，让我们往回退几步，不带感情地看眼前的事件。你碰上了一些很糟的事，你把一切藏在心里，不与人分享。你与生命中重要的男人们都有着很不幸的关系，一个接着一个——你父亲，你哥哥，你丈夫，还有……拉斯蒂，是吗？你高中时的男友。还有你唯一觉得算是好人的男人，以前的心理医生，抛下你死了。"

"然后你来看我，第一次冒险与我分享一切。在这一切的条件下，卡萝琳，你对我培养出强烈的感觉，还会那么令人感到意外吗？我不这么认为。因此，我才说，那是针对角色而不是我。还有你对于库克医生的那些强烈情感，我继承了某些情感也毫不令人意外。我的意思是，情感转移到了我身上。"

"我同意最后的部分，欧内斯特。我的确对你产生了如同库克医生一样的感情。"

一阵短暂的沉默。卡萝凝视着欧内斯特。如果是马歇尔就会等她先开口，但欧内斯特可不会。

"我们谈过'喜悦'，"欧内斯特说，"我很欣赏你的诚实。你可以看看其他三种情绪吗？你说你对过去的情况感到'愤怒'，尤其是对你生命中的男人。你因被丈夫困住而感到'难受'，而'悲伤'是因为……因为……提醒我一下，卡萝琳。"

卡萝脸红了。她不记得自己编的故事。"我自己也不记得我说了什么——我太激动了，无法保持专心。"不能这样，她想。我必须待在我的角色里。只有一个办法可以避免这些失误，我必须对自己的事说实话。当然，除了贾斯廷之外。

"哦，我记起来了，"欧内斯特说，"因为你生命中长期累积的遗憾——'浪费的这些岁月'，我想你是这样说的。你知道，卡萝琳，

'愤怒、悲伤、喜悦、难受'四种基本情绪的划分法是过分单纯了一点——显然你是个很聪明的女人，我也担心会侮辱你的智慧；但这个分法在今天却很有用。与其中每一种情绪相关的话题正是重点，我们就来探索一番。"

卡萝点点头。她很失望这么快就结束了他觉得她有吸引力的对话。耐心点，她提醒自己。要记住拉尔夫·库克，这是他们的作案手法。首先赢得你的信赖，再来让你完全依赖，使他们变得绝对不可或缺。只有到那个时候，他们才会采取行动。这些拙劣的伪装是无法避免的。再给他两个星期。我们得照他的速度来进行。

"我们从哪里开始？"欧内斯特问。

"悲伤，"卡萝琳说，"悲伤于跟一个我不能忍受的男人过了这么多年。"

"九年，你的一大段青春。"

"很大一段，我多么希望能要回来。"

"卡萝琳，我们来试着想想，你为什么会付出九年。"

"过去我已经与心理医生做过许多次探讨。但从来都没用。回顾过去难道会把我们带离我现在的难题吗？"

"好问题，卡萝琳。相信我，我不会让你沉溺于过去。尽管如此，过去是你现在意识的一部分，它成为你体验现在的透视镜。如果我要完全了解你，我必须知道你怎么看事情。我也想知道你过去如何做抉择，这让我们可以帮助你在未来做出更好的抉择。"

卡萝点点头："我明白。"

"那么，谈谈你的婚姻。你为什么决定嫁给一个你憎恶的男人，还维持了九年？"

卡萝照计划，尽可能贴近事实，诚实地告诉欧内斯特她的婚姻史，只改动了地点和一切会引起欧内斯特疑心的实际细节。

"我在法学院毕业前遇见了韦恩。当时我在一家法律事务所当书记，被指派处理韦恩父亲的商业案件，他父亲拥有极为成功的连锁鞋店。我跟韦恩交往了很久——他英俊、温和、思虑周到、很专情，准备在一两年内接手他父亲 500 万美元的事业。我当时完全没钱，还积欠一大笔学生贷款。于是我很快就决定要结婚。那是个很笨的决定。"

"怎么会呢？"

"结婚几个月后，我开始从比较现实的角度看韦恩的特质。我很快发现他的'温和'不是体贴，而是懦弱。'思虑周到'成了优柔寡断。'专情'转变为缠人的依赖。而'富有'则随着他父亲的鞋业三年后破产而灰飞烟灭。"

"那么英俊的外表呢？"

"一个好看的穷光蛋加上一块五毛钱只够买杯卡布奇诺。就各方面而言，这都是个很糟的决定，毁人一生的决定。"

"什么原因使你做出这个决定？"

"嗯，我知道原因从何而来。我告诉过你，我的高中男友拉斯蒂，在大二的时候无缘无故地把我甩了。进入法学院后，我一直与麦克稳定交往。我们是梦幻组合，麦克是班上的第二名……"

"怎么说是梦幻组合？"欧内斯特打断她，"你也是个优秀的学生吗？"

"嗯，我们的前途光明。他是班上的第二名，我是第一名。但最后麦克还是把我甩了，娶了纽约最大法律事务所资深合伙人的白痴女儿。后来在暑假时，我到地区法庭实习，遇见了艾德，他是个对地区法庭司法官很有影响力的助理，几乎每天下午都在他的办公室里，脱光衣服来指导我。但他不愿公开让人看到跟我在一起，暑假结束后，他对我的信件和电话完全置之不理。遇到韦恩时我已经一年半没有接近男人，我猜我这么快就决定嫁给他，是一种反弹。”

“我注意到的是，有一长串的男人不是背叛你就是抛弃你：你父亲、杰德……”

“杰布。结尾是布。”布、布、布，你这个浑蛋，卡萝想。她强挤出一个微笑。

“对不起，卡萝琳。杰布、库克医生、拉斯蒂，今天还加进了麦克和艾德。还真不少！我想当韦恩出现，似乎终于找到一个安全又可靠的人时，你一定松了一口气。”

“韦恩完全没有抛弃我的危险，他非常黏人，几乎没有我陪，就不愿去上厕所。”

“也许当时‘黏人’有一定的魅力。那一串烂男人呢？没有任何例外吗？我没有听到任何例外，任何一个对你有帮助，也对你好的男人。”

“只有拉尔夫·库克。”卡萝很快地躲进安全的谎言中。不久前，当欧内斯特列出所有背叛她的男人时，他几乎惹出了痛苦的情绪，就像上次的疗程。她了解自己必须要有所戒备。她从来没有发觉心理治疗是多么迷惑人，又是多么危险。

“他却离你而死去。”欧内斯特说。

“现在还有你。你会对我好吗？”

欧内斯特还来不及回答，卡萝微笑着问了另一个问题：“你的健康状况如何？”

欧内斯特笑了：“我的健康好极了，卡萝琳。我还计划要活很久。”

“另一个问题呢？”

欧内斯特一脸狐疑地看着卡萝。

“你会对我好吗？”

欧内斯特迟疑了，小心地选择他的用字：“会的，我会试着给予你最大的帮助。你可以相信这一点。你知道，我想到你说你是法学院的毕业生代表。我几乎得连拖带拉地逼你，你才说出来。芝加哥大学法学院第一名，这可不是平凡的成就，卡萝琳。你为此感到骄傲吗？"

卡萝琳耸了耸肩。

"卡萝琳，迁就我一下。再告诉我一次：你在芝加哥大学法律系的学业成绩如何？"

"很不错。"

"有多好？"

一阵沉默，然后卡萝用非常细微的声音说："我是班上第一名。"

"再说一次。有多好？"欧内斯特把手围在耳后表示他几乎听不到。

"我是第一名。"卡萝大声地说，还接着补充，"我也是法律评论的主编。没有人，包括麦克在内，能稍微赶上我。"然后她突然放声哭了。

欧内斯特递给她一张面纸，等她肩膀的起伏平息下来，然后柔声问道："你可以把一部分泪水转为言语吗？"

"你知道吗，当时有多美好的远景在等着我？我本来可以做任何事：我有十几个工作机会，我可以挑选事务所。我甚至可以进入国际法领域，因为有人给我提供一个绝佳的工作机会，在美国国际开发总署法律顾问办公室。我本来可以做些对政策有重大影响的工作。不然如果我到华尔街任何有名的事务所工作，现在年薪就有50万美元。然而，看看我：处理家庭法、遗嘱，一些鸡毛蒜皮的税务，赚些蝇头小利。我浪费了一切。"

"为了韦恩？"

"为了韦恩，也为了玛丽，她在我们结婚10个月后出生。我深爱着她，但她也是困境的一部分。"

"多谈些困境的部分。"

"我真正想做的是国际法，但是如果有个幼龄孩子，和一个连家庭主夫都做不好的老公，我要怎么做国际性工作？一个连我单独过一晚都会发慌的老公，如果没问过我，连早上穿什么都不能决定的老公。所以我只好接受现状，拒绝了大好的工作机会，到附近一家规模较小的事务所，让韦恩可以在他爸爸的总公司附近。"

"你在多久以前才发现自己的错误，你当时真的明白自己的处境吗？"

"很难说。头两年我就开始怀疑，但是有件事——一次失败的露营让我完全拨开疑云。大概发生在五年前。"

"告诉我怎么回事。"

"嗯，韦恩决定我们全家应该享受一下美国最受欢迎的休闲活动：露营。我十几岁的时候，有一次几乎死于蜂螫——过敏性休克，我对毒藤也有恶性反应，所以我完全没办法去露营。我提了其他许多种旅行：独木舟、潜水、乘船到阿拉斯加、到圣胡安群岛、加勒比海或缅因航海之旅——我不晕船。但韦恩认为这件事攸关他的男子气概，坚持除了露营什么都不要。"

"但是你对蜂螫过敏，他怎么能要求你去露营？他要你冒生命危险吗？"

"他只看到我想要控制他。我们大吵大闹。我告诉他我绝不会去，他却坚持没有我也要带玛丽去。我对他去露营一点意见都没有，还鼓励他找些男性朋友一起去，但他根本没有朋友。我觉得让他带玛丽去很不安全，她只有四岁。他这么没用，这么胆小，我担心女儿的安危，我相信他反而希望玛丽保护他。但是他不肯听，最后把我烦到同意。"

"那时事情就开始变得很古怪，"卡萝继续说，"起初他决定他必须减肥10磅来保持良好体态，其实要减30磅才真的像样。这也回答了你问的外貌问题：结婚不久后他就吹气球般胖了起来。他开始每天上健身房举重减肥，但是弄伤了背，结果又胖了回来。他焦虑到甚至会气喘。有一次在庆祝我正式成为事务所合伙人的晚宴上，我却必须半途离席，送他去急诊室。为了他的男子气概的露营，搞出了这么多意外。那时我才真正开始了解到，这桩婚姻错得多么离谱。"

"这个故事真不简单，卡萝琳。"欧内斯特感到很惊讶，这件事与贾斯廷的露营事件实在很相似。听到两个这么相似的故事真是太有趣了，尤其是双方的观点完全不一样。

"但告诉我，当你真正发现自己的错误——那次露营事件发生在多久以前？你说你女儿当时是四岁？"

"大概五年前。"卡萝大约每五分钟就要收拾自己编造的故事。虽然她憎恶欧内斯特，她发现自己被他的问题所吸引了。太惊人了，她想着，疗程变得让人很着迷。他们可以用一两个小时把你钓上手，一旦得到你的信任，就可以为所欲为——要你每天来，随他们高兴收多少钱甚至在地毯上侵犯你，还向你收钱。也许诚实太危险了，但是我没有其他选择——如果我虚构一个人物，我会处处受制于自己的谎言。这家伙是个讨厌鬼，但可不是笨蛋。不，我必须扮演我自己，但是要非常小心，很小心。

"所以，卡萝琳，你在五年前了解到自己的错误，尽管如此，你还是继续这段婚姻。也许在这段婚姻中有些较为正面的部分，你还没有谈到。"

"不，这段婚姻糟糕透顶。我对韦恩没有爱，没有尊重。他对我也是如此。我从他那里得不到任何东西。"卡萝轻轻抚摸双眼，"是什么让我留在这段婚姻？天哪，我不知道！习惯、恐惧、我的女

儿——虽然韦恩跟她从来不亲——我不确定……癌症和我对韦恩的
承诺……没有其他地方可去——我没有其他机会。"

"机会？你是说男人的机会？"

"嗯，的确是没有男人的机会。欧内斯特，拜托，今天谈谈这件
事——我必须解决我的性欲——我渴望性，非常饥渴。但是我刚刚
并不是说这个，我说的是没有其他有趣的工作机会。不像我年轻时
有的那些黄金机会。"

"没错，那些黄金机会。你知道，我还在想几分钟之前，当我们
谈到你是班上第一名，以及你的似锦前程时，你的眼泪……"

卡萝硬起心肠。他正企图闯进来，她想。一旦他们找到脆弱的
部分，就会继续越挖越深。

"你有许多痛，"欧内斯特继续说，"对于你本来可以拥有的生活。
我想起一首很棒的诗：'所有悲伤的话语文字中，最悲伤的莫过于这
一句，本来可以……'"

噢，不，卡萝想。饶了我吧。现在诗也来了。他真是每招都用
上了。接下来，他就要拿出他的老吉他了。

"而且，"欧内斯特继续说，"你为了与韦恩生活放弃了所有的可
能。很差的一笔交易，难怪你不去想它……你看到当我们直接面对
它时，所引起的痛苦吗？我认为那就是你为何还没离开韦恩的理由，
如果离开了他，就等于是烙下了现实的印记。你就再也无法否认，
你为了这么一点点而放弃了很多，包括你的整个前途。"

卡萝抑制不住，开始颤抖。欧内斯特的解析听起来很正确。该
死，别碰我的案子，可以吗？谁叫你来论断我的生活？"也许你是对
的，但那都已经过去了。现在这有什么帮助？这正是你所说的沉溺
于过去。过去的就算过去了。"

"是这样吗，卡萝琳？我不这么认为。我不认为你只是过去做了

一个糟糕的决定：我认为在目前的生活中，你还是在做很糟的选择。"

"我有什么选择？抛弃将死的丈夫？"

"我知道这听起来很疯狂，但那正是坏选择的形成背景——让自己相信没有其他的选择可做。也许那是我们的目标之一。"

"你的意思是？"

"帮助你了解，也许还有更可行的选择，更宽广的选择范围。"

"不，欧内斯特，事情仍会走到同一步。只有两种选择：我不是抛弃韦恩，就是留在他身边，不是吗？"

"不，完全不是。你做了很多不一定正确的假设。例如，假设你跟韦恩将永远相互鄙视。你排除了人会改变的这种可能性。面临死亡是很好的改变催化剂——对他，对你也可能如此。也许夫妻婚姻治疗会有帮助，你说你们还没试过。也许你们会重新发现一些埋藏的爱意。毕竟你们生活在一起，共同抚养孩子九年之久。如果你离开了他，或在他死后发现，你原本可以更努力地改善你们的婚姻。我相信如果你觉得自己尽了力，你会比较好过一些。"

"另一个看法，"欧内斯特继续说，"就是质疑你的假设——陪伴他走到生命尽头是件好事。这个假设一定是对的吗？我怀疑。"

"总比让他孤独地死去要好。"

"是吗？"欧内斯特问，"韦恩死在恨他的人身边好吗？另一个可能是要记得，离婚不一定就代表了抛弃。难道你无法想象这个可能，为自己打造出一种完全不同的生活，甚至与另一个男人，但又不抛弃韦恩？如果你不把他视为困境的一部分而痛恨他，也许还可以跟他更接近。你看，有各种不同的可能性。"

卡萝点头，希望他不要再说了。欧内斯特好像可以永远说下去。她看了看表。

"你看了表，卡萝琳。可以告诉我为什么吗？"

"嗯，时间快到了，"卡萝说，揉着她的双眼。"今天我还想谈些别的。"

欧内斯特十分懊恼地想到，自己真是支配过头，以致病人无法畅所欲言。他很快采取行动："几分钟前，你提到自己正经验到性压力。那是你想要谈的事吗？"

"那是最主要的部分。我已经沮丧到快要发狂，我确定这是所有焦虑的根源。之前我们的性生活就不多，但自从韦恩动了前列腺手术，他就性无能了。我知道在这种手术后，这种情况并不少见。"卡萝做了事前准备。

欧内斯特点头，等她开口。

"所以，欧内斯特……真的可以叫你欧内斯特吗？"

"如果我称呼你卡萝琳，你一定要叫我欧内斯特。"

"好吧，欧内斯特。那么，欧内斯特，我该怎么办呢？那么多无处宣泄的性能量。"

"告诉我你跟韦恩的情况。虽然他性无能，你们还是有办法在一起的。"

"如果你的'在一起'指的是他可以帮我解决我的问题，别想了，不可能那样解决，我们的性生活在手术前很早就完了，那也是我想离开他的原因之一，现在与他的任何身体接触都会让我完全失去胃口，而他也没兴致到了极点。他从不觉得我有吸引力，说我太瘦，皮包骨。现在他叫我到外面，随便找个人上床算了。"

"然后呢？"欧内斯特说。

"嗯，我不知道该怎么办，或怎么进行，或该去什么地方。我身处异地，一个人都不认识。我不想随便到酒吧里被男人钓走。外面是一片丛林，很危险。我相信你也同意我，现在最不需要的就是再被人强暴一次。"

"那是当然的，卡萝琳。"

"你单身吗，欧内斯特？离婚了？你的书上没提到妻子。"

欧内斯特倒抽了一口气。他从没跟病人谈过他妻子过世。现在他的自我揭露即将受到严重的考验。"我太太在六年前的一场车祸中丧生。"

"哦，我很遗憾。那一定很不好过。"

欧内斯特点头："不好过……是的。"

骗人，骗人，他想着。虽然露丝的确在六年前丧生，事实上我们的婚姻原本也不可能再撑下去。但她需要知道这个吗？还是坚持对病人有利的说法吧。

"所以你现在也在单身世界中浮沉？"卡萝问道。

欧内斯特觉得身陷困境。这个女人太难以捉摸了。他没有想过完全自我揭露的处女航会如此凶险，他非常渴望能航向精神分析的平静水域。航线他早已熟记在心，只要简单地说："我不知道你为什么要问这些问题。"或是"你对于我身处单身世界有何幻想？"但这种不率直的中性态度，这种虚假，正是欧内斯特誓言要规避的。

该怎么办？如果她接下来问起他的约会方式，他也不会诧异。在此片刻，他想象数月或数年后，卡萝琳跟其他某位心理医生谈到欧内斯特·拉许医生的治疗方式："哦，是的，拉许医生经常谈到他的私人问题以及认识单身女性的技巧。"

没错，欧内斯特想得越深，他越明了此处存在着心理医生自我揭露的主要问题。病人的秘密受到保护，但医生却毫无保障！心理医生也无法要求病人保密：如果病人在未来接受其他医生的治疗，他们必须拥有绝对的自由讨论一切，包括前任医生的怪癖。虽然可以信任心理医生会保护病人的秘密，医生之间却常常爱说同僚缺点的闲话。

例如，数周前，欧内斯特把一位病人的太太介绍给另一位医生，一位叫戴夫的朋友。最近他的病人要求为他太太介绍别的医生，因为戴夫习惯用闻味道来了解他妻子的心情！通常欧内斯特会被这种行为吓到，永远不再介绍任何病人给他。但戴夫是个好友，所以欧内斯特问他到底发生了什么事。戴夫说病人停止接受治疗，是因为他拒绝开镇静剂给她，她已经暗中滥用了好几年。"那闻她又是怎么回事？"戴夫有点搞糊涂了。几分钟以后他才想起，在诊疗初期时，他有一次不经意地赞美了她所用的一种味道特别浓的新香水。

欧内斯特在他的开诚布公原则上再加一条：只透露自我到对病人有帮助的程度，但如果不想丢掉饭碗，就得小心你的自我揭露听在其他医生耳里会是什么感觉。

"所以你也在单身世界里挣扎。"卡萝重复问道。

"我单身但不挣扎，"欧内斯特回答，"至少目前不是。"欧内斯特努力挤出一个有魅力，也有所保留的微笑。

"我很希望你能告诉我，你是怎么应付旧金山的单身生活。"

欧内斯特迟疑了。自发和冲动是有差别的，他提醒自己，他不一定非得回答每个问题。"卡萝琳，我想要你告诉我，为什么你会问这个问题。我向你保证过几点：尽我所能地帮助你，那是最基本的。还有，在治疗中尽可能诚实。所以现在，从我想要帮助你的基本目标出发，让我们试着了解你的问题：告诉我，你到底想问我什么？为什么要问？"

不错嘛，欧内斯特想，真的很不错。保持高透明度并不表示要被每位病人一时兴起的好奇心所奴役。欧内斯特迅速记下他对卡萝琳的回答，如果忘了就太可惜了，他可以用在期刊文章中。

卡萝对他的问题早有准备，而且已经暗暗演练过。"如果我知道你也面对了相同的问题，我会觉得更能被你了解。尤其是如果你已经成功地处理好这些问题，我会觉得你与我更相像。"

"这很合理，卡萝琳。但你的问题还有更多的含义，尤其是我已经说过，面对单身生活，我还算过得去。"

"我希望你能给我直接的引导，为我指引正确的方向。我觉得很无力——老实说，我既饥渴又恐惧。"

欧内斯特看了看表："卡萝琳，我们的时间到了。下一次见面前，容我建议你试着想出一些认识男人的选择，然后我们会讨论每种选择的利弊。对于提供你具体的建议，或是用你的说法，'为你指引正确的方向'我会感觉很不自在。听我一句话，我已经说过无数次了：那样的引导很少对病人有帮助。对我或对其他人有帮助的，不一定对你也好。"

卡萝感觉受挫又愤怒。你这个自以为是的浑蛋，她想，如果没有一点明确的进展，我不会结束这个小时。"欧内斯特，要我再等一整个星期会很难受。我们可不可以再约早一点；我需要更常来见你。别忘了，我是个付现金的好顾客。"她打开皮包数了150美元。

卡萝对钱的说法让欧内斯特很为难。钱似乎是特别难听的字眼：他讨厌面对心理治疗的商业面。"哦……嗯……卡萝琳，没有这个必要……我知道你第一次诊疗时付现金，但从现在开始，我比较喜欢每个月寄账单给你。还有事实上，我比较喜欢支票——对我的原始记账方法比较容易些。我知道支票可能没那么方便，因为你不希望韦恩知道你来见我，也许可以开银行本票？"

欧内斯特翻开他的行事历。唯一的空缺时间是贾斯廷空出来的早上八点时段，贾斯廷希望能保留来写作："我们再联络吧，卡萝琳。目前我的时间很紧。等个一两天好不好？如果你觉得下星期前一定要见我，打个电话给我，我会排出时间。这是我的名片，留言给我，我会回电告诉你诊疗时间。"

"你打来会很尴尬。我还没有工作，我先生又一直在家……"

"好吧，我把家里的电话写在名片上，晚上9点到11点应该都可以找到我。"不像他的许多同事，欧内斯特不担心留下家里的电话。他很久以前就学到，一般说来，焦躁不安的病人如果越容易找得到你，他们就越不会打电话来。

离开办公室前，卡萝琳打出最后一张牌。她转向欧内斯特，给了他一个拥抱，比上一次久一点、紧一点。她感觉到他的身体紧张起来，她说："谢谢你，欧内斯特。我很需要这个拥抱，如果我要熬过这个星期。我迫切需要别人碰我，我快要不能忍受了。"

下楼梯时，卡萝想着，这是我的想象，还是大鱼已经上钩了？他是否有一点点投入那个拥抱？走到一半，一个穿着纯白运动衣的人跑着冲上楼梯，几乎把她撞倒。他牢牢抓住她的手，稳住她的身子，然后举起白色游艇帽的帽檐，对卡萝闪出一个灿烂的微笑："嗨，我们又遇上了。对不起差点把你撞倒。我是杰西。我们好像看同一个心理医生。谢谢你使他延长了时间，要不然他会用半个小时分析我的迟到。他今天还好吗？"

卡萝望着他的嘴。她从没看过这么完美的白牙齿。"好不好？他很好。你待会就知道。哦，我是卡萝。"她转身看着杰西三步两步跳上其余的阶梯。真不错的臀部！

第十二章

星期二早上九点差几分，谢利在马歇尔·施特莱德的候诊室里合上他的赛马表，不耐烦地轻踏着脚。只要他见过施特莱德医生，他就会有美好的一天。首先，要跟威利与他的孩子们打网球，他们回家过复活节假期。威利的孩子现在打得很好，让人觉得像是在双打，而不是当教练。然后要到威利的俱乐部吃午饭，来点烤奶油茴香小龙虾或是软壳蟹寿司。然后跟威利到马场看第六场马赛。威利和阿尼的马"丁零"要参加圣塔克拉拉的比赛。

谢利对心理医生没什么需要。但施特莱德医生似乎很有用处。虽然他根本还没见过他，施特莱德医生已经派上了用场。当诺玛接到传真后，当天晚上回到家，她庆幸不用结束婚姻。无论如何，她仍然爱着他，主动投入了谢利的怀抱，把他拉进了卧室。他们再次发誓：谢利要好好利用心理治疗来改善他的赌博习惯，而诺玛则偶尔需要给谢利一天休息时间，不用应付她如狼似虎的性需求。

现在，谢利想，我只需要跟施特莱德医生谈完，就可以自由了。但是也许还有什么内情，一定有些什么。只要我花下这些时间，也许要好几个小时，来让诺玛满意，也让医生满意，也许我真的可以利用一下这位老兄。

门开了。马歇尔自我介绍，握手，请他进了办公室。谢利把赛马表藏进报纸里，进到办公室里，开始对办公室评头论足一番。

"你的玻璃收藏还真不少呢，大夫！"谢利做手势指向马斯勒的玻璃雕塑，"我喜欢那个橘色的大家伙。介意我摸一下吗？"

谢利已经走了过去，马歇尔做手势表示请便，他抚摸着那件"时光的金边"："真酷，很滑顺。你一定有病人想把它带回家。这些锯齿状的边——你知道，看起来就像是曼哈顿的城市剪影！还有那些杯子？很老的古董吗？"

"非常老，梅里曼先生。大概有 250 年了。你喜欢吗？"

"我喜欢老酒，但我不懂老的酒杯。很贵重吧？"

"很难说。老的雪莉酒杯几乎没有什么市场。那么，梅里曼先生……"马歇尔用他正式的治疗开场白声音说："请就座，然后我们就开始。"

谢利又摸了橘色大钵最后一次，然后坐了下来。

"我对你的了解很少，除了你曾经是潘德医生的病人，以及你告诉学会秘书，你必须立刻看诊。"

"从报纸上读到你的心理医生完蛋了，这并不是天天都会发生的事。他的罪名是什么？他对我做了什么？"

马歇尔稳稳地控制着场面："何不开始谈谈你自己，你为何会接受潘德医生的治疗？"

"哇，医生。我需要更了解事情的重点。通用汽车不会发出通告说你的车子有很大的问题，却让车主自己猜问题是什么，不是吗？他们会说是点火装置或燃料泵或自动排挡有问题。你何不告诉我，潘德医生的治疗有何缺陷？"

马歇尔被吓了一跳，但很快重拾平衡。这不是普通病人，他告诉自己：这是个测试案例——心理治疗史上第一个召回治疗的案例。如果需要有弹性，他就能有弹性。从当足球后卫时，他就以能看穿敌情的能力自豪。他决定尊重梅里曼先生的需求。告诉他这个……但是仅此为止。

"很公平，梅里曼先生。精神分析学会认为潘德医生时常提供怪异和毫无根据的解析。"

"再说一次？"

"抱歉，我的意思是，他对病人的行为解释既荒谬又经常令人困扰。"

"我还是听不懂。哪一种行为？举个例子吧。"

"例如，所有男人都渴望某种与父亲的同性结合。"

"什么？"

"嗯，他们会想要进入父亲的身体，与父亲合而为一。"

"是吗？父亲的身体？还有呢？"

"而那种渴望会干扰到他们的安宁，以及与其他男性的友谊。这是不是提醒了你某些潘德医生治疗的情形？"

"是啊，是啊。我想起来了。那是很多年以前，很多事我早忘了。但我们其实不会忘记的，不是吗？一切都储存在脑袋里，一切发生过的事？"

"完全正确，"马歇尔点头，"我们说它存放在潜意识中。现在告诉我，关于治疗你想起了些什么？"

"就是那个——关于跟我老爸搞的那些玩意。"

"你跟其他男性的关系呢？有问题吗？"

"大问题。"谢利还在摸索，但是他慢慢地分辨出内情的轮廓，"非常非常大的问题！举例来说，几个月前我的公司关门大吉后，我一直在找工作，每次我去面试，几乎每次都是跟男人，结果无论如何我一定会搞砸。"

"面试时发生了什么事？"

"我就是会搞砸。我会很烦躁。我想一定是因为那潜意识跟我老爸的玩意。"

"有多烦躁？"

"非常烦躁。你们是怎么说的？你知道的——恐慌，呼吸急促什么的。"

谢利看着马歇尔写下了一些笔记，心想自己挖到宝了！"没错，恐慌，那是最好的说法。呼吸困难，汗如雨下，面试者以为我疯了，他们一定在想：'这个人要怎么推销我们的产品？'"

马歇尔把这个也记了下来。

"面试者很快就请我出去。我太神经过敏，搞得他们也神经过敏。所以我已经失业很久了。还有一件事，医生，我经常参加一个扑克牌局，跟同一批人打了 15 年牌。很友善地玩，但是赌注大得可以赔上一大笔……这是保密的，对吧？我是说，即使你在某种情况下遇上我老婆，还是要保密，对吧？你发过誓守密吗？"

"当然，你在这房间说的每件事都保密。这些笔记只给我自己用。"

"很好。我不希望我老婆知道我输钱，我的婚姻已经岌岌可危了。我已经输了一大笔钱，现在回想起来，是我见了潘德医生以后才开始输钱的。从与他会面起，我就失去了所有的能力，在男人身边就焦虑，像我们之前谈过的那样。你知道，治疗前我原本是个不错的玩家，中等水平以上，治疗后我就全部打结了，紧张，出错牌……每次都输。你玩牌吗，医生？"

马歇尔摇摇头。"我们有很多事要谈。也许我们该谈谈，当初你为什么会去看潘德医生？"

"等一下。先让我把这个说完，医生。我要说的是，扑克牌比的不只是运气，扑克牌比的是胆量。玩牌75%是心理战——怎么控制情绪，怎么逼人亮底牌，怎么响应别人的亮牌战术，拿到好牌或坏牌时不经意泄露出来的破绽。"

"是的，我了解你说的重点，梅里曼先生。如果你对其他牌友觉得不自在，玩牌是不可能成功的。"

"玩牌'不成功'表示输到光屁股。输大钱！"

"那么，我们来谈谈你当初为何会去看潘德医生。我们来看看……从哪一年开始的？"

"所以我是这么想的，在扑克牌和不受雇用之间，潘德医生和他的错误治疗最后让我付出了大笔金钱，非常大的一笔钱！"

"是的，我了解。但是请告诉我，你为何开始见潘德医生。"

正当马歇尔开始警觉到会谈的方向时，谢利突然放松下来。他已经得知他所需要知道的信息。他娶了一个专办民事诉讼的律师九年，可不是没学到一点东西。从现在开始，当个合作的病人只有百利而无一弊。他察觉到如果他对传统心理治疗表现非常积极的反应，在法庭上对他会更有利。所以他开始非常翔实地回答马歇尔的所有问题，当然除了关于潘德医生治疗他的问题之外，那些他一点都不记得了。

马歇尔问到他的父母时，谢利深深挖掘过去：他的母亲对他的溺爱，与她对他父亲的失望形成强烈的对比，他父亲执迷于许多失败的计划。但是尽管他母亲宠爱他，谢利还是坚信他父亲是他生命中的主角。

没错，他想得越多，越是心乱如麻。他告诉马歇尔，潘德医生对他父亲的解释。虽然他父亲不负责任，他仍觉得自己与父亲有很深的联系。他年轻时崇拜爸爸。他喜欢看他跟朋友在一起，玩牌，到处赌马。他父亲什么运动都赌，比如赛狗、回力球、足球、篮球，什么游戏都玩，比如扑克牌、纸牌、西洋棋。谢利想起最喜爱的一些童年时刻，就是坐在爸爸腿上帮他洗牌。他的成年礼就是爸爸让他参加牌局。谢利现在想起他在16岁时自作聪明地提高赌注，还会感到有点畏缩。

是的，谢利同意马歇尔所说的，他对父亲的认同非常深、非常广。他的声音很像父亲，经常唱着父亲爱唱的歌。他跟父亲用同一种刮胡泡沫和胡后水。他也用苏打粉刷牙，也从不忘在早晨淋浴时，以冲几秒钟冷水终结。他喜欢烤得酥脆的洋芋，也像他父亲一样，上馆子从不忘叫服务生把洋芋拿回去再烤焦一点！

当马歇尔问到他父亲的死，谢利泪流满面地叙述他父亲58岁时死于心脏病，他正要钓起一条鱼的时候，在老友的围绕下离世。谢利甚至告诉马歇尔，在父亲葬礼时，他因为不停地想着那条鱼而感到羞愧。他到底拉上那条鱼没有？鱼到底有多大？大伙总是下了很大的注，看谁抓到最大一条鱼，也许有些钱应该归给他爸爸。以后可能再也见不到父亲的钓友，于是他在葬礼时痛苦地想要问这些问题，但是因为羞愧而始终说不出口。

自从父亲死后，谢利每天总会或多或少想到他。早上穿衣时看到镜中的自己，注意到自己鼓胀的腿肌，紧缩的臀部。39岁了，他开始变得越来越像他的父亲。

这个小时结束时，马歇尔和谢利都同意，既然他们已经上了轨道，他们应该很快再见面。马歇尔有好几段空当，他还没有填补彼得·马康度的时间，于是他安排下星期跟谢利做三次诊疗。

第十三章

"所以，这个心理医生有两个病人，刚好是很熟的朋友……你有没有在听？"保罗问欧内斯特，他正埋头用筷子挑糖醋鳕鱼的刺。欧内斯特在萨克拉门托有一场读书会，保罗开车来见他。他们约在一家中国餐馆。欧内斯特穿着他的读书会制式服装：双排扣蓝外衣里面加一件白色开司米高领衫。

"我当然有在听，你觉得我不能同时吃饭和听你说话吗？两个好朋友看同一个心理医生，然后……"

"有一天打完网球，"保罗继续说，"他们交换了对心理医生的意见。因为对他高高在上、无所不知的姿态感到气恼，他们想出了一个小小的娱乐：这两个朋友约好告诉心理医生同一个梦。所以第二天，其中一个人在早上 8 点告诉心理医生那个梦，另一个在 11 点说了同一个梦。心理医生一如往常般镇定，四平八稳地说：'太惊人了？这是我今天第三次听到同一个梦境！'"

"好故事，"欧内斯特说，差点被炒饭呛到，"但这个故事告诉我们什么？"

"嗯，告诉我们一件事，不仅是心理医生隐藏自己。许多病人都被抓到在躺椅上撒谎。我有没有告诉过你，两年前我的一位病人同时看两个心理医生，却没有告知其中任何一位？"

"他的动机是？"

"哦，某种报复性的胜利感吧。他会比对两个人的说法，静静地嘲笑两个人斩钉截铁地宣称着完全相反，但同样荒唐的解释。"

"好一个胜利！"欧内斯特说，"还记得怀特霍恩教授会怎么说吗？"

"两败俱伤的胜利！"

"两败俱伤！"欧内斯特说，"他最喜欢的一个词语。每次病人抗拒心理治疗时，就会听到他这么说！"

"但是你知道，"欧内斯特继续，"你的病人同时看两位医生——还记得我们将同一个病例呈交给两个不同的辅导医生时，拿他们完全不同的看法开玩笑吗？这是同样的事。你关于两位心理医生的故事引起了我的兴趣。"欧内斯特放下筷子，"我在想这有没有可能会发生在我身上？我想不会。我蛮确定自己知道病人是不是开诚布公。刚开始的时候会怀疑，但总会有一刻，我们不再怀疑彼此都开诚布公。"

"开诚布公，听来不错，欧内斯特，但这到底是什么意思呢？有好几次，我看了一个病人一两年，然后发生了某件事，或我听说了某件事，使我不得不重新评估对这个病人的所有认识。有时候我单独治疗某个病人好几年，然后让他参加团体治疗，结果看到的情况让我大吃一惊。这是同一个人吗？他竟然隐藏了那么多东西不让我知道！"

"有三年之久，"保罗继续说，"我治疗一个病人，一位非常聪明的女性，年龄约30岁，在完全没有经过我的任何诱导之下，主动回忆起她与父亲之间的乱伦。嗯，我们治疗这个问题一年，套句你的话，我相信我们是开诚布公了。好几个月来，我握着她的手，陪伴她经历恐怖的回忆，当她试着面对她父亲时，我支持她度过很激烈的家庭冲突。现在，也许为了配合当今的潮流，她突然开始怀疑这一切早期回忆的真实性。"

"我告诉你，我真是晕头转向。我根本不知道什么才是事实，什么才是虚构的。更过分的是，她开始批评我过于容易受骗。上星期她梦见她在父母家中，然后一辆慈善团体收旧货的卡车开到门前，开始敲打她家的地基。你笑什么？"

"要不要猜猜谁是那辆卡车？"

"不错，一点也不难猜。当我要她开始自由联想那辆卡车时，她开玩笑说那个梦的名字是：善心之手再次出击！所以这个梦的信息是，在信任与帮助的掩饰下，我是在破坏她家庭与家人的基础。"

"忘恩负义。"

"是的。而我又笨得开始为自己辩护。当我指出那是她自己的回忆，她说我头脑过于简单，以至于相信她所说的一切。"

"但是你知道，"保罗继续说，"也许她说得对。也许我们都太容易上当。我们习惯于病人付钱要我们听实话，于是幼稚地忘记了撒谎的可能。我最近听说有一项研究显示，心理医生与联邦调查局干员对于察觉谎言都特别无能。而关于乱伦的争议最近有更怪异的发展……你在听吗，欧内斯特？"

"继续说，你说到乱伦的争议变得更怪异……"

"对。当我们开始探讨邪教虐待仪式的世界时，乱伦的争议就变得非常怪异。这个月我担任一个治疗团体的看护医生。团体的20个病人中，有6个宣称受到仪式虐待。你简直无法想象团体治疗时的情况：这6个病人描述他们的邪教虐待仪式，包括活人献祭与食人，都是栩栩如生、十分详细，非常具有说服力，没有人敢表示怀疑，包括工作人员在内！如果团体治疗的心理医生挑战他们的说辞，医生会被整个团体乱石打死，完全无法施展任何治疗。老实告诉你，其中几个工作人员竟然相信这些说法。真是一处疯子的避难所。"

欧内斯特点点头，熟练地翻过鱼，开始吃另一面。

"多重人格分裂症患者也有同样的问题，"保罗继续说，"我知道有些很好的心理医生，提出了200个病例报告，我也认识其他很好的心理医生，从事心理治疗30年之久，却宣称他们从来没有遇到过一个。"

"也许我们要等传染病结束后，"欧内斯特回答，"才能采取更客观的观点来发现真相。我同意你关于乱伦受害者与多重人格症患者的说法。但先撇开他们不谈，看看你平常的治疗案例。我想一个好的心理医生总能够辨识出病人的实情。"

"存心欺骗的人也行？"

"不，不，你知道我的意思——你平常治疗的病人。你什么时候会在心理治疗上碰到存心欺骗的人？自己花钱来看医生，不是因为法院命令而来的病人。你知道我告诉过你的那个新病人，我的伟大开诚布公实验的对象？上星期我们第二次会诊时，我有一段时间摸不清楚她的想法……我们距离好遥远……仿佛不在同一个房间里。然后她开始谈到她在法学院是班上第一名，突然她大哭起来，进入了一种微妙的诚实状态。她谈起了一生最大的懊悔……放弃了大好前程，却选择了后来失败的婚姻。还有，同样这种诚实的突破状态也发生在第一次的会诊，当她谈到她的哥哥与她年轻时所受的虐待或可能遭受的虐待。在这两次情况中，我都感同身受……你知道，我们真的产生了联系。我们之间的联系使谎言不可能存在。事实上，上次会诊发生了这种情况后，她就进入了更深的诚实状态……开始非常坦白地谈到……她在情欲上的挫折……说她如果再不跟人上床，就要发疯了。"

"嗯，我看你们俩有很多地方很相像。"

"好啦，好啦。我正在努力解决这个问题。保罗，不要猛吃豆苗。你是不是想参加厌食症奥运？尝尝这些美味的干贝，这家餐馆的招牌。为什么总是要我一个人解决两个人的晚餐呢？看看这条比目鱼，真是美极了。"

"谢了，我靠嚼温度计来补充我的水银。"

"真好笑。老天，这个星期真是不得了！我的病人伊娃几天前过世。你记得伊娃吧，我向你提到过她吗？我所希望拥有的妻子或母亲？卵巢癌？她是一个写作老师，非常了不起的淑女。"

"是她梦见她父亲对她说：'别待在家里像我一样喝鸡汤，去，去非洲吧。'"

"啊，对，我都忘了。对，那就是伊娃没错。我会想念她的。她的死亡很叫人伤心。"

"我不知道你怎么对待那样的癌症病人。你怎么受得了，欧内斯特？你去参加她的葬礼吗？"

"不，我在此划下界线。我必须保护自己，要有一个缓冲地带。我也限制自己治疗濒死病人的数目。现在我有一个病人，她在一家肿瘤诊所担任心理治疗社工，她只看癌症病人，一整天都是，我可以告诉你，这个女人真是心痛欲绝。"

"这是高风险的行业，欧内斯特。你知道肿瘤科医生的自杀率吗？跟精神科医生一样高！真是除了受虐狂，谁能一直做这一行。"

"不见得都是这么黑暗，"欧内斯特回答，"你也可以从中得到收获。如果你治疗濒死的病人，而你自己也在接受心理治疗，你可以碰触到自己内在不同的部位，重新安排事情的轻重缓急，不再计较小事情。通常当我接受心理治疗后，会对自己与生命感到好些。这位社工曾经顺利接受五年的心理治疗，但当她开始治疗濒死病人后，各种新的问题都陆续出现。例如，她的梦开始充满了死亡的焦虑。"

"上周她所喜爱的一位病人过世，于是她做了一个梦。她梦见自己参加了我所主持的一个会议。她带了一些卷宗，必须经过一扇敞开的大落地窗才能交给我。她很不高兴我无动于衷的态度，一点也不在乎她所冒的危险。然后一阵雷雨发生，我带领整个团体爬上一个金属的楼梯，就像是火灾逃生梯。他们全都爬上去，但是楼梯却被天花板堵死了，无处可去，于是每个人只好又爬下来。"

"换言之，"保罗回答，"不管是你或任何人，都无法保护她，或带领她脱离疾病，抵达天国。"

"一点也不错。但我想要说明的重点是，在五年的精神分析中，她对死亡的议题从来没有浮现过。"

"我所治疗的病人也从来没有这样子。"

"你必须主动诱导出来。它总是潜伏在表面下。"

"那么你的情况如何，欧内斯特？要面对这么多肿瘤议题？不时有新问题出现，这是否意味着更多的心理治疗？"

"这就是为什么我正在写关于死亡焦虑的这本书。记得海明威时常说，他的打字机就是他的心理医生。况且，除了写作之外，你也给我提供了很好的心理治疗。"

"不错，这就是我今晚的账单。"保罗招手买单，并示意把账单给欧内斯特。他望望手表："你必须在 20 分钟内到达书店，简短告诉我关于你与新病人的自我揭露实验。她怎么样？"

"很奇怪的女人，非常聪明能干，但又很奇怪的幼稚，有很糟糕的婚姻——我希望能使她找出解决之道。几年前她曾经想要离婚，但她丈夫有前列腺癌，现在她觉得自己要被困住一辈子。她以前唯一成功的心理治疗是跟一位东岸的心理医生。听清楚了，保罗，她与这家伙有长时间的性关系！他几年前死了。最该死的是，她坚持那才是治疗，她挺身为那家伙辩护。我第一次看到这种事，我从来没见过任何病人宣称与心理医生发生性关系是有帮助的。你见过吗？"

"有帮助？帮助那个心理医生发泄罢了！但对于病人而言，总是没有任何好处！"

"你怎么能说'总是'？我才刚刚告诉你一个有帮助的案例。别让事实阻碍了科学真理！好吗？"

"好吧，欧内斯特，我要更正自己，让我更客观一些。我想一想。我记得几年前你曾经在一个案子中担任专家证人——西摩·特罗特，对不对？他宣称性交帮助了他的病人，是唯一能成功治疗她的疗法。但那家伙是如此自恋，谁能相信他？几年前我曾经治疗一个病人，她曾经与她年老的心理医生上过几次床，因为他的妻子过世了。她称之为'慈悲的性爱'，说并没有显著的坏处或好处，但大体上是正面多于负面。"

"当然，"保罗继续说，"有许多心理医生与病人发生关系，然后结了婚。必须也要把他们算在内。我从来没看过任何这类资料。谁知道这种婚姻的后果如何——也许比我们预想得更好！事实上，我们没有这方面的资料。我们只知道受害者。换句话说，我们只知道分子，而不知道分母。"

"真奇怪，"欧内斯特说，"这正是我的病人所提出的论点，一字不差。"

"这很明显，我们只知道受害者，而不知道整个人口数目。也许有些病人从这种关系当中受益，而我们从来没有听说过这些人！他们会保持沉默也是可想而知的。首先，这种事情你不会想要张扬。其次，也许他们受到帮助，而我们没有听说，是因为这种帮助并非来自更进一步的心理治疗。还有，如果这是很好的经验，那么他们会设法用沉默来保护自己的心理医生爱人免于受到伤害。"

"所以，欧内斯特，这回答了你对于科学真理的问题。现在我已经向科学致敬。但对我而言，心理医生与病人发生性关系是道德问题。科学绝不可能把不道德证明成为道德。我相信与心理医生发生性关系并不是治疗或爱情，而是剥削，违反信任。但是我不知道要怎么处理你的这个病人，宣称相反的情况，她应该没有理由要欺骗你。"

欧内斯特付了账。他们离开餐厅，走路前往书店。保罗问："所以……多告诉我一点这个实验。你揭露了多少？"

"我开始进一步打破了我自己的透明度界线，但这个方向并不是我所希望的。我没有料到。"

"为什么没有？"

"嗯，我本来希望能做到更有人性，更有存在意义的自我揭露——能达成'让我们一起来面对稍纵即逝的存在'。我以为我们能讨论我对她在此时此地的感受，我们的关系，我自己的焦虑，她与我共享的基本担忧。但她不想讨论任何深入或有意义的话题，反而追问鸡毛蒜皮的东西，如我的婚姻，我的约会习惯。"

"你怎么回答她？"

"我挣扎着想找出适当的做法。设法分辨什么才是真实的响应，什么只是满足淫荡的好奇心。"

"她想从你身上得到什么？"

"宣泄。她被困在很悲惨的处境中，但她只专注于性的挫折上。她真是非常性饥渴。在每次诊疗结束时的拥抱都表露无遗。"

"拥抱？你也跟着一起做？"

"为什么不要？我正在实验一种完整的关系。你在你的小屋里，也许没有发现真实世界里，人们时常会互相碰触。那不是情欲的拥抱。我了解情欲是什么。"

"我也了解你。小心，欧内斯特。"

"保罗，让我来使你安心。你记不记得在荣格的《回忆、梦、思考》，他说：心理医生必须为每一个病人创造出新的治疗语言？我越是思索这段话，就越觉得奥妙。我觉得这是荣格关于心理治疗所说过的最有趣的一段话，但是我觉得这还不够，他还不明白，重要的不是为每一个病人创造出新语言，甚至新的治疗方式，重要的是创造本身！换言之，重要的是心理医生与病人一起诚实地合作与创造。这是我从老西摩·特罗特身上所学到的。"

"真是个好老师，"保罗回答，"看看他的下场。"

住在美丽的加勒比海沙滩上，欧内斯特很想这么回答，但他只是说："别轻易否定他的一切。他也知道几件事情。但关于这个病人，给她一个名字，我比较容易谈她，姑且称她玛丽好了，我对玛丽是非常认真的。我决心要对她完全开诚布公，目前的结果还蛮真实的。拥抱只是其中一部分而已，没什么了不起。这是一个缺乏抚摸的女人。抚摸只是一种关切的象征。相信我，拥抱代表着情谊，而非欲望。"

"但是，欧内斯特，我相信你。我相信这是你对于你们拥抱的感觉。但是她呢？对她是什么意义？"

"让我用这个故事来回答你。上周我在一场关于心理治疗关系本质的演讲中，听到演讲者描述他的病人在心理治疗快结束时，所做的一个非常惊人的梦境。病人梦见自己与心理医生参加会议，必须一起住在旅馆中。心理医生建议她换到他隔壁的房间，这样他们就可以一起上床。于是她到柜台安排。不久之后，心理医生改变主意，说这样做不好。于是她又回到柜台，取消换房，但是太迟了。

她的东西都被搬到新房间了。结果她发现新房间比原来的房间好多了——更大、更高、视野更好。"

"不错，不错。我懂了。"保罗说，"病人对于性爱的渴望能够达成某些重要的进展——更好的房间。等到她发现性渴望只是幻想而已，进展已经无可逆转，她无法再变回去了，就像她无法回到原来的房间一样。"

"一点也不错。所以这就是我的回答。这是我对于玛丽在治疗上的关键策略。"

他们沉默地走了几分钟，然后保罗说："当我还在哈佛大学时，我记得一个很棒的老师曾说过很类似的道理……对有些病人而言，情欲的压力可以成为一种优势，甚至是有必要的。但是，对你而言，这仍然是很冒险的策略，欧内斯特。我希望你保持足够的安全余地。她很迷人吗？"

"非常迷人！也许不适合我的风格，但绝对是个标致的女人。"

"你可不可能判断错误？也许她是想要勾引你？要你成为以前那个心理医生情人？"

"她的确希望这样，但我就是要利用这一点来治疗她。相信我。对我而言，我们的拥抱是没有情欲的。"

他们来到书店前面。"好了，我们到了。"欧内斯特说。

"我们来早了。欧内斯特，让我再问你一个问题。老实告诉我，你享受与玛丽的非情欲拥抱吗？"

欧内斯特迟疑着。

"老实说，欧内斯特。"

"是的，我享受拥抱她。我很喜欢这个女人。她有不可思议的香水味。如果我不享受，我就不会这么做！"

"哦？这倒是很奇怪。我以为这个没有情欲的拥抱是为病人而做的。"

"没错。但如果我不享受，她会感觉到，这个做法就会完全失去真实性。"

"真是强词夺理！"

"保罗，我们说的是一个很友善的拥抱。我能控制的。"

"喂，别拉下你的拉链。否则你在州立医学道德委员会的任期就会很难堪地被中断。委员会什么时候开会？我们可以一起吃午餐。"

"两周后。我听说有一家新的柬埔寨餐馆。"

"下次该我选餐厅。相信我，我会让你好好享受一顿延年益寿的大餐！"

第十四章

翌日傍晚，卡萝打电话到欧内斯特家中，说她感到惊慌，需要一次紧急的诊疗。欧内斯特花了很长时间与她说话，安排了第二天早上的时间，并且为她打电话到24小时不打烊的药房，开了一份消除焦虑的药。

卡萝坐在候诊室等待时，读了她在上次诊疗后所写的笔记。

说我非常迷人……把他的家里电话号码给了我，要我打给他……探索了我的性生活……透露了他的个人生活，他妻子的去世、约会、单身俱乐部……说他很喜欢听我谈到关于他的性幻想，谈了超过10分钟……很奇怪不愿意接受我的钱。

事情进展不错，卡萝想。她把一卷录音带插进小录音机中，然后放进特别为此准备的编织手提包。她走进欧内斯特的办公室，非常兴奋陷阱已经设好了，每一句话，每一个不寻常的反应，都会被捕捉下来。

欧内斯特看到她不再像前一晚那么惊慌，于是把注意力放在她惊慌的原因上。他很快就发现，他与病人之间有非常不同的观点。

欧内斯特以为卡萝琳的惊慌是被前一次诊疗所引起的。但是她却说，她是因为性欲的压力与挫折感所导致，她继续建议能否从他身上得到宣泄管道。

当欧内斯特进一步询问卡萝的性生活时，他得到超过期望的内容。她非常露骨地向他描述手淫时以他为主角的性幻想。欧内斯特专心聆听，身体动都不敢动。

"但是手淫从来无法真正让我满足，"卡萝继续说，"我想部分原因是罪恶感。除了与拉尔夫谈过一两次，这是我首次告诉另外一个人。手淫无法带给我完整的高潮，只是许多小型的性快感，让我一直停在兴奋的状态。我想也许是我的手淫技巧不对。你能不能指点一下？"

卡萝的问题让欧内斯特满脸通红。他已经习惯她对性的开放。事实上，他很欣赏她能这么自在地谈她的性生活，例如，过去她在旅行时，或与丈夫吵架后，如何在酒吧里勾搭上男人。一切对她都显得非常轻松自然。欧内斯特想到自己在单身酒吧所度过的无数痛苦时光。实习时他在芝加哥待过一年。天啊，他想，为什么我没有在芝加哥酒吧里碰见卡萝琳？

至于她问到手淫的技巧，他又懂什么？除了最起码的阴蒂刺激，他几乎什么都不知道。大家都以为心理医生什么都懂。

"我不是这方面的专家，卡萝琳。"欧内斯特心里想，她怎么会认为我懂女性手淫？从医学院里学来的吗？也许他的下一本书应该是《医学院没有教导的事情》。

"我现在唯一想到的是，最近我在一位性障碍治疗医生的演说中听到的，如何释放阴蒂的一切束缚。"欧内斯特说。

"哦，那是不是可以从身体上检查出来？我可以让你检查，拉许医生。"

欧内斯特的脸又红了："不，我从七年前就不再为病人做身体检查了。我建议你去找你的妇产科医生。有些女性病人觉得对女性医生比较容易启齿。"

"男性是不是不一样，拉许医生，我是说……男人在手淫时会不会有不完整的性高潮？"

"这方面我也不是专家，但我相信男性通常都是一路到底，要不然就什么都没有。你与韦恩谈过这个问题吗？"

"韦恩？没有，我们什么都不谈。因此我才会问你。就是你了，现在你是我生命中唯一的男人！"

欧内斯特感到无计可施。他的开诚布公似乎完全没有方向。卡萝琳的积极使他感到困惑，他快要撑不住了。他向他的楷模，他的辅导医生求援，想象马歇尔会如何处理卡萝琳的问题。

马歇尔会说，正确的技巧是获得更多信息：开始有系统，不带感情的调查卡萝琳的性历史，包括她手淫的细节与幻想——过去与现在都不遗漏。

是的，这是正确的做法。但欧内斯特有一个问题：卡萝琳开始让他感到兴奋。欧内斯特这辈子都觉得不受异性青睐。他都觉得必须卖力发挥他的智慧、感性与品德，才能克服他的书呆子外表。听到这个迷人的女性描述手淫时对他的幻想，真是刺激极了！

欧内斯特的兴奋限制了他身为心理医生的自由。如果他向卡萝琳询问更多关于她性幻想的私人细节，他会弄不清楚自己的动机。他这么做是为了她好，还是为了满足自己的快感？这就像是偷窥狂或电话性爱。但是如果他避免询问她的幻想，这会不会是对病人治疗不彻底？不让他们谈论心中最重要的想法？而且会不会暗示这些想法是很下流的，不值得一谈？

还有他自己的开诚布公承诺呢？他是不是不能与卡萝琳分享他

自己的想法？不，他相信这样做不对！在心理医生的开诚布公上，是不是还有其他的原则？也许心理医生不应该分享他们自己都很矛盾的感觉。心理医生最好先自己解决这些矛盾。否则病人会负担起医生自己的问题。他把这个原则写在笔记上——很值得一记。

欧内斯特抓住机会转移话题。他回到卡萝琳前一晚的焦虑感，想要知道是不是因为前一次诊疗时提出的问题造成的。例如，她为什么会在这么不快乐的婚姻中待这么久？为什么她没有尝试接受夫妻治疗来改善婚姻状况？

"很难描述我的婚姻是多么无望。多年来没有一丝快乐或尊重。韦恩就像我一样绝望，他花了许多钱，接受许多年的无用心理治疗。"

欧内斯特没这么容易被打发。

"卡萝琳，当我听到你表达对于你婚姻的绝望，我就会想到，你父母的失败婚姻是否对你的婚姻有什么影响？上星期我问起你的父母，你说你从来没听过你母亲以好口气谈你父亲。也许你母亲一直灌输给你这种恨意。也许这对你有非常不良的影响，日复一日，年复一年要你相信，没有一个男人值得信赖。"

卡萝想要回到她的性问题上，但忍不住为她母亲辩护："这对她可不容易，独自一人抚养两个小孩，没有任何人帮助她。"

"为何独自一人，卡萝琳？她自己的家人呢？"

"什么家人？我母亲只有一个人。她的父亲也在她年轻时就离开了，最早的赖账父亲之一。她的母亲对她也没什么帮助——一个尖酸偏执的女人，她们几乎不说话。"

"你母亲的朋友呢？"

"一个也没有！"

"你母亲有继父吗？你祖母有没有再婚？"

"不可能。你不知道祖母。她永远穿着黑衣，连手帕都是黑色的。我从来没看她笑过。"

"你母亲呢？生命中有没有其他男人？"

"开玩笑？我从来没看过任何男人在我们家里。她恨男人！但我以前在心理治疗也谈过这一切。这是很早的历史了。我记得你说过你不会挖掘过去。"

"有趣。"欧内斯特说，不理会卡萝的抗议，"你母亲的生命非常类似于她的母亲的生命。仿佛家族中有一种痛苦的传统正在延续下来，就像烫手山芋一样，从前一代的女人传到下一代。"

欧内斯特发现卡萝不耐烦地望着手表："我知道我们的时间用光了，但是请多留一分钟，卡萝琳。这非常重要。让我告诉你为什么……因为这个传统可能也会延续到你女儿身上！也许我们在你的心理治疗上，最好的结果就是打破这种循环！我想要帮助你，卡萝琳。但是我们一起努力的最后受惠人，也许会是你的女儿！"

卡萝绝没有料到这段话，她受到了震撼。眼泪无法抑制地掉了下来。她没有再说一个字，站起来冲出了办公室，一边哭一边想，该死的，他又做到了。我为什么会让这个浑蛋整到我？

下楼梯时，卡萝试着整理思绪，欧内斯特的话当中，有哪些适用于她所虚构的人格？哪些适用于她自己？她非常专心地思索，差点踏到坐在楼梯上的杰西。

"嗨，卡萝，记得我吗？杰西？"

"哦，嗨，杰西。没有认出你来。"她抹去眼泪，"不习惯看见你坐着不动。"

"我喜欢慢跑，但我通常会走路。你总是看到我跑步，因为我总是迟到，这是很难治疗的问题，因为我总是来得太迟，没时间提到这个问题！"

"今天没有迟到？"

"我的时间移到早上 8 点了。"

贾斯廷的时间，卡萝想："所以你现在不需要去见欧内斯特？"

"不需要。我是来找你的。也许我们能聊聊天，一起慢跑，或者吃个午餐？"

"我不知道，我从来没慢跑过。"卡萝很气自己还在流泪。

"我是很好的老师。这里有手帕。你今天大概有了什么感触。欧内斯特也会让我这样子。不知道他怎么会找出那些痛苦的地方。我能帮什么吗？散散步？"

卡萝想要把手帕还给杰西，但是她又开始流泪了。

"不用了，留着手帕。听着，我也经历过那种疗程，我总是希望有时间能自己消化，所以我要走了。但我能打电话给你吗？这是我的名片。"

"这是我的。"卡萝从皮包中抽出一张，"但我要把慢跑的约定时间正式列入记录。"

杰西望望名片。"列入记录了，律师大人。"他说，然后就朝街上跑去。卡萝目送他，看着他一头金色长发在风中飞扬，白色的运动衫脱下来围绕着脖子，随着厚实的肩膀而上下起伏。

欧内斯特在楼上写着关于卡萝琳的看诊记录：

进展良好。很困难的疗程。自我揭露关于性与手淫的幻想。情欲的移情增加。需要想办法处理。谈到与母亲的关系，与家庭角色模式。防卫任何对于母亲的批评。诊疗结束时，我提到这种家庭模式可能会传到她女儿身上，她哭着跑出办公室。准备再接到一通紧急电话？以如此强烈的信息结束疗程是否正确？

况且，我不能让她这样冲出办公室，欧内斯特合起笔记本时想，我怀念她的拥抱！

第十五章

马歇尔与彼得·马康度共进午餐后，他在下一个星期就立刻卖掉了价值 90 000 美元的银行股票，打算尽快把钱电汇给彼得。但他妻子坚持要他与他的表兄马文谈谈这笔投资，马文是在法务部工作的一名税法律师。

雪莉平常不会管家里的财务问题。她越来越着迷于禅与花道，不仅对物质越来越不感兴趣，也对丈夫的执迷于物质感到越来越讨厌。每当马歇尔赞美某件油画或玻璃雕塑，并对 50 000 美元的售价感到无奈时，她就会说："美？你为什么对这些就看不出来？"然后指着她的一盆插花——优雅的橡树枝与六朵山茶花的安排，或一株节瘤繁复的小松树盆栽。

雪莉虽然对金钱不感兴趣，但她对于金钱能买到的一样东西非常在意：子女所能接受的最优质的教育。马歇尔把彼得的自行车安全帽工厂投资说得天花乱坠，前景无穷，让她开始感到担心。在同意投资之前（他们的股票都是联合持有），她坚持马歇尔必须联络马文。

多年来，马歇尔与马文都有一种非正式的互惠关系：马歇尔提供马文医疗与心理上的咨询，马文则提供投资与纳税的建议。马歇尔打电话给马文，告诉他关于彼得·马康度的计划。

"我不喜欢这计划的味道，"马文说，"任何承诺这种回报率的投资都很可疑。五倍或七倍的回收？算了吧，马歇尔！七倍！实际点。还有你寄给我的同意书，你知道那有什么价值吗？零，马歇尔！完全是零！"

"为什么是零，马文？一个著名生意人所签的同意书？这家伙很有信誉。"

"如果他是这么好的生意人，"马文以沙哑的声音问，"告诉我，他为什么给你一张没有担保的文件？空虚的承诺？我看不到任何担保。要是他决定不偿还你？他可以有任何借口不偿还。你必须要告他，这会花上大笔金钱，然后你只会得到另外一个文件，一张判决书，然后你必须设法找出他的资产。这会花掉你更多的钱。这张保证书并没有免除这种危险，马歇尔。我知道我在说什么，我每天都看到这种情形。"

马歇尔根本不理会马文的质疑。首先，马文的工作就是提出质疑。其次，马文的想法都很狭窄。他就像他父亲麦斯舅舅一样保守。他们是从俄罗斯移民过来的家人中唯一没有在新大陆建立成功事业的。他父亲曾经恳求麦斯一起经营杂货店，但麦斯不愿意在清晨四点就起床，上市场，工作16个小时，然后在傍晚把腐败的苹果与橘子丢掉。麦斯的想法很小家子气，选择了安稳而有保障的公职。而他的儿子马文生下来就有点笨手笨脚，也步上了他父亲的后尘。

但是雪莉听到了他们的谈话，她不会这么轻易就不理会马文的警告，90 000美元可以负担子女整个大学教育而绰绰有余。马歇尔努力压抑他对雪莉的不满。在这19年的婚姻中，她从来没有对他的任何投资感兴趣。现在，他准备抓住毕生难得的发财机会，她却要以外行来干涉内行。但是马歇尔安慰自己，他了解雪莉的担忧是出于无知。如果她见过彼得，事情就会不一样了。不过她的合作还是必要的，所以他必须配合马文。

"好吧，马文，告诉我该怎么做。我会遵照你的建议。"

"很简单。我们要一家银行来担保同意书上的付款，也就是说，一家大银行无条件的担保书，让你随时都可以要求取回你的投资。如果这个人的资产真的像你所说的那样庞大，他应该能很轻松地取得这样的担保。如果你愿意，我可以为你拟一张无漏洞的担保书，就算胡迪尼也逃不了。"

"很好，马文，请这么做。"雪莉说，她从分机加入了谈话。

"慢着，雪莉，"马歇尔现在有点生气了，"彼得答应我在星期三寄来担保书。为什么不先看看他要怎么做？我会把担保书寄给你，马文。"

"好，这星期我都在。除非跟我谈过，不要先寄钱出去。还有一件事：关于那块劳力士表，帮我一个忙，马歇尔，花 20 分钟时间，带着那块表去高级礼品店，请他们证实真伪。假劳力士表到处都有，纽约市每个角落都有人在兜售。"

"他会去的，马歇尔，"雪莉说，"我会跟他一起去。"

礼品店的查证让雪莉感到安心些。那块表是真的劳力士——价值 3500 美元！不仅是在那里购买的，店员甚至还记得彼得。

"很有品位的绅士。他差点要买第二块一样的表给他父亲，但是说他马上要回瑞士，可以在那里买。"

马歇尔非常高兴，主动要买一个礼物给雪莉。她选了一个精致的绿花瓶用来插花。

星期三，彼得的担保书来了，马歇尔很满意地看到，这担保书符合了马文的所有条件——由瑞士信贷所担保的 90 000 美元投资，加上利息，在全球数百家瑞士信贷分行都可兑现。连马文都找不出问题，他只好不甘心地承认，这看来似乎是毫无漏洞的。但是马文还是强调，他对于任何暗示这种回报率的投资都感到不安。

"这是不是说，"马歇尔问，"你不愿意参与这项投资？"

"你愿意让我参加？"马文问。

"让我考虑考虑，我再告诉你。"想得美！马歇尔心里想，挂上电话。马文要等很久才能分到一杯羹。

第二天，马歇尔卖股票的钱已经进账，他就电汇了 90 000 美元到苏黎世给彼得。他在中午打了一场好篮球，与球员之一的文斯一起吃午餐。文斯也是心理医生，办公室在他隔壁。虽然文斯与他交情很好，但马歇尔没有告诉他这笔投资，也没有告诉任何同行。只有马文知道。不过马歇尔告诉自己，这笔交易非常干净。彼得已经不是病人，他只接受了短期的治疗。在这里移情不是问题。尽管马歇尔知道没有专业上的利益冲突，他还是提醒自己，要告诉马文守口如瓶。

当天下午，他与彼得的未婚妻阿德里安娜见面。马歇尔极力维持他们的专业关系，避免提到任何他与彼得的投资。他很谦虚地接受她的恭贺，关于他的讲座系列，但是当她提到前一天彼得告诉她，瑞典与瑞士的立法当局都在考虑强制自行车安全帽法令时，他只是稍稍点点头，然后立刻把话题带回到她的问题上：关于她与她父亲之间的关系。基本上她父亲是个好人，只是过于严肃，没有人敢反对他。她父亲对彼得很有好感，他是彼得投资集团中的一员，但他强烈反对将来他们结婚后，他的女儿与孙子女都必须住在国外。

马歇尔讨论了阿德里安娜与她父亲的关系，讨论了好的养育子女观念是要子女能够独立自主，能够离开父母，成为有用之人。阿德里安娜终于开始了解，她不需要接受她父亲加在她身上的罪恶感。她母亲的早逝不是她的错。她父亲年老后如此孤单也不是她的错。他们在诊疗接近尾声时，阿德里安娜提出一个问题：在彼得所提供的五次诊疗后，她是否能继续接受治疗？

"有没有可能，施特莱德医生，"阿德里安娜站起来时间，"我与我父亲一起来接受诊疗？"

这世界上还没有任何病人能够让马歇尔延长诊疗时间，就算延长一两分钟都不行。马歇尔对此感到非常自傲。但他还是忍不住要以彼得的礼物借题发挥一番。他伸出手表说："我分秒不差的新手表告诉我，现在是 2 点 50 分。我们下次诊疗时，就从这个问题开始好了。"

第十六章

马歇尔准备迎接下一个病人谢利。他浑身精力充沛。真是美好的一天，他想。不会有比这更好的了：钱终于已经汇给彼得，与阿德里安娜完成非常成功的诊疗，还有那场篮球赛——最后上篮时有如神助，没人敢挡他的路。

他也期待见到谢利。这是他们第四个小时的诊疗。本周前两次的诊疗非常了不起。还有别的心理医生能像他这样杰出吗？他精准地分析了谢利与父亲的关系，像个手术医生般用正确的解析取代了赛斯·潘德的腐败解析。

谢利走进办公室，像往常一样先摸摸橘红色玻璃雕塑的边缘，然后才坐下来。不需要马歇尔任何引导，他立刻就开口了。

"你记得威利吗？我的扑克牌友与网球球友？上星期我提到过他。他就是那个身价四五千万美元的富翁。他邀请我与他一起参加网球双打比赛。我想我会同意，但是……这件事有点不妥当，我不确定为什么。"

"你的想法是什么？"

"我喜欢威利。他想要当个好朋友。我知道他想与我搭档的双打比赛根本不算什么。他太有钱了，连利息都花不完，况且他也不是不求回报。他的目标是全国长青组双打排名。让我告诉你，他找不到比我更好的搭档。但是我不知道，这还是无法解释我的感觉。"

"梅里曼先生，今天我想让你试试不同的做法。把注意力放在你的恶劣感觉上，也放在威利身上，然后让思想自由运行。说出你想到的任何念头，不要评断或选择合理的念头，不要想弄清楚任何事。只要大声说出你的想法。"

"牛郎，这是我想到的第一个字眼。我是个被人养的牛郎，供威利娱乐的应召牛郎。但是我喜欢威利，如果他不是这么富有，我们会成为亲密的好朋友……也许不会……我不信任我自己。如果他不是这么富有，我可能会对他失去兴趣。"

"继续下去，梅里曼先生，你做得很好。不要选择，不要评断。说出任何出现的念头。不管你想到什么或看到什么，都描述给我听。"

"堆积如山的财富……铜板与钞票……金钱的诱惑……每当我与威利在一起时，我都在算计着……要怎么利用他呢？从他身上获得什么？什么都有……我总是需要什么，金钱、恩惠、高级午餐、新的网球拍、内线消息。他让我很崇拜……他的成功……使我感觉像他一样成功。也使我感到卑微……我看见自己握着父亲的大手……"

"保持住你与你父亲的影像。集中在上面，让事情发生。"

"我看见这个影像，我大概不到 10 岁，因为我们正在搬家，住进我父亲的店的楼上。我父亲牵我的手，在星期日带我们去公园。街上有肮脏的积雪。我还记得我的裤子摩擦发出声音。我好像有一袋花生，我在喂松鼠，把花生丢给它们吃。其中一只咬了我的手指。"

"后来发生什么？"

"痛得要命。但不记得其他事情了，什么都记不得。"

"你在丢花生米，怎么会被咬呢？"

"对！好问题，真不合理。也许我把手伸到地上，它们跑过来吃，但我只是猜想，我不记得了。"

"你一定很害怕。"

"也许，不记得了。"

"或者你记得被治疗？松鼠咬可能很严重——狂犬病。"

"不错。狂犬病当时很严重，但是没有生病，也许我把手拉回来了，但这只是猜想。"

"继续描述你的意识状态。"

"威利，他使我感到很渺小。他的成功使我的失败更为显著。你要知道，当我在他身边时，我不仅感觉渺小，表现也更差……他谈到他的公寓销售量低落……我有一些促销的好主意，这我很在行，但当我准备告诉他时，我的心跳就会加速，忘了要说什么……甚至在打网球时也会如此……我与他搭档时，我都会降低水准……我可以打得更好……我是在放水，第二次发球软弱无力……与别人搭档时，我都能把球发到反手的角落——十次有九次成功……我不知道为什么……不想要炫耀……一定要改变我的打法。真好笑，我希望他能赢……但我也希望他输……上周他告诉我关于一笔亏损的投资……该死，你知道我怎么感觉吗？我觉得高兴！你相信吗？高兴。感觉真像个狗屎……有我这种朋友……这家伙对我好得不得了……"

马歇尔用一半时间倾听谢利的内心联想，然后才提出他的解析。

"让我感到惊讶的是，梅里曼先生，你对于威利与你父亲的深沉矛盾感情。我相信你与威利的关系，是出于你与你父亲关系的模式。"

"模式？"

"我是说，你与你父亲的关系，是你与其他成功大人物交往的关键与基础。前两次诊疗你说了很多关于你父亲对你的忽略与轻视。今天，你首次告诉我一个关于你父亲的温暖、正面的回忆，但是，结果呢？却是手指被咬伤了！"

"我不懂你的意思。"

"看起来这不像是个确实的回忆！毕竟，你自己也说，撒花生米怎么会被松鼠咬到手指？父亲怎么会让儿子用手喂可能有狂犬病的松鼠？不太可能！所以手指被咬伤的事件象征了其他让你恐惧的伤害。"

"对不起，你想要说什么，大夫？"

"记得上次诊疗时你说的早期回忆吗？你这一生能记得的第一个回忆，你说你在父母的床上，你把玩具金属卡车放在旁边桌子的灯泡座上，结果你受到电击，玩具卡车熔化了一半。"

"对，我记得那个回忆，像白天一样清楚。"

"所以让我们把这些回忆放在一起——你把你的卡车放进你母亲的插座里，结果被烧伤了。那里很危险。靠近你母亲会有危险，那里是你父亲的地盘。你要如何应付来自你父亲的危险？也许你想要亲近他，但是你的手指被咬伤了。难道这些伤势不明显吗？你的小卡车与你的手指像是象征：除了阳具的伤害之外，它们还能代表什么？"

"你说你母亲溺爱你，"马歇尔继续说，知道他完全抓住了谢利的注意力，"她对你溺爱有加，同时中伤你父亲。听起来对一个小孩很危险，要他反抗他父亲。你要怎么办呢？一个办法是认同你父亲，你就是这么做了，你所描述的都反映了这个事实——模仿他对马铃薯的口味，他的赌博习惯，他对金钱的忽略，你觉得自己的身体也像他一样。另一个办法就是与他竞争。你也这么做了，纸牌、拳击、网球。事实上，要打败他很容易，因为他都很不成功。但是你还是感到很不自在，仿佛赢了他还是会有危险。"

"什么危险？我真的相信老爸要我成功。"

"危险不是在于成功与否，而是在于比他成功，胜过他，取代他。也许在你的孩童心智中，你希望他离开，这很自然，你希望他消失不见，这样你就可以占有母亲。但是对孩童而言，消失就等于死亡。所以你暗中希望他死。这不是对你的指控，这在每个家庭中都会发生。儿子憎恨父亲的阻碍，而父亲憎恨儿子想要取代他。

"想一想，希望别人死是很不自在的一件事，感觉很危险。什么危险？看看你的小卡车！看看你的手指！危险存在于你与父亲的关系之中。现在这都是过去的事件与情绪，发生在好几十年之前，但是这些情绪还没有消除。它们被埋在你内心，感觉仍然如新，仍然影响你的生活。儿时的危险感仍在，你早已忘了原因，但看看你今天所告诉我的：你好像把成功当成一件危险的事。因此，当你与威利在一起时，你不让自己成功，或表现杰出。你甚至不让自己打好网球。所以你的所有能力都被深锁着，没有使用。"

谢利还是没有反应。这些话对他没有什么意义。他闭上眼睛，搜寻马歇尔的话语，看看能不能找到什么字眼可以利用。

"请大声一点，"马歇尔微笑说，"我听不到。"

"我不知道该说什么。你说了好多。我想我只是在想，潘德医生为什么没有告诉我这些。你的解释似乎正中要点，比他的什么父亲同性恋说法要正确多了。我们只治疗了四次，你已经超过了潘德医生 40 次的治疗。"

马歇尔简直飞上了云霄。他觉得自己是个解析超人。每隔一两年，他打篮球时会体验到出神入化之境；篮筐看起来像个大桶子——三分球、转身跳投、双手运球，怎样都不会失误。现在他在办公室也体验出神入化——彼得、阿德里安娜、谢利，他怎么说都不会错。每一个解析都"咻"地得高分。

天啊，他真希望欧内斯特·拉许能看到与听到这次诊疗。前一天在他与欧内斯特的辅导会诊中，他们又有了一次小冲突。现在几乎每次都会发生。上帝啊，他必须要容忍这种事情。所有这些欧内斯特之流的心理医生，这些业余人士，就是不懂这个道理——心理医生的工作就是解析，只有解析。欧内斯特不了解，解析不是一种选择，不是心理医生能做的许多事之一，而是唯一的任务。真是让人受不了，像他这种高等专业人士必须忍受欧内斯特之流对于解析的幼稚质疑，听欧内斯特谈着真诚与公开，以及什么灵魂分享的鬼话。

突然间，一切云消雾散，马歇尔茅塞顿开。

欧内斯特以及所有批评精神分析的人，都没有说错，解析的确没什么用，因为那是他们的解析！解析在他们手中没有用处，因为内涵不对。马歇尔想，当然，他之所以杰出，除了内涵之外，还有他的表达方式，以及他能对每个病人使用正确的言语与比喻来架构解析，他能够触及形形色色的病人：从最世故的学者如诺贝尔物理奖得主，到最底层的人物，如梅里曼先生这种赌徒。他觉得自己真是一台精准无比的解析机器。

马歇尔想到他所收的费用。像他这样出类拔萃的心理医生，当然不应该只是收一般的费用。真的，马歇尔想，谁能比得上他？如果精神分析的老祖师们——弗洛伊德、费伦奇、沙利文——能看到他的诊疗，他们都会惊叹："了不起，杰出。这个施特莱德真是不得了。把球传给他，不要挡他的路。毫无疑问，他是世上还活着的最伟大的心理医生！"

他很久没有感觉这么好过，也许从他在大学踢足球之后就没有过。他想，也许这些年来他都是轻微的沮丧。也许赛斯·潘德没有深入分析他的沮丧与他的夸张幻想。天知道赛斯对于幻想有多么大的盲点。但是今天马歇尔了解，幻想不见得需要纠正，这是自我用来消除日常生活中的限制、沉闷与绝望的自然做法。要想办法把幻想转变成能够实现的成熟形式，就像是兑现一张60万美元的自行车公司支票，或宣誓担任国际精神分析学会的主席。这一切很快都会实现！

刺耳的声音把马歇尔从幻想中拉回来。

"你知道，大夫，"谢利说，"你的追根究底真是对我帮助很大，让我更是对赛斯·潘德那个变态火大！昨晚我算了一下，看看他的错误治疗让我损失了多少钱。我先只告诉你，我不想公开，但我想我在扑克牌上输了大约40 000美元。我说过我对男人都感到紧张，都是潘德的古怪解析害的。他害我输牌，我可以很容易就证明这笔损失，在任何法庭上都可以，凭我的银行记录与被取消的扑克牌户头。还有我的工作，以及我无法好好面试，都是因为一个差劲心理治疗的结果——那是至少六个月的失业，又是40 000美元。所以加起来大约是80 000美元。"

"是的，我可以了解你对潘德医生感到很不满。"

"这超过了感觉，大夫，这超过了不满。以法律字眼来说，这就像是寻求赔偿。我想，我的妻子与她的律师朋友也同意，我有很好的案子可以打官司。我不知道该告谁，当然主要是潘德医生，但现在律师都要找大财团下手，所以也许是精神分析学会。"

当谢利有一手好牌时，他很会唬人，而他现在的确握有一手好牌。

这整个召回计划是马歇尔的点子。他希望能借由这个点子登上精神分析学会主席的位置。现在，这第一个召回的病人威胁要告精神分析学会，一定会成为非常受人瞩目，非常难堪的审判。马歇尔努力保持冷静。

"是的，梅里曼先生，我了解你所受的压力，但会有法官或陪审团了解吗？"

"我觉得这是个非常清楚分明的案子，绝不会上法院的。我很愿意考虑和解，也许潘德医生与精神分析学会能一起分担赔偿费。"

"我只是你的心理医生，没有权力为学会或别人说话，但我觉得一定会上法庭的。首先，我认识潘德医生——他很强悍、固执，一个斗士。相信我，他绝不可能承认医疗不当，他会战斗到底，雇用全国最好的辩护律师，花上所有积蓄。精神分析学会也会战斗。他们绝不会自愿和解，因为这会引发无数其他官司。"

谢利跟了马歇尔的赌注，然后大胆地提高赌注："上法庭我也不怕，而且不会很贵。我老婆是个很棒的审判律师。"

马歇尔眼睛眨也不眨，跟着提高赌注："我看过医疗不当的审判。让我告诉你，病人会付出很高的情绪代价。不仅是个人隐私曝光，还涉及周围亲友，包括你妻子，她可能无法当你的律师，因为她必须作证说明你的痛苦情绪。然后，关于你在赌博上输掉的钱，如果公开后，对她的职业也会有不良的影响。当然，你的所有牌友都需要出来作证。"

谢利很有信心地反驳："他们不仅是牌友，也是亲密的朋友。没有一个会拒绝作证。"

"但如果是朋友，你愿意叫他们出来作证吗？叫他们公开承认，他们涉及如此金额巨大的赌局？这对他们的私人生活与职业恐怕都有不良的影响。况且，加州禁止私人赌博，对不对？你等于是要求他们把头放在砧板上。你不是说他们有些人是律师吗？"

"朋友会愿意两肋插刀的。"

"当他们这么做之后，大概就不再是朋友了。"

谢利又瞄了马歇尔一眼。这家伙像座砖墙，他想，没有丝毫松动之处，他可以挡住一辆坦克车。他停下来看看自己手中的牌。狗屎，他想，这家伙是个玩家。他好像手中是同花大顺，而我只是清一色。最好留一点给下一把。谢利盖了他的牌。"好吧，我会想一想，大夫，与我的法律顾问谈一谈。"

谢利陷入沉默。马歇尔当然等着他开口。

"大夫，我能问你一些问题吗？"

"你什么都可以问，但不保证有答案。"

"让时间倒退五分钟……当我们谈到打官司时……你的立场很坚决。为什么？到底发生了什么事？"

"梅里曼先生，我相信探讨你这个问题背后的动机更重要。你真正想问什么？这个问题与我稍早的解析，关于你与你父亲，究竟有什么关系？"

"不，大夫，我不是要问这个，这个我们已经处理好了。真的。我觉得已经了解了我母亲与我父亲还有竞争以及死亡的愿望，等等。现在我想要谈的是我们刚才玩的那一把。让我们把牌摊开来重玩一次。这样你才能真正帮助我。"

"你还没有告诉我为什么。"

"好，很简单。我们讨论过我的行为原因——你是怎么说的？模板？"

"模式。"

"对。看来我们已经找出了原因。但我还是有受到伤害的行为模式，显露紧张的坏习惯。我来这里不仅是为了了解原因，我需要帮助来改变我的坏模式。你知道我受到伤害，否则你不会坐在这里，提供免费的每小时 175 美元的心理咨询，对不对？"

"好，我开始了解你的意思了。现在请再问我一次那个问题。"

"刚才，五分钟前，我们谈到打官司与陪审团与赌博。你本来可能会盖牌，但你却冷静地跟进。我想要知道，我是怎么泄露了我的牌？"

"我不确定，但我想是你的脚。"

"我的脚？"

"是的，当你想要表现坚决时，你会晃动你的脚，梅里曼先生。这是很明显的焦虑表现。哦，还有你的声音会提高半个分贝。"

"你没骗我！真棒。你要知道，这才是真的有帮助。我有了一个灵感，让你可以真正治疗我受伤害的地方。"

"很抱歉，梅里曼先生，这恐怕是我所有的观察秘诀了。我相信我真正能帮助你的方式，就是像这四个小时的诊疗。"

"大夫，你已经帮助过我重新理解关于所有那些孩童父亲的事情了。我已经有了新的观点。很好的观点！但我还是受了伤害：我无法与朋友好好玩一场扑克牌。真正有效的心理治疗应该可以治好这个毛病吧？好的心理治疗应该可以让我放松下来，选择我想要的消遣吧？"

"我不太明白，我是个心理医生，我无法帮助你打扑克牌。"

"大夫，你知道什么是'破绽'吗？"

"破绽？"

"让我示范给你看，"谢利拿出他的皮夹，抽出一沓钞票，"我要拿这张 10 美元的钞票，折叠起来，把手伸到背后，然后把钞票藏在某一只手里。"谢利边说边做，然后把两只手紧握拳头，伸到面前。"现在你的工作是猜钱藏在哪一只手。猜对了，10 美元就给你；猜错了，你要给我 10 美元。我要重复六次。"

"我可以陪你玩，梅里曼先生，但是不能赌钱。"

"不行！相信我，不冒险就行不通，一定要有输钱的可能才行。你到底要不要帮我？"

马歇尔让步了。他非常感激谢利似乎放弃了打官司的念头，就算是谢利要他玩过家家，他都愿意奉陪。

谢利伸出手六次，马歇尔猜了六次。他猜对三次，猜错三次。

"好，医生，你赢了 30 美元，输了 30 美元。我们打平，这是自然的概率。本来就应该如此。现在，该你把 10 美元藏在手中。轮到我来猜。"

马歇尔把钱藏在手中六次。谢利第一次没猜对，其余五次都猜对了。

"你赢了 10 美元，大夫，我赢了 50 美元。你欠我 40 美元。你需要找钱吗？"

马歇尔从口袋中掏出一沓钞票，上面有一个厚重的银钞票夹——这是他父亲的。20 年前他父亲严重中风。他与母亲在等待救护车前来时，他母亲把他父亲口袋中的钱都拿出来，把钞票放入皮包，银夹子给她儿子。"拿着，马歇尔，这个给你，"她说，"每次你用到它时，就会想起你父亲。"马歇尔沉默地深吸一口气，抽出两张 20 美元钞票，这是他这辈子输过最大的一笔赌金，然后交给谢利。

"你是怎么猜到的，梅里曼先生？"

"你空的那只手的指节会有点泛白，你握得太用力了。你的鼻子也会稍微偏向有钱的那只手，只是一点点而已。但这就是破绽！大夫，想不想再比一次？"

"很好的示范，梅里曼先生。不需要再比一次。我了解了。但我还是不确定这有什么帮助。恐怕我们的时间到了。星期三再见。"马歇尔站起来。

"我有了一个很棒的点子，可以派上用场。想不想听听？"

"当然想听，梅里曼先生。"马歇尔又看看手表，"在星期三下午 4 点整。"

第十七章

在诊疗开始前 10 分钟，卡萝先让自己做好心理准备，今天没带录音机。上次藏在皮包里，几乎什么声音都没录到。如果要清楚地录音，她知道必须投资购买专业级的设备，也许在最近新开张的间谍用品店里就有卖。

倒不是有什么值得录音的东西。欧内斯特比她预料中的更狡猾，更机警，也更有耐心。他花了很多时间来赢得她的信心，使她依赖他。他似乎不很急，也许他正快乐地与另一个病人上床。而她也必须要有耐心，她知道欧内斯特迟早会露出真面目：她在书店里看到的那个饥渴淫荡的掠食者。

卡萝决心要更坚强些。她可不要像上次那样，当欧内斯特谈到她母亲的愤怒将要传到儿女身上时，她不由自主地崩溃了。过去几天来，这些话一直在她耳中回响，而且以出乎意料的方式影响了她与她儿女之间的关系。她儿子说他很高兴，因为他不愿意她再悲伤了，而她的女儿在她枕头上放了一张图画，上面是一个微笑的大脸。

然后在昨天晚上，发生了一件惊人的事情。这几周来，卡萝首次体验到短暂的安宁。那是当她抱着她的小孩，读每晚必读的故事书时所体验到的——以前她母亲每晚也会读给她听。回忆开始涌现，她与杰布靠在她母亲身上，挤着要看故事书中的图画。上个星期，她不时会想起那个罪该万死的杰布。她当然不想再见他——她说的无期徒刑是当真的，但是她还是想要知道，现在他在哪里，在做什么。

但是，卡萝想，我真的必须对欧内斯特压抑我的情绪吗？也许流流眼泪也不坏，可以增加真诚感。尽管这不见得需要，可怜的欧内斯特，他什么都不知道。但是，这是一场冒险的游戏。为什么要让他能影响我？但另一方面，为什么我不从他身上得到一些正面的影响？我已经付出太多代价了，就算是他，偶尔也会说出有用的话。连瞎眼的猪偶尔也会碰对门路！

卡萝按摩着她的腿。虽然杰西遵守了诺言，他很有耐心并温和地带领她慢跑，但是她的腿还是很酸痛。昨晚杰西打电话来，他们今天早上约好地点碰面，慢跑穿过起雾的金门公园。她照着他的建议，跑步速度没有超过快步行走，脚几乎没有离开有露水的草地。经过 15 分钟后，她已经喘不过气来，以哀求的眼神看着一旁陪她慢跑的杰西。

"只要再跑几分钟，"他安慰她，"继续保持这种步伐，寻找能让你呼吸比较容易的节奏。我们会在日本茶馆那里停下来。"

在慢跑进入 20 分钟时，奇妙的事情发生了。卡萝的疲倦感消失，取而代之的是一种无穷无尽的能量。她望着杰西，杰西点点头微笑，仿佛他一直在等待她的觉醒。卡萝跑得更轻快，像是无重量地飞翔于草地上。她的脚举得更高，然后又更高。她可以一直这样跑下去。当他们在日本茶馆前面慢慢停下来时，卡萝向前扑倒，幸好被杰西有力的双臂给抓住了。

此时，欧内斯特正在隔壁的房间的计算机上打字，写下他所领导的治疗团体中发生的一件事——很适合放在他的"治疗者与病人关系"一章中。他的一个团体成员报告了一个很有力量的梦：

> 我们整个团体都围绕着一张长桌，心理医生在一端，手中握着一张纸。我们都伸长了脖子，想要看到那张纸上写着什么，但他藏着不让我们看见。不知为何，我们都知道，在那张纸上写了这个问题的答案：你最喜爱我们之中的哪一个？

这个问题——你最喜爱我们之中的哪一个？——的确是团体治疗心理医生的噩梦，欧内斯特写道。每一个心理医生都怕有一天团体会想知道，他最关心团体当中哪一个成员。正是因为这个原因，许多团体治疗的心理医生（以及个人治疗的心理医生）都不愿意对病人表达自己的情感。

这次疗程的特别之处是，欧内斯特过去一直坚持要保持透明化，他觉得自己把这个问题处理得很好。首先他引导团体建设性地讨论每个病人的这个幻想：谁是心理医生最宠爱的孩子。这当然是传统的手法，很多心理医生都会采用。但是接着他做了很少有心理医生敢做的事：他公开谈论他对团体每个成员的感觉。当然不是他喜不喜欢这个人，这种大而化之的回答一点帮助也没有，而是说明每个人吸引他与让他退却的特征。这个做法非常成功。每个成员都决定对彼此也这么做，每个人都得到有价值的回馈。真是让人高兴，欧内斯特想，带头引导他的部队，而不是躲在后面。

他关掉计算机，很快翻阅他的笔记，阅读卡萝前几次诊疗的记录。在准备迎接她之前，他也回顾了目前他所写的心理医生开诚布公的原则。

1. 只有当内容对病人有帮助时，才能揭露自己的内心。

2. 明智地揭露自己。记住你是为病人这么做，而不是为自己。

3. 如果想继续吃这碗饭，必须顾虑到其他心理医生可能的反应。

4. 心理医生的自我揭露必须分阶段进行，注意时机：有些在后来可能有帮助的揭露，提早揭露可能会有反效果。

5. 心理医生不该分享他自己都感觉很矛盾的想法，应该先寻求辅导或自我治疗来解决。

卡萝走进欧内斯特的办公室时，决心要在今天得到一点成果。她走了几步进入房间，但是没有坐下来，只是站在她的椅子旁边。欧内斯特准备要坐下来，但瞥见卡萝琳站在那里，于是又站起来，疑惑地望着她。

"欧内斯特，星期三我离开这里时，被你所说的话深深触动，以至于忘了一件事：我的拥抱。你不知道我是多么在意。这两天我一直觉得我好像失去了你，好像你已经走了。我本来想打电话给你，但光是你的声音并没有用。我需要肉体的接触。你能接受我这么做吗？"

欧内斯特不想露出高兴的神情，迟疑了一下子，然后说："只要我们同意等一下谈论这件事就好。"他给了她一个短暂的上半身拥抱。

欧内斯特坐下来，血脉贲张。他喜欢卡萝琳，对她的碰触尤其感觉强烈：她细致的毛衣，温暖的肩膀，细胸罩肩带，坚挺的胸部顶着他的胸口。尽管这个拥抱非常自然，欧内斯特回到座位上却充满了遐想。

"你有没有注意到，我离开时没有拥抱你？"卡萝问。

"我注意到了。"

"你怀念吗？"

"唔，我知道关于你女儿的那席谈话，对你有很大的冲击。"

"你答应要对我开诚布公，欧内斯特。请不要使用心理医生的闪躲手法。请告诉我，你怀念我的拥抱吗？我的拥抱让你感到不愉快吗？还是愉快？"

欧内斯特感觉到卡萝琳语调中的迫切。显然拥抱对她的意义重大——能证明她的魅力，以及他承诺要亲密地对待她。他觉得自己被逼到了角落，在心里搜寻适当的响应，然后，他试着露出亲切的笑容，回答说："如果有一天我觉得像你这样迷人的女性的拥抱都不愉快，那就可以去找殡仪馆了。"

卡萝受到非常大的鼓励。"像你这样迷人的女性！"真是库克医生与史威辛医生的翻版。现在猎人要采取行动了，该为猎物设下陷阱了。

欧内斯特继续说："请告诉我关于触摸对你的重要性。"

"我不确定还能补充什么，"她说，"我知道我时常想要触摸你。有时候很性感——我渴望你进入我体内，像温泉一样爆发，让你的湿与热充满我。有时候不那么性感，只是温暖、慈爱的拥抱。这星期我都早点上床，想象你与我在一起。"

不，这还不够好，卡萝想，我必须要再露骨一点，必须要再加温。但实在很难想象与这个变态在一起，又肥又油——每天都打同样的脏领带，还有那些仿名牌的鞋子。

她继续说："我最喜欢想象的画面，是我们俩在这些躺椅上，然后我滑到地板上，你开始抚弄我的头发，然后你也滑下来，抚弄我的全身。"

欧内斯特遇到过其他病人有情欲的移情，但是从来没有这么露骨地表示过，也没有人让他感到这么刺激。他沉默地坐着，流着汗，衡量他的选择，极力抑制自己的欲望。

"你要我开诚布公的，"卡萝继续说，"想什么就说什么。"

"我是这么说过，卡萝琳，你也做得没错。坦诚是心理治疗的主要途径。我们必须要表达一切……只要不逾越我们自己的界线。"

"欧内斯特，这对我没有用。光是说并不够。你知道我与男人的历史。不信任是如此之深，我不相信言语。在我遇见拉尔夫之前，我见过好几位心理医生，跟每一个都做过一两次疗程。他们都完全遵照程序，严守职业规范，保持漠然的距离。而每一个都让我失望，直到拉尔夫，我才遇见一个真正的心理医生——愿意保持弹性，与我配合，给我所需要的。他救了我的命。"

"除了拉尔夫之外，没有其他医生提供任何有效帮助？"

"只是言语。当我走出他们的办公室时，我什么都没有得到。现在也一样。当我离开你而没有拥抱你，言语就消失了，你也消失了，除非我能让你在我身上留下一些印记。"

今天我一定要使事情发生，卡萝想，一定要使好戏上场，然后赶快结束。

"事实上，欧内斯特，"她继续说，"我今天希望不与你说话，只是与你一起坐在躺椅上，感觉你的存在。"

"这会让我感到很不自在，我这样无法真正帮助你。我们还有很多很多问题需要处理，很多事情需要讨论。"

卡萝对肉体接触的渴望越来越让欧内斯特感到惊讶。他告诉自己，不需要害怕退缩，这是必须认真看待的一件事，必须了解这种需要，就像其他需要一样。

前一周欧内斯特去图书馆查阅有关情欲移情的文献。弗洛伊德对于治疗"有基本热情的女性"提出了一些警告。弗洛伊德把这种病人称为"自然的孩童"，她们拒绝接受性灵取代肉体，只有"残酷的逻辑与训诫"才能打动她们。

弗洛伊德对这类病人感到悲观，宣称心理医生只有两种无法接受的选择：响应病人的爱，或成为病态女性愤怒的目标。不管是哪一种情况，弗洛伊德都说，心理医生必须承认失败，放弃治疗。

卡萝正是一个"自然的孩童"，毫无疑问。但弗洛伊德说对了吗？真的只有两种无法接受的选择吗？弗洛伊德几乎是在 100 年前做出这种结论的，当时维也纳的权威主义思潮正盛。也许现在不一样了。弗洛伊德无法想象 20 世纪末的情况——心理医生有更大的透明度，病人与医生能够相互开诚布公。

卡萝的下一句话把欧内斯特从沉思中拉回来："我们能不能坐到躺椅上谈话？这样子交谈实在太冷漠，太有压迫感了。试试看几分钟，只要坐在我身旁，我保证不会要求更多。这样也会帮助我谈话，触及更深的层面。哦，不要摇头。我知道美国心理治疗协会的行为准则，但是，欧内斯特，我们不能有点创意吗？真正的心理医生不是都能找方法帮助每一个病人吗？"

卡萝简直把欧内斯特玩弄于股掌中。她用对了字眼："美国心理治疗协会""准则""创意""弹性"就像是在一头牛面前挥舞红布一样。

欧内斯特聆听着，不由得想到西摩·特罗特说过的某些话：经过认可的正式技巧？放弃一切技巧！当你成为真正的心理医生后，你将能够把病人的需要，而不是美国心理治疗协会的准则当成你的治疗准则。最近他时常想起西摩，知道以前也有心理医生走过这条路，让他感觉比较安心。但是欧内斯特这时候没有想到，西摩从来没有再回到正途上。

卡萝的移情是否失去了控制？西摩曾经说，移情绝不会过于强烈。移情越强，他说，就越是有效的武器，来对付病人的自我毁灭倾向。而卡萝琳确实有自我毁灭倾向！否则她为什么要维持她的恶劣婚姻这么久？

"欧内斯特，"卡萝又提出请求，"请陪我坐到躺椅上，我需要。"

　　欧内斯特想起了荣格的建议：尽量个人化地治疗每一个病人，为每一个病人创造一种新的心理治疗语言。他想到西摩如何更进一步宣称心理医生必须为每一个病人创造一种新的治疗方式。这些话语带给他力量与决心。他站起来，走向躺椅，坐在角落上，然后说："我们试试看。"

　　卡萝站起来坐到他身旁，尽可能靠近他而不碰触，然后立刻开口说："今天是我生日，36 岁。我有没有告诉你，我与我母亲的生日相同？"

　　"生日快乐，卡萝琳。我希望接下来的生日会越来越好。"

　　"谢谢你，欧内斯特。你真好。"她倾过身，在欧内斯特脸颊上轻轻吻了一下。恶心，她想，柠檬苏打汽水刮胡水，真恶心。

　　肉体上的接近，一起坐在躺椅上，现在又被吻了一下，这都让欧内斯特想起了西摩·特罗特的病人。但是，卡萝当然要比冲动的贝拉好多了。欧内斯特感觉到体内产生一股温暖的瘙痒。他享受了一分钟，然后把这股亢奋赶到心灵最远的角落，以职业化的语调说："请继续告诉我关于你母亲的事情，卡萝琳。"

　　"她出生于 1937 年，10 年前过世，享年 48 岁。这个星期我想到，我已经活了她寿命的 3/4。"

　　"这让你有什么感觉？"

　　"为她感到悲伤。她的生命是多么不完整：30 岁时被丈夫抛弃，一辈子都在努力养两个小孩，她一无所有，没有一点快乐。我很高兴她活着看到我从法学院毕业，也很高兴她在杰布被定罪入狱前去世，也没有看到我的生命开始崩溃。"

　　"这是我们上次结束时谈到的地方。卡萝琳，我很惊讶你认为你母亲在 30 岁就注定失败，她没有其他选择，只能不快乐地死于悔恨中。仿佛所有失去丈夫的女人都会有同样的命运。真的吗？她难道没有其他的选择？更能够肯定生命的选择？"

典型的男性鬼话，卡萝想。我倒想看看，如果他也拖着两个孩子，没有接受高等教育，因为必须让配偶能读书，然后又得不到配偶的任何帮助，所有好工作又不得其门而入，他要如何去肯定生命？

"我不知道，欧内斯特，也许你说得对，我没有想过。"但是她又忍不住加上一句，"但是我也担心，男人会过度轻视困住女性的陷阱。"

"你是说这个男人？坐在这里的这一个？"

"不，我不是——这只是女性主义的反射动作。我知道你是站在我这一边的，欧内斯特。"

"我有我自己的盲点，卡萝琳，我很欢迎你指点出来。但是我相信在这里不是。我觉得你似乎没有考虑到，你母亲对于她自己生命规划的责任。"

卡萝咬着牙，没说什么。

"但让我们谈谈你的生日，卡萝琳。你知道当我们庆祝生日时，通常是快乐的场合，但是我总觉得刚好相反——生日很悲哀地提醒我们生命的流逝；庆祝生日只是想要否认这种悲哀。你觉得我说得对吗？你能不能谈谈 36 岁的感想？你说你已经活了你母亲寿命的 3/4。你是否像她一样，被困在你目前的生命当中，无法自拔？你真的永远注定陷于不快乐的婚姻中？"

"我是被困住了，欧内斯特。你认为我应该怎么办？"

欧内斯特想要看着卡萝琳，于是把手臂放在椅背上。卡萝琳偷偷解开她衬衫的第二个扣子，挪得更近一点，把头靠在他的肩膀上。在这短短的片刻，欧内斯特容许他的手触摸她的头，轻抚她的秀发。

啊，这个病态要开始发作了。卡萝想，看看今天他能多病态，希望我能忍受得了。她把头靠得更近。欧内斯特感觉到她在自己肩膀上的重量。他闻到她的清香。他往下可以看见她的乳沟。然后，突然间，他站了起来。

"卡萝琳，我想我们最好还是回到原来的座位上。"欧内斯特坐回他的椅子。

卡萝留在原处，眼泪似乎都快要流了下来。她问："你为什么不留在躺椅上？因为我刚才把头靠在你的肩膀上吗？"

"我觉得这样我无法真正帮助你。我想我需要与你保持一点距离，才能治疗你。"

卡萝不情愿地回到原来座位上，脱掉鞋子，把腿缩到身体下面："也许我不该这么说，这对你也许不公平，但我觉得如果我真的很有魅力，你的感觉就会不一样。"

"绝对不是这个问题。"欧内斯特试着保持镇定，"事实上刚好相反，我无法与你太靠近，就是因为我觉得你非常有魅力。但是如果我对你产生遐想，我就无法当你的心理医生了。"

"你知道吗，欧内斯特，我在想，我曾经告诉过你，我参加过你举行的一次新书介绍会，大约在一个月前？"

"是的，你说你在当时决定要来看我。"

"嗯，在你演说前，我看到你与邻座一位很有魅力的女人交谈甚欢。"

欧内斯特心头震了一下。狗屎！她看到我与南·卡琳。这真是个该死的困境！我怎么会陷在这里？

欧内斯特的心理医生透明准则在此面临最严峻的考验。他不用猜想马歇尔或其他人会如何应付卡萝琳。他已经超过了所有传统技巧的范围，超过了任何可接受的临床治疗，他完全要靠自己一个人，迷失在心理治疗的荒野中。他唯一的选择是继续诚实以对，根据自己的直觉进行。

"那么……你对此的感觉是什么，卡萝琳？"

"你的感觉呢，欧内斯特？"

"很难为情。老实说，卡萝琳，这是心理医生的噩梦。要跟你或任何病人谈论我与女性的私人生活，实在是非常不自在的一件事，但我决心诚实对待你，我会与你配合。卡萝琳，你的感觉呢？"

"哦，什么感觉都有。嫉妒，愤怒，不公平，不幸运。"

"你能不能说明一下？例如，愤怒或不公平？"

"不公平是因为，只要我像她一样，坐到你身旁，只要我有这个勇气，找你搭讪。"

"然后呢？"

"然后一切就会不一样了。告诉我老实话，欧内斯特，如果是我找你搭讪会怎样？你会对我感兴趣吗？"

"这一切假设的问题——'要是'或'如果'——你真正想要问什么，卡萝琳？我不止一次提过，我觉得你是个非常有吸引力的女性。我很好奇，你是不是想听我再说一遍？"

"我也很好奇，你是不是想用问题来逃避我的问题，欧内斯特？"

"关于我是否会响应你的搭讪？答案是我很可能会。是的，我可能会接受。"

在沉默中，欧内斯特觉得自己仿佛是赤裸的。这番对答与他的习惯真是有天壤之别，他开始认真考虑是否能继续治疗卡萝琳。不仅是弗洛伊德，而且是他这星期所读过的所有精神分析理论学家，大概都会同意，像卡萝琳这样有情欲移情的病人是无法治疗的，至少不是他的能力所及。

"所以，你现在感觉如何？"他问。

"这就是我所说的不公平，欧内斯特。只要命运稍稍不一样，你与我现在可能成为情人，而不是心理医生与病人。我真心相信，一旦你成为我的爱人，会比当心理医生更有帮助。我不会有很多要求，欧内斯特，只希望每周能见一两次——抱着我，让我能摆脱那该死的性饥渴。"

"我了解，卡萝琳，但我是你的心理医生，不是你的爱人。"

"但这就是不公平。没有事情是一定的，一切都可以改变。欧内斯特，让我们使时间倒流，回到那家书店，让命运演变。成为我的爱人，我快要饥渴而死了。"

卡萝说话时，慢慢滑出座椅，朝欧内斯特接近，坐在他椅子旁的地板上，把她的手放在他的膝盖上。

欧内斯特又把他的手放在卡萝琳的头上。老天，我真喜欢触摸这个女人。而她也渴望与我亲热——耶稣，我完全了解她的渴望。我有多少次被欲望所征服？我为她感到难过，我了解她说的不公平。我也为自己感到难过。我宁愿当她的爱人，而不是她的心理医生。我渴望离开这张椅子，脱光她的衣服，爱抚她的胴体。谁知道呢？如果我在书店认识她，我们也许就会成为情侣……也许她说得对，也许这样我更能够帮助她！但我们永远无法得知，这是不可能尝试的试验。

"卡萝琳，你所要求的——使时间倒流，成为你的爱人……老实跟你说……不是只有你一个人有这种遐想，我也觉得很棒。我想我们都非常喜欢彼此。但是恐怕这个钟，"欧内斯特指着他书架上不引人注意的时钟，"无法倒退行走。"

欧内斯特说话时，又开始抚弄卡萝琳的秀发。她更贴近他的大腿。突然间，他抽回他的手说："求求你，卡萝琳，回到你的椅子上，我有一些非常重要的话要对你说。"

他等待着，卡萝吻了他的膝盖一下，然后回到座位上。让他发表他那小小的抗议演说吧，陪他玩下去，他必须要假装他在抗拒。

"让我们后退几步，"欧内斯特说，"观察一下刚才所发生的。我来描述我的看法。你正深感沮丧。你寻求我在心理治疗上的帮助。我们见了面，我与你立下了一个誓约——我誓言要帮助你克服困难。在这种私密的关系下，你对我产生了爱意。恐怕我在这里也不是无辜的人，我相信我的行为，比如拥抱你，抚摸你的头发，也会火上浇油。现在我很担心。不管如何，我无法改变我的做法，利用你对我的爱意来追求自己的快感。"

"但是，欧内斯特，你没有弄清楚重点，我是说，成为我的爱人也许就是对我最好的治疗。五年来拉尔夫与我……"

"拉尔夫是拉尔夫，我是我。卡萝琳，我们的时间到了，必须在下次诊疗时继续这个讨论。"欧内斯特站起来，"但是请听我说最后一项观察。我希望下次诊疗时，你会开始探索如何利用我所能提供的帮助，而不是继续探索我的界线。"

卡萝与欧内斯特拥抱道别时，她说："也请听我的最后一项观察，欧内斯特。你曾经说得很动听，要我别走上我母亲的老路，不要逃避我的生命责任。今天，此时此地，我正在实践你的建议，我想要使我的生命变得更好。我知道我的生命需要什么，于是我试图加以把握。你要我把握生命，以免未来懊悔，我正在这么做。"

欧内斯特想不出适合的回答。

第十八章

　　马歇尔坐在办公室，这个小时他没有病人，于是他就欣赏他的枫树盆栽：九棵小小的美丽枫树，红色的叶子开始发芽。上个周末他才换了盆。他小心地清理了每棵树的树根，然后把它们种在一个蓝色的大陶盆里，照着传统的安排：分成不等的两组，一边六棵，一边三棵，中间隔了一块灰红色的石头，从日本进口的。马歇尔注意到其中一棵树有点歪斜，再过几个月就会阻碍到隔壁的树了。他剪了一段铜线，小心地绕着树干，轻轻拉回到较直的位置。每隔几天他会再把铜线拉回一点，五六个月后再把铜线移开。啊，他想，如果心理治疗也这么直接就好了。

　　平常他会让他精于园艺的妻子来修整盆栽，但是他与雪莉周末吵了一架，已经三天没说话了。最近的事端只是一件延续好几年之久的争执。

　　马歇尔相信一切都开始于几年前，雪莉参加了她第一次花道课程。她爱上了这门艺术，展现出不寻常的才能。马歇尔自己倒是看不出来她的天分——他对花道一无所知，而且也不想多知道——但是无法否认她满屋子参加比赛赢得的奖状。

不久，雪莉的整个生活都围绕着花道运转。她的朋友圈子全是花道同好，她与马歇尔分享的东西越来越少。更糟的是，她师事八年之久的花道老师，鼓励她开始练习佛教静坐，这件事不久便占据了她更多的时间。

三年前，马歇尔开始担心花道与静坐对于他们婚姻的影响，他请求雪莉去读临床心理学的研究生。他希望这样做能让他们更亲近。他也希望一旦雪莉进入了他的领域，就能够欣赏他的专业才能。然后，他也可以介绍病人给她，能有第二份收入实在不错。

但事情没有如他所愿。雪莉是进了研究所，但她也没有放弃其他的兴趣。现在她的研究生课程加上花道与禅修中心静坐，使她几乎没有留下时间给马歇尔。然后，两天前，她告诉他，她的博士论文将是研究用花道来治疗恐慌失调症状的有效性，这叫他大吃一惊。

"真是再好不过了！"他告诉她，"这是我成为精神分析学会会长的最好支持——一个花瓶老婆研究花道心理治疗！"

他们很少交谈。雪莉回家后只是睡觉，而且睡在不同的房间，好几个月没有性生活。现在雪莉也在厨房罢工了，每天晚上在厨房迎接马歇尔的，只是一盆新的插花。

照顾小盆栽让马歇尔得到了一点愉悦。愉悦……不错，盆栽是很愉悦的消遣，但不是生活。雪莉夸大了一切，把花道变成她生命的意义，真是不知轻重。她甚至建议他把盆栽用在长期的心理治疗上。白痴！马歇尔剪掉了一些不整齐的树叶，然后浇水。他的这段日子不是很称心如意。不仅是与雪莉吵架，他对欧内斯特也感到很失望，欧内斯特贸然地结束了辅导课程。然后还有其他一些小事情。

首先，阿德里安娜没有前来就诊，也没打电话。很奇怪，不像她的做法。马歇尔等了几天，然后打电话给她，在她的留言服务上告诉她下周的就诊时间，如果时间不适合，请她回电。

关于阿德里安娜缺席的诊疗费呢？通常马歇尔会毫不考虑地扣钱。但这个情况并不寻常。马歇尔想了好几天。彼得给了他 1000 美元，让阿德里安娜可以来 5 次。为什么不直接扣 200 美元的费用？彼得会知道吗？如果他知道了，他会不高兴吗？他会不会觉得马歇尔不够朋友，或小气？不感激彼得的慷慨——自行车安全帽的投资、讲座系列，还有劳力士表？

但是，最好还是照平常的规矩来算钱。彼得会尊重他的专业素养，坚持自己的立场。事实上，彼得不是时常说他太低估自己的服务价值吗？

最后马歇尔决定要扣掉阿德里安娜缺席的费用。这是正确的做法，他很确定。但是，他为什么会这么担心？为什么始终摆脱不掉一种黑暗的感觉，他会一辈子后悔这么做吗？

但是有一场暴风雨正蓄势待发，比较起来，这件事只是一朵小乌云。那就是在精神分析学会开除赛斯·潘德的事件上，马歇尔所扮演的角色。一位知名的专栏作家以学会的"召回"为题材，写了一篇讽刺的文章，预测心理医生们很快就要在汽车修理厂营业，以接力的方式为等待修车的客户做心理治疗。专栏作家说，心理医生与修车工人将联手提供五年的担保，保证煞车与冲动控制、点火系统与自我肯定、自动润滑与自我松弛的机件、转向与情绪控制、排气系统与内在的平衡及传动轴与阳具的耐用。

这篇专栏文章以"亨利·福特与西蒙·弗洛伊德同意合并"为题出现在纽约时报与国际先锋报上。受到围剿的学会会长约翰·韦尔登立刻把一切责任推到马歇尔身上，说他才是召回计划的执行人。全国感到不满的同行纷纷打电话给马歇尔，一周来他电话接个没完。同一天内，四个精神分析学会的会长——纽约、芝加哥、费城与波士顿——都打电话来表示他们的担忧。

马歇尔尽力安抚他们，告诉他们只有一个病人响应，而他将亲自以最有效的短期疗法来治疗这个病人，而且不会再刊登那则召回广告。

但是他的安抚对一个人完全无用，那就是非常激动的国际精神分析协会主席苏德兰医生，他带来令人不安的消息，说有一位谢利·梅里曼先生不停地发传真与打电话到他办公室，宣称他受到潘德医生错误治疗方式的伤害，如果没有给予他财务上的赔偿，不久后他将展开法律诉讼程序。

"你们那里到底是在搞什么鬼？"苏德兰医生问，"全国都在取笑我们。病人询问心理医生、制药公司、精神化学家、行为学派的批评者，都在找我们协会的麻烦；再生回忆与植入回忆的控诉当头。该死！精神分析学会可不需要这种事！你凭什么刊登那则召回广告？"

马歇尔平静地解释学会所面临的危机，以及召回的必要性。

"我很惊讶没有人告诉你这些事情，苏德兰医生，"马歇尔又说，"一旦你了解整个情况，我想你会欣赏我们的逻辑。还有，我们遵照适当的程序。当天我们学会投票后，我与国际精神分析协会的秘书雷·威灵顿洽谈过。"

"威灵顿？我刚才得知他要把办公室与整个诊所都搬到加州！现在我了解了你们南加州的古怪逻辑。这整件事都像是照好莱坞的剧本在上演！"

"苏德兰医生，旧金山是在北加州，距离好莱坞有200多公里远。我们不是在南加州。相信我，这整件事背后有北加州的逻辑撑腰。"

"北加州逻辑？狗屎！你们北加州逻辑为什么没看出来，潘德医生是个 74 岁，快要死于肺癌的老人！我知道他是个老麻烦，但他又能活多久？一年？两年？你们那里是精神分析保守派的温床：只要多一点点耐心，一点点毅力，大自然就会帮你除去杂草。"

"好吧，错误已经造成了，"苏德兰医生继续说，"现在要面对未来的威胁：我必须立刻做个决定，我需要你的意见。这个谢利·梅里曼威胁要打官司。他表示愿意接受 70 000 美元的和解。我们的律师相信他会接受半数。当然我们担心这会创下先例。你的看法如何？这个威胁有多真实？ 70 000 或 75 000 美元是否能打发梅里曼先生？让他不再回来？钱能封住他的口吗？你的梅里曼先生有多大可能会保守秘密？"

马歇尔立刻就以最有信心的语气回答："我的建议是什么都别做，苏德兰医生。把他交给我，你可以相信我会迅速、有效地解决这件事。他的威胁只是唬人，我向你保证。钱能封住他的口吗？绝不可能。他有很明显的反社会人格。我们必须采取坚定的立场。"

直到当天下午，马歇尔陪谢利走进办公室时，他才明白自己犯下了严重的错误：他在职业生涯中首次违反了医生与病人之间的保密原则。他与苏德兰医生通电话时慌了手脚。他怎么会说出病人有反社会人格的话呢？他不应该告诉苏德兰任何关于梅里曼的事情。

他真的有点惊慌。如果梅里曼先生发现这件事，他可以告马歇尔医疗不当，也可以向国际精神分析协会要求更高的赔偿。这件事已经快要变成大灾难了。

只有一件事情可以做，马歇尔想，尽快打电话给苏德兰医生，承认自己的失误，这是可以谅解的失误，来自忠诚上的矛盾：对国际精神分析协会或对病人的忠诚。当然苏德兰医生会了解，不会把他所谈到的病人人格告诉任何人。当然，这些做法都无法弥补他在精神分析圈内的名声了，但马歇尔已经顾不了自己的形象或政治前途了！现在他的目标是灾情控制。

谢利走进办公室，在玻璃雕塑前站了比平常更久的时间。

"真喜欢这个橘红色的碗，医生。如果你想卖要让我知道。我可以在每次玩牌前都摸摸它，让我冷静下来。"谢利跳进他的座位。"现在我好了一点。你的解析帮助了我。网球打得比较好了，我的第二次发球失误率减少了很多。威利与我每天都练习三四个小时，我觉得我们很有机会赢得下周的比赛。所以这方面很好，但其他方面还有很多问题。我想要来解决。"

"其他方面？"马歇尔问。其实他非常了解其他方面是什么。

"你知道的，我们上次谈过的'破绽'。想要再试试看吗？帮你回忆一下？10美元钞票……你猜5次，我猜5次。"

"不，不。不需要。我已经了解了……你已经很有效地说明了。但你在快要结束时，说有了新的点子可以用在治疗上。"

"绝对可以。这是我的计划。就像上次你有破绽，使你在小游戏上输了40美元，嗯，我相信我在玩扑克牌时也是破绽百出。我为什么会露出破绽呢？因为压力，因为潘德医生的'错误疗法'，使我在玩扑克牌上养成了紧张的坏习惯，就像你上周的破绽，这一定就是原因，使我在友善的牌局游戏中输了40 000美元。"

马歇尔开始有点担心。尽管他决心要想尽办法安抚这个病人，以最迅速与令人满意的方式完成这个治疗，但他开始闻到真正的危险。

"心理治疗在此能派上什么用场？"他问谢利，"我想你不是要我跟你玩扑克牌吧，我不会赌博，更不会玩扑克牌。与我玩扑克牌对你会有什么帮助？"

"慢着，医生，谁说要跟你玩扑克牌？尽管我不否认，是曾经这么想过。不，现在我们需要真实的情况——你来观察我在真正牌局中的表现，在高额赌注与紧张气氛下，使用你的观察技巧来发现我是怎么露出破绽，输掉我的钱的。"

"你要我去看你打扑克牌？"马歇尔松了一口气。虽然这个要求很奇怪，但没有像他想得那么糟糕。现在他愿意接受任何要求，只要能让苏德兰医生别找他的麻烦，同时能永远打发谢利就好。

"开玩笑！去看我跟那些牌友玩牌？那真是会闹大笑话，带了私人心理医生来玩牌！"谢利拍了自己膝盖，"哦，老兄……真是的……这会使我们变成传奇人物，你与我——我带了自己的医生与教练去玩牌……我会成为他们一辈子的笑柄。"

"我很高兴你觉得很有趣，梅里曼先生。我不太明白，也许你应该告诉我，你有什么打算？"

"只有一个办法。你与我去职业赌场观察我玩牌。在那里没人会知道我们。"

"你要我跟你去拉斯维加斯？不看我的病人？"

"哦，医生，你又来了。今天你真是有点紧张。我第一次看到你这样子。谁说要去拉斯维加斯或不看病了？这事情很简单。在去机场的公路旁边，离这里20分钟路程，有一家一流的扑克牌屋，叫阿乔之屋。"

"我希望你能为我做的，也是我对你的最后请求，就是花你晚上两三个小时的时间。你观察我在牌局中的一举一动。在每一把牌结束后，我会向你亮我的牌，你就会知道我在玩什么牌。你要观察我，当我拿到好牌时是怎么反应；当我唬人，想要拿到一张牌凑成同花或顺子，或者已经拿到手，不在乎其他牌的时候又是什么反应。你要观察我的一切：我的手势、姿态、脸部表情、眼睛，我怎么玩弄筹码，什么时候抓耳朵、搔痒、抠鼻子、咳嗽、吞口水——我的一切。"

"你说这是'最后的请求'？"马歇尔问。

"没错！你的工作就到此为止。其余都看我自己了，吸收你所教导给我的，加以研究，然后在未来加以使用。阿乔之屋后，你就没有责任了，你已经做了心理医生所能做的一切。"

"所以……嗯……我们能用书面正式记录吗？"马歇尔开始动脑筋。只要谢利能写一封正式的满意书，这也许就是他的救星：他会立刻传真给苏德兰医生。

"你是说一封由我签名的文件，表示这次心理治疗很成功？"

"就像是那样，不需要很正式，只是你与我之间的文件，说明我成功治愈了你，没有任何残余的症状。"马歇尔说。

谢利迟疑着，他也在动脑筋："这我可以同意，大夫……交换条件是你也要写一封信，表达对我的进展感到满意。这也许能帮助我弥补一些婚姻上的问题。"

"好，让我们再整理一遍，"马歇尔说，"我去阿乔之屋，花两个小时观察你打牌。然后我们交换信件，我们的治疗就算是完成了。同意吗？握手表示成交。"马歇尔伸出手。

"也许要两个半小时，我需要花时间让你准备好，事后也需要一些时间，让你来解说。"

"好，那就两个半小时。"

两个人握了手。

"现在，"马歇尔问，"我们什么时候在阿乔之屋碰面？"

"今晚八点如何？明天我要与威利去参加比赛。"

"今晚不行。我必须去教课。"

"真糟，我很想马上开始。能不能请个假？"

"不可能。我已经答应人家了。"

"好吧。我在一星期之后回来。下个星期五如何？八点在阿乔之屋？我与你在餐厅里碰面？”

马歇尔点点头。谢利离开后，他倒进椅子里，感觉心里一块大石头落了地。真是有意思！这是怎么发生的？他想，身为世上首屈一指的精神分析医生，竟然会因为将要与一个病人上赌场而松了一口气。

有人敲了门，然后谢利又走进来：“忘了告诉你一件事，医生。阿乔之屋不准人旁观牌局。你必须与我一起玩牌，我带了一本书给你。”

谢利递给马歇尔一本《得州扑克牌玩法》。

“别担心，医生，”谢利看到马歇尔的惊恐表情，连忙说，“很简单的玩法。两张暗牌，然后五张公家的明牌，这本书解释得很清楚。下星期我们玩牌之前，我会补充你需要知道的细节。你每手牌都不要跟，这样只会输掉最初下的注，没有多少钱。”

“你是说真的？我必须玩牌？”

“这么办好了，我会负担你输的钱。如果你得到一手超级好牌，那就赌下去，赢的钱算你的。先读这本书，我们下次见面后，我会再多告诉你一些。这对你是笔好交易。”

马歇尔又目送谢利离开他的办公室。谢利临走前又摸了橘色玻璃雕塑一把。

好交易，梅里曼先生，他想，我所谓的好交易，就是永远不需要再看到你，以及你的好交易。

第十九章

两个星期以来，欧内斯特都战战兢兢地度过与卡萝的诊疗时间。其中充满了情欲的压力，欧内斯特努力防御他的界线，但是还是时常被卡萝入侵。他们每星期见两次面，但卡萝不知道，她占据欧内斯特的时间远超过实际见面的时间。在他们要诊疗的日子，欧内斯特一早起来就会充满期待。他面对镜子刮胡子时会想到卡萝琳的脸庞，于是刮得更仔细，然后洒上柠檬香味的刮胡水。

在这些"卡萝琳的日子"需要盛装打扮。欧内斯特把最好的裤子留给卡萝琳，加上最笔挺的衬衫，还有最具风格的领带。几星期前卡萝琳曾经想要送一条她丈夫韦恩的领带给欧内斯特，她说韦恩已经过于病重，无法外出了，而他们的公寓空间不够大，她必须丢掉许多他的正式服饰。结果让卡萝琳很不高兴的是欧内斯特拒绝接受这礼物，虽然卡萝琳花了几乎整个小时想要说服他改变主意。但是翌日早上欧内斯特更衣时，他突然非常渴望起那条领带。那是一条非常精致的领带：有精致的日本风格图案，树与花朵的刺绣。欧内斯特出去想要买一条，但是找不到——显然是独一无二的。他有时候会想，要如何才能打听出她是在哪里买的。也许她会再送他一次，那么他可能会回答，几年以后，治疗结束后，送一条领带就应该没什么问题了。

"卡萝琳的日子"也是穿新衣服的日子。今天要穿新背心与百货公司周年庆时所买的新裤子。他想，棕色的背心配上粉红色的衬衫，还有褐色的裤子实在不错。也许背心外面不用再穿外套了。他要把外套放在椅子上，只穿着衬衫与背心。欧内斯特观看镜中的自己。是的，很不错，有点大胆，但他可以这么穿。

欧内斯特很喜欢看卡萝琳：她走进办公室的优雅仪态，坐下来后把椅子移近的动作，交叉双腿时裤袜摩擦的性感声音。他非常享受当他们还没开始谈话时，彼此凝视的片刻。但他最爱的还是她对他的崇拜，她描述对他的性幻想——越来越露骨，越来越刺激。一个小时总是感觉不够。当诊疗结束后，欧内斯特不只一次会冲到窗口，目送卡萝琳离开的背影。最近两次诊疗后，他很惊讶地发现，她大概在候诊室换上了球鞋，因为他看见她慢跑离开他的前梯，跑上了很陡的大街。

真是个了不起的女人！老天，他的运气真差，没有在书店里认识，却变成了医生与病人！欧内斯特喜欢卡萝琳的一切：她敏捷的思路与锐利的眼神，有精神的步伐与苗条的身材，修长而有花纹的丝袜，讨论情欲时的安然自在与坦白模样——她的渴望，她的性幻想，她的一夜情。

他也喜欢她的脆弱。虽然她有很强悍的外在人格（也许是律师工作所需的），她也愿意提供许多事实，邀请他进入内心痛苦的领域。例如，她畏惧把自己对男人的痛恨传给她的女儿，早年被父亲所遗弃的痛苦，对于母亲的悲伤，还有陷于一个没有感情的婚姻所带来的绝望。

尽管欧内斯特在肉体上被卡萝琳深深吸引，但他坚决保持心理治疗的观点，时时刻刻检讨自己，尽他所能做出判断，他仍然能提供很优良的治疗。他非常愿意帮助她，总是能以专注的态度，导引她到达重要的领悟。最近他让她了解她这辈子的负面态度所带来的后果，以及其他不同的生命选择。

卡萝琳在治疗时都会有让人分心的举动——每一次都会发生，不断地刺探欧内斯特的个人生活，或要求更多的肉体接触——欧内斯特很有技巧并坚决地抗拒。在上次诊疗时也许太坚决了，卡萝琳要求增加几分钟的"触摸时间"，欧内斯特却以存在主义式的震撼疗法响应：他在一张纸上画了一条线，把一个端点当成她的生日，另一个端点当成她的死亡时间。他把纸交给卡萝琳，要她在这条线上做一个记号，表示目前她所在的寿命位置。然后他要她沉思几分钟再表达她的反应。

欧内斯特对其他病人使用过这个技巧，但从来没有得到如此强烈的反应。卡萝琳在这条线的3/4处打了一个叉，沉默地凝视这张纸几分钟，然后说："这么微不足道的生命。"接着就大哭起来。欧内斯特要她多说一点，但她只能摇着头说："我不知道。我不知道我为什么哭得这么厉害。"

"我想你知道，卡萝琳。我想你是为了自己这么多没有活过的生命而哭。我希望，我们的治疗能帮助你开启这部分的生命。"

这使她哭得更厉害，她再次匆匆离开办公室，没有拥抱道别。

欧内斯特很喜欢他们的拥抱道别，这已经成为治疗上的正式步骤，但他坚决拒绝卡萝琳其他的触摸要求，除了偶尔跟她一起坐在躺椅上一段时间。欧内斯特总是在几分钟后就结束这些躺椅时间，因为卡萝琳会靠得太近，或者他变得过于兴奋。

但欧内斯特并没有忽视他自己内心的警告。他明白自己对于

277

"卡萝琳的日子"的兴奋之情很危险。卡萝琳也不断侵入他的幻想中，特别是他自己的性幻想。欧内斯特觉得更危险的地方是，他的幻想背景总是在他的办公室里。这些幻想都非常刺激：卡萝琳坐在他面前谈论着她的问题，然后他只是伸出手指勾一勾，她就自己靠过来，坐在他的大腿上，继续说着她的问题，而他慢慢解开她的纽扣，脱下她的衣服，抚摸亲吻她，慢慢与她一起滑到地板上……

他的幻想既刺激，又让他感到恶心，这些幻想冒犯了他专业服务的基础。他非常清楚，这些情欲幻想的强烈程度，部分来自他对卡萝琳的绝对权力感，以及临床治疗的严格情境。打破性禁忌总是让人感到很刺激：弗洛伊德在100年前就指出，要不是这些被禁止的行为如此吸引人，何尝需要什么禁忌呢？但是对于这些幻想刺激根源的了解，却完全无法削弱它们的力量与魅力。

欧内斯特知道自己需要帮助。首先，他再度去查阅关于情欲移情的专业文献，结果找到超出预期的资料。他很高兴地看到，历代以来其他心理学家也遭遇过同样的困境。许多心理学家达成如同欧内斯特自己的结论，心理医生不能逃避心理治疗中的情欲题材，或对这种题材采取谴责的态度，使题材转入隐秘，让病人觉得自己的欲望很危险而具有伤害性。弗洛伊德坚持说，医生可以从病人的情欲移情中学到许多东西。在他独特的譬喻中，他说如果没有探索情欲的移情，就好比从灵界召唤出一个幽灵，却什么也没问就把它赶走。

欧内斯特也读到，大多数与病人发生性关系的心理医生，都宣称他们是在给予爱。"但别把这与爱混淆在一起，"许多心理医生写道，"这不是爱，这只是另一种形式的性虐待。"还有让欧内斯特感到当头棒喝的是，许多犯了罪的心理医生感觉，对于如此渴望性爱的病人，不与她们亲热简直是残忍！

还有心理医生认为，如果医生自己不在潜意识里勾搭，任何强烈的情欲移情都无法持久。一位知名的精神分析学家建议，心理医生应该先处理好自己的爱情生活，确保自己的"本能与自恋的储备不致匮乏"。欧内斯特深有同感，于是他为了平衡自己的本能储备，与他的一位老友玛莎恢复了交往。他们之间有一种非热情，但很令人满意的性关系。

心理医生潜意识的勾搭让欧内斯特感到困扰。他很可能是以某种隐藏的方式，对卡萝琳表达了他的欲望——在言语上传达一种信息，肢体上却传达相反的信息，结果使卡萝琳也弄不清楚状况。

还有另一位欧内斯特很钦佩的心理医生写道，有些自大的心理医生会与病人发生性关系，是因为他们对于自己的治疗能力感到怀疑，内心的万能治疗者信仰发生了动摇。但这不是他的情况，欧内斯特想——不过他知道有人是这样：西摩·特罗特！西摩的自大，以为自己是"最后的救援心理医生"，相信自己能治好任何病人……这个理论完全说明了西摩与贝拉的情况。

欧内斯特转向他的朋友求助，特别是保罗。已经不可能与马歇尔谈了。马歇尔的反应完全可想而知：首先会训诫，然后对欧内斯特脱离传统疗法而震怒，最后会坚持让欧内斯特终止治疗病人，重新开始接受私人精神分析。

况且，马歇尔已经是"过去式"了。上周欧内斯特必须终止他的辅导诊疗，因为发生了一连串很奇怪的事情。六个月前，欧内斯特接受了一名新的病人杰西，杰西之前曾经接受一位旧金山心理医生两年的治疗，但是后来突然结束治疗。欧内斯特询问原因时，杰西说出了一件奇怪的事。

杰西热衷慢跑，有一天他在金门公园慢跑，看见树丛有奇怪的晃动。他探头进去偷看，结果看见他的心理医生的妻子与一个穿红袍的和尚热情地拥抱在一起。

他不知道如何是好。那个女子是他的心理医生的妻子没错。杰西在学习花道，而她是一个知名的花道老师。他曾经在花道比赛上见过她两次。

杰西应该怎么办？虽然他的心理医生是个很严肃而冷漠的人，与杰西并没有什么感情，但他很能干，很正直，而且对杰西的帮助很大，杰西很不愿意说出关于他妻子的事而伤害到他。但是，怀抱着这么大的秘密，杰西又如何能继续接受治疗？杰西只有一个选择：借口时间上无法配合而终止了心理治疗。

杰西知道自己还需要心理治疗，于是接受他身为临床心理学家的姐姐的建议，找到了欧内斯特。杰西是旧金山一个富有家族的后裔。他的父亲非常有野心，期待他最后能加入家族的银行事业，而杰西一直在反抗——大学没有读完，花了两年时间冲浪、酗酒与吸毒。经过痛苦而失败的五年婚姻后，他开始慢慢振作。先是住院一段时间，然后参加了药物勒戒计划，然后学习景观设计，这是他自己选择的职业，然后与马歇尔进行两年的心理治疗，并且积极锻炼身体，开始慢跑。

在杰西与欧内斯特的头半年心理治疗中，他描述了为什么会停止之前的心理治疗，但拒绝说出医生的名字。杰西的姐姐说过许多关于心理医生彼此闲言中伤的故事。但是，随着时间推移，杰西慢慢开始信任欧内斯特，一天，他就说出了前任医生的名字：马歇尔·施特莱德。

欧内斯特大吃一惊。不会是马歇尔·施特莱德吧！不会是他那个坚强如磐石的辅导医生吧！欧内斯特陷入了与杰西一样的困境。他既不能告诉马歇尔，因为医生病人之间的保密原则，也无法在知道这件事的情况下，继续接受马歇尔的辅导。但这件事不见得完全带来不便，因为欧内斯特最近一直想要下决心终止辅导，而杰西透露的信息提供了必要的动机。

于是，欧内斯特忐忑不安地把他的决定告诉马歇尔："马歇尔，我觉得时候到了，我应该切断脐带了。你带领我走了很长一段路，现在，我已经38岁了，我决定要离家自立了。"

欧内斯特等待马歇尔提出激烈的质疑。他知道马歇尔会怎么说，他当然会坚持要分析如此草率地终止辅导的原因，他会质疑欧内斯特的动机。至于欧内斯特薄弱的离家独立理由，马歇尔会立刻加以推翻。他会立刻指出，这更证明了欧内斯特幼稚的反权威情结；他甚至会暗示这种冲动的决定显示欧内斯特缺乏自知之明，不利于获得进入精神分析学会的候选资格。

但是很奇怪的，马歇尔没有这么做。他似乎很疲倦而心有旁骛，很客套地回答："是的，也许是时候了。我们将来随时可以再开始。祝你好运，欧内斯特！"

欧内斯特听到这些话所感觉到的不是轻松，而是困惑，还有失望。就算是碰到反对，也比这种漠不关心要好。

欧内斯特花了半个小时阅读一篇关于心理医生与病人发生性关系的文章，这是保罗传真过来的。读完后欧内斯特就拿起了电话。

"谢谢那篇'办公室罗密欧与饥渴的医生'！老天，保罗！"

"啊，看来你收到我的传真了。"

"很不幸，我收到了。"

"为什么会很不幸，欧内斯特？等一下，我去换个电话，坐上我的沙发椅。我觉得这会是很有戏剧性的谈话……好……再问一次，为什么会很不幸？"

"因为我的情况不是'办公室罗密欧'。那文章谈到非常宝贵的东西，但不是那么容易捕捉其意，粗糙的言语会丑化任何微妙的感觉。"

"你会有这种感觉，是因为你过于靠近而看不见真相。你应该设法从外面看事情。欧内斯特，上次我们谈过话之后，我有点担心你。听听你所说的一切：'深度的诚实，爱你的病人，她渴望触摸，你有弹性，可以给予她所需要的肉体亲密。'我觉得你快要发神经了！你快要陷入非常大的麻烦。听着，你知道我——自从我们进入这一行，我就是个非常正统的弗洛伊德派，对不对？"

欧内斯特含糊地表示同意。

"但是当老前辈说：'寻找爱情总是重新的寻获。'这句话背后的确很有道理。病人撩起了你自己内在的某种事物——来自很久以前，很远的地方。"

欧内斯特没有回答。

"好，欧内斯特，给你一个谜题：你认识哪个女人，毫无条件地热爱你身上的每一个细胞？猜三次！"

"哦，不要，保罗。你不是要使用那套母亲的手法吧？我不否认我有一位慈爱的母亲。她在我生命的头几年，给了我很好的开始；我发展出许多很好的基本信任，也许这就是为什么我这么喜欢自我揭露。但是当我开始独立时，她就不是一个好母亲了，直到她过世，她都始终无法原谅我离开她。所以你想说什么呢？我从小就像小鸭子一样，因此一辈子都在寻找我的母鸭妈妈？"

"就算如此，"欧内斯特继续说——他很熟悉他要说的话；保罗与他以前就进行过类似的讨论——"我姑且接受你的部分说法，但是你这是以偏概全——我只是个仍然在寻找母亲的成年人。这真是鬼话！我与所有人都如此。你的错误，以及整个精神分析领域的错误，就是忘记了当下也有真正的关系，并非由过去所左右，存在于此时此刻，两个灵魂的交融，由未来的命运所影响，而不是过去的幽灵。这种关系具有同仇敌忾的情谊，共同面对生命的艰苦事实。

这种纯粹、接纳、平等、成熟的关系具有赎罪性，是能够带来治疗痊愈的最有效力量。"

"纯粹？纯粹？"保罗很了解欧内斯特，不会那么容易被大话唬到，"一种纯粹的关系？如果这算纯粹，我绝不会找你的碴。你是在利用这个女人泄欲，欧内斯特，看在老天的分上，承认吧！"

"每次诊疗结束时不带情欲意味的拥抱，如此而已，而且我已经控制住了。没错，我也有幻想，我承认，但我不会让它们离开幻想世界。"

"嗯，我打赌你的幻想与她的幻想正一起在幻想世界中打得火热。但是请让我安心，欧内斯特，保证没有其他的碰触？与她一起坐在躺椅上的时候呢？有没有亲吻？"

欧内斯特脑海中掠过他抚摸卡萝琳秀发的景象。但是他知道保罗也会丑化这件事："没有了。就是这样。没有其他碰触。保罗，相信我，我对这位女性提供很好的心理治疗。我能够控制情况。"

"如果我同意你，我就不会这样唠叨。这个女人有地方让我不解。虽然你坚持维护了你的界线，她还是日复一日地骚扰你。或者你以为你维护了界线。我不否认你有吸引力——谁能抗拒你的小屁股？但还有别的内情：我相信你在潜意识里鼓励她……你想听我的建议吗，欧内斯特？我的建议是脱身。现在就脱身！把她转介给其他女性心理医生。同时放弃你的开诚布公实验！或者只限于对男性病人，至少现在如此！"

欧内斯特挂了电话后，在办公室内踱步。他总是对保罗说实话，这次的例外使他感到孤单。为了转移注意力，他开始处理信件。为了更新他的医疗不当保险，他必须填写一张问卷，关于他与病人之间的关系。问卷上的问题很尖锐。他有没有碰触病人？如果有，如何碰触？男性女性都碰？碰触多久？碰触病人身体什么部位？是否碰触过病人胸部、臀部，或其他性感区域？欧内斯特很想把问卷撕成碎片，但是他不敢。在今天这种诉讼当道的时代，没有任何医生敢不买医疗失当的账。他又拿起问卷，对于"有没有碰触病人？"的问题，点选"有"。对于"如何碰触？"的问题，他写："只是握手。"对于其他所有问题，全都点选"没有"。

　　然后欧内斯特打开卡萝琳的档案，准备下一次的诊疗。他又想起了保罗的谈话。把卡萝琳转介给一个女性心理医生？她不会去的。放弃实验？为什么？实验正在进行当中。放弃对病人开诚布公？绝不！因为诚实，我才陷入这个处境，诚实最后一定也会解救我！

第二十章

星期五下午，马歇尔准备锁上办公室的门时，审视了一遍他所珍爱的事物。一切都在原位：放着长颈玻璃酒杯的柜子，玻璃雕塑"时光的金边"，但是这些东西都无法照亮他的阴暗情绪，或抚平他喉咙中的紧张。

他关上门时，停下来分析自己的不安。这不仅来自三个小时后，与谢利在阿乔之屋的会晤——天知道，那已经够让人担心了。不，这是关于另外一件事：阿德里安娜。这个星期她再次爽约了，也没有打电话事先取消。马歇尔很困惑。这实在说不过去：如此高雅、世故的女子不应该这样。马歇尔又从彼得给他的现款当中扣除了200美元，这次不需要考虑了。他立刻打电话给阿德里安娜，留言要她立刻跟他联络。

也许他同意短期治疗她是一项错误。也许她暗中对于嫁给彼得感到犹疑，又不想讨论。毕竟，他是彼得的前心理医生，彼得付钱请他，而现在他又是彼得的投资人。是的，马歇尔越想就越觉得他犯了判断上的错误。他提醒自己，这正是违反了界线的后果——一个问题会导致另一个问题。

他留话给阿德里安娜三天了，还是没得到响应。马歇尔并不习惯再打电话给病人，但是他又把门锁打开，回到办公室，再度拨了她的号码。这次他听到的是计算机系统告诉他，这条线路已经停用了，电话公司没有其他的信息。

马歇尔开车回家时，考虑两种极端不同的解释。也许阿德里安娜与彼得因为她父亲而发生剧烈冲突，她不再想与彼得的心理医生有任何瓜葛。或者阿德里安娜受不了她父亲，冲动地搭飞机到苏黎世找彼得了——上次诊疗时她暗示越来越难忍受与彼得分离。

但这两种假设都无法解释为何阿德里安娜没有回电。不，马歇尔越想就越确定，事情可能更严重。疾病？死亡？自杀？下一步显而易见：他必须打电话给人在苏黎世的彼得！马歇尔望了他分秒不差的劳力士表一眼。六点钟。也就是苏黎世的凌晨三点。他必须等到他与谢利的会晤结束，然后在午夜时打电话，那将是瑞士的上午九点。

马歇尔停车时，发现雪莉的车子不见了。她就像往常一样在晚上出去了。现在已经习以为常，马歇尔已经弄不清楚她的行程：也许是在临床实习，或者上最后几门临床心理学的课程，或者教授花道，参加花道展览，或者在禅修中心静坐。

马歇尔打开冰箱的门，什么都没有。雪莉还是没有做饭。像平常一样，她留了一盆新的插花在厨房的桌子上。花盆下有张纸条写着她会在 10 点以前回来。马歇尔瞄了那盆花一眼：很简单的形式，三朵百合花，两朵白的，一朵红的。其中一朵白的与一朵红的纠缠在一起，第三朵百合则朝外伸出，危险地垂在花盆之外。

她为什么要留给他这些插花？有一会儿，只是很短暂的片刻，马歇尔想到雪莉最近时常使用红色与白色的百合花，仿佛她想要透露什么信息。但是他很快打消这个想法。花时间在这种谬念上，真是让他感到惭愧。有太多地方可以花时间，像是煮顿晚餐，为他的衬衫缝个纽扣，完成她的论文，尽管她的论文题目也很不实际，但要完成后才能正式收费看病。雪莉非常善于要求平等权利，马歇尔想，但也善于浪费时间，只要她丈夫付账养活她，她就会继续延后进入担负财务责任的成人世界。

嗯，他才知道如何利用时间。他把插花推到一旁，打开下午的报纸，计算今天的股票获利。然后，他还是感到紧张焦躁，于是决定去运动。他拿起运动袋前往活动中心。待会在阿乔之屋，他会吃点东西。

谢利一路上吹着卡通歌曲调子，来到阿乔之屋。这一星期来，他收获颇多。他打出毕生最好的网球成绩，带领威利得到加州长青组的网球双打冠军，还有机会进军全国冠军。但是除此之外，还有更多好事情。

威利在获得冠军的喜悦情绪下，送给谢利一个礼物，一举解决了谢利所有的问题。威利与谢利打完球赛后，决定在南加州多留一天玩玩赌马。威利有一匹两岁大的赛马"奥马哈"参加了比赛。威利非常相信"奥马哈"与它的骑士：他已经押了大笔赌金，并鼓励谢利也一起赌。威利先去下注，而谢利在养马区观看其他的马匹。等威利回来后，谢利就去下他的注。威利欣赏着"奥马哈"光滑漆黑的肌肉，发现这场比赛的热门马流了很多的汗，这是不好的迹象，于是他立刻冲回下注窗口，又下了 5000 美元的注在"奥马哈"身上。然后他看见谢利在 20 美元的窗口下注。

"怎么回事，谢利？我们玩赛马 10 年了，我从来没看过你在 100 美元之外的窗口下注。现在我以我的母亲、我的女儿、我的情妇之名发誓担保这匹马，你却只下了 20 美元的注？"

"嗯……"谢利脸红了，"节省点……你知道……为了婚姻和谐……稍微缩减开支……就业市场不佳……当然，有很多机会，但还在等待最好的……你知道，金钱只是很小的一部分，还要知道自己是否人尽其才。老实说，威利，是诺玛……她对我的赌博活动非常在意，而她是家中的老板。我们上星期大吵一架。你知道，我的收入都拿来作为家用……而她的高薪却都是她自己的钱。你知道这些女人总是抱怨没有事业机会，一旦她们发了，却不太愿意分担责任。"

威利拍打他的前额："这就是为什么上两场牌局没有看到你！狗屎，谢利，我真是瞎了眼才没有看出来——哇，等一下，比赛开始了！看'奥马哈'！看那匹马儿飞奔！第五号，骑士穿着黄色衣服，黄帽子；他准备待在外围马群中，等到 3/4 圈时才开始加速！现在，它们快到了——'奥马哈'要行动了——冲啊！看它的步伐——它的蹄几乎没有触地！你看过任何马跑得像这样吗？其他的马好像在倒退似的。它真是精力充沛——我告诉你，谢利，它还可以再跑一圈。"

比赛后——"奥马哈"是一赔十，威利从庆祝圈子中回来，与谢利来到俱乐部的酒吧。

"谢利，你失业多久了？"

"六个月。"

"六个月！老天，真糟糕。瞧，我本来打算找你好好谈一谈，现在也许就是最好的时机。你知道我所拥有的那块土地吧？我们已经在市议会奋斗了两年，想要通过把 400 户都改建成公寓大楼，我们快要成功了。我花了不少钱打通关节，现在我的内线透露，还有一个月就会通过。下一步就是去说服那里的住户，当然我们会给他们提供非常高的折扣价，然后我们就开始改建。"

"所以呢？"

"所以……底线是，我需要一名行销经理。我知道你没有做过房地产，但我也知道你是个绝佳的推销员。几年前你卖给我一艘百万美元的游艇，你的手法是如此高明，我离开展室时觉得你好像帮了我一个大忙。你学得很快，而且你拥有别人所无法取代的一个优点——信任。绝对的信任。我百分百地信任你。我与你玩了14年的扑克牌——你还记得我们总是开玩笑说，万一发生地震，道路封锁，我们也还是可以打电话、玩扑克牌？"

谢利点点头。

"嗯，你知道吗？那不是开玩笑！我真的相信——我们也许是世界上唯一能这么做的牌友。我信任你与其他人——眼睛闭起来打都可以。所以，为我工作吧，谢利。狗屎，我占用了你这么多时间打网球，难怪你会失业。"

谢利同意为威利工作。年薪60 000美元，与前一份工作一样。佣金另外算，但不仅于此。威利为了保障他们的牌局，必须确保谢利能够继续玩下去。

"你知道那艘百万美元的游艇？我在上面度过了一些好时光，但没有价值百万美元，与我在牌局中的好时光完全不能比。如果要我两者选择其一，要船还是要牌局，那艘船会立刻滚蛋！我要牌局一直继续下去，永远不要停。而且我要告诉你老实话，我不太喜欢前两场没有你的牌局。狄伦取代了你的位置——他非常胆小，紧紧捏着牌不放，'Q们'都哭了。他九成的牌还没有分出胜负就盖掉了。非常无聊的牌局。失去像你这样的牌友，事情就不行了。所以告诉我，谢利——我发誓，这件事只有你与我知道——你需要什么才能继续玩下去？"

谢利解释说40 000美元的赌金让他玩了15年，要不是这阵子手气背到极点，他还可以继续玩下去。威利立刻愿意提供他40 000美元的贷款，为期10年，可以续贷，而且不需要付利息，诺玛绝对查不到。

谢利有点迟疑。

"让我们称之为签约红利好了。"威利说。

"嗯……"谢利故作矜持。

威利很了解他，立刻想出另一个更好的方法，不至于影响他们的交情。

"等一下，有更好的建议，谢利，让我们把你的正式年薪降低10 000美元，然后才告诉诺玛，我会先预支你40 000美元，藏在海外户头里，这样只要四年，我们就扯平了。反正佣金一定会超过你的薪水。"

谢利就这样得到了他的扑克牌赌金与一份工作，还有一张永远能参加牌局的门票。现在连诺玛都无法否定他小小牌局的社交利益。真是一个好日子，谢利想，排队等着领取他20美元的胜利马票。几乎十全十美，只有一个小遗憾：要是他们的对话能早一星期发生！或早一天，或甚至在今天早上也好！他就会站在100美元马票的队伍中，拿着不止一张马票。一赔十！真是一匹好马！

马歇尔提早来到阿乔之屋，看到俗丽的霓虹灯与一辆闪亮的日本敞篷小跑车放在入口处展示。守门人说这是下个月的促销奖品。马歇尔在浓密的香烟烟雾中往里面走了十几步，望望四周，然后立刻转身回到自己车上。他的穿着太正式了，而他一点也不希望成为众所瞩目的焦点。阿乔之屋里面服饰最体面的玩牌人也不过穿着一件旧金山足球队的外套。

马歇尔深呼吸几次清清肺，然后把车子开到停车场灯光比较暗的角落。确定没有旁观者后，他爬到后座，脱掉衬衫与领带，打开他的运动袋，穿上运动衣。但是感觉还是不对劲，闪亮的黑皮鞋与外套还是会吸引目光，要换就换个彻底。所以他穿上篮球鞋与运动裤。两个女人刚好停车到他的旁边。她们下车时吹了个口哨，马歇尔连忙遮住脸。

马歇尔等她们离开之后，深吸最后一口新鲜空气，然后又走入阿乔之屋。大厅被分成两间赌博室，一间是给西方的赌客，另一间是给亚洲的赌客。西方赌室有15张马蹄铁形状的赌桌，每一张有10张赌客座位与一张中央发牌人的座位。房间三个角落都是汽水贩卖机，第四个角落是一个夹娃娃机。只要花一块钱就可以用铁手去夹一个玩具动物。马歇尔记得小时候曾经在大西洋赌城看到过类似的机器。

15张赌桌都玩同样的牌戏：得州扑克牌。不同之处在于赌注的大小限制。马歇尔走到一张赌注5～10美元的赌桌，站在一位赌客背后观看。他读了谢利给他的小册子，知道牌戏的基本规则：发牌人给每个赌客两张暗牌，然后再明着发出五张公牌摊在桌上，其中三张是一次发完，另外两张分别发出。

每一把都下注不少钱。马歇尔往前靠近一点，想看得更清楚些，一位灰发的赌桌老大走过来，上下打量马歇尔一番，特别注意到他那双充气式的篮球鞋。

"嗨，帅哥，"他对马歇尔说，"你在这里干什么？中场休息吗？"

"看看而已，"马歇尔回答，"等我的朋友到了，我们就要开始玩牌。"

"看看？你在开玩笑！你以为可以就这样凑上来看吗？有没有想过玩牌人的感觉？瞧，我们这里也会尊重客人的感觉！尊姓大名？"

"马歇尔。"

"好，马歇尔，等你准备好玩牌时再来找我，我会把你的名字写在等候名单上。现在所有桌子都客满了。"

赌桌老大转身离开，但是又转身微笑着说："喂，很高兴你能来，不是开玩笑，欢迎来到阿乔之屋。但是，除非你要玩牌，否则什么都别做。先来找我。如果你想看，去那里。"他指着玻璃窗后面的另一间赌室，"去亚洲赌室。那里有很多活动，而且不怕人看。"

他离开后，马歇尔听见他对一位休息的发牌人说："他想要看！你相信吗？真奇怪他没有带照相机！"

马歇尔感到很难为情，不动声色地退回到大厅，从那里环顾场内。坐在牌桌中央的发牌人穿着制服。每隔几分钟，马歇尔会看见赢家丢一个筹码给发牌人，发牌人在桌上清脆地敲两下，才放进自己的口袋里。马歇尔知道这是一个规矩，表示要告知牌桌老大，发牌人收下的是小费，而不是赌场的赌金。当然这是古老而多余的习惯，因为每一桌都受到严密的录像监控，任何不合常规的行为都逃不过日后的检查。马歇尔并不是个多愁善感的人，但他却很喜欢阿乔之屋在这里对于仪式所显露的小小尊重。

马歇尔咳嗽几下，试着把香烟烟雾从脸前赶开。穿着运动服来这里是很荒谬的，因为赌场是坏习惯的殿堂。这里所有人看起来都很不健康，四周都是阴暗的脸孔。许多人已经连续玩了十几个小时。每一个人都在抽烟。有几个过重的人，身上的肥肉从椅子缝隙中挤出来。两个枯瘦如柴的女侍走过来，用空盘子当扇子扇风；几个玩家有小型电风扇放在面前，把烟雾吹走；还有几个玩家一边玩一边吃东西——特餐是虾子与虾酱。这里的服饰都有点怪异：一个有白胡须的男子穿着土耳其式的鞋子，有弯曲的鞋尖，戴着红色的土耳其帽；还有一个穿着牛仔靴与大牛仔帽；有人穿着很旧的水手服；大多数是蓝领工作阶级穿着；有几位老妇人穿着20世纪50年代的女装，扣子一直扣到下巴。

到处都可以听见赌博的术语，逃也逃不开。有人在谈加州的六合彩，马歇尔听到有人描述下午的一场赛马，一匹一赔九十的大冷门最后用三只脚赢得比赛。马歇尔看到旁边有一个男子把一卷钞票交给他的女友，然后说："记住，不管我怎么求你，威胁你，咒骂你，哭泣——你都要叫我滚蛋，踢我的老二，用你的空手道也可以。绝不能把这卷钞票给我！这笔钱是我们的加勒比海假期。你要赶快离开这里，自己先坐出租车回家。"还有一个人叫工作人员播放曲棍球比赛实况。这里有十几台电视机，每一台都播放不同的篮球赛，前面都围着一群赌客。这里每个人都在赌博。

马歇尔的劳力士表指向 7 点 55 分。梅里曼先生马上就要到了，马歇尔决定到餐厅等他。那只是一间烟雾弥漫的小房间，有一个很大的吧台。房间一角有一张台球桌，围着一群人观看一场竞争激烈的花式台球。

食物就像这里的空气一样不健康。菜单上没有沙拉，马歇尔研究了很久，寻找最不毒的餐点。马歇尔询问女侍是否有蒸蔬菜以及虾子是用什么油煮的，她只响应一声"什么？"最后他点了烤牛肉与莴苣、西红柿，但不要肉汁，这是他好几年来第一次吃肉，但至少他知道吃下去的是什么。

"嗨，医生，还好吗？嗨，席拉，"谢利蹦蹦跳跳过来，给女侍一个飞吻，"给我同样的食物，医生知道吃什么才健康。别忘了肉汁。"他靠到隔壁桌，与一个赌客握手，"杰森，我有一匹好马可以告诉你！省点钱。我要使你发财。待会见。我这里还有一位朋友。"

这里显然是他的地盘，马歇尔想。"今晚你看起来精神很好，梅里曼先生。网球赛成绩不错？"

"不能再好了！你正在与加州双打赛冠军之一用餐！我的确精神很好，医生，谢谢网球赛，谢谢我的朋友们，还要谢谢你。"

"所以，梅里曼先生……"

"嘘，医生，别称什么梅里曼先生，要混入人群中。叫我谢利。

谢利与马歇尔，好吗？"

"好，谢利。来谈谈今晚的主题吧，你要告诉我怎么做。我先声明，明天一大早我就要看病人，所以不能留太晚。记住，两个半小时，150分钟，我就必须离开。"

"听到了。让我们开始吧。"

马歇尔点点头，把烤牛肉上的所有脂肪都切掉，上面放了西红柿与莴苣，做成一个三明治，然后边吃边听谢利的计划。

"你读了我给你的那本书吗？"

马歇尔又点点头。

"好。那么你应该知道玩法了。基本上，我要你别招惹人的注意。我不希望你专心玩你自己手上的牌，事实上，我不要你玩：我要你观察我。等一下20～40美元的牌桌会有空缺。我告诉你怎么做：第一笔下注是轮流的，每一把都要有三个人出第一笔注金。一个人拿出5美元，这被叫作'屁股'，属于赌场：算是赌桌与发牌人的佣金。另一个人拿出20美元，这叫作'瞎子'。他旁边的人叫作'双重瞎子'，拿出10美元。懂吗？"

"这是不是说，"马歇尔问，"拿出20美元的人可以跟牌，不需要再下注？"

"对。除非有人提高赌注。这表示你可以跟一次牌。大概会有九位赌客，所以每九手就可以跟一次。其他八手你必须盖牌，绝不要叫第一注。我再说一次，医生，绝不要！这表示每一把你跟三次注，总共35美元。一轮九手大约要花25分钟。所以你一个钟头最多只会输70美元。除非你做出蠢事，想要自己玩一把。"

"你想在两个钟头就玩完吗？"谢利继续说，女侍把他的烤牛肉端来了，"这样吧，我们玩一个半钟头或100分钟，然后再讨论半个钟头。我决定要负担你所输的钱，今天我觉得很爽，所以给你100

美元。"他从皮夹中抽出一张百元大钞。

马歇尔接过钞票。"让我算算看……100美元……这样够吗？"他拿出一支笔，在餐巾上算起来。"每25分钟输35美元，你要玩100分钟。这样应该是140美元，对不对？"

"好啦，好啦。再给你40美元。还有，再给你200美元——算是今晚的贷款。去买300美元的筹码，看起来比较像样，不会招惹别人注意。等我们走的时候再还我。"

谢利大口吃下他的烤牛肉，继续说："现在听清楚，医生。如果你输掉超过140美元，你就要自己负担了。因为除非你自己开始玩，否则不可能超过140美元。而我不建议你这么做，那些家伙都是好手。大部分每星期玩三四次，许多人靠此为生。还有，如果你自己开始玩，你就无法观察我了。而你今天的重点就是要观察我，对不对？"

"没错。"

"好，现在进入正题。我要你观察我如何下注。今晚我会尽量唬人，所以观察我是否露出任何破绽，你知道的，就是你在办公室所发现的那些小动作。"

几分钟后，马歇尔与谢利听到扩音机喊出他们的名字，于是坐上了20～40美元的赌桌，大家都很客气地欢迎他们。谢利向发牌人致意："近况如何，艾尔？给我500美元的筹码，而且照顾我的朋友，他是个新手。我想要带坏他，需要你的帮忙才行。"

马歇尔买了300美元的筹码，一叠红色的5美元筹码与一叠蓝白相间的20美元筹码。到了第二手，马歇尔当"瞎子"——他必须赌20美元在两张暗牌上，可以跟一次牌：公牌是三张小黑桃。马歇尔的两张暗牌也是黑桃——一张2，一张7——这样五张牌就有了清一色。第四张公牌也是小黑桃。马歇尔被自己的清一色冲昏了头，于是违反了谢利的指示，决定继续下注，叫了两次 40 美元的注。这一把结束后，所有人都掀开自己的牌。马歇尔掀开自己的黑桃 2 与黑桃 7，骄傲地说："清一色！"但是有另外三人的清一色比他的还大。

谢利靠过来，尽量温和地说："马歇尔，公牌当中有四张黑桃，这表示任何人只要有一张黑桃，就是清一色。就算你有六张黑桃，也不会赢过其他人的五张黑桃，而你的黑桃 7 一定会碰上更大的黑桃。你想为什么其他人都要跟着下注？一定要问自己这个问题。他们必然都有清一色！照这种速度，我估计你一个小时会输掉 900 美元你自己的辛苦钱！"谢利特别强调"你自己"三个字。

其中一个赌客听到这番话，他本来正在结算自己的筹码，于是说："嗯，本来想要走了……睡一会儿觉……但是，有人把黑桃 7 清一色当成大牌……还是再玩一会儿吧。"

马歇尔满脸通红，发牌人安慰他说："别被他们唬到了，马歇尔。我觉得你很快就会抓到诀窍，然后你可以好好教训他们一顿。"马歇尔明白了，一个好发牌人就像一个团体心理治疗师，总是能够提供必要的安慰与支持：赌桌上的和谐代表了大笔的小费。

之后马歇尔玩得很保守，每一把都盖牌。有几个人嘲笑他这么胆小，但谢利与发牌人为他辩护，要大家有点耐心。半个小时后，他拿到一对 A，而公牌是一张 A 与一对 J，这让他有了三条一对。没有多少人跟他这一把，但马歇尔还是赢得了 250 美元的赌金。然后马歇尔像老鹰般观察谢利，有时候在小笔记本上写下一些东西。似乎没人在意他写笔记，除了一个瘦小的女人对他说："记住了，大顺比小三条一对还要大！嘻嘻。"

谢利算是赌桌上最活跃的下注者，看起来似乎很内行。但是当他有一手好牌时，很少有人会继续跟下去。而当他唬人时，总有一两个人手中拿着不起眼的牌，却能够打败他。而当别人有一手好牌时，谢利却愚蠢地一直跟下去。谢利虽然拿到的牌平均起来不算坏，但他的筹码却一直减少，一个半小时之后，他已经输掉 500 美元筹码。马歇尔很快就看出了症结。

谢利站起来，把剩下的几个筹码丢给发牌人当小费，然后朝餐厅走去。马歇尔也兑换了他的筹码，没有留下小费，跟着谢利一起走了。

"看出什么了吗，医生？有没有破绽？"

"嗯，谢利，你知道我是个门外汉，但恐怕只有用扩音器，才能比你更清楚地泄露你的牌。"

"什么？扩音器？有那么糟吗？"

马歇尔点点头。

"能举个例子吗？"

"好，首先，你记得你很大的那几手牌吗？我算出六手——四手葫芦，一手大顺，一手大同花？"

谢利津津有味地回忆着："对，我记得每一手，真是可爱极了。"

"嗯，"马歇尔继续说，"我注意到牌桌上其他有类似大牌的人，最后赢的钱都比你多很多：至少两三倍多。事实上，我甚至不应该说你拿到大牌，也许只能说好牌，因为你从来没有靠它们赢大钱。"

"什么意思呢？"

"这表示当你拿到好牌时，消息就像野火一样迅速传开来。"

"我是怎么泄露出去的？"

"让我说说我的几项观察。当你拿到好牌时，你似乎会紧捏住牌。"

"捏住？"

"对，仿佛你手中有黄金似的。还有，当你有好牌时，你在下注之前会一直望着你的筹码。让我看看，还有其他的……"马歇尔读着他的笔记。"对了，每次你拿到好牌，你会故意望向远处，假装你在看电视里的篮球赛，我想你是希望其他人以为你对这手牌不感兴趣。但如果你要唬人，你就会死瞪着每个人，仿佛想要用眼睛威胁别人，让他们不敢下注。"

"你没开玩笑，医生？我会这样子？我真不敢相信。我懂这一切，书上都写得清清楚楚。但我不知道自己这么做。"谢利站起来，大力拥抱马歇尔，"这才是我所谓的治疗！不得了的治疗！我等不及要回去再玩牌了。我要弥补我所有的破绽。那些人会不知道怎么死的。"

"等一下！还有更多。你想听吗？"

"当然。但我们要快一点。我一定要回到刚才那张赌桌，把输掉的都赢回来。等一下，让我先预约一下座位。"谢利跑到赌场老大那里，对他耳语一阵，塞了一张 10 美元钞票给他。然后又跑回到马歇尔旁边。

"请继续说，你说得很准。"

"两件事。如果你在看你的筹码，也许是在计算，那么就可以确定，你一定有好牌。我想我已经说过这个破绽。但我没有说的是，当你唬人时，你从来都不看你的筹码。然后还有更隐约的细节，这有关信心不足的问题……"

"说出来。不管你要说什么，我都洗耳恭听，医生。让我告诉你，现在你简直是出口成金！"

"我觉得当你有好牌时，你会轻轻地把赌注放在桌上，而且离你很近，你的手臂不会伸开来。但是当你唬人时，你会有相反的表现，很强悍地把赌注放在桌子正中央。还有当你唬人时，虽然不是每一次，但你会一再瞄着你的暗牌，仿佛希望牌能变好。最后一件事，当其他人似乎都知道有人赢定了，你却还是一直跟下去。我想你的注意力都放在牌上，而不是其他人身上。好了，就是这些了。"马歇尔要撕掉那张笔记。

"别这么做，医生，送给我。我要把它框起来。不，我要把它塑封保护起来，随身携带，这是我的幸运符，梅里曼财富的试金石。听着，我要走了，这个机会一过去就不会再回来……"谢利指着他们刚离开的那张赌桌，"不能放过那群肥羊。哦，对了，差点忘了。这是我答应要给你的信。"

他拿出一封信，马歇尔很快读了一遍：

致相关人士：

此信证明马歇尔·施特莱德医生给予我优良的心理治疗，我觉得自己已经完全复原，不再受潘德医生的不当治疗所影响。

谢利·梅里曼

"如何？"谢利问。

"好极了，"马歇尔说，"现在请你写下日期。"

谢利写下日期，然后又很慷慨地加上一行字：

我在此放弃任何对于旧金山精神分析学会的诉讼权。

"怎么样？"

"更好了。谢谢你，梅里曼先生。明天我会把我承诺的那封信寄给你。"

"这样我们就扯平了。以后谁也不欠谁。你知道，医生，我刚才在想，只是想想而已，但你可以进军扑克牌咨询业。你真是非常有一手。或者是我以为你很有一手，等我回到赌桌后就知道了。但让我们将来约个时间一起吃午餐。我可以当你的经纪人。只要看看这地方——几百个输钱的人，每个都非常想要改进。其他赌场有更多的输家……他们都愿意付出一切。我可以在一眨眼之间就为你找满病人，或找满一个演讲厅的研习会——几百个赌客，每人收几百元，一天就有 20 000 美元。当然，我只收你一般的经纪人费用。考虑考虑吧，我要走了，我会再打电话给你，这是个好机会喔。"

说完后，谢利回头走向赌桌，口中哼着卡通音乐。

马歇尔离开了阿乔之屋，来到停车场。现在是 11 点半，半个小时后，他就要打电话给彼得了。

第二十一章

在下一次治疗卡萝琳的前一晚，欧内斯特做了一个清楚的梦。他坐在床上写了下来：

我正在机场里面看到卡萝琳，她坐在一辆载客电车上。我很高兴看到她，跑上前去，想要拥抱她，但她抓着她的皮包不放，拥抱起来很不舒服。

早上他思索这个梦，想起了他与保罗通电话后的体验："诚实使我陷于这个处境，诚实最后一定也会解救我。"欧内斯特决定要进行前所未有的尝试。他要与他的病人分享这个梦境。

在他们下一次诊疗时，卡萝对于欧内斯特描述拥抱她的梦境感到很好奇。上次诊疗结束后，她开始怀疑自己是否对欧内斯特判断错误；她已经快要放弃勾引他的希望了。而今天他却承认他梦见她。也许这会是有趣的发展，卡萝想。但她没有什么信心了。她已经不觉得自己掌握了情况。以心理医生而言，欧内斯特简直是完全无法预测的，她想，几乎每次诊疗，他都会做出或说出一些让她惊讶的事情。而几乎每次诊疗，他都会让她对自己有更进一步的了解。

"欧内斯特，真是很奇怪，因为昨晚我也梦见了你。这是不是荣格所谓的'同时性'（synchronicity）？"

"不完全是。我想荣格的'同时性'是指两个相关的现象，一个发生在主观世界，另一个发生在客观的物理世界。我记得他描述有一天在解析一个病人的梦，病人梦见了古埃及的金甲虫，然后他发现有一只甲虫在窗外碰撞玻璃，仿佛想要飞进房间。"

"我一直不了解这个观念的重要性，"欧内斯特继续说，"我想许多人对于生命的无常感到不安，于是希望相信有某种宇宙关联存在。我并不太在意这种观念。大自然的无常与无情并不会让我感到不安。为什么大家如此不敢面对'巧合'？为什么不单纯地当成巧合来看待？

"至于我们彼此梦见对方，这有什么奇怪的？我觉得以我们的接触频繁度，以及关系上的亲近，如果没有梦见对方才值得奇怪。很抱歉我这么说，卡萝琳，听起来一定很像在讲课。但'同时性'这种观念让我有感而发——在弗洛伊德的教条主义与荣格的神秘主义之间的无人地带，我总是感觉很孤单。"

"不，我不介意你谈这些事情，欧内斯特。事实上，我很喜欢这样分享你的思想。但你有一个习惯，的确很像是在演讲，你总是每隔一分钟就要称呼我的名字。"

"我一点也不知道有这种情形。"

"你介意我告诉你吗？"

"介意？我高兴死了。这使我觉得你开始认真听我的话了。"

卡萝向前倾，轻轻握了一下欧内斯特的手。

他也回握了她一下，然后说："但我们还有工作要做。让我们回来谈这个梦。你能不能说说你的感觉？"

"哦，不！这是你的梦，欧内斯特。你感觉如何？"

"没错。好吧，心理治疗在梦中时常象征某种旅程。所以我想机场象征了我们的治疗。我想要与你亲近，拥抱你，但你把你的皮包挡在中间。"

"那么你要如何解释皮包，欧内斯特？我觉得有点奇怪，好像我们角色互换了。"

"完全不会，卡萝琳，我很鼓励你这么做，我们彼此开诚布公是最重要的，所以让我们继续进行。我所想到的是，弗洛伊德时常说'皮包'是女性生殖器的象征。我说过，我不太相信弗洛伊德的论点，但我也不想全部否定。弗洛伊德有许多正确的解析，不应该被忽略。几年前，我曾经参与过一项实验，在催眠状态下要求女性梦见她们喜欢的男性来到床前。许多女人都使用了皮包象征。也就是说，梦见男性来到她们面前，把某种东西放进她们的皮包里。"

"所以，欧内斯特，这个梦的意思是？"

"我想这个梦的意思是，你与我正在进行心理治疗，而你也许把情欲放在我们之间，阻止我们真正亲近。"

卡萝沉默了几分钟，然后说："还有另一种可能。更简单直接的解析——你内心其实想与我发生肉体关系，拥抱等于是性交。毕竟，不是你在梦中主动想要拥抱吗？"

"那么阻碍拥抱的皮包呢？"欧内斯特问。

"就像弗洛伊德说过，一根雪茄有时候可能只是一根雪茄，那么女性生殖器的象征皮包，有时候也可能只是一个皮包……装了钱的皮包。"

"我了解你的意思……你是说我像个男人一样渴望你，而金钱，也就是我们的职业关系阻碍了我们。我因此而感到挫折。"

卡萝点点头："对，这个解析如何？"

"的确是简单多了，我也不否认其中的真实性。如果我们不是以心理医生与病人的方式认识，我会想与你有更个人性的非职业关系，上次我们就谈过。我不否认我觉得你是个非常吸引人的女人，有很敏锐的头脑。"

卡萝笑容满面："我越来越喜欢这个梦了。"

"但是，"欧内斯特继续说，"梦境总是很容易偏颇。很有理由相信我的梦反映了我们双方的期望：我想要当你的心理医生，而没有性与其他欲望的困扰，以及我想要与你交往，而没有职业上的接触，这是我必须处理的困境。"

欧内斯特很惊讶自己在开诚布公上的进展。他很理所当然，很不带自我地对病人说了几星期前绝对不敢说出的事情，而且觉得自己控制得很好。他不再觉得自己在诱惑卡萝琳。他保持坦然，同时也提供了治疗上的帮助。

"那么关于金钱呢，欧内斯特？有时候我看见你偷看时钟，我会认为我对你只代表了一张支票，时钟每过一分钟，就又赚了一美元。"

"金钱对我并不重要，卡萝琳。我赚的钱超过我能花的，我很少顾虑金钱。但我必须注意时间，就像你接见客户时也要注意时间。不过我从来不希望我们的时间过得太快，从来没有。我期待见到你，很珍惜我们在一起的时间，而且总是惋惜时间过得太快。"

卡萝又无话可说。她真是感到很恼怒，竟然会对欧内斯特的话感到受宠若惊，而他看来竟然像是在说实话，而且有时候，他看来不再那么惹人厌了。

"我在想的另一个问题是，卡萝琳，皮包内的东西。当然如你所说的，第一个想到的就是钱。但还有什么其他东西，能够阻碍我们的亲近？"

"我不太了解你的意思，欧内斯特。"

"我的意思是，也许你没有真正看清楚我的为人，因为被某些先入为主的偏见阻碍了。也许你背负了一些旧包袱——过去与男人的关系，你的父亲、哥哥、丈夫，或属于另一个时代的期望：比如拉尔夫·库克。你时常要我'成为拉尔夫……当我的医生情人'。其实你是在对我说：'不要当你自己，欧内斯特，去当别人。'"

卡萝无法不承认，欧内斯特真是说对了，虽然理由并不完全正确。真奇怪，他近来变得聪明多了。

"你做梦吗，卡萝琳？我想我已经分析够了自己的梦。"

"嗯，我梦见我们一起躺在床上，穿着衣服，我们正在进行诊疗。我要你更有感情一点，但你很严肃，保持距离。然后有另一个男人走进房间——很丑陋、矮小、漆黑如炭的人，我立刻决定要勾引他。这非常容易，于是我们就在你面前亲热。我想如果你能看到我在床上是多么行，也许你会改变主意，对我发生兴趣，与我上床。"

"你在梦中有什么情绪呢？"

"对你感到挫折。对那个男人感到恶心，他简直就是邪恶。我不知道他是谁，但我其实知道。他是杜瓦利埃。"

"谁？"

"杜瓦利埃。你知道的，海地的独裁者。"

"你与杜瓦利埃有什么关系？对你有什么意义？"

"很有趣，完全没关系。我好几年没听过这个名字，我非常惊讶会梦见他。"

"以杜瓦利埃来自由联想一会儿，卡萝琳。看看能想到什么。"

"什么都没有。我不确定是否看过他的照片。暴君、残酷、黑暗、淫荡。喔，对了，我想最近我读到一篇文章，说他住在法国某处，贫穷不堪。"

"但那家伙早就死了。"

"不，不是老头子，而是年轻的杜瓦利埃。人称'小医生'的杜瓦利埃。我确定是'小医生'。这个名字一下子就出现了。我想我告诉过你。"

"不，你没有，卡萝琳，但我想这是梦境的关键。"

"怎么会？"

"首先，你再思索一下这个梦。最好能自由联想，就像我们对我的梦的解析。"

"让我看看。我知道我感到挫折。你与我在床上，但是却什么都没做。然后这个粗野的男人进来，我与他亲热，我这么做真是奇怪，然后这个梦的荒谬逻辑是，我认为你会因为看到我的表现而接受我。真没有道理。"

"请多说一些，卡萝琳。"

"嗯，是没有道理。如果我与一些丑陋的男人在你面前亲热，我根本不可能会赢得你的心，反而可能会让你感到恶心、厌恶。"

"这是表面上的逻辑，但我知道有办法可以解释这个梦。让我们假设杜瓦利埃不是杜瓦利埃，而象征了别的人或事物。"

"比如呢？"

"想想他的名字：'小医生'！想象这个人代表了部分的我：我内在较幼稚原始的一面。那么在那个梦中，你希望与这部分的我发生关系，使比较成熟的我也会被勾引。"

"你瞧，这么说就可以解释这个梦——如果你能勾引到部分的我，那么其他的我也会很容易就范！"

卡萝一阵沉默。

"你在想什么，卡萝琳？"

"聪明，欧内斯特，很聪明的解析。"卡萝对自己说，"比你想象得还聪明！"

"所以，卡萝琳，让我总结一下，我对我们这两个梦的解读有类似的结论：虽然你来见我，对我有强烈的感觉，想要碰触、拥抱我，但你仍然不想真正与我亲近。"

"这些梦的信息很符合我对我们关系的整体感觉。几周前我很清楚地表示，我会对你开诚布公，诚实回答你所提出的任何问题，但是你从来没有真正利用这个机会。你说你要我成为你的情人，但是，除了我在单身世界中的生活之外，你一点也不想了解我是谁。我要一直提醒你这一点，卡萝琳，因为这非常重要，非常接近问题的核心。我要求你对我坦白——为了能这么做，你必须对我有足够的了解与信任，你才能完全在我面前展开。这个经验将帮助你成为你自己，以最深刻的方式，来了解你未来生命中的男人。"

卡萝保持沉默，望着她的表。

"我知道我们的时间到了，卡萝琳，但请多用一两分钟，你有没有进一步的补充？"

"今天不行，欧内斯特。"她说，然后站起来，匆忙离开办公室。

第二十二章

马歇尔午夜打给彼得·马康度的电话并没有什么用处——他只听到了三种语言的录音，说明马康度金融集团周末不上班，周一早上才营业。苏黎世的接线生也查不到彼得住处的电话。这当然不令人意外。彼得时常提到"黑手党"，以及富有的人必须保护隐私以利于安全。这将是个漫长的周末。马歇尔必须熬过去，等到周日午夜再打电话。

凌晨两点，马歇尔无法入眠，他翻寻药箱，想找出一些药厂给他的样本，一些镇静剂。这实在很不像他——他总是反对随便吃药，坚持受过适当精神分析的人只能透过内省与自我分析来处理心理上的不宁。但这个晚上根本不可能做自我分析：他紧张得无以复加，需要靠药物来镇定自己。他终于找到一些镇静剂，吞下两颗，不安稳地睡了一下。

随着周末过去，马歇尔的不安也愈增。阿德里安娜到底在哪里？彼得到底在哪里？他根本无法专心，他把最新一期的美国精神分析期刊丢到房间另一边，对他的盆栽也不感兴趣，甚至无法计算他这周的股票获利。他在健身房花了一个小时举重，打了一场篮球，慢跑到公园，但没有任何事情能使他减轻心中的焦虑。

他假装自己是一名病人。冷静点！为什么这么焦急？让我们坐下来分析情况。只有一件事情：阿德里安娜没有赴约就诊。所以呢？投资很安全。几天内……我算算看……33个小时后……你就可以跟彼得通电话。你有一张瑞士信贷的担保书，原来的股票自从你卖掉后已经下跌了2%；最糟糕的情况是你使用担保书赎回投资金额，然后以更低价买回你的股票。是的，也许你没有发现阿德里安娜有些问题，但你又不是先知，你有时候也会误判一些事情。

很扎实的心理治疗，马歇尔想，但自己对自己这么做就没什么效果了。自我精神分析有其限制，弗洛伊德那么多年来是怎么做的？马歇尔知道自己需要与别人分担这些焦虑。但是是谁呢？不能是雪莉，最近他们已经很少交谈，而他与彼得的投资是谈不得的。她从一开始就反对。当马歇尔陶醉地描述他将要如何花赚来的70万美元利润时，她只是嗤之以鼻地说："我们活在不同的世界里。"现在雪莉越来越频繁地提到"贪婪"这个字眼。两周前她甚至建议马歇尔向她的佛教导师寻求指引，好克服困扰他的贪念。

况且雪莉计划去爬山采集插花的材料。当天下午，她要出发时，她说她可能会在外过夜，她需要独处的时间。马歇尔想到自己可能会孤独地一个人过周末，不免有点害怕，他考虑是否该告诉雪莉，他需要她留下来。但马歇尔·施特莱德可不会求人，那不是他的风格。况且，他的紧张是如此明显，雪莉无疑想要逃避。

马歇尔不耐地望着雪莉所留下的一盆插花：一根长有苔藓的分叉杏枝，一根树枝与桌面平行，另一根垂直向上。水平的树枝末端有一朵孤独的白色杏花，朝上的树枝则有一圈薰衣草与豌豆，簇拥着两朵百合，一朵是白色，另一朵是红色。该死，马歇尔想，她竟有时间做这玩意！为什么弄这个呢？三朵花……又是一朵红的与两朵白的……他研究了一会儿这盆花，摇摇头，然后把整盆花推到桌子下面。

我还能跟谁谈？我的表兄马文？绝不！马文有时候可以提供好建议，但现在不会管用。我无法忍受他声音中的骄傲。找一个同事？不可能！我已经违反了我的职业界线，而我也不确定能信任谁，特别是别人都忌妒我。只要这件事泄露出去，我就要永远忘了学会会长的职位了。

我需要找个人倾吐一番。如果还能找赛斯·潘德就好了！但我已经断绝了那层关系。也许我对赛斯不该那么严厉……不，不，不，赛斯罪有应得，那样做没有错。他完全是自作自受。

马歇尔有一名病人是临床心理学家，他时常提起他有一个支持团体，是由10名男性心理医生所组成，每两周聚在一起两个小时。他的病人说这种聚会很有帮助，他们也时常在需要的时候相互通电话。当然，马歇尔不赞成他的病人参加团体。若是更早，他会禁止。支持、肯定、慰藉，所有这些可怜的"拐杖"只能加强自怜，延迟了真正的心理治疗。但是现在，马歇尔却渴望能有这种团体。他想到赛斯·潘德在学会会议时所说的，关于当代社会缺乏了男性情谊的论题。是的，这就是他所需要的，一个朋友。

在周日午夜，苏黎世的周一上午九点，他打电话给彼得，但只听到很令人困扰的录音："这里是马康度金融集团。马康度先生去参加为期九天的旅游。这段时间将不营业，但若有紧急需要请留话，马康度先生将会设法回电。"

旅游？这样的公司要关门九天？马歇尔留话请马康度先生立即回电，事态紧急。稍后，他躺在那里思索时，旅游似乎没有那么奇怪了。显然发生了什么冲突，他想，也许是彼得与阿德里安娜，或阿德里安娜与她父亲，于是彼得在一时冲动之下就决定去散散心——也许带了阿德里安娜一起去，也许没带，如此而已。

但是，数天过去了，彼得还是音讯全无，马歇尔对自己的投资越来越担心。虽然可以把钱赎回来，但这样就再也无法从彼得的生意中获利；因为惊慌而放弃这大好机会实在很愚蠢。这一切都因为什么？只是因为阿德里安娜没有来就诊？别傻了！

星期三的上午11点，马歇尔有一个小时的空当。欧内斯特的辅导时间还是空着的，他出去散步，走到上次与彼得共进午餐的太平洋俱乐部，他又往前走了一条街，然后突然转过身，爬上了俱乐部的阶梯，穿过大理石的门廊，经过一排排闪亮的黄铜信箱，进入那有玻璃圆顶的大厅。在那里，穿梭于桃木皮沙发椅之间的，就是穿着礼服的领班阿米。

马歇尔脑中浮现了阿乔之屋的景象：足球队夹克，浓浓香烟烟雾，还有那位赌桌老大，教训他不得观看，因为"我们这里也会尊重客人的感觉"。还有那些噪音：筹码碰撞声、撞球声、开玩笑与大谈赌经的声音。太平洋俱乐部要安静多了：侍者摆设银器与水晶玻璃的声音，会员轻声谈着股票市场，还有意大利皮鞋在光滑橡木地板上的清脆声音。

到底哪里才是他的家？他是否有家？马歇尔心中思索着，这不是他第一次想这个问题了。他到底属于何处——阿乔之屋还是太平洋俱乐部？他是否要永远飘零在两者之间，花一辈子时间想要离开一边，前往另一边？要是有个精灵出现，对他命令道：现在你必须做出决定，二选一，它就会成为你永远的家。他会怎么选择呢？他想到了他与赛斯·潘德所做过的精神分析。我们从来没有处理过这个问题，马歇尔想。没有处理过"家"，也没有处理过"友谊"，还有如雪莉所说的，没有处理过金钱与贪婪。他花了900个小时到底分析了什么玩意？

至于现在，马歇尔假装很自在地朝领班走过去。

"阿米，你好吗？我是施特莱德医生。几个星期前，与我一起用餐的马康度先生提起你的惊人记忆力，但我想连你大概都不会记得我吧？"

"哦，是的，我对您记忆犹新，还有马康泰先生……"

"马康度。"

"是的，对不起，马康度。唉，我的惊人注意力出洋相了。但是，我真的记得您的朋友。虽然我们只见过一次，他给我留下深刻的印象。很高雅、慷慨的一位绅士！"

"你是说，你们只在旧金山见过一次面。他说他在巴黎的俱乐部也见过你。"

"没有，先生，您一定弄错了。我虽然在巴黎的俱乐部工作过，但从来没在那里见过马康度先生。"

"那么在苏黎世呢？"

"没有。我很确定，以前从来没见过那位绅士。你们俩共进午餐的那一天，是我第一次见到他。"

"那么，嗯……你是说？……他怎么会对你那么熟……我的意思是……他怎么会知道你在巴黎的俱乐部待过？他有在此用餐的资格吗？不，我的意思是，他是否在此开有账户？他怎么付账的？"

"有什么问题吗，先生？"

"是的，而这与你假装熟识他有关，假装是他的老朋友。"

阿米看来有点困惑。他瞄瞄手表，然后望望四周。大厅没有什么人，很安静。"施特莱德医生，我在午餐前有一点时间。请让我们坐下来好好谈谈。"阿米指着一个包厢，请马歇尔进去。他让马歇尔坐下后，询问是否能点根烟。深吸了一口烟后，他说："请听我坦白道来，先生，而且不列入记录，您懂我的意思吧？"

马歇尔点点头，"当然。"

"我在高级俱乐部工作了 30 年，过去 15 年都是担任领班。我见识过各种场面，没有什么事情逃得过我的眼睛。我知道，施特莱德医生，您不熟悉这种俱乐部。请原谅我如此冒昧。"

"不，完全不会。"马歇尔说。

"您应该要了解一件事，在私人俱乐部里面，每个人总是想从别人身上得到什么——恩惠、邀请、介绍、投资等。为了使过程顺利些，必须对人建立起特定的印象。而我像所有领班一样，必须在这种过程中担任某种角色，我有义务让一切都进行得很和谐。因此，当马康度先生那一天稍早与我聊天，问我是否在欧洲其他俱乐部做过，我当然会很客气地回答他的问题，告诉他我在巴黎做过 10 年。当他在您面前对我特别友善时，我能怎么办？转身对您说，'我从来没见过这个人'吗？"

"当然不是，阿米。我了解你的意思。我只是很震惊你并不认识他。"

"但是，施特莱德医生，您提到有点问题。希望不是很严重。如果严重请告诉我。我想俱乐部也应该知道。"

"不，不。只是小事一件。我忘了他的住址，希望能找到他。"

阿米有点迟疑。他显然不相信只是一件小事，但马歇尔不愿意多说，于是他站起来："请在大厅里面等我。我将尽力为您查询这方面的资料。"

马歇尔坐下来，对自己的笨拙感到困窘。机会并不大，但阿米也许帮得上忙。

领班在几分钟后回来，交给马歇尔一张纸，上面写的苏黎世的地址、电话与马歇尔所知道的一样。"柜台告诉我，马康度先生是使用招待资格，因为他是苏黎世俱乐部的会员。如果您愿意，我们可以传真询问他们更多的消息。"

"请这么做，而且如果不麻烦，请传真给我。这是我的名片。"

马歇尔转身要离去，但阿米又补充说："您问我关于付账的问题。我可以告诉您，但是请保密，大夫，马康度先生总是付现款，而且非常大手笔。他给我200美元当午餐费用，给侍者丰厚的小费，然后要我自己留下多余的钱。在这种事情方面，我的惊人记忆力是万无一失的。"

"谢谢你，阿米，你很热心相助。"马歇尔不情愿地抽出一张20美元的钞票，塞入阿米的手中。他转过身，然后又突然想起了什么事。

"阿米，我能不能再请教你一个问题？上次我见到马康度的一位朋友，一个身材高大的绅士，穿着有点夸张，好像是橘色的衬衫，红格子外套。我忘了他的名字，但他父亲曾经担任过旧金山的市长。"

"那一定是罗斯科·李察森先生。今天稍早我看到过他。他如果不在图书室，就是在游戏室。请听我的一个建议，大夫，如果他在下棋，绝不要跟他说话，他会很不高兴。他对下棋很在乎。祝您好运，我会注意您的传真，您可以相信我。"阿米低头鞠躬，等待着。

"再次谢谢你，阿米。"没办法，马歇尔又抽出另一张20美元钞票。

马歇尔走进桃木镶板的游戏室，看见罗斯科·李察森刚好离开棋桌，朝图书室走去，准备读他的午报。

"啊，李察森先生，也许您还记得我，我是施特莱德医生。几个星期前我来这里与朋友用餐时见过您。您也认识我的朋友彼得·马康度。"

314

"啊，是的，施特莱德医生。我记得，赞助讲座系列，恭喜你。很了不起的荣誉，与我共进午餐如何？"

"不，谢谢。我今天下午还要看许多病人，但要请您帮个忙。我想要找马康度先生，不知道您是否有他的通信地址？"

"老天，没有。我在那天之前从来没见过他。很友善的老兄，但奇怪的是，我把我的投资计划快递给他，但快递公司说无法递送。他说他认识我吗？"

"我想是的，但现在我也不确定。我记得他说您父亲与他父亲在一起打高尔夫球。"

"嗯，谁晓得？很有可能，我父亲与许多知名人物打高尔夫球。还有……"他使个眼色，"与不少女人也玩过。啊，11点半。《财经时报》应该来了。大家总是抢着要看，所以我最好去图书室了。祝你好运，大夫。"

尽管与罗斯科·李察森的谈话没有什么帮助，但给了他一个方向去进行。马歇尔一回到办公室，就打开马康度的档案，抽出那张宣传马歇尔·施特莱德系列讲座的传真。那位墨西哥大学教务长叫什么名字？在这里——拉乌尔·戈麦斯。几分钟之内，他就联络到了戈麦斯先生，几天来终于能够找到一个人。虽然马歇尔的西班牙语很有限，但足以了解戈麦斯先生根本不认识彼得·马康度，更别说是收到一笔捐款赞助什么施特莱德讲座系列。还有，关于彼得的父亲，不仅在经济系没有马康度教授，整所大学都没有。

马歇尔跌入坐椅中。他已经遭受了一连串的打击，现在必须后退一步，整理一下思绪。几分钟后，他的头脑开始恢复效率，他伸手拿起纸与笔，写下应该做的事情。首先是取消他下午的病人。马歇尔打电话留言给四名病人取消诊疗，当然他没有说明原因。马歇尔了解正确的做法是保持沉默，让病人自己猜想原因。还有损失的收入！四个小时乘以 175 美元，700 美元的收入泡汤了，永远也赚不回来。

马歇尔不禁怀疑，取消下午的诊疗是否象征了他生命的转折点。这似乎是一个非常重大的决定。在他的职业生涯中，他从来没有取消过诊疗时间。事实上，他从来没有错过任何事情，不管是足球练习或上学。从小学开始，他就得到数不清的全勤奖。这不是说他从来没有生病或受伤。他像其他人一样会生病，但他够顽强，总能撑得过去。不过若是处于惊慌状态，谁也无法撑得过精神分析诊疗。

接下来要做的事：打电话给马文。马歇尔知道马文会说什么，马文也没有让他失望："现在是银行营业时间，立刻拿那张担保书到瑞士信贷。要他们直接把 90 000 美元存入你的账户。而且要心怀感激，马歇尔，我当初坚持你要那张担保书。你欠我一次。还有要记住，看在老天的分上，马歇尔，你是在治疗神经病，别跟他们投资！"

一个小时后，马歇尔手中拿着担保书，朝瑞士信贷走去。在路上，他惋惜着破碎的梦想：财富、艺术收藏、写作的余暇，而他最惋惜的是那种圈内人的世界，高级俱乐部，黄铜信箱与尊贵的待遇。

而彼得呢？他是属于那个世界吗？当然他无法得到金钱利益，就算有，也是他与银行之间的问题。但是，马歇尔想，如果彼得这么做不是为了钱，那么他是为了什么？捉弄心理医生？他与赛斯·潘德是否有关系？或与那些想要自立门户的心理医生有关系？这是否只是个恶作剧？但是，不管这是否只是游戏，不管动机为何，我为什么没有早一点发现？我真是个该死的笨蛋！该死，贪婪的笨蛋！

瑞士信贷在这里只有一个办事处，而不是银行，位于一栋商业大楼的五层。里面的职员接待马歇尔，收下了他的担保书，并保证他们有充分的权力可以处理。他说办事处的主任正忙着别的事情，稍后会亲自接待他，而且他们传真担保书到苏黎世也需要一点时间。

　　10分钟后，严肃正经的办事处主任请马歇尔到他的办公室。他察看了马歇尔的身份证件，抄下上面的字号，然后把担保书拿去影印。他回来后，马歇尔问："我要如何拿回我的钱？我的律师告诉我……"

　　"对不起，施特莱德医生，请把你的律师名字与地址告诉我。"

　　马歇尔把他表兄马文的资料给了他，继续说："我的律师建议我要求直接存入我的银行户头。"

　　办事处主任沉默地坐着，看着那张担保书。

　　"有什么问题吗？"马歇尔问，"这不是保证随时可以取回现金吗？"

第二十三章

　　离开欧内斯特的办公室后，卡萝在一楼化妆室换上了慢跑服与鞋子，然后开车前往滨海区。她把车停在一家素食餐厅旁——那是由旧金山禅修中心所经营的。那里有一条小径顺着码头，直到一公里外的金门大桥。那是杰西最喜欢的慢跑路线，也成为她最喜欢的。

　　这段路线开始于有许多小画廊与书店的商业区，那里还有一家美术馆、一家戏院与一个剧团。然后经过船坞，顺着海湾，大胆的海鸥敢飞来戏弄慢跑者。路线经过绿草地，专门玩风筝的高手聚集于此，看不到任何简单的三角或方形风筝，就像她与她哥哥杰布小时候放的，而是非常先进的造型，像是超人或一对女性的美腿，要不然就是高科技的金属色三角风筝，能够发出蜂鸣声，同时尖锐地改变方向，朝下俯冲，又骤然停止，微妙地平衡着。接着是一片小海滩，上面有一些晒太阳的人，四周是一个超现实的美人鱼沙雕，顺着海边跑过这段路，有穿着防风装的冲浪者正在准备乘风破浪；然后是一段多石的沙滩，有几十个石头堆起来的即兴雕塑，出自于不知名的艺术家之手；然后是一座很长的码头，上面挤满了认真不懈的亚洲钓客，似乎没有人钓到任何东西。最后一段路通向金门大桥的底部，那里可以看见长发的性感冲浪者，在冰冷的海水中载浮载沉，等待下一波高浪来袭。

现在几乎每天她都会与杰西慢跑，有时候沿着金门公园，有时候是较南边的海滩，但滨海区这段路是他们最经常跑的路线。她现在一星期有好几天晚上会与杰西见面。通常她下班回家后，他会到那里准备晚餐，与双胞胎聊天，双胞胎也非常喜欢他。卡萝很喜欢杰西，但她也担心：杰西似乎太完美了，如果他们开始亲密，他发现她真正的为人，那会怎么样呢？她的内心世界可不美好。他会退却吗？她不信任他这么轻松就进入她的家庭——使自己成为双胞胎的偶像。如果她发现杰西不适合，她还能有所选择吗？或者她会被困住，因为孩子才最重要？

有时，杰西的工作无法脱身，卡萝就会自己一个人慢跑一个小时。她很惊讶自己如此喜欢慢跑：也许是跑完后那种轻快的感觉会持续一整天，或者是当她渐入佳境后，那种能量充沛的快感。或者只是因为她非常在乎杰西，所以爱上了他所喜欢的一切活动。

一个人慢跑没有与杰西一起慢跑那样神奇，但也有不同的好处：有时间可以自我省思。她刚开始单独慢跑时，会戴着"随身听"，聆听乡村音乐、维瓦第、日本笛子与披头士，但最近她把"随身听"留在车内，好在慢跑时静思。

花时间思考自己的生命，这对卡萝而言是革命性的做法。她这辈子都刚好相反，用各种分心的活动来占据时间。现在有什么不同呢？她在小径上边跑边想，每一步都驱散了几只海鸥。不同以往的是她的感情生活有了新气息。以前她的内心生活单调贫乏，只有狭窄而负面的情绪：愤怒、憎恶、悔恨。大多数是朝贾斯廷而发，其余则发泄在日常生活中所碰到的人。除了她的子女之外，她对于任何人几乎都没有好感。这方面她追随了家族的传统：她是她母亲的女儿，也是她祖母的孙女！欧内斯特让她明白了这一点。

如果她是如此痛恨贾斯廷，那么她为什么要自囚于这桩婚姻中，把钥匙也丢掉呢？她知道自己做出了错误的选择，她刚结婚后就明白了这个事实。而该死的欧内斯特迫使她承认，她像其他人一样有选择：她可以离开这桩婚姻，或者她可以尝试改善婚姻。结果她显然故意什么选择都不做，却沉溺于可悲的错误中。

她记得诺玛与海瑟曾经坚持说，贾斯廷的离开对她是件好事。她们说得不错，而她很愤怒是贾斯廷而不是她自己，占了主动。真是愚蠢！欧内斯特曾经说，以大局看来，谁先离开谁又有什么差别呢？他们俩结束婚姻后都比较好。她感觉近10年来从来没有这么好过。而贾斯廷也尽了他可怜的力量，想要当一个像样的父亲。上星期他甚至连问都没问就同意照顾孩子们，让她与杰西可以去度周末。

真是荒谬，她想，那个毫无疑心的欧内斯特真的很努力在治疗她所虚构的婚姻问题——他不厌其烦地坚持要她面对生命中的问题，改善婚姻或离婚。真是笑话！如果他能知道，他对她的做法正如他对贾斯廷的做法，只是现在他是站在她的这一边，与她一起阴谋计划，就像他当初帮助贾斯廷而伤害了她一样！

卡萝跑到金门大桥时，呼吸很急促。她跑到小径的尽头，碰了一下桥下的栅栏，没有停下来，直接转身跑回去。风如往常一样从太平洋吹来，现在推动着她，她感觉跑回来这一路上都没费劲。

卡萝在车上吃了一个苹果后，开车回到法律事务所，她在那里冲了个澡，准备见她的新客户，这是公司的资深合伙人朱利斯介绍给她的。朱利斯正忙着在华盛顿游说，要她好好照顾这位客户，他的老友施特莱德医生。

卡萝看见她的客户在候客室中来回踱步，显然很紧张。她请他到办公室，马歇尔立刻进来，坐在椅子的边缘，开口说："谢谢你今天能见我，阿斯特丽德小姐。我认识朱利斯好几年了，他本来愿意在下周见我，但这件事非常紧急，不能拖延。我就直说了，昨天我发现我被人骗了90 000美元。你能帮助我吗？我有什么选择？"

"被骗是非常恶劣的感觉，我完全能理解你的心情，施特莱德医生。让我们从头开始。首先，请告诉我关于你自己的情况，任何你觉得我应该知道的，然后让我们再回头了解到底是怎么发生的。"

"好的，但首先我必须弄清楚，我们合约的架构。"

"架构？"

"对不起，这是精神分析的用词。我是说，我想要知道一些细节。你的参与程度、收费以及保密性，保密性对我来说极为重要。"

前一天，当马歇尔知道担保书是伪造的，他惊慌失措，拨了马文的电话号码。但是当他听见电话铃响时，他突然决定不要找马文；他需要一个更能同情他的精明律师。他挂了电话，立刻打给以前的病人朱利斯，他是旧金山最知名的律师之一。

稍后，凌晨三点钟，马歇尔明白自己必须尽可能不张扬这件事。他与一名前病人做生意，许多人会因此指责他。这样已经够糟了，而后来又被骗了钱，简直像个白痴。不论如何，越少人知道这件事越好。事实上，他也不应该打电话给朱利斯，这也是错误的判断，虽然朱利斯的治疗在好几年前已经结束。所以，现在朱利斯本人没空，反而让他松了一口气。

"我可以全程参与这件事，视你的需要而定，施特莱德医生。我没有出去旅行的计划，如果你担心的是这个。我的收费是每小时250美元，有最高的保密性，就像你的职业一样，可能还更严格。"

"我也要对朱利斯保密。一切都只有你与我知道。"

"同意。你可以相信我，施特莱德医生。现在让我们开始吧。"

马歇尔仍然坐在椅子边缘，把整个故事告诉了卡萝。他一点也不顾虑职业道德的问题，没有漏掉任何细节。30分钟后他说完了，朝后坐进椅子中，虽然筋疲力尽，但也松了一口气。他很清楚与卡萝分享这一切带来了多大慰藉，她能够体会他的感觉。

"施特莱德医生，我很感谢你的诚实。我知道要说出这么多痛苦的细节，实在很不容易。在我们开始之前，让我问你一件事，我注意到你很强调这是一项投资而不是礼物，马康度是一位你以前的病人。在职业道德方面，你心中是否对自己的行为有一点疑问？"

"我心中倒没有。我的行为是无可指责的。但你有理由质疑这一点。对其他人这也许会是一个问题。我在我这一行当中，以坚持职业道德标准而出名——我曾经列名州医学道德委员会，也是精神分析职业道德调查小组的召集人——因此我的地位很敏感；我不仅是无可指责的，而且必须要看起来也无可指责。"

马歇尔流了很多汗，他拿出一条手帕拭汗："请了解……这是事实，而不是妄想……我有对手与敌人，这些人不仅非常想要误解我的行为，也很乐于看到我一败涂地。"

"所以，"卡萝说，抬起头来看马歇尔，"让我再问一次，你完全没有任何个人疑问，关于违反医生与病人的财务界线？"

马歇尔停止拭汗，惊讶地看着他的律师。显然她很清楚这一类的事情。

"嗯，不用说，回顾起来，我希望能有不同的做法。我希望对这种事情能更严谨一点，像我平常一样。我希望我对他说，我绝不会与病人或前病人进行任何投资。现在，我首次了解，这些规矩不仅保护病人，也能保护医生。"

"你的对手与敌人，他们是否……我是说，他们是很重要的考量吗？"

"我不太确定你的意思……嗯，是的……我真的有敌人，而且如我说的，我非常急于……不，我应该说，我非常渴望……这件事能够保密……对于我的职业与我的同事。所以，答案是肯定的，我要这整件事都保密。但你为什么特别要问这个呢？"

"因为，"卡萝回答，"你对于保密的要求直接影响了我们能采取的手段——你越是希望保密，我们就越不能积极进行。稍后我会进一步说明。但我这么问还有另外一个理由，你也许会想知道。我不愿意在你面前大谈心理治疗，施特莱德医生，但我必须指出职业诈骗犯的惯用伎俩。他会使受害者觉得自己也参与了不诚实的行为。这样子受害者也成为某种共犯，因此忘记了原来的谨慎与判断。还有，由于受害者自己觉得不太正当，他就不会向可靠的财务专家寻求建议。基于同样的理由，受了骗之后，受害者也不愿意积极起诉罪犯。"

"这个受害者绝对没有这种问题。"马歇尔说，"我要逮到那个浑蛋，把他钉在墙上。不管花什么代价！"

"根据你刚才所说的，可不是这么一回事，施特莱德医生。你说保密是最重要的。问你自己这个问题：你愿不愿意涉及公开的审判？"

马歇尔沉默不语，低下头。

"对不起，施特莱德医生，我必须对你指出这一点。我不想让你丧气。我知道你现在不需要如此。但让我们继续进行下去，我们必须检视每一个细节。从你所说的一切看来，彼得·马康度是个行家——他以前这么干过，他不太可能会留下什么好线索。首先，告诉我你自己做了什么调查，你能列出他提到过的人名吗？"

马歇尔回溯他与阿米、罗斯科·李察森，与墨西哥大学教务长的谈话。还有他无法找到阿德里安娜与彼得。他给卡萝看太平洋俱乐部寄给他的传真，那是从苏黎世俱乐部传来的，表示从来没听说

323

过彼得·马康度这个人。

"有没有可能，"马歇尔问道，"用那张墨西哥大学的传真当成犯罪证据？"

"啊，那张所谓的墨西哥大学传真！"卡萝回答，"大概是他自己传来的。"

"那么也许我们能找出他所使用的传真机，或者指纹？或询问那名卖给他劳力士手表的店员？或调查航空公司的记录？或护照的出入境管制？"

"这要看他是否真的出入欧洲。你只知道他所告诉你的，施特莱德医生，那是他希望你知道的。想一想，这里没有任何独立的线索，而且他用现金付账。毫无疑问，这人是个真正的行家。我们当然应该通知联邦调查局，银行想必已经这么做了。他们必须要呈报国际性的欺诈事件。这里有个电话号码，只要找任何当职的探员都可以。我可以帮你打这个电话，但这只会增加你的法律费用。"

"你所问的问题，"卡萝继续说，"大部分是属于调查性的，而不是法律性的，最好能找一个私家侦探来帮助你。我可以介绍一个很好的，如果你愿意接受，但我的建议是，小心点，别花费太多金钱与你的精神在上面，因为可能还是白忙一场。我看过太多类似的案子。这种罪犯很少被逮到。就算被逮到了，大概也不会剩下什么钱。"

"他们最后会怎么样？"

"基本上他们会自我毁灭。你的马康度先生迟早会害到自己，冒太多的风险，也许骗错了对象，结果发现自己死在垃圾堆中。"

"也许他已经开始自我毁灭了。看看他所冒的危险，竟然挑上心理医生。我承认他骗到了我，但他还是挑选了一位善于观察人类行为的专家，能够轻易发现被欺骗。"

"不，施特莱德医生，我不同意。我的经验告诉我事实刚好相反。我不能多谈我的经验，但我有证据显示，心理医生也许是最容易受骗的人。我的意思是，毕竟心理医生总是习惯病人说实话，他们付钱给医生来聆听他们的故事。我觉得心理医生很好骗，你可能不是第一个受害者。谁知道？欺骗心理医生也许是他的惯用作案模式。"

"这表示他有模式可寻。阿斯特丽德小姐，我是需要你介绍私家侦探。我曾经踢过大学足球，我知道如何追逐对手，扑倒敌人。我实在咽不下这口气，我什么都做不了，看不了病人，睡不着觉。我脑中现在只有两个念头：第一是把他撕成碎片，第二是拿回我的90 000美元。我实在无法接受损失那么多钱。"

"好的，让我们这样进行。施特莱德医生，请告诉我关于你的财务状况：收入、负债、投资、存款——一切都告诉我。"

马歇尔说出了他的完整财务状况，卡萝迅速做着笔记。

马歇尔说完后，指着卡萝的笔记说："现在你可以了解，阿斯特丽德小姐，我不是个有钱人。你可以了解损失90 000美元对我而言是多么严重，这是我所遇到的最糟糕的一件事。当我想到我花了那么多时间，为了多塞进一个病人，每天早上六点就起床，研究与交易股票，每天打电话给财务顾问，还有……还有……我不知道如何才能从这件事中恢复过来。这会在我身上，还有我家人身上留下永远的伤痕。"

卡萝研究她的笔记，放下来，以安慰的口吻说："现在让我帮你理清一下情况。首先，你要了解这不是90 000美元的损失。凭着伪造的银行担保书，你的会计可以把这当成一笔亏损，报税时与你过去一年的收入相抵消，况且，每年还有3000美元亏损可以抵消正常收入，达10年之久。如此一来，我们就使你的亏损大幅降低到

50 000 美元以下。

"其次，也是我今天所要说的最后一点——因为我还有客户——从你的财务状况判断，我看不出什么好担心的。你非常能够赚钱养家，也是个成功的投资人。事实上，这笔亏损不会对你的物质生活造成任何改变！"

"你不了解——我儿子的教育，我的艺术品——"

"下一次再谈吧，施特莱德医生。我必须停止了。"

"下一次是什么时候？你明天有时间吗？我不知道要如何熬过接下来这几天。"

"好的，明天三点钟可以吗？"

"不可以也会可以！我会取消一切安排。如果你更了解我，阿斯特丽德小姐——"

"阿斯特丽德小姐，不过谢谢你把我升级了。"

"阿斯特丽德小姐……我要说的是，如果你更了解我，你就会知道这件事严重得让我取消了出诊。昨天是我 20 年来第一次这么做。"

"我将会尽可能空出时间来给你，但是我们也要尽量省钱。我觉得对你说这些话有点尴尬，但你现在最需要的是找一位亲密的朋友倾诉一番，或者找一位心理医生。你被困在痛苦的观点之中，现在需要听听其他人的观点。你的妻子能帮助你吗？"

"我的妻子住在另一个世界里——花道的世界。"

"什么地方？对不起，我没听懂。"

"花道——日本的插花艺术，她沉迷其中，还有禅修。我几乎看不到她。"

"哦，哦……我明白了……什么？哦，对，花道……我听说过……日本插花艺术。我了解了。你说她迷失在那个世界里？不常在家？……这一定让你很难受。你孤单一个人……而你现在需要她，真是糟糕。"

卡萝的反应让马歇尔有点惊讶，也受到感动。这不像一个律师说的话。他与卡萝沉默地坐了一会儿，最后是马歇尔不得不开口："你说你还有一个客户？"

还是一阵沉默。

"阿斯特丽德小姐，你说——"

"对不起，施特莱德医生，"卡萝站起来说，"我刚才想到别的事情上了。我们明天再见面。努力撑下去。我站在你这一边。"

第二十四章

　　马歇尔离去后，卡萝坐着发愣了几分钟。花道！日本插花艺术！毫无疑问，她的客户施特莱德医生就是杰西以前的心理医生。杰西不时会提起他的这位前医生，总是以非常肯定的语气，强调他的正直、专注与帮助。杰西起先逃避卡萝的问题，不愿意谈到他为什么要找欧内斯特，但当他们的关系变得越来越亲密之后，他告诉她，在一个四月天，他在树丛里很震惊地看到他的医生的妻子与一位穿着红袍的和尚拥抱在一起。

　　但杰西坚持要尊重前医生的隐私，没有说出他的姓名。不过这绝对没有错，卡萝想：他的前医生一定就是马歇尔·施特莱德。有多少心理医生的妻子是花道专家，而且又是佛教徒？

　　卡萝等不及要见杰西，她已经很久没有体会到这种兴奋地心情，想与朋友分享某件事。她想象杰西难以置信的表情，他柔和的声音说："不！我不相信！真糟糕——90 000美元！你可以相信我，他真是辛辛苦苦赚来的这些钱，而且全世界那么多律师，他竟然找上了你！"她想象他津津有味地聆听。她会尽量夸张细节，让这个故事听起来非常够劲。

但她立刻打断自己的念头，她明白自己不能告诉杰西，关于马歇尔·施特莱德的事，我一个字都不能提，她想。我甚至不能说我见过他，我必须遵守职业保密规则。

可是她非常渴望告诉他，也许将来有一天可以。但现在她必须遵守那看似无谓的职业行为准则，而且必须很高兴她能够帮助杰西的前任心理医生。这不容易。卡萝从来没见过一个她喜欢的心理医生。她尤其不喜欢这个施特莱德医生：他太爱抱怨，把自己看得太重要，还要强调自己踢过足球的大男人形象。就算他暂时因为这次受骗而收敛了一点，卡萝仍然能感觉到他的自大。不难想象他会有敌人。

但是杰西得到过施特莱德医生很多帮助，所以就算是给杰西的礼物，卡萝承诺自己要尽可能帮助这位客户。她喜欢给杰西礼物，但是这样一个秘密礼物——连杰西都不能知道她做的好事，将会让人很难受。

保密一向是她所擅长的。卡萝是操纵人性的高手，尤其在法律工作上更是狡猾。没有律师愿意与她打官司，她以手段阴险狠毒而著名。欺骗对她而言轻而易举，而她很少区分职业生活与私人生活。但是过去这几个星期，她开始对自己的奸诈有点厌倦。与杰西坦诚相对让她感到非常清新。每次她看到杰西，都会想要尝试新的冒险。经过仅仅几个星期，她对杰西所透露的事情远超过她对任何男人。当然，除了欧内斯特！

他们俩都很少谈起欧内斯特。卡萝建议最好不要谈自己的心理治疗，或把彼此交往的事情告诉欧内斯特。刚开始时，她想使杰西也讨厌欧内斯特，但她很快就放弃这个计划。很明显，杰西从心理治疗上获益良多，而且非常喜欢欧内斯特。当然，卡萝没有透露自己的邪恶计划，或她对欧内斯特的感觉。

"欧内斯特真是个非常杰出的心理医生。"有一天杰西在诊疗结束后说，"他是如此诚实与有人性。"杰西继续描述那一天的诊疗，"今天欧内斯特真的抓住了一件重要的事情。他告诉我，每当他与我靠近，每当我们变得更亲近，我就会不由自主地后退，或说一些嘲笑同性恋的笑话，或开始一些转移焦点的理性讨论。"

"他说得很对，卡萝，我与男人时常这样子，特别是与我父亲。但更惊人的是，"他自己接着承认，"他对于男性间的亲密也感到很不自在，他会配合我的逃避，跟我一起开玩笑，或加入理性的讨论。"

"对一个心理医生而言，这真是很难得一见的诚实，"杰西说，"特别是经过这么多年接受冷漠、严肃的心理医生治疗。更令人惊奇的是他能够保持这种诚实，不会放松。"

卡萝有点惊讶欧内斯特对杰西也是这么开诚布公，她几乎有点失望，这不只是属于他们之间的状况。她很奇怪地感觉好像受了骗，但欧内斯特从未说过他对其他病人有不一样的做法。她越来越开始怀疑，自己是否错怪了欧内斯特，欧内斯特的诚实并不只是为了勾引女人上床。

事实上，卡萝对于欧内斯特的整个计划都开始瓦解了。迟早杰西会在诊疗时提到她，然后欧内斯特就会知道真相。她所计划的目标：抹黑欧内斯特，使他丢掉饭碗，破坏他与贾斯廷的关系，都已经没有什么意义了。现在贾斯廷已经无关紧要，拉尔夫·库克与史威辛也再度成为历史。对欧内斯特的任何伤害，必然会造成杰西的痛苦，最后也会落到她自己身上。愤怒与报复的怒火推动卡萝走到目前的地步，现在没有这股怒火，她感觉迷失了。最近她越来越时常思索自己的动机，她对自己的行为感到越来越困惑。

　　尽管如此，她还是进行下去，仿佛有自动驾驶仪一般，继续勾引欧内斯特。几次诊疗之前，他们拥抱道别时，她紧紧贴住欧内斯特的身体。他立刻全身僵硬，尖锐地说："卡萝琳，显然你还是希望我成为你的爱人，就像拉尔夫·库克一样。但现在你应该放弃这个念头了。就算太阳从西边出来，我也绝不会与你发生关系，或与我的任何病人发生关系！"

　　欧内斯特立刻后悔自己态度这么激烈，在下一次诊疗时特别提起。

　　"我很抱歉上次口气那么强烈，卡萝琳。我不常像那样失控，但你的坚持很奇怪，很强烈，而且我觉得很具自我毁灭性。我觉得我们能够一起好好合作，我知道我能够帮助你，但我不了解为什么你总是要破坏我们的合作。"

　　卡萝回答说她需要他，她再次提到拉尔夫·库克，但连她自己听起来都觉得很虚假，而欧内斯特的回答十分果断："我知道这是老话重提，但只要你继续试探我的界线，我们就要一再重复。首先，我相信如果我成为你的爱人，最后一定对你有害。我知道你有不一样的想法，我试了一切方法想说服你。你不相信我真心关切你。所以今天我要试试不同的做法。我将从我自己的自私观点来谈我们的关系，怎么样对我才最有利。

　　"最重要的是，我要避免做出任何日后会让我痛苦的事情。我知道任何肉体关系最后的结果是什么。我会感觉自己很烂，也许好几年，也许一辈子。我不要这样对自己。这还没有触及法律上的危险。我可能会失去我的执照，我努力了很久才达到目前的位置，我爱我的工作，我绝不愿意伤害到我的事业。现在应该轮到你来问问自己，为什么你要对我如此。"

　　"你错了，不会有法律上的危险。"卡萝反驳道，"因为除非有人提出控告，才会涉及法律，而我永远不会这么做。我要你成为我的爱人。我绝不会伤害你。"

"我知道你是这种感觉。至少现在如此。但每年总是会有好几百件这类的案子，而且没有例外，每一件案子中的病人都曾经有你目前的感觉。所以我要很坦白，也很自私地说：'我这么做是为了顾及我自己的利益！'"

卡萝没有回答。

"大概就是这样了，卡萝琳，我已经画清楚界线了。你必须做个决定。回家去，好好想想我所说的。相信我，我绝不会与你发生肉体关系，我是非常认真的，然后你要决定是否愿意继续接受治疗。"

他们在严肃的气氛下道别。没有拥抱。这次欧内斯特一点也不后悔。

卡萝在欧内斯特的候客室里换上慢跑鞋。她打开皮包，读了她所写的一些笔记：

要我叫他欧内斯特，打电话到他家里，说我各方面都很迷人，与我一起坐在躺椅上，邀请我询问关于他的私人生活，抚摸我的头发，说如果在别处认识，他想成为我的爱人……

她想到了杰西，他现在应该在约好的慢跑地点等待她了。真该死。她撕掉笔记，开始慢跑。

第二十五章

马歇尔去找了卡萝介绍的私家侦探巴特·托马斯，刚开始时颇令人振奋。他看来就像个标准的私家侦探：粗犷的脸、皱兮兮的衣服、不整齐的牙齿，穿着球鞋，身材略胖——也许喝太多酒，盯梢时吃太多快餐的缘故。他的举止直接而强悍，思路清楚而自制。他的办公室要爬四层楼梯，里面一应俱全：有一张老旧的绿色皮沙发，光秃秃的木头地板，与一张刮痕累累的书桌，一只桌脚下还垫着砖头以维持平衡。

马歇尔喜欢爬这四层楼梯——过去几天他的情绪过于激动，无法打篮球或慢跑，他很想念运动。而且，刚开始时，他也蛮喜欢与这位直截了当的侦探谈话。

巴特·托马斯完全同意卡萝的说法。听完马歇尔对整件事的描述，包括诅咒自己的愚蠢，惋惜损失金额的庞大，以及恐惧大众的知情。他说："你的律师说得一点也不错，她很少判断错误。我与她合作了好几年。那个家伙是个行家。我告诉你我喜欢的地方：那个关于波士顿外科医生的故事，要求你治疗他的罪恶感……嘿，真是很够力的伎俩！还有花了 3500 美元买劳力士来堵你的口——聪明，非常聪明！业余的会买一块假表给你。还有带你去太平洋俱乐部，真棒！他逮到了你的弱点。于是你只好乖乖听命，真是利落。还好他的胃口没有更大。让我们看看我们掌握了什么，他有没有提到其他人的名字？当初他是怎么找上你的？”

“他说阿德里安娜的一位朋友介绍了我。”马歇尔回答，“没有提到任何名字。”

“你有他与他未婚妻的电话号码？我从那里开始好了。还有他在苏黎世的电话号码。他必须提供身份证明，才能申请电话，所以我们今天先查这个，但不要抱太大希望，也许都是假的。他是怎么来的？有开车吗？”

“不知道他怎么来我办公室的。租车吗？出租车？我们离开太平洋俱乐部时，他走路到他住的旅馆，只有几条街的距离。追踪墨西哥大学的那张传真如何？”

“传真完全没有用，但还是给我看看——他一定是自己在计算机上弄了一个大学标志，然后自己传真给自己，或要他的女友传真。我会去追查他们的名字，看看会不会在国家犯罪资料中心的计算机上查到什么。我认识一个人，给他一点钱就会让我们进入犯罪资料中心的计算机。可以试试看，但不要抱太大希望，这家伙一定是用假名。他大概每年干个三四回，也许只找心理医生下手。我以前从来没听过这种犯案手法，但我会去查查看。也许他会去找更有钱的人下手，比如外科医生，但就算是你这种小案子，他每年也会赚个四五十万美元。想想看真不错，还不用纳税！这家伙很聪明，他会跑得很远！我需要先收 500 美元才能开始调查。”

马歇尔写了一张支票，还要了一张收据。

“好的，医生，我们开始干活吧。我会立刻着手进行。今天下午五六点再回来，看看有什么进展。"

当天下午马歇尔回来后，只听到毫无进展的消息。阿德里安娜用被窃的驾驶执照与信用卡申请电话。彼得用现金付一切旅馆的费用，并使用伪造的美国运通卡当抵押证件。传真是当地的。苏黎世的电话也是使用同一张运通卡申请的。

"没有线索，"巴特说，"零！这家伙很圆滑，不得不佩服他。"

"我知道了，你很欣赏这家伙，我很高兴你们这么惺惺相惜，"马歇尔说，"但别忘了我才是你的客户，我要逮到这家伙！"

"你要逮到他？只有一件事情可以做——我在欺诈组有朋友。让我去跟他吃顿午餐。我们可以看看有没有类似的案子，其他的心理医生受到同样待遇——有钱而充满感激的病人，坚持要报答对他有恩的医生，劳力士表，讲座系列，海外投资，还有过去报答不成的罪恶感。这种手法实在太高明了，以前一定曾经用过。"

"你想要怎么做都可以。"

"但有一个条件，你必须与我一起去提请诉讼，这案子是属于旧金山欺诈组的范围，你是在城市里被骗的。但你必须使用你的名字，这样就无法不让新闻媒体知道。你必须要有心理准备，你知道报纸会怎么处理这种新闻。"

马歇尔用手抱着头呻吟："这比被骗还要糟糕，我会身败名裂！报纸会提到我接受病人的劳力士表？我怎么会这么笨！怎么会这么笨！"

"是你的钱被骗，由你来决定。但如果你要限制我的办案，我也就无法帮助你。"

"那块该死的劳力士表使我损失 90 000 美元！笨！笨！笨！"

"放轻松点，医生。欺诈组也不见得能查到他……他很可能已经出国了。来吧，坐稳一点，让我告诉你一个故事。"巴特点燃一支香烟，把火柴丢到地上。

"几年前我到纽约出差，顺便看看我女儿，她刚生下我第一个孙儿。天气很好，秋高气爽，我走在街上，想着应该要买个什么礼物——孩子们都常笑我很小气。然后我看见自己出现在街上的一台电视屏幕中——有个混混正在叫卖全新的小型索尼摄录机，一台只要150美元。工作时我常用到这种摄录机，大约价值600美元。我跟他杀价到75美元，他叫一个小孩去拿货，五分钟后一辆旧车开到街角，后座有十几个索尼摄录机的盒子。开车的人左顾右盼，告诉我这些机器都是货车上掉下来的老套故事，显然都是偷的。但我这样的小气鬼怎么会放过这种机会？我给他们75美元，他们立刻开溜了，我拿着摄录机的盒子走回旅馆。然后我开始胡思乱想。当时我是一件银行欺诈案的调查员，绝对不能触犯法律。我觉得好像有人在跟踪我。回到旅馆后，我更是确信有人陷害了我。我不敢把这个赃物留在我房间里。我把它锁在一个皮箱中，然后寄放在旅馆楼下的保管箱中。第二天我拿着皮箱到我女儿的住处，打开了这个崭新的索尼摄录机盒子，发现里面是一块砖头！"

"所以，医生，对自己轻松点，连专家也有遭殃的时候。你不能够永远这样子战战兢兢地过日子，觉得朋友都要欺骗你。有时候你的运气不好，碰上了酒醉驾车，只能自认倒霉。抱歉，医生。今天晚上七点我有工作。我会把账单寄给你，你的500美元大概够付了。"

马歇尔抬起头来。他终于开始真正明白自己被骗了90 000美元。"就这样吗？这就是我花了500美元买到的服务吗？你的摄录机与砖头的小故事？"

"听着，你被骗得一干二净，你来这里却没有任何线索，什么都没有……你要我帮助你。我与我的手下花了价值500美元的时间。

我不是没有警告你。但你不能限制我的办案，然后抱怨说你白花了500美元。我知道你很冒火。谁不会？除非你能让我尽全力来办案，否则你最好忘了这件事。"

马歇尔沉默不语。

"你想要听我的忠告吗？时间已经到了，我不会为这个多收费用了。我的忠告是：向那笔钱吻别吧。就当成是生命中的一大教训。"

"好吧，巴特，"马歇尔走出办公室，转头说，"我不会那么容易放弃的。那个骗子找错对象了。"

"医生，"巴特从楼上叫道，马歇尔正在走下楼梯，"如果你想要当独行侠，劝你还是不要！那家伙比你聪明多了！"

"去你的！"马歇尔嘀嘀说，走到了大街上。

马歇尔走了很长一段路回家，仔细衡量他的选择。当晚他开始展开行动。首先他申请了另一个电话，有保密的号码与留言服务。接下来他传真了一则广告，刊登在下一期的心理治疗新闻期刊上，这份刊物每周都会寄到全国每一个心理医生手中：

警告：你是否正在短期治疗这样的病人（白种男性，富有，迷人，40来岁，身材中等）？处理关于子女与未婚妻、财产的分配与婚前协议的问题？该病人愿意提供极佳的投资机会、礼物、赞助讲座等？你可能面临极大的危险。请电：415-555-1751。完全保密。

第二十六章

马歇尔在晚上尤其难熬。现在他只有靠大量镇静剂才睡得着。白天则不停地被关于彼得·马康度的回忆所啃噬。有时候他会想从回忆中搜寻新的线索，有时候他沉浸于复仇的幻想中，躲在树林里偷袭彼得，把他揍得不省人事；有时候他只是痛斥自己的愚蠢，想象彼得与阿德里安娜挥舞着手，开着 90 000 美元的新保时捷跑车扬长而去。

工作也很困难。尽管加倍喝咖啡，镇静剂的效果到中午才会消退，马歇尔必须使出最大的努力，才能撑过看诊时间。他一再想象打破自己的角色，把真实的感觉发泄在治疗时间中。"别抱怨了！"他想说，"你一个钟头睡不着觉，还敢自称失眠？我半个晚上都没睡！"或者是"所以你在 10 年后，在杂货店里见到前任女友，于是你又感觉到了那种渴望，那种畏惧？有什么了不起！让我告诉你真正的痛苦是什么！"

尽管如此，马歇尔还是撑下去，很自豪他没有屈服，知道其他心理医生如果承受像他一样的压力，一定早就请病假了。他提醒自己一定要处变不惊，庄重自强。于是他就日复一日地咬紧牙关，忍受下去。

只有两件事让马歇尔继续撑下去。首先是对于复仇的欲望，他每天检查好几遍他的留言服务，希望能从他的广告中得到响应，希望能出现某个线索，引导他找到彼得·马康度。第二是他与他的律师会谈。每次与卡萝会见前的一两个小时，马歇尔几乎什么都做不了，他会把时间全用在预演他的谈话，他想象他会说什么。有时候，当他想起卡萝，他眼中会充满感激的泪水。每次当他离开她的办公室时，他的负担似乎就轻了一些。他没有分析这种强烈的感情是什么，他根本不在乎。不久，每周一次会面已嫌不足，他要每周会面两次或三次，甚至每天一次。

马歇尔的需求让卡萝不胜负荷。她很快就用光了身为律师所能提供的一切，不知道要如何处理马歇尔的压力。最后她决定最好的做法是劝他找一个心理医生，但马歇尔打死也不愿意。

"我不能去见心理医生，就像不能公开这个案子一样。我有太多敌人。"

"你认为心理医生无法遵守保密规定？"

"不，这不只是保密规定的问题，而是胜任与否的问题，"马歇尔回答，"你要考虑到，任何能够帮助我的人，都必须接受过精神分析的训练。"

"你是说，"卡萝打岔，"其他的心理治疗都没有用，只有精神分析才能帮助你？"

"阿斯特丽德小姐……我们能不能互称名字？阿斯特丽德小姐与施特莱德医生听起来太正式了，我们的谈话已经超过这种正式的关系。"

卡萝点头表示同意，也想起了杰西所说的，杰西对于前任心理医生唯一不喜欢的地方，就是他的严肃、正式：杰西曾经建议直称名字，结果他嗤之以鼻，坚持要冠以医生的头衔……

"卡萝……不错，好多了……请老实说——你能想象我求助于一个另类心理治疗师吗？什么前世今生的专家，或什么在黑板上画出父母、成人与孩童分类的老师，或什么年轻的认知治疗师想要纠正我的错误思考习惯？"

"好吧，就假设只有精神分析师能够帮助你，请继续说明你的理由：为什么这会成为问题？"

"嗯，我认识这地区所有的精神分析师，我不认为有人能够对我保持中立的心态。我过于成功，过于有野心。每个人都知道我将要成为旧金山精神分析学会的会长，我也准备进入全国性的领导阶层。"

"所以，这是关于忌妒与竞争的问题？"

"当然。哪一个精神分析师能对我保持中立的心理治疗态度？我去看的任何精神分析师都会偷偷对我的厄运幸灾乐祸。如果换成我是他们，大概也会如此。每个人都乐于看到国王驾崩。我如果接受治疗，消息一定会传开，一个月内所有人都会知道。"

"怎么会？"

"没办法掩饰的。精神分析师的办公室都聚在一起。有人会看见我在候客室候诊。"

"所以呢？接受心理治疗是一种耻辱吗？我听说过有非常令人敬佩而仍愿意完善自己的心理医生。"

"在我的同事当中，属于我的年龄与阶层，这会被视为一种弱点，会伤害我的政治生命。而且别忘了，我一向对行为失当的心理医生非常反感：我甚至在学会中一手策划了惩戒与开除我自己的精神分析师。你在报纸上读过有关赛斯·潘德的事件吗？"

"心理治疗召回吗？当然听过！"卡萝说，"谁不会错过那条新闻？那是你搞的？"

"我是主要的执行者。坦白说，我可以算是挽救了学会的声誉，这是很长而且必须保密性的故事，我不能明说。重点是，如果有人知道我接受了病人的劳力士表，将来我怎能再批判行为不当的心理医生？我将被迫永远保持沉默，完全丧失政治上的力量。"

卡萝知道马歇尔的论点有地方出了严重的错误，但她不知道如何加以挑战。也许他对于心理医生的不信任很接近她自己的不信任。她尝试另一种方式。

"马歇尔，你说只有一个受过精神分析训练的心理医生才能帮助你。那么你要我怎么办？我是完全的外行！你怎么会认为我能帮助你？"

"我不知道如何寻求帮助，我只知道你能帮助我。现在我没有力气去思索为什么。也许你只需要陪我一起坐在这里就好了。只要让我自己来处理。"

"但这种安排还是让我感到不自在，"卡萝摇着头说，"这很不专业，甚至也许不合职业道德。你花钱去看一个没有专业技能可以满足你所需的人，而且还要花不少钱，毕竟我的收费比心理医生还高。"

"不，我已经都想过了。这怎么会是不道德？你的客户有这种需要，因为这对他有帮助，我可以为此写一份证明书。而且如果你考虑到纳税，这就不会那么贵了。以我的收入而言，较低的医疗花费是无法扣除的，但是法律花费可以扣除。卡萝，你的收费可以100％算入减免额。其实你的收费比心理医生便宜，但我不是因此才来看你！真正的原因是，只有你能帮助我。"

于是卡萝被说服继续会见马歇尔。她毫无困难地就看出了马歇尔的问题——他一项一项地吐露出来。就像其他许多优秀的律师一样，卡萝非常自豪自己的一手好字与详细的记录，她的笔记本上很快就写了一连串的项目：为何马歇尔如此难以向人求援？为何有这么多敌人？为何如此自大？为何对其他心理医生如此苛责？他非常善于批评，任何人都不放过，包括他的妻子、巴特·托马斯、阿米、赛斯·潘德、他的同事或他的学生。

卡萝忍不住提出一个关于欧内斯特·拉许的问题。她借口说有一位朋友正在考虑是否要接受他的治疗，想要征询马歇尔的意见。

"嗯，请记住，这一切都要保密，卡萝——他不是我心目中的首要人选。欧内斯特是个很聪明体贴的年轻人，在药物研究上很有造诣。他在那方面是顶尖人才。毫无疑问，但是以心理医生而言……嗯……我只能说他还在成长，还没有成熟。主要问题是，他没有接受正规的精神分析训练，除了与我做过有限的辅导。我想他也还没准备好接受适当的精神分析训练，他过于无纪律，不恭敬，反权威。更糟的是，他以'创新'或'实验'的字眼为借口对自己的狂放不羁感到得意。"

无纪律！不恭敬！反权威！这些指控使欧内斯特在卡萝心目中的分量又增加了一些。

卡萝的清单上，跟在不信任与自大之后的，就是马歇尔的羞愧。非常深的羞愧。也许自大与羞愧是一体的两面，卡萝想。要是马歇尔对其他人不是那么苛责，他对自己也不会这么严厉。或者是反其道而行之？如果他对自己轻松些，或许他会比较包容他人？真有趣，她想起这正是欧内斯特对她的描述。

事实上，她在马歇尔的很多方面都认出了自己。例如，他的愤怒——猛烈而坚决的复仇火焰让她想起了贾斯廷离开时，她与海瑟及诺玛相聚的那一晚。她是否真的考虑要请杀手，或用铁锹痛打贾斯廷一顿？她是否真的毁掉了贾斯廷的计算机档案、他的衣物与他的收藏品，现在这一切都仿佛不是真的。好像是发生在数千年前。贾斯廷的脸孔已经消逝在遥远的记忆中。

她怎么会改变得这么剧烈？她很好奇。也许是与杰西的邂逅，或者是逃脱了婚姻的束缚？然后她想起了欧内斯特……尽管她有那么多的计谋，难道欧内斯特还是设法挤进了一些真正的心理治疗？

她尝试与马歇尔讨论他不必要的愤怒，指出其中的自毁成分，但没有用。有时候她很希望能把自己新发展出来的耐心转移一点给马歇尔。有时候她会失去耐心，想要对他大吼一顿。"忘了这件事吧！"她想这么说，"难道你看不出来，你的愚蠢愤怒与自傲会使你失去一切吗？你的平静，你的睡眠，你的工作，你的婚姻，你的友谊！忘了这件事吧！"但是这些做法都不会有帮助。她很清楚地记得，几个星期前她自己的报仇冲动，所以她可以体谅马歇尔的愤怒。但是她不知道如何帮助他忘记这件事。

她的清单上还有一些项目，比如马歇尔对金钱与地位的执迷则是她所不了解的。她个人没有这方面的问题。不过她能了解这些问题的重要性：马歇尔就是因为贪婪与野心，才会陷于如此的处境。

还有他的妻子呢？卡萝很耐心地等待马歇尔开始谈她。但几乎没有，除了提到雪莉去参加了为期三周的避静会。卡萝询问他们的婚姻状况，马歇尔也只是回答说他们的兴趣不一样，他们早已分道扬镳了。

卡萝在慢跑时，或处理其他客户的案子时，或躺在床上时，都会想起马歇尔。这么多的问题，这么少的答案。马歇尔感觉到她的不自在，安慰她说，光是帮助他组织与讨论这些问题，就足以安抚他的痛苦了，但卡萝知道这并不足够。她需要帮助，她需要找一个顾问。谁呢？一天，她心中想到了答案：她知道该找谁了。

第二十七章

在欧内斯特的候客室中，卡萝决定要把这个小时的诊疗时间完全用在征询意见上，好用来帮助马歇尔。她写下需要指导的项目，盘算着要如何告诉欧内斯特。她知道自己必须小心行事：马歇尔与欧内斯特很熟识，她必须严密隐藏马歇尔的身份。这难不倒卡萝，刚好相反，她在隐匿与欺瞒的国度中如鱼得水。

但是欧内斯特有不同的盘算。她一走进办公室，他就抢先发难。

"卡萝琳，我觉得上次诊疗还没结束。我们正在处理非常重要的事情时就中断了。"

"你在说什么？"

"我觉得我们正在更严格地检视我们的关系，然后你开始变得激动。后来你几乎是夺门而逃。你能不能谈谈，当你回家时是什么感觉？"

欧内斯特就像其他心理医生一样，几乎总是等待病人先开口。如果他打破这个规矩，抢先引导话题，那就是因为上次诊疗还有议题悬而未决。他很早就从马歇尔那里学到，疗程若是能从前一次延续到下一次，治疗往往就能更有效。

"激动？不，"卡萝摇摇头，"我不这么认为。我不太记得上次的情况了。况且，欧内斯特，今天是今天，我要与你谈谈别的事。我需要一些建议，关于我的一位客户。"

"等一下，卡萝琳，让我们先谈谈这个问题。我觉得很重要，必须谈一谈。"

到底这是谁的心理治疗？卡萝在心中嘀咕。但她点点头，等待欧内斯特说下去。

"你记不记得，卡萝琳，我们第一次诊疗时，我告诉你，我们之间最重要的就是要保持诚实的关系？我承诺要对你开诚布公。但事实上，我并没有做到。现在应该澄清一下，我要先谈谈我们关系中的情欲压力所带给我的困扰。"

"你想说什么？"卡萝感到有点担心，欧内斯特的口气很不寻常。

"嗯，看看发生了什么事。从第一次诊疗开始，我们花了许多时间在谈论你对我的性兴趣。我成为你的性幻想重心。你一再要求我成为你的心理医生爱人。然后还有每次结束时的拥抱，你想要吻我，你想要与我一起坐在躺椅上，等等。"

"是的，这些我都知道。但你说到困扰。"

"不错，非常困扰，而且是多重的困扰。首先是性的亢奋。"

"你因为我感到亢奋而困扰？"

"不，是我。你一直都在挑逗，卡萝琳，而既然今天的重点是诚实，我就要诚实地告诉你，这些挑逗让我很困扰地感到亢奋。我以前告诉过你，我觉得你非常具有吸引力，身为一个男人，我很难不被你挑逗。你也进入了我的幻想。每次诊疗你之前好几个小时，我就开始想到你，我甚至花时间思索要穿什么衣服来见你。这我必须承认。"

"现在，我们的治疗显然不能这样继续下去。我不但没有帮助你解决这些……要怎么说呢？这些不实际的幻想，反而助纣为虐，鼓励你去幻想。我喜欢拥抱你，抚摸你的头发，与你一起坐在躺椅上。我相信你也知道我喜欢这样。你在摇头，卡萝琳，但我相信我在火上浇油。我虽然一直在口头上拒绝，其实心里一直偷偷同意你的做法，这对你的治疗没有一点帮助。"

"我没有听见你表示过同意，欧内斯特。"

"也许不是在意识上，但我能感觉到这些情绪，我确信你也感觉到了，而且受到鼓励。当两个人的关系很亲近时，一定会在各方面都产生沟通，就算不是很明显，也是属于非口语或潜意识的沟通。"

"我不太相信这种说法，欧内斯特。"

"我确定我说得对。稍后我们会再讨论这件事。但我要你了解我的重点：你对我的情欲感觉无助于心理治疗，加上我自己的虚荣与性方面的兴趣，我必须承认我助长了这些情感。对你而言，我不是一个很好的心理医生。"

"不，不，"卡萝用力摇着头，"这都不是你的错……"

"不，卡萝琳，让我说完……我还有话要告诉你……在我见到你之前，我自己做了一个决定，要对下一位新病人采取完全开诚布公的方式。我现在仍然觉得传统心理治疗的问题是，医生与病人之间的关系并不真诚。我是如此深信这个想法，不得不离开我所敬仰的一位精神分析辅导医生，而且因为这个理由，最近我决定不再继续追求正式的精神分析训练。"

"我不太懂这与我们的心理治疗有什么关系。"

"嗯，这表示我对你的治疗是实验性的。也许这样说都有点夸张，因为过去几年来，我已经开始尝试对病人不那么正式，表现更多一些的情感。但对你，这造成了奇怪的矛盾：我决定要进行完全

诚实的实验，结果却从来没有告诉你这个实验。现在，我检讨我们
目前的处境，我认为这种态度是没有帮助的。如果想帮助你在治疗
上取得进步，我必须创造出真实的诚实关系，而我没有做到。"

"我不认为这是你的错，或你的态度有问题。"

"我自己也不确定哪里出了问题，但显然是有问题。我觉得我们
之间有一条鸿沟。我从你身上感觉到强烈的怀疑与不信任，但也会
突然变成强烈的感情与爱意。我总是会感到困惑，因为大多数时间
我无法从你身上感受到温暖与好感。当然，我所说的这一切，你应
该自己都知道。"

卡萝低着头，不发一言。

"所以，我开始担忧我的做法不正确。在这里，也许诚实不是上
策，也许你接受传统心理医生治疗会比较好，能建立比较正式的医
生病人关系，能保持明确的治疗与私人关系界线。卡萝琳，这就是
我想要告诉你的。你有什么想要响应的？"

卡萝两次想要开口说话，但说不出来。最后她说："我搞糊涂了，
说不出来，不知道该说什么。"

"嗯，我猜得到你想说什么。听了我刚才的话，你大概觉得还
是换个心理医生比较好，这个实验应该结束了。我会同意你的想
法，支持你的决定，很乐意介绍另一个心理医生给你。你也许会认
为我以实验来收费是不适当的。如果你这么想，我可以考虑退还你
的费用。"

实验的结束，听起来很好听，卡萝想，也是摆脱这整个麻烦的
最好退路。是的，应该离开了，应该停止这一切谎言。把欧内斯特
还给杰西与贾斯廷。也许你说得对，欧内斯特，也许我们应该停止
心理治疗了。

这是她应该说的，但是，她发现自己却说出完全不同的话。

"不，大错特错了。不，欧内斯特，不是你的治疗方式有问题。我不喜欢你因为我而改变你的方法……这让我很难过。你当然不能因为一个病人就做出这种结论。谁知道？也许还太早。也许这是最适合我的治疗方式。给我一点时间。我喜欢你的诚实。你的诚实没有伤害我，也许还非常有帮助。至于退费的事，绝不可以，而且身为律师，我要建议你将来也不可以这样做。这会使你容易吃上官司。"

"至于真相？"卡萝继续说，"你要知道真相？真相是你帮助了我。比你所想象得更多。不，我越想就越不希望停止治疗。我也不要去看其他人。也许我们正面临困难的阶段，也许我在潜意识里考验你，我想我是，我在很严格地考验你。"

"我的成绩如何？"

"我想你及格了。不，还要更好……你得到了第一名。"

"那是关于什么的考验？"

"嗯……我不太确定……让我想一想。嗯，我只知道部分，但我们能不能下次再谈，欧内斯特？今天我有一件事必须跟你谈。"

"好吧，但我们没有瓜葛了吧？"

"越来越没有瓜葛了。"

"让我们谈你的事情吧。你说是关于一个客户？"

卡萝描述了她与马歇尔的情况，只说他是一名心理医生，小心不谈他的身份，并提醒欧内斯特，她与客户也有保密的规定，所以不要询问这方面的问题。

欧内斯特不是很合作。他不愿意把卡萝琳的心理治疗时间变成职业咨询，他提出了一连串的反对：她这样做是在抗拒自己的治疗，她没有好好利用她的时间与金钱，她的客户应该去找心理医生，而不是律师。

卡萝答辩了每一项反对。金钱不是问题，她没有浪费金钱，她向客户收的费用比欧内斯特还高。至于她的客户应该找心理医生——嗯，他就是不肯这么做，她基于保密原则无法对此进一步说明。她也不是在逃避自己的问题，她很愿意增加欧内斯特的诊疗时间作为弥补。而且由于她客户的问题几乎就是她自己的写照，她等于是在间接治疗自己的问题。她最有力的论点是，她以纯粹利他的态度来为客户服务，也就是遵循欧内斯特的建议，打破了由她母亲与祖母所传下来的自私偏执循环。

"你说服我了，卡萝琳。你真是个可畏的对手。如果将来我必须要打官司，我一定要你来代理。告诉我关于你客户的事吧。"

欧内斯特是个很有经验的咨询者，他仔细聆听了卡萝描述在马歇尔身上看到的问题：愤怒、自大、孤独、执迷于金钱与地位，对生命中其他事物都丧失兴趣，包括他的婚姻。

"我所注意到的是，"欧内斯特说，"他已经失去了所有的客观。他被这些事情与情绪所困住，他认同这些事情。我们需要帮助他后退几步。我们需要让他从更远的观点来看自己，甚至采取宇宙性的观点。这正是我对你尝试的做法，卡萝琳，每当我要你去思索你的生命事件，就是为了达到这个目标。你的客户变成了那些事件——他忘记了更广大的自我，那些事件只是生命中的小小摩擦而已。更糟糕的是，你的客户以为目前的悲惨处境将是他永远的写照，永远固定住了。当然，这是沮丧的明显征兆——悲哀与悲观的合并。"

"我们要如何打破呢？"

"有很多做法。例如，根据你所说的，他很明显地非常重视成就与效率。现在他一定感觉非常无助，而且对这种无助非常恐惧。他也许没有想到他有选择权，这些选择让他有改变的力量。必须让他了解，他的困境并不是既定的命运，而是他自己选择的结果，比如他选择重视金钱。一旦他能了解，他才是自己情况的主宰，他就能了解他自己有力量拯救自己：他的选择使他陷于此境，他的选择也能使他自由。"

"或者，"欧内斯特继续说，"他也许忽略了目前这种压力的演变过程——压力有一个始点，也必然会终结。你也许可以回顾过去他曾经如此愤怒与承受压力的情况，帮助他回忆这种痛苦如何消失。目前的痛苦在将来也必然会变成褪色的回忆。"

"好，很好，欧内斯特。"卡萝忙着写笔记，"还有呢？"

"嗯，你说他是一个心理医生，在此是可以利用的。当我治疗心理医生时，我发现可以利用他们的专才来帮助他们。让他们离开自己的处境，从更遥远的观点来看自己。"

"那要怎么做呢？"

"一个简单的方法是要他们想象有一个病人，带着与他们相同的问题走进他们的办公室。他要如何对待这个病人？问他：'你对这个病人有什么感觉？你要如何帮助他？'"

欧内斯特等待卡萝翻页，继续写笔记。

"要有心理准备，他可能会对这种做法感到恼怒。通常当心理医生陷于痛苦时，他们就像其他人一样：他们希望被照顾，而不用当自己的医生，但你要坚持……这是正确的做法，很好的技巧。在这一行里，这就是所谓的'严格的爱'。"

"我并不善于表达'严格的爱'，"欧内斯特继续说，"我以前的辅导医生时常告诉我，我习惯于追求病人立即的感恩，而不重视更重要的疗效。我想——不，我确定他说得对。他在这方面对我非常有帮助。"

"还有自大？"卡萝问，"我的客户自大、爱表现与爱竞争，他没有一个朋友。"

"通常最好反向来处理：他的爱表现也许只是为了掩饰充满怀疑与羞愧的自我。自大而有野心的人通常感觉自己必须成就惊人，才能不落于人后。所以我不会想要处理他的爱表现与自大。我会专注于他的自责与自卑——"

"等一下。"卡萝举起手要他慢一点，她努力写笔记。等她写完后，欧内斯特问："还有什么？"

"他对于金钱的执迷，"卡萝说，"还有一心想成为圈内分子。还有他的孤独与狭隘，好像他的妻子与家人都与他的生命无关。"

"嗯，你要知道，没人喜欢被骗，但我对你客户的激烈反应感到很惊讶：如此的痛苦与恐惧……仿佛他的生命受到威胁，仿佛没有钱他就是个废物。我会想要知道这种个人印象的来源。我要强调这只是一种'印象'。他什么时候创造的这种印象？是谁引导他的？我会想要知道他父母对于金钱的态度。这很重要，因为从你所说的，正是他对于地位的执迷害了他——听起来那个骗子非常聪明，抓住了这个弱点来诱捕他。"

"这是一种矛盾，"欧内斯特继续说，"你的客户，我差点说成你的病人，觉得他的损失也就是他的失败。但是如果你能正确地引导他，这次受骗也许会成为他的救星，也许是他这辈子遇到的最好的一件事！"

"我要怎么做才能让他这样？"

"我会要他深入检视自己，看看他的内心是否相信，他的存在意义就是为了累积金钱。有时候我会要这类的病人想象未来——想象他们死去之后，参加他们的丧礼，甚至想象他们的墓碑，要他们想出一个墓志铭。要是你的客户的墓志铭是他的银行户头存款数目，他会做何感想？他希望自己一辈子只是如此而已吗？"

"很可怕的练习，"卡萝说，"让我想起你曾经要我去做的生命线条练习。也许我也应该试试看……但不是今天……关于我的客户的问题还没有问完。告诉我，欧内斯特，你要如何处理他的婚姻生活？我听说他妻子可能有外遇。"

"同样的策略。我会问他，他要如何治疗这样的病人，对世上最亲密的伴侣都漠不关心。要他想象没有妻子的生活。还有他的性自我呢？到哪里去了？什么时候消失的？他难道不感觉奇怪，他更想要了解他的病人，而不是他的妻子？你说他妻子也是心理医生，但是他嘲笑她的训练与做法？我会直接质问他的这种态度，以最严厉的方式质问，他这种偏见的根据是什么？我确定他没有什么真正的根据。"

"还有呢？至于他的工作无能，如果情况继续下去，那么也许暂停工作一两个月对他会有好处，对他的病人也有好处。也许最好与妻子一起出游。也许他们能找婚姻咨询师，尝试一些聆听的练习。我想最好的一件事，是他能容许妻子来帮助他，就算他还是瞧不起她的方式。"

"最后一个问题——"

"今天不行了，卡萝琳，我们的时间到了……我的点子也用光了。但让我们用最后一分钟来回顾今天的疗程。告诉我，今天交谈之后，你的感觉是什么？关于我们的关系？今天我要听实话。我已经对你开诚布公了，你也要对我如此。"

"我知道你做到了。我也想开诚布公……但我不知道怎么说……我感觉变得清醒了，或变得谦逊了……或者该说是，受到照顾，还有受到信任！你的诚实使我更难隐瞒。"

"隐瞒什么？"

"看看时钟！我们超过时间了。下一次吧！"卡萝站起来准备离开。

在门口有一段尴尬的时间。他们还没有想出新的道别方式。

"星期四再见。"欧内斯特说，伸出手来准备握手。

"我还没有准备好握手，"卡萝说，"坏习惯很难革除。让我们慢慢来。来一个父女般的拥抱如何？"

"叔侄般的拥抱可以吗？"欧内斯特做了妥协。

第二十八章

这是漫长的一天。马歇尔走在回家的路上，陷于思绪中。今天他看了 9 个病人。9 乘以 175 等于 1575。要多久才能赚回 90 000 美元？ 500 个诊疗小时，整整 60 天工作时间，超过 12 周。12 周的辛苦血汗钱，全送给了那该死的彼得·马康度！更别提这段时间的多余开销：办公室租金、会员费用、保险、医疗执照、头两周取消看诊的损失、那个私家侦探吃掉的 500 美元，还有上周银行股票的飙涨，他原来的股票已经上涨了 4％！还有看律师的费用！卡萝这笔钱花的值得！马歇尔想，虽然她不了解一个男子汉绝不能就此罢休。我将要逮到那个浑蛋，就算要花我一辈子时间也在所不惜！

马歇尔匆匆回到家里，就像平常一样，把皮箱丢在门廊，冲到他新装的电话旁检查留言。有啦！有播种必有收获！他的留言服务有一个信息。

"嗨，我在期刊上看到你的广告——呃，不是广告，而是你的警告。我是纽约的一名心理医生，想要更了解你所描述的病人。看起来很像是我正在治疗的一个人。请打电话给我，212-555-7082，多晚都可以。"

马歇尔拨了这个电话号码，听到了一声"喂"，老天有眼，希望这声"喂"能带领他找到彼得。"是的，"马歇尔回答，"我听到了你的留言。你说你正在治疗某个很像我描述的病人。你能不能说说他的模样？"

"请等一下，"对方说，"别那么快。你是谁？在我告诉你任何事之前，我需要知道你是谁。"

"我是旧金山的一名心理医生与精神分析师。你呢？"

"我是在曼哈顿开业的心理医生。我需要更多地了解你刊登的广告。你在上面提到了'危险'。"

"我的确是说危险。这个人是个骗子，如果你在治疗他，你就有危险了。我的广告描述是不是很像你的病人？"

"基于职业保密规定，我不能随意与陌生人谈论我的病人。"

"相信我，别管规定了，这是紧急事件。"马歇尔说。

"我宁愿先听你说说你所知道的。"

"没问题，"马歇尔说，"大约40岁，长相斯文，留着小胡子，使用彼得·马康度的名字——"

"彼得·马康度！"对方打岔，"那就是我病人的名字！"

"真是不可思议！"马歇尔跌入椅子中惊呼。"竟然还用同样的名字！真是没想到。同名同姓？好吧，我与这个家伙进行了8个小时的短期治疗。典型的富豪问题，家人财产分配不均，大家都想要分一杯羹，慷慨得几近病态，老婆酗酒。你也是听到同样的故事吗？"马歇尔说。

"是啊，他也说他送老婆去戒酒中心，"马歇尔继续说，"然后我见了他与他未婚妻……不错，高挑而优雅的女子，叫阿德里安

355

娜……她也使用同样姓名？……对，不错，想要签署婚前协议……听起来就像同样的脚本。你都知道了……治疗得很成功，想要报答我，抱怨我收费收得太低，在墨西哥大学赞助讲座——

"哦，布宜诺斯艾利斯？很高兴听到他终于有点变化。他提到他的新投资计划吗？脚踏车安全帽工厂？

"不错，毕生难得的机会，绝对担保任何损失。你显然也听到了同样的道德难题，他如何提供了糟糕的投资意见给拯救他父亲的手术医生？后来他如何懊恼自责？无法承担这种罪恶感，他绝不让这种情况再度发生。

"不错……心脏外科医生……他也花了一整个小时与我谈论这个问题。有一位侦探很喜欢这种伎俩，赞不绝口。

"所以，你现在陷得多深？有没有给他投资的支票？

"下星期在骑师俱乐部吃午餐，然后他就要去苏黎世。听起来很老套了。好，你刚好看到我的广告。接下来的结局将很悲惨。他送给我一块劳力士表，当然我拒绝接受，我想他也会对你如法炮制。然后他会要你治疗阿德里安娜，事先给你很慷慨的费用。你也许会看到她一两次，然后——噗——她就不见了。两个人都会从地球表面消失无踪。

"我给了他 90 000 美元。相信我，我可负担不起。你呢？你准备投资多少？

"是吗，只投资 40 000 美元？我了解，我的妻子也是一样，想要买金币藏在床底。不过这次她倒是猜对了，我很惊讶他没有想要更多钱。

"哦，他愿意借给你 40 000 美元，不收利息，让你在接下来几周多筹点钱？这倒是新点子。"

"你的警告真是让我感激不尽，"对方说，"刚好来得及。"

"是啊，刚好来得及。别客气。很高兴能帮助另一位同事。真希望当初有人也这样警告我。

"等一下，慢着，别挂电话。我非常高兴能让你不受骗。但我刊登警告的用意……不仅于此。那个浑蛋是个罪犯，应该被阻止。他还会去找下一个心理医生下手。我们必须把他除掉。

"美国心理治疗协会？嗯，我同意，找协会的律师来处理是一个办法，但我们没有时间。这家伙只会出现一下子，然后就会消失。我请了私家侦探调查，相信我，彼得·马康度一旦躲起来，就找不到了。你有没有任何机会，或任何线索，能查出他的真实身份？永久性的住址？甚至护照？信用卡？银行户头？

"是吗，用现金支付一切？对我也是如此。汽车牌照呢？

"好极了，看你能不能抄到牌照，太好了。所以你是这样认识他的？他在你的度假小屋附近租了房子，让你坐他的新保时捷跑车？我知道他是用谁的钱买的。对，对，记下牌照，或经销商的名字，我们应该可以捉到他。

"我完全同意，你应该请个私家侦探或一个刑事案件律师。我所咨询的所有人都不停强调，这家伙是个行家。我们需要专家的帮助……

"对，最好让侦探去收集情报，而不是你。如果马康度看到你在他屋子或车子附近探头探脑，他会走人。

"费用？我的侦探一天收费500美元，我的律师一个小时收费，250美元。纽约恐怕会索价更高。"

"我不懂，"马歇尔说，"为什么要我付费？"

"我并没有什么利益可得。我们是同舟共济——所有人都向我保证，我一毛钱也拿不回来，就算马康度落网，他也不会有资产，而且会有一连串诉讼等着他。相信我，我的动机与你一样：公理正义，以及保护其他同事……报复？嗯，是有一点点，这我承认。好吧，这样如何？你的一切费用，我出一半。记住，这都可以用来扣税。"

经过一番讨价还价，马歇尔说："六成，四成？这我可以接受。所以我们达成协议吗？下一步就是去找侦探。请你的律师推荐一个。然后请侦探帮我们想个办法捉住他。我有一个建议：马康度会主动向你提供一张担保——要他提供一张银行的担保书，他会以假签名伪造一张。然后我们就可以以银行欺诈罪逮到他，这是较严重的罪行。可以让联邦调查局来捉他……不，我不是说找联邦调查局，也不要找警察。我坦白告诉你，我很怕不良的新闻报道，这是违反了病人与医生的界线——投资前病人是一个错误。我应该尽全力来追捕他。但是，你没有我这种困境。你还没有投资，而你的投资只是为了能逮捕马康度。"

"你不确定是否要涉及？"马歇尔开始来回踱步。他知道自己很可能会失去这个宝贵的机会，所以说话小心翼翼的。

"你这是什么意思？你已经参与了！如果你后来又听说有其他心理医生被骗，你会有何感想？也许会是你的朋友，而你原来可以阻止他的？而如果他们知道你曾经被骗，却保持沉默，又会有何感想？我们不是都要我们的病人明白这个道理吗？任何行为都需要承担后果。

"什么，你还要想一想？我们没有时间了。拜托你……我连你的名字都不知道。

"是的，你也不知我的名字。我们的处境相同——都很担心曝光。我们需要彼此坦白。我叫马歇尔·施特莱德——我的诊所在旧金山开业，我在罗彻斯特的旧金山精神分析学会训练心理医生。你呢？

"亚瑟·兰德尔，听起来有点耳熟，华盛顿的圣伊丽莎白医院？

不认识那里的人。所以你是专攻心理医药学的？"

"我也开始做短期的心理治疗，还有婚姻咨询……但是，请回到我们原来的主题上，兰德尔医生，你已经没时间考虑了，你愿不愿意参与这件事？

"开玩笑？我当然愿意去纽约，我绝不要错过。我不能来一整个星期，因为我的时间都排满了。但是当时机成熟时，我会过去的。等你找到了私家侦探就通知我，我要全程参与。你从家里打电话吗？什么电话最方便找到你？"

马歇尔写下对方的几个电话号码——家里的，办公室的，还有度假小屋的："好，我会在这个时候打电话到你家里。打到办公室对我也不太方便。"

他挂了电话后，感到一股松弛、喜悦与胜利的感觉。彼得坐牢了，彼得输了。阿德里安娜也成为狱中的小鸟，那辆新保时捷跑车停在他的车库中。终于可以报仇了！谁还敢欺负马歇尔·施特莱德！

接着他拿出美国心理学家通讯簿，翻到亚瑟·兰德尔的那一页——长相很端正，朝后梳的金发，42岁，在圣伊丽莎白医院受训，有两个孩子。办公室电话号码没错。真是感谢老天赐给他兰德尔医生。

但是真是个小气鬼，马歇尔想。如果有人帮我省下40 000美元，我绝不会在找侦探上斤斤计较。不过，从他的观点来看，他为什么要出钱？他又没有被骗，彼得已支付他费用。他为什么要花钱去捉一个没有害他的人？

马歇尔开始想到彼得，他为什么要用同样的名字？也许马康度开始自我毁灭了，大家都知道这种罪犯迟早会害人害己，或者他以为这个施特莱德实在太笨，不值得换一个假名？哼，等着瞧！

马歇尔一旦开始推动，亚瑟的行动就很迅速。第二天晚上，他已经请了一个侦探，这个侦探比巴特管用多了。他建议监视马康度24个小时（每小时75美元）。他抄下了牌照号码，开始追查。如果情况许可，他也可以进入马康度的车内搜集指纹或其他线索。但是侦探告诉亚瑟·兰德尔，除非马康度在纽约州犯了罪，否则绝不能逮捕他。因此他建议他们进行诱捕计划，仔细记录一切对话，并且立刻联络纽约警察局的欺诈组。

翌日晚上，马歇尔听到更多进展。亚瑟联络到曼哈顿警局的欺诈组，找到一位丹尼尔·科林斯警探，他在半年前遇到过类似手法的案子，因此对马康度很感兴趣。他要亚瑟戴上窃听器，照原来的计划与马康度在骑师俱乐部共进午餐，然后把支票交给他，并取得伪造的银行担保书。欺诈组将监视整个过程，在适当时间出面当场逮捕马康度。

但纽约警局要求更有力的证据，才能展开如此大规模的行动。马歇尔必须配合警局，他必须飞到纽约，向欺诈组正式控告彼得，并亲自指认他。马歇尔想到新闻曝光就有点害怕，但是猎物已经快要到手，他考虑自己的处境。不错，他的名字也许会登上纽约的一些小报，但有多少可能会传回旧金山？

至于劳力士表，什么劳力士表？马歇尔大声自言自语，仿佛在事先演练。哦，马康度在治疗结束时送的那只表？后来我拒绝接受，还给了阿德里安娜。他一边说，一边把表脱下来，放在衣柜的抽屉里。谁能怀疑他？谁会相信马康度？只有他妻子与马文知道劳力士表。雪莉一定会保持沉默，马歇尔曾经帮马文守住了那么多疑神疑鬼的秘密，他也不需要担心马文。

马歇尔与亚瑟每晚都会通20分钟电话。这对马歇尔真是一大解脱，终于有了一个真正的心腹，也许最后还可以成为朋友。亚瑟还介绍了他的一个病人给马歇尔，一名 IBM 的软件工程师准备要迁移到旧金山来。

他们有一个地方谈不拢，那就是要给彼得的投资金额。亚瑟与彼得计划在四天后吃午餐，彼得同意提供一张银行担保书，亚瑟会准备好 40 000 美元的银行本票。但亚瑟要马歇尔出那 40 000 美元，说他刚买下度假小屋，没有多余现款。他唯一的办法就是向他妻子借钱，因为他妻子的母亲刚留下一笔遗产。但是他妻子的家人是纽约市的望族，对于社交形象非常重视，因此施压要求亚瑟不要趟这个浑水。

马歇尔对于这种态度感到非常不公平。他与亚瑟讨价还价一番，对于这位胆怯的心腹失去了所有的敬意。最后马歇尔为了防止亚瑟屈服于他妻子的压力，再度同意了六四摊分。亚瑟需要向银行购买一张本票。马歇尔同意在他与彼得共进午餐前，亲自拿给他或电汇给他 24 000 美元。亚瑟很不情愿地同意补足其余 16 000 美元。

翌日晚上，马歇尔回到家中，发现一通电话留言，来自纽约曼哈顿警局欺诈组的丹尼尔·科林斯警探。马歇尔回电时犹疑了片刻，警局不耐烦的接线生要他明天早上再打，因为科林斯警探下班了，而马歇尔的电话并不紧急。

马歇尔第二天早上七点要看诊。他在五点起床打电话到纽约。警局接线生说："我会通知他，祝您愉快。"然后重重挂了他的电话。10 分钟后，电话响了。

"马歇尔·施特莱德先生吗？"

"施特莱德医生。"

"哦，对不起，施特莱德医生。我是科林斯警探，纽约欺诈组。这里还有另外一名医生亚瑟·兰德尔医生说你与我们想抓的一个罪犯有点不愉快的过节。他自称彼得·马康度。"

"非常不愉快的过节。骗了我90 000美元。"

"有其他人跟你一样,对这位马康度非常不满。告诉我所有细节,我要录音下来,可以吧?"

马歇尔花了15分钟描述他的被骗经过。

"哦,老兄,你是说,你就那样给了他90 000美元?"

"如果你不了解心理治疗的复杂内情,你就无法了解这种事情。"

"是吗?好吧,我不是医生,但我可以告诉你,我绝不会这样把钱交给别人。90 000美元不是个小数目。"

"我说过,我有银行担保书。我的律师也检查过。做生意就是要这样子。担保书保证银行会付钱。"

"就是等他远走高飞后,你拿着到处询问的那张担保书?"

"听着,警探,我在受审吗?你以为我很高兴被骗吗?"

"好,朋友,保持冷静,我们就快没事了。我们会让你很高兴的,下周三当他在吃午餐时,我们就会逮捕他。但如果要定罪,我们需要你来纽约指认他,在他被逮捕的12个小时之内。换句话说,在下周三午夜之前就会搞定。你同意吗?"

"我绝不会错过。"

"好,老兄,许多人要靠你了。还有一件事,你还保留着那张伪造的担保书与银行本票的收据吗?"

"是的,你要我带来吗?"

"对,来的时候带着原物,但我现在就要看看,所以你能传真过来吗? 212-555-3489,写上我的名字——丹尼尔·科林斯警探。还有一件事,我想我不需要提醒你,绝对不要跑到那个餐厅。这样会把鸟儿吓跑,大家都会很不爽。到警察局等我,或安排与你的朋友一起过来。告诉我你们的安排,还有问题吗?"

"还有一件事,这件事安全吗?兰德尔医生给他的支票上有一大半的钱是我出的。"

"你出的？我以为是他的钱。"

"我们六四分。我出了 24 000 美元。"

"安全？我们会有两个人就在邻桌吃饭，另外三个监视整个情况。够安全了，但我不会这么做。"

"为什么？"

"总是会发生意外——地震、火灾、三个警员全都心脏病发作——我也不知道，反正总是会有意外。安全吗？够安全了。但是，我自己还是不会这么做。不过我不是个医生。"

马歇尔觉得生活又变得有趣了。他重新开始慢跑，打篮球。他取消了与卡萝的会晤，因为他不太愿意承认他在追捕彼得。她采取了完全相反的态度：要求他接受损失，并释放他的怒气。马歇尔想，在心理治疗给予建议上，这是很好的一堂课：如果病人不听从建议，他们就不会再回来了。

他每晚都跟亚瑟·兰德尔通电话。与彼得聚餐的日子越来越近，亚瑟也越来越紧张。

"马歇尔，我妻子相信我会因为这件事而名誉扫地。这件事会上报，我的病人会读到。想想看这对我名誉的影响，我会被嘲笑，或被指控与病人谋利。"

"但这正是重点，你没有与病人牟利。你是在协助警察逮捕罪犯。这对你的名誉有益无害。"

"报纸不会这么容易放手。想一想，你知道他们喜爱丑闻，尤其是心理医生的丑闻。我越来越觉得，我生命中不需要这件事。我的工作很顺利，拥有我想要的一切。"

"如果你没有看到我的警告，亚瑟，你就会被这家伙骗走 40 000 美元。如果我们不阻止他，还会有人继续受害。"

"你不需要我，你可以自己去抓他，我指认就好。我正在哥伦比亚大学申请一个教职……就算一点点的丑闻都不行——"

"听着，亚瑟，我有一个主意让你可以保护自己：写一封详细的信解释你的情况与计划，寄给纽约的心理治疗界人士。现在就写，在马康度还没有被逮捕之前。如果有必要，你也可以把这封信寄给哥伦比亚大学或新闻界。这会提供你绝对的保障。"

"我如果写这样一封信，马歇尔，就一定会提到你——你的广告，你与马康度的过节。这样你受得了吗？你也很不愿意被公开。"

马歇尔是很怕进一步的曝光，但知道他没有选择。反正也没有什么影响，他与科林斯警探的电话录音已经使他与马康度的过节成为公共记录了。

"如果你必须这么做，亚瑟，你就做。我没什么好怕的，心理治疗界只会感激我们。"

然后还有一个问题，关于戴窃听器让警察能监控情况。亚瑟越来越感到担忧。

"马歇尔，一定还有别的办法。不能小看这件事，我让自己置身于险境。马康度非常聪明而有经验，骗不过他的。你能不能与科林斯警探谈谈？老实说，你觉得他比马康度高明吗？假如马康度在我们谈话时发现了窃听器怎么办？"

"怎么会呢？"

"他会识破的。你知道他的，他总是比我们快 10 步。"

"这次不会了！警察会在你们的邻桌，亚瑟，而且别忘了这种罪犯的自大，觉得没人能逮到他。"

"这种罪犯也难以揣度。你能保证彼得不会失去控制，拔出枪来？"

"亚瑟，这不是他的手法……完全不合乎我们对他的了解。你很安全。记住，你是在一家高级餐厅里，周围有警察保护。你可以做得到，一定要成功。"

马歇尔有很糟糕的预感，亚瑟会在最后关头临阵脱逃，于是他每一晚都费尽口舌来增强亚瑟的勇气。他也把这情况告诉科林斯警探，科林斯也帮助他安抚亚瑟。

最后亚瑟总算没有令人失望，克服了他的恐惧，甚至可以算是镇定地等待赴约。马歇尔在周二上午把钱汇过去，当晚亚瑟在电话中证实收到了钱，然后马歇尔搭了半夜的飞机前往纽约。

飞机延迟了两个小时才抵达。等他到了警察局准备与亚瑟及科林斯警探碰面时，已经是下午三点了。柜台人员说科林斯警探正在侦讯某人，要他在走廊上的旧沙发上等待。马歇尔以前从来没来过警察局，很感兴趣地看着警察们带着一脸晦色的嫌犯进进出出，川流不息。但他有点头昏，因为过于兴奋，他在飞机上睡不着，不久他就开始打盹。

30分钟后，柜台人员轻轻把他摇醒，带他来到二楼的一个房间，那里有一位孔武有力的黑人警探坐在桌前写东西。真是个大家伙，马歇尔想，职业足球运动员的架势，与我想象中的完全一样。

但是其他事情就与他的想象完全不一样了。当马歇尔报上自己名字后，科林斯警探的反应是很奇怪的客套。马歇尔突然警觉，显然这位警探根本不知道自己是谁。是的，他是丹尼尔·科林斯警探。没有，他从来没打过电话给马歇尔。没有，他从来没听过亚瑟·兰德尔医生或彼得·马康度这号人物。他也没听过骑师俱乐部餐厅的诱捕计划。他甚至没听说过骑师俱乐部。

马歇尔脑袋里面的爆炸声震耳欲聋，比数周前发现银行担保书是伪造的那一次爆炸还要大声。他头重脚轻，跌入警探为他准备的椅子里。

"轻松点，老兄。轻松点。把头低下来也许会好一点。"科林斯警探站起来，拿了一杯水回来，"告诉我发生了什么事。但我想我大概知道。"

马歇尔晕眩地说出整个故事。彼得，百元大钞，阿德里安娜，太平洋俱乐部，自行车安全帽，心理治疗周刊广告，亚瑟·兰德尔的来电，六四分摊，私家侦探，保时捷跑车，24 000美元电汇，欺诈组——整个大灾难的一切细节。

科林斯警探摇着头聆听马歇尔："老兄，真是聪明，这我知道。喂，你看起来不是很好。你需要躺下来吗？"

马歇尔摇摇头，用手抱着脑袋，科林斯说："你可以谈话吗？"

"洗手间，快！"

科林斯警探带他到厕所，然后回办公室等他。马歇尔呕吐到马桶里，漱了口，洗洗脸，梳好头发。他慢慢走回到科林斯的办公室。

"好一点吗？"

马歇尔点点头："我现在可以谈话了。"

"只要听我说一分钟。让我来解释你碰上了什么。"科林斯警探说，"这是所谓'回头再咬一口'的伎俩，很有名。我常听说过，但从来没有见过。我是在欺诈训练学校知道的。需要高明的手法才能成功。骗子寻找特定的受害者：聪明、自傲……然后，一旦找到后，他就咬他们两次……第一次利用贪婪来引诱他们上钩……第二次则利用报复心。真是高明的手法，从来没见过。要非常冷静才行，因为会出差错的地方太多了。例如，只要你稍稍起疑，去查询真正的曼哈顿警局电话号码，整件事就穿帮了。老兄，真是要冷静。重量级的行家。"

"没指望了，嗯？"马歇尔低声说。

"把那些电话号码给我，我去查查看，我尽力而为。但你想听实话吗？……没指望了。"

"真的那个兰德尔医生呢?"

"大概出国度假去了,马康度窃入了他的电话留言服务,这没什么困难的。"

"调查其他那些人呢?"马歇尔问。

"什么其他人?没有其他人。他的女友也许就是警局接线生,他一定装扮成其他人,这些骗子都是演员,一个人就可以假装所有人的声音。而这家伙是行家,现在铁定已经跑了。"

马歇尔跌跌撞撞走下楼,由科林斯警探搀扶着,他谢绝了搭乘警车前往机场,自己在街上拦了一辆出租车,前往机场搭上了下一班到旧金山的飞机,茫然地驾车返家,取消了他下一周的所有看诊,然后爬上了床。

第二十九章

"钱、钱、钱，我们能不能谈点别的，卡萝？让我告诉你关于我父亲的一个故事，这能彻底解答你对于我与钱的所有问题。我还是婴儿时的故事，但后来一辈子都听个没完，这故事成为我们家族中的传奇。"马歇尔慢慢脱掉他的运动夹克，卡萝伸手想要为他挂起来，但他只是把衣服丢在椅子旁边的地上。

"他有一家很小的杂货店，六尺见方。我们靠这个店维生。有一天，一个客人进来说要买双工作手套。我父亲指着后门说，他必须去后面的储藏室拿货，可能要花一两分钟时间。嗯，根本没有储藏室，后门通往一条巷子。我父亲跑出巷子，到两条街外的市场，以一毛二买了一双手套，然后跑回来，以一毛五卖给那位客人。"

马歇尔抽出手帕，用力擤擤鼻子，然后毫不害臊地擦拭两颊的泪水。从纽约回来之后，他就放弃了任何掩饰的企图，几乎每次与卡萝见面时都会哭。卡萝沉默地坐着，对马歇尔的泪水表示敬意，她试着回想上一次看见男人哭泣是什么时候。她哥哥杰布拒绝哭泣，尽管他曾经被身边所有人凌虐：父亲、母亲、学校流氓，有时候就是为了要把他弄哭。

马歇尔把脸埋在手帕里，卡萝伸手捏捏他的手："这泪水是为你父亲而流的吗？他还活着吗？"

"他死得很早，永远被那杂货店困住了。要跑太多路，太多三分钱的交易。每当我想到赚钱、亏钱或浪费钱，我就会看见我父亲穿着肮脏的围裙，在巷子里奔跑，风吹在脸上，头发飞扬，喘着气，像拿着仪杖一样高举着一双一毛二的手套。"

"你自己呢，马歇尔，你在这画面里扮演什么角色？"

"这画面是我热爱金钱的摇篮，可以算是塑造我生命的重要事件。"

"它塑造了后来你对于金钱的态度？"卡萝问，"换句话说，要赚足够的钱，否则你父亲的尸骨将继续在巷子里奔跑不休？"

马歇尔吃了一惊。他望着卡萝，心中油然生起一股敬意。她的合身服饰衬托着明艳的脸庞，使他对于自己不修边幅的外表与皱巴巴的衣服感到有点不自在："你这段话……让我无言以对。我需要想一想。"然后是漫长的沉默。卡萝试探道："现在你在想什么？"

"想那扇后门。手套的故事不仅是关于金钱的，也是关于后门的。"

"你父亲小店的后门？"

"是的。还有那个借口，说那扇门通往一个储藏室而不是巷子——那是我整个生命的写照。我假装我还有其他的房间，但是我内心深处很明白，我没有其他储藏室，没有货品。我只能走后门与巷子。"

"啊，太平洋俱乐部。"卡萝说。

"不错。你可以想象那种意义，我终于能够堂堂正正地走进大门。马康度使用了无可抗拒的诱惑——圈内人的地位。我每天都治疗有钱的病人。我们很亲近，分享不为人知的秘密，他们都少不了我。但是我知道我的地位。我知道如果不是因为我的职业，如果我在其他场合认识他们，他们绝不会理睬我。我就像是来自穷苦人家的教士，必须聆听贵族的告解。但是太平洋俱乐部，那是成功的象征。从小杂货店登上大理石的阶梯，敲打铜制的门环，大步走进里面有红丝绒的房间。这是我一辈子的奋斗目标。"

"但是里面坐着马康度，他比你父亲店里的任何客人都要邪恶。"

马歇尔点点头："事实上，我还蛮喜欢光顾我父亲店里的客人。你记不记得我告诉过你，几星期前有一个病人设法让我去一家赌场？我从来没到过那么低级的场所。但是，老实说，我喜欢那里。不需要装模作样，我在那里比在太平洋俱乐部更自在。我属于那种地方，就好像我父亲小杂货店里的客人。但我厌恶自己喜欢它，我不想要沉沦到那种地步——早期生命经验对人的影响真是可怕。我可以追求更好的事物。我一辈子都在告诉自己：'我会摆脱杂货店的灰尘，我会力争上游。'"

"我的祖父出生在意大利，"卡萝说，"我不太记得他，除了他教我下国际象棋。每次我们下完一盘，我们把棋子都收起来时，他总是会这么说：'你瞧，卡萝，下棋就像生命：当棋局结束时，所有的棋子——卒子、国王、皇后——全都要回到同一个盒子里。'"

"这也值得你好好深思，马歇尔。卒子、国王、皇后到头来都要回到同一个盒子。明天再见。"

马歇尔从纽约回来之后，每天都与卡萝见面。头两次她必须到他家中，然后他挣扎着前往她的办公室。现在，一周之后，他开始慢慢脱离沮丧，努力试图了解自己在这整件事情中所扮演的角色。卡萝的同事注意到她每天与马歇尔的会谈，不止一次地询问原委。

但卡萝只回答："很复杂的案子，不能多说，必须保密。"

同时卡萝也继续从欧内斯特那里得到咨询。她使用他的观察与建议，得到不错的结果：几乎每一项建议都收到效果。

一天，马歇尔似乎在钻牛角尖，她决定试试欧内斯特的墓碑练习。

"马歇尔，你一辈子都在追求物质上的成功，赚钱以及用钱累积物质——你的地位与你的艺术收藏——金钱似乎界定了你的生命意义。你希望这是你的最后写照，一生的最后总结吗？告诉我，你有没有想过，你希望你的墓志铭是什么？难道是这些字眼吗？攀迎附会，累积物质，追求金钱？"

一滴汗水流进马歇尔的眼角，他用力眨眨眼："这个问题很难回答，卡萝。"

"你不是希望我问困难的问题吗？迁就我一下，花几分钟时间想一想，说出你的任何想法。"

"我首先想到的是那个纽约警探对我说的话：我很自傲，因贪婪而盲目，然后又陷入复仇的陷阱。"

"这是你所希望的墓志铭吗？"

"这正是我所不希望的！正是我最害怕的！但也许正是我的报应，也许我一辈子都在刻写这段墓志铭。"

"你不想要这段墓志铭？"卡萝说，看看手表，"那么你未来的方向很清楚：你一定要改变你的生活。我们今天的时间到了，马歇尔。"

马歇尔点点头，从地板拿起夹克，慢慢穿上，准备离去："我突然感到一阵寒意……那个墓志铭的问题很震撼。你要很小心这种重量级的问题，卡萝。你知道它让我想起谁吗？记不记得你曾经问过我的那个心理医生？欧内斯特·拉许——以前接受我辅导的心理医生。这就是他会问的问题，我总是劝阻他不要问这种问题，他称之为存在主义式的震撼疗法。"

卡萝已经准备要起身，但她忍不住内心的好奇："你觉得这是不好的疗法吗？你对拉许的批评相当严苛。"

"不，对我而言，这不是不好的疗法。刚好相反，这是非常棒的疗法。很好的一记警钟。至于欧内斯特·拉许，我对他不应该那么严苛。我想要收回我对他的一些批评。"

"你为什么对他那么严格？"

"因为我的自傲。这正是我们一周来所谈的，我无法忍受他，我深信我的做法才是唯一正确的。我不是个好的辅导医生。我无法教学相长，我无法从任何人身上学习到东西。"

"所以欧内斯特·拉许到底好不好？"卡萝问。

"欧内斯特没有问题。不，比没有问题还要好得多。事实上，他是个极佳的心理医生。我常常开他玩笑，说他需要吃那么胖，因为他为病人付出太多了——过度参与，让自己被病人吸干。但如果我必须去看一个心理医生，我会选择一个愿意过度付出自己的医生。如果我无法很快脱离目前这个处境，而必须把我的病人介绍给别人，我会考虑介绍给欧内斯特。"

马歇尔站起来："多谢你今天为我回顾了过去，卡萝。"

这段日子以来，卡萝都没有提到马歇尔的婚姻状况，也许她感到迟疑，因为她自己的婚姻也乏善可陈。终于有一天，马歇尔不断提到卡萝是他在世界上唯一能坦诚相对的人，她就趁机问他为什么不跟妻子谈谈。马歇尔的反应很清楚地显示，他并没有把纽约的骗局告诉雪莉，也没有让她知道他的精神状况，或他需要帮助。

马歇尔说他不愿意告诉雪莉，是因为他不想打断她为期一个月的避静。卡萝知道这只是个借口：马歇尔的行为多半是出于冷漠与羞愧，而不是体贴考量。马歇尔承认自己很少想到雪莉。他过于沉溺于自己的情绪，他与雪莉现在生活在两个不同的世界。卡萝靠着欧内斯特的建议，坚持追问下去。

"马歇尔，告诉我，如果你的一名病人轻易地否定了与他结婚24年的妻子，你会怎么办？"

正如欧内斯特所预料的，马歇尔闪躲了这个问题。

"在你的办公室里，我不需要成为一个心理医生。请你不要这么善变，几天前你还在质问我为什么不接受帮助，现在你又要我在这里扮演起心理医生了。"

"但是，马歇尔，难道我们不应该使用一切可用的手段吗？包括你自己所专长的知识与技巧？"

"我付钱请你来运用你的专长。我对自我分析不感兴趣。"

"你把我当成专家，可是你却排斥我的专业建议，让你来运用自己的专长。"

"诡辩。"

卡萝再次利用欧内斯特的话语。

"难道你只想要被照顾吗？难道你的真正目标不是独立自主吗？学习照顾自己，成为你自己的父亲与母亲？"

马歇尔摇着头，很惊讶卡萝的力量。他没有选择，只好问自己这个重要的问题。

"好吧，好吧。主要的问题是，我与雪莉之间的爱情怎么了？毕竟，我们从中学就是好朋友与情人。所以，事情是怎么恶化的？"

马歇尔试着回答自己的问题："事情在几年前开始恶化。大约在我们的孩子进入青春期时，雪莉开始焦躁不安。这是很常见的现象。她一再表示，对于我如此专注于工作，她感觉不完满。我以为最理想的解答就是让她成为一名心理医生，与我一起工作。但是我的计划却收到反效果。她在研究所里越来越排斥精神分析。她选择了我最看不起的治疗方式——另类性灵疗法，特别是那些根据东方冥想的方式。我相信她是故意这样做的。"

"继续说下去，"卡萝鼓励他，"想出我应该问的其他重要问题。"

马歇尔不情愿地举出一些问题："为什么雪莉如此不情愿向我学习精神分析的疗法？为什么她故意反对我？她去僻静的地方只有三个小时的车程，我想我可以开车去那里，把我的感觉告诉她，要她谈一谈她所选择的心理治疗学派。"

"就算如此，这也不是我想要听到的问题。这些都是她的问题。"卡萝说，"你自己的问题呢？"

马歇尔点点头，似乎同意卡萝的做法很正确。

"为什么我很少与她谈她的兴趣？为什么我根本不试图去了解她？"

"换言之，"卡萝问，"为什么你对病人的兴趣远超过对你妻子的兴趣？"

马歇尔又点点头："你也许可以这么说。"

"也许？"卡萝问。

"你当然可以这么说。"马歇尔认输了。

"还有其他你可以问的问题吗？"

"我会问一些关于性的问题。我会问病人的性自我发生了什么事。至于病人的妻子，我会问病人是否希望这种恶劣的情况永远继续下去。如果不希望，那么他为什么不尝试婚姻咨询？他希望离婚吗？或者只是为了出一口气，等他妻子来发作？"

"很好，马歇尔。现在能不能找出一些答案？"

答案泉涌而出。马歇尔承认他对于雪莉的情绪很类似他对于欧内斯特的情绪，两个人都因为否定了他的职业信仰而伤害了他。是的，他的确感觉受伤与背叛。他也的确在等待被安慰，等待某种抱歉与忏悔。

马歇尔说出这些话之后，立刻摇着头说："这是我的心与受伤的自我在说话，我的理性有不同的答案。"

"什么答案？"

"我不应该把学生对于自主的追求当成是个人攻击。雪莉必须能够自由地发展她自己的兴趣，欧内斯特也是如此。"

"也必须自由地脱离你的控制？"卡萝问。

"不错。我记得我的精神分析师告诉我，我把生命当成一场足球赛。强悍的推挤、阻挡、向前冲，以意志来压倒对手。雪莉对我的感觉一定是如此。但是她不只是排斥精神分析，光是那样我还可以忍受，我无法忍受的是她还选择了心理治疗中最肤浅、虚假的一面，那些愚蠢至极的新时代思潮疗法。显然她是故意公开嘲弄我。"

"所以，只因为她选择了不同的领域，你就认为她在嘲弄你，于是你也嘲弄她。"

"我的嘲弄不是报复，而是就事论事。你能想象用插花来治疗病人吗？真是难以说明这种想法的荒唐。老实告诉我，卡萝，这到底荒不荒唐？"

"我想我无法回答你，马歇尔。我对此所知不多，但我的男友也学习花道。他学了很多年，他说他从花道获益甚多。"

"获益什么？"

"他这些年来曾经接受很多心理治疗，包括精神分析，他说都很有帮助，但他从花道得到的帮助并不亚于心理治疗。"

"你还是没说明是怎么帮助的。"

"他说花道提供了逃避焦虑的管道——一种安宁的避难所。花道使他感觉精神集中，带来一种和谐与平衡。让我想一想……他是怎么说的？哦，对，花道帮助他表达他的创造力与美感。你太轻易否

375

定这门艺术了，马歇尔。别忘了，花道是一种流传久远的艺术，可以回溯到好几百年以前，有成千上万人在学习。你对花道了解多少？"

"可是用花道来进行心理治疗？老天！"

"我听说过诗意疗法、音乐疗法、舞蹈疗法、艺术疗法、冥想疗法、按摩疗法。你自己也说过，这几周来整理你的盆栽，使你的精神免于崩溃。难道花道疗法对某些病人不会有效吗？"卡萝问。

"我想这正是雪莉的论文想要探讨的。"

"她有什么结论吗？"

马歇尔摇摇头，没有说话。

"我想这表示你从来没问过她？"卡萝说。

马歇尔几乎觉察不到地点点头。他拿下眼镜，望向别处，他感到羞愧时总会这么做。

"所以你觉得雪莉嘲弄你，而雪莉觉得……"卡萝示意马歇尔回答。

一阵沉默。

"她觉得……"卡萝又问一次，用手围着耳朵倾听。

"受到鄙视与否定。"马歇尔的声音几乎听不见。

很长的沉默。马歇尔终于说："好吧，卡萝，我懂了。你说得很清楚。我有些话要告诉她。现在要怎么办？"

"我觉得你自己知道答案，一个已经有答案的问题就不是问题了，看来你很清楚要怎么办。"

"清楚？清楚？你也许很清楚。你觉得是什么？告诉我，我需要你的帮助。"

卡萝保持沉默。

"告诉我该怎么做！"马歇尔又问一次。

"对于一个装傻的病人，你该说什么？"

"该死，卡萝，不要假装心理医生了，告诉我该怎么做。"

"你对这种话会有何反应？"

"该死！"马歇尔说，用手抱着头，前后摇晃，"我创造了一个该死的怪物。真是的，真是的，卡萝，我真是该死！"

卡萝坚持不让步，就像欧内斯特所建议的："你又在抗拒了。这是很宝贵的时间。向前走，马歇尔，你会对病人怎么说？"

"我会如我往常的做法，我会解析他的行为。我会告诉他，他过于渴望屈服于权威，所以拒绝倾听自己的智慧。"

"所以你知道该怎么办？"

马歇尔认输地点点头。

"也知道什么时候该去做？"

马歇尔还是点点头。

卡萝看看手表，站起来："现在是 2 点 50 分整，马歇尔。我们的时间到了，今天很有收获，等你从避静中心回来后再打电话给我。"

凌晨两点，在莱恩的屋子里，谢利哼着卡通歌曲调子，又赢了一桌的赌金。他的牌运不仅好转——整晚都是清一色、葫芦与顺子，而且因为他小心地弥补了马歇尔所发现的每一个破绽，其他赌客全被他搞糊涂了，他已经赢了很多钱。

"我实在猜不出来谢利有葫芦，"威利嘟哝着，"我会赌 1000 美元说他没有。"

"你的确赌了 1000 美元说他没有，"莱恩提醒他，"看看那堆筹码，桌子都快倒了。喂，谢利，你在哪里？还在后面吗？我都快要看不见你了。"

威利伸手掏出皮夹，他说："上两把牌你完全唬住了我，这一把你又把我骗了进去。到底是怎么回事，谢利？你去上课了吗？"

谢利把他的一堆筹码拉近，抬起头来笑着说："对，对，去上了课，你说对了。我的心理医生，一个货真价实的精神分析师，指点了我几手。他每星期都会扛着他的躺椅去阿乔之屋开业。"

"所以，"卡萝说，"昨晚的梦中，你与我一起坐在床边，我们一起脱掉肮脏的鞋袜，面对面坐着，我们的脚相碰触。"

"这个梦的感觉是什么？"欧内斯特问。

"很正面。让人精神高昂，但有点可怕。"

"你与我坐在一起碰触脚跟。这个梦说了什么？让你的心思漫游。想象你与我坐在一起，思考心理治疗方面的问题。"

"当我想到心理治疗时，我会想到我的客户。他已经出城了。"

"还有……"欧内斯特鼓励她。

"嗯，我一直躲在我的客户身后。现在我应该出来了，开始正视我自己。"

"还有呢……让你的意念自由飞翔，卡萝琳。"

"我觉得好像才刚开始……很好的建议……你知道的，你提供非常好的建议给我的客户……好得不得了……看到他的改善使我有点忌妒……我也渴望能够改善自己……我需要……我需要告诉你关于杰西的事，最近我们时常见面——当我想要与他亲近时，就会有问题……很难相信会有好事发生在我身上……渐渐开始信任你……通过所有的考验……但也很可怕——不知道为什么……不，我知道……但还说不出来。"

"也许这个梦为你说了出来，卡萝琳，看看你与我在梦里做了什么事。"

"我不懂——我们的脚跟互相碰触，所以呢？"

"脚跟碰脚跟（sole）。我想这个梦是表达了灵魂（soul）坦诚相见的渴望。这不是脚跟相碰触，而是灵魂相碰触。"

"哦，真可爱，是灵魂而非脚跟。欧内斯特，你真是不会放过任何机会。灵魂相碰触，是的，感觉很正确。不错，这个梦境就是这个意思。现在是时候了，一个新的开始。这里的金科玉律就是诚实，对不对？"

欧内斯特点点头："没有比诚实更为重要的了。"

"我所说的一切都可以被接受，对不对？只要是诚实的，一切都可以成立？"

"当然。"

"那么我必须要招供一件事。"卡萝说。

欧内斯特点点头。

"你准备好了吗，欧内斯特？"

欧内斯特又点点头。

"你确定吗，欧内斯特？"

欧内斯特若有所悟地露出微笑，也有一点得意——他一直怀疑卡萝琳隐瞒了某些重要的事情。他拿起笔记本，朝后舒适地坐进椅子里，然后说："永远准备好迎接真相。"

出 版 说 明

　　欧文·亚隆是当代在世的最伟大的心理学家之一，美国心理治疗领域的大师级人物，国际公认的心理治疗大师、作家。他具有几十年的心理治疗经验，在存在主义和团体治疗方面有着突出的贡献。欧文·亚隆撰写的心理治疗读物也因其既具有专业性又有很强的文学性而蜚声世界上众多国家。本书以戏剧性的手法探讨了心理治疗过程中的移情问题，描绘了心理治疗师与来访者一起进行的心灵探索之路。本书既是一部颇具趣味性的小说，同时也是一部为心理治疗师提供的有益于治疗推进和伦理道德学习的精彩教科书。书中的部分个案中涉及精神分析中的性驱力及其导致的焦虑等内容，这是很多来访者和治疗师的专业性面对的现实冲突，因此描述中难免有部分场景与我国国情不符，不代表出版社观点，请读者阅读时仔细甄别，批判接受。

心理学大师经典作品

红书

原著：[瑞士] 荣格

寻找内在的自我：马斯洛谈幸福

作者：[美] 亚伯拉罕·马斯洛

抑郁症（原书第2版）

作者：[美] 阿伦·贝克

理性生活指南（原书第3版）

作者：[美] 阿尔伯特·埃利斯 罗伯特·A. 哈珀

当尼采哭泣

作者：[美] 欧文·D. 亚隆

多舛的生命：

正念疗愈帮你抚平压力、疼痛和创伤（原书第2版）

作者：[美] 乔恩·卡巴金

身体从未忘记：

心理创伤疗愈中的大脑、心智和身体

作者：[美] 巴塞尔·范德考克

部分心理学（原书第2版）

作者：[美] 理查德·C. 施瓦茨 玛莎·斯威齐

风格感觉：21世纪写作指南

作者：[美] 史蒂芬·平克

欧文·亚隆经典作品

《当尼采哭泣》

作者：[美] 欧文·D.亚隆 译者：侯维之

这是一本经典的心理推理小说，书中人物多来自真实的历史，作者假托19世纪末的两位大师——尼采和布雷尔，基于史实将两人合理虚构连结成医生与病人，开启一段扣人心弦的"谈话治疗"。

《成为我自己：欧文·亚隆回忆录》

作者：[美] 欧文·D.亚隆 译者：杨立华 郑世彦

这本回忆录见证了亚隆思想与作品诞生的过程，从私人的角度回顾了他一生中的重要人物和事件，他从"一个贫穷的移民杂货商惶恐不安、自我怀疑的儿子"，成长为一代大师，怀着强烈的想要对人有所帮助的愿望，将童年的危急时刻感受到的慈爱与帮助，像涟漪一般散播开来，传递下去。

《诊疗椅上的谎言》

作者：[美] 欧文·D.亚隆 译者：鲁宓

世界顶级心理学大师欧文•亚隆最通俗的心理小说
最经典的心理咨询伦理之作！最实用的心理咨询临床实战书
三大顶级心理学家柏晓利、樊富珉、申荷永深刻剖析，权威解读

《妈妈及生命的意义》

作者：[美] 欧文·D.亚隆 译者：庄安祺

亚隆博士在本书中再度扮演大无畏心灵探险者的角色，引导病人和他自己迈向生命的转变。本书以六个扣人心弦的故事展开，真实与虚构交错，记录了他自己和病人应对人生最深刻挑战的经过，探索了心理治疗的奥秘及核心。

《叔本华的治疗》

作者：[美] 欧文·D.亚隆 译者：张蕾

欧文·D.亚隆深具影响力并被广泛传播的心理治疗小说，书中对团体治疗的完整再现令人震撼，又巧妙地与存在主义哲学家叔本华的一生际遇交织。任何一个对哲学、心理治疗和生命意义的探求感兴趣的人，都将为这本引人入胜的书所吸引。

更多>>> 《爱情刽子手：存在主义心理治疗的10个故事》 作者：[美] 欧文·D.亚隆